U0902676

国学经典丛书
名家注评本

纳兰词

[清]纳兰容若 著
苏缨 注评

长江出版传媒
长江文艺出版社

图书在版编目（CIP）数据

纳兰词 /（清）纳兰容若著 ；苏缨注评. -- 武汉 ：长江文艺出版社，2015.7（2023.9 重印）
（国学经典丛书）
ISBN 978-7-5354-8056-9

Ⅰ. ①纳… Ⅱ. ①纳…②苏… Ⅲ. ①词（文学）—作品集—中国—清代 Ⅳ. ①I222.849

中国版本图书馆 CIP 数据核字(2015)第 104956 号

责任编辑：王洪智　　责任校对：毛季慧
封面设计：新华智品　　责任印制：邱　莉　胡丽平

出版：长江出版传媒　长江文艺出版社
地址：武汉市雄楚大街 268 号　　邮编：430070
发行：长江文艺出版社
电话：027—87679360
http://www.cjlap.com
印刷：三河市百盛印装有限公司

开本：880 毫米×1230 毫米　1/32　　印张：10.625
版次：2015 年 7 月第 1 版　　2023 年 9 月第 13 次印刷
字数：280 千字

定价：78.00 元

总 序

郭齐勇 武汉大学国学院院长

国学大师钱穆先生曾说“今人率言‘革新’，然革新固当知旧”。对现代人尤其是青年一代来说，缺乏的也许不是所谓的“革新力量”，而是“知旧”，也即对传统的了解。

中国文化传统的源头，都在中国古代经典当中。从先秦的《诗经》《易经》，晚周诸子，前四史与《资治通鉴》，骚体诗、汉乐府和辞赋，六朝骈文，直到唐诗、宋词、元曲和明清小说，在传统经典这条源远流长的巨川大河中，流淌着多少滋养着我们精神的养分和元气！

《说文解字》上说“经”是一种有条不紊的编织排列，《广韵》上说“典”是一种法、一种规则。经与典交织运作，演绎中国文化的风貌，制约着我们的日常行为规范、生活秩序。中国文化的基调，总体上是倾向于人间的，是关心人生、参与人生、反映人生的，当然也是指导人生的。无论是春秋战国的诸子哲学，汉魏各家的传经事业，韩柳欧苏的道德文章，程朱陆王的心性义理，还是先民传唱的诗歌，屈原的忧患行吟，都洋溢着强烈的平民性格、人伦大爱、家国情怀、理想境界。尤其是四书五经，更是中国人的常经、常道。这些对当下中国人治国理政，建构健康人格，铸造民族精魂都具有重要意义。经典是当代人增长生命智慧的源头活水！

长江文艺出版社历来重视中华民族优秀传统文化的传播及普及，近年来更在阐释传统经典、传承核心文化价值，建构文化认同的大纛下努力向中国古典文化的宝库掘进。他们欲推出《国学经典丛书》，殊为可喜。

怎么样推广这些传统文化经典呢？

古代经典和现代读者的阅读习惯及趣味本来有一定差距，如果再板起面孔、高高在上，只会让现代读者望而生畏。当然，经典也不是任人打扮的小姑娘，一味将它鸡汤化、庸俗化、功利化，也会让它变味。最好的办法就是，既忠实于经典的原汁原味，又方便读者读懂经典，易于接受。在这个原则的指导下，《国学经典丛书》首先是以原典为主，尊重原典，呈现原典。同时又照顾现实需要，为现代读者阅读经典扫除障碍，对经典作必要的字词义的疏通。这些必要精到的疏通，给了现代读者一把打开经典大门的钥匙，开启了现代读者与古圣先贤神交的窗口。

放眼当下出版界，传统文化出版物鱼目混珠、泥沙俱下，诸多出版商打着传承古典文化的旗号，曲解经典，对现代读者尤其是广大青少年认知传承经典起了误导作用。有鉴于此，长江文艺出版社推出的《国学经典丛书》特别注重版本的选取。这套丛书30个品种当中，大多数择取了当前国内已经出版过的优秀版本，是请相关领域的名家、专业人士重新梳理的。这些版本在尊重原典的前提下同时兼顾其普及性，希望读者能有一次轻松愉悦的古典之旅。

种种原因，这套丛书必然会有缺点和疏漏，祈望方家指正。

导 言

纳兰容若，姓纳兰，原名成德，后改为性德，字容若，满洲正黄旗人，康熙朝权臣纳兰明珠的长子。

从血缘追溯，纳兰容若为蒙古裔，是蒙古土默特氏的后人。土默特氏曾经征服了满洲那拉氏，从此放弃本姓，改用被征服者的姓氏。纳兰、那拉还有纳腊，都是汉语的不同音译，这一血统中最著名的人物，除了纳兰容若之外，就是晚清的慈禧太后（叶赫那拉氏）。

纳兰容若于顺治十一年（1654年）冬在北京出生，是在满清定鼎之后的和平气氛里成长起来的，游牧、渔猎、金戈铁马的传统于他而言都只是故老传说。他自幼接受的是满、汉两种传统的教育，既要学习满人赖以驰骋沙场的骑射本领，又要学习朱子理学注释出来的四书五经。

家世与天资的结合轻易便使成长为一个文武双全的人物，他以门荫充任大内侍卫，以科举挣到大好功名，以赤诚与才华结交天下第一流的文人才子，以柔软的用心呵护小家庭的爱情生活……以今天的标准看，这真是再完美不过的男人类型，只适宜在偶像剧里出场，简直不像是一个活生生的、会出现在现实生活里的人物，年过而立便英年早逝的悲剧更使他的人生永远定格在最美的年华里。就连他的死，都是死于一种离奇的病症，这真是会让今天那些痴迷于白血病的偶像剧导演两眼放光的。

王国维在《人间词话》里对纳兰容若有一段经典议论："纳兰容若以自然之眼观物，以自然之舌写情。此由初入中原，未染汉人风气，故能真切如此。北宋以来，一人而已。"这话其实并不准确，因为事实上纳兰容若痴狂一般地将自己浸染在汉人风气里，比当时绝大多数出身于书香门第的汉人更甚。父亲的权势与财力使他可以在当世顶尖学者的门下读书，可以认真研读那个书籍匮乏时代里的大量珍本、秘本，可以编辑、刊刻大部头的儒家经典，可以为自己与好友编选词集……所有汉人知识分子梦寐以求却做不来的事情，他一件件做得游刃有余。骑射于他只是不得已而为之的功课，汉文化的经史子集、诗词歌赋才是真正使他一往情深的事物。

尤其是词，当时词坛中的第一流人物如朱彝尊、陈维崧，莫不与纳兰容若过从甚密，再如顾贞观，与纳兰容若几乎称得上管鲍之交。并且这些汉人名士或多或少都接受过纳兰容若的帮助，而几乎所有的文坛名流，尤其是那些兀傲不群的人，常常围绕在纳兰容若的身边，在他的渌水亭中饮酒纵论诗词。以至于后来有人怀疑，纳兰容若是接受了皇家密旨，对汉人名士以笼络之道行监视之实。这真是厚诬古人了，我们看纳兰容若与友人交往的太多诗词里，除了古道热肠、剖肝沥胆之外，哪里有半点敷衍或虚伪的意思呢。

本书收录纳兰词全部共三百四十八首，每一首词均附有力争简洁明快的注释和赏析。当然，一切我所做的注释、赏析都不过是蹄而非兔，是筌而非鱼，是手指而非明月，是最应该被忘记亦终将被忘记的东西。

苏缨

2015 年 4 月

目　录

卷一

卷二

卷三

卷四

卷五

卷一

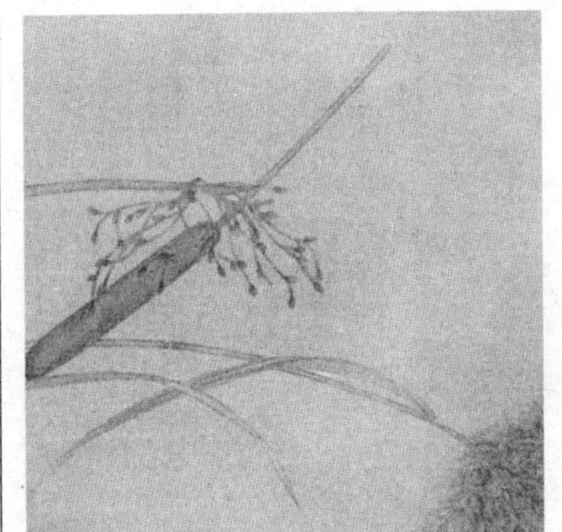

梦江南

江南好，建业旧长安[①]。紫盖忽临双鹢渡，翠华争拥六龙看[②]。雄丽却高寒[③]。

【笺注】 ①建业旧长安：谓江宁（南京）为六朝故都。建业，今江苏南京，汉代为秣陵县，《三国志·吴主传》载，建安十六年，孙权将治所迁至秣陵，翌年修筑石头城，改称秣陵为建业。建业于历代屡易其名，以金陵一名最著，至清代为江苏江宁府。长安，今陕西西安，为汉唐故都，后代诗人常以长安代指都城。②“紫盖”二句：紫盖，即紫色的伞盖，帝王仪仗之一种。双鹢（yì），即鹢首，船的代称。鹢首，是在船头画鹢鸟的样子以震慑水怪，代指舟船。翠华，以翠羽作装饰的旗幡，和紫盖一样都是帝王的仪仗。六龙，按照古代的礼制，天子的车驾用六匹马，故称六龙。这两句是描写康熙帝巡游江南时的盛况。“翠华争拥六龙看”，倒装句，语义当作“争拥翠华六龙看”。③雄丽却高寒：张孝祥《水调歌头·金山观月》有“江山自雄丽，风露与高寒”，容若化用了这两句词，把意思变化了一下，指帝王仪仗的雄丽消退了江山秋光的高寒。却，在这里并非表示转折的连词，而是退却、止住的意思。

【赏析】 《梦江南》从这首以下共十首可以当作完整的一组来看。康熙二十三年（1684年）秋，康熙帝巡幸江南，纳兰容若以侍卫的身份随行，沿途每每沉迷于江南风物的绝色中。但是，作为组歌的第一首，甚至作为纳兰词全集的第一首，这首词其实乏善可陈，只一番粉饰太平的阿谀腔调罢了。这真是无可奈何的事情，任你有盖世才华，任你有显赫家世，也少不得一些应景文字，更少不得永远把皇帝排在第一。然而词人心性，总渴望闲云野鹤、超然物表。心性与身份的冲突，造就出了这个常处在纠结与矛盾中的天才。

又

江南好，城阙尚嵯峨[1]。故物陵前惟石马[2]，遗踪陌上有铜驼[3]。玉树夜深歌[4]。

【笺注】 ①嵯峨：高峻。②故物陵前惟石马：陵，即南京孝陵，明太祖朱元璋的陵墓。孝陵原本规模极大，陵丘上曾有梅花鹿群放养，多时达数千头，每头鹿的脖颈上都挂有银牌以示标记，凡捕杀者以死罪论处。至明清易代之际，建筑被损毁殆尽，苑内鹿群亦已无人看管，遭到当地人的随意捕杀，鹿颈银牌也失去了原先的权威，纷纷散落在捕杀者的手中。顺治十年，诗人吴伟业（梅村）来到南京拜谒两江总督马国柱，见到孝陵景象，作诗谓“无端射取原头鹿，收得长生苑内牌”。到容若来时，已仅存石人石马。③遗踪陌上有铜驼：晋代文学家陆机在《洛阳记》里记述洛阳有一条铜驼街，在街上官门以西的地方有汉代铸造的三座铜驼。当时有俗语说“金马门外集众贤，铜驼陌上集少年”，可见这里是一处繁华热闹的所在。又，《晋书·索靖传》记载，索靖预见到天下将乱，指着洛阳宫门口的铜驼叹息说：将来要在荆棘丛中见到你了。“故物”二句，是说前明遗迹依稀尚在，让人从中想见当日里的繁华风流。④玉树夜深歌：玉树，即陈后主所作的《玉树后庭花》，历史上最著名的靡靡之音。容若以改朝换代之后一介新贵的视角抚今追昔地看待前明故都，从孝陵遗迹想到当时的繁华，在想象的繁华风流之中想象《玉树后庭花》的淫靡哀切的歌声，隐隐然批评着明朝的亡国之因在于统治者自身的荒淫无道。

【赏析】 康熙帝巡幸江南，是以胜利者的姿态震慑且安抚这一片华夏衣冠故地，时刻带着政治家的眼光；纳兰容若却额外带了些纯粹的文化眼光，看到的不是眼前的明清易代，而是亘古以来的王朝更迭。于是他感叹在永恒的时间尺度下，今日覆灭的明王朝何异于当年的两晋；而今日方兴未艾的清帝国亦难免在下一个王朝的征服下败亡。并非某个具体王朝的命运使他哀悼或欣悦，而是兴亡成败的轮回所昭示的宿命感使胜利者亦难免伤怀。

又

江南好，怀古意谁传。燕子矶头红蓼月①，乌衣巷口绿杨烟②。风景忆当年。

【笺注】 ①燕子矶头红蓼月：燕子矶，南京城外的一处名胜，状如飞燕，俯临长江。红蓼，生长在水边湿地的一种高草，样子有些像芦苇，秋天会长出红穗。②乌衣巷口绿杨烟：乌衣巷，南京城内秦淮河畔的一条巷子，是晋宋时代王、谢两家名门的聚居之地。最使乌衣巷著名的是刘禹锡的诗："朱雀桥边野草花，乌衣巷口夕阳斜。旧时王谢堂前燕，飞入寻常百姓家。"

【赏析】 燕子矶、乌衣巷，这原是《晋书》与《世说新语》里反复出现的、唐诗宋词里被反复吟咏的地名，承载着多少只属于书本与传说的故事，而今竟真的成为眼前的风景了。"燕子矶头红蓼月，乌衣巷口绿杨烟"，这两句词构成一组绝佳的对仗：上联是城外的风景，下联是城里的风景；上联是自然的风景，下联是人世的风景；上联是永恒的风景，下联是短暂的风景。于是，曾经惊心动魄的人世变迁就这样被放到了永恒时间的尺度里，平添了几许伤怀。

又

江南好，虎阜[1]晚秋天。山水总归诗格[2]秀，笙箫恰称语音圆[3]。谁在木兰船[4]？

【笺注】 ①虎阜：即虎丘，苏州名胜。《吴越春秋》载，春秋时代的吴王阖闾葬于此地，三日之后，金精化为白虎盘踞其上，故而得名虎丘。宋人朱长文认为虎丘是因地形而得名，因为它的形状就像一头蹲伏的老虎。容若《渌水亭杂识》卷一对虎丘的文物历史有详细的记述与考据。②山水总归诗格秀：诗格，诗的风格。本句写苏州山水美丽如诗。③笙箫恰称语音圆：语音圆，苏州方言素有吴侬软语之称，圆润柔美。本句写苏州乐声悠扬，恰与吴侬软语相称。④木兰船：船的美称。

【赏析】 南巡途中，康熙帝对苏州的风土人情观感不佳，认为当地人士崇尚虚荣，安于逸乐，人情浇薄。政治家的眼光总归与诗人不同，纳兰容若以这首小词凝练出苏州绝美的一面：晚秋天色里，山水尤其显得妩媚、秀美，笙箫伴着吴侬软语独有的圆润，从游船画舫中飘来。似乎苏州本土不必出产诗人与画家似的，因为苏州的生活，本身便已经亦诗亦画了。

结句“谁在木兰船”有很巧妙的修辞效果。南朝梁人任昉《述异记》载，浔阳江中有一座木兰洲，洲中多生木兰树，这里的木兰树原本是吴王阖闾为了修建宫殿而栽种的。鲁班曾以木兰树作舟，这只木兰舟至今仍在木兰洲中。前秦王嘉《拾遗记》卷六另有记载说，汉昭帝终日在水上游宴，土人进贡了一只巨槽，汉昭帝认为桂楫松舟尚嫌粗重，何况这只巨槽。于是命人以文梓为船，木兰为桨，船头雕刻飞鸾翔鹢，乘此船随风轻漾，通夜忘归。

木兰船或木兰舟是诗歌习语，在唐代以后常常成为诗人笔下舟船的代称，泛指而已，所以纳兰词的各家注本在此常常不加注释，殊不知容若这句“谁在木兰船”却写得更有深意，当真用上了《述异记》里的典故，妥帖地切合了全词所写的苏州一地，让读者多了几分抚今追昔的联想。

又

江南好，真个到梁溪[①]。一幅云林高士画[②]，数行泉石故人题[③]。还似梦游非。

【笺注】 ①真个到梁溪：梁溪是无锡以西的一道河水，原本河道狭窄，梁朝时得到疏浚，故称梁溪。梁溪既在无锡以西，有时也被用作无锡的代称，而无锡正是容若的至交好友顾贞观的家乡。扈从途中竟然到了知交的故乡，所以才有“真个到梁溪”的感叹。②一幅云林高士画：云林，双关语，既指梁溪云林仿佛出自高手的画笔，又指元末画家倪瓒。倪瓒号云林居士，擅绘山水，人有超然出世之态，世称高士，本句赞美无锡风景有如倪瓒画境。因为“云林”双关，本句在语义上便有两种断句方式，一是“一幅丨云林高士画”，二是“一幅云林丨高士画”。③数行泉石故人题：容若的好友多是江浙一带的汉人名士，本句是说旅途所见的无锡风景多有故人的题咏。

【赏析】 在纳兰容若生活的时代，第一流的文人才子大多都出身于江南，所以容若结交的汉人朋友几乎都是江南文士。朋友言谈中与笔墨里的家乡早已成为容若衷心向往的所在，而当他真的在江南的一草一木中窥见好友们生活过的痕迹，简直有些回到了精神家园的狂喜了。这种初到一个千里悬隔、风俗迥异的地方却有回家的感觉，貌似怪诞，细思之下却如此的合情合理。

又

江南好，水是二泉[①]清。味永出山那得浊[②]，名高有锡更谁争[③]。何必让中泠[④]。

【笺注】 ①二泉：即无锡惠山泉，茶圣陆羽评之为“天下第二泉”，故此也称“二泉”，二胡名曲《二泉映月》说的就是这个地方。

②味永出山那得浊：语出杜甫《佳人》“在山泉水清，出山泉水浊”。本句字面意思是说二泉之水清澈隽永，虽出山而味道不改，而在当时的政治背景下很容易让读者联想到一层引申义，即容若的汉人好友们多是前明遗少，亦多为江南人士，容若认为他们虽然“出山”仕清，名节并不因此而变“浊”。③名高有锡更谁争：有锡即无锡的旧称。无锡近处有一座山峰，在周秦时代盛产铅锡，故此得名锡山；及至汉代，锡山之锡渐被采尽，所以山边之县便得名无锡；待到新莽时代，锡山锡矿复出，传为奇迹，故此县名改为有锡；及至东汉光武年间，锡矿再次枯竭，顺帝时便改有锡县为无锡县。本句字面是说二泉闻名于无锡，更无第二处泉水在它之上，但联系上句的引申义，便双关着赞誉容若的那些江南好友。④中泠：中泠泉，在镇江金山之下，唐人认为此泉点茶最佳，称之为天下第一泉，如今已被流沙埋没。尉迟偓《中朝故事》载，李德裕在朝为官的时候，有人出使京口（今镇江），李德裕托付他说：“等你回来的时候，把金山下扬子江中泠水取一壶来。”此人回程的时候，喝醉了酒，忘记了这件事情，等船到了石头城下方才想了起来，便即从江中汲了一壶水，回来之后献给李德裕。李德裕喝过之后，非常惊讶，说水的味道与当年不同，像是建业石头城下的江水。取水之人这才交代了事情的原委，向李德裕道歉。

【赏析】 扈从经过无锡，纳兰容若应好友顾贞观之邀同游惠山，晚间留宿在惠山忍草庵，用名满天下的惠山泉水烹茶，登贯华阁玩赏江南的月色。游山、访寺、品茗、赏月，古代文人最经典的娱乐项目尽在于此了。

泉水在中国的文化传统里富于象征意义，词句“味永出山那得浊，名高有锡更谁争”表面上在称道惠山泉在山亦清、出山亦清，实至名归、当仁不让，而细细品味下来，仿佛惠山泉的每一项特质都是好友顾贞观的特质。这既是好友间含蓄的恭维，也隐隐有着劝说好友出仕的意思。

又

江南好，佳丽数维扬[①]。自是琼花[②]偏得月[③]，那应金粉[④]不

兼香⑤。谁与话清凉。

【笺注】　①佳丽数维扬：佳丽，这里指美丽的花。维扬，扬州的别称，语出《尚书·禹贡》“淮海惟扬州”，古文“惟”、“维”互通。②琼花：扬州名花。宋人周密《齐东野语》载，扬州后土祠琼花，天下只此一株，样子很像一种叫做聚八仙的花，颜色微黄，后来被宦者陈源命园丁嫁接在聚八仙的根上，虽然活了下来，但色彩与香气都减弱了不少。后土祠的琼花已经死掉了，人间存留的只有当时聚八仙的嫁接品种而已。宋人韩琦《后土祠琼花》称“维扬一枝花，四海无同类”。《洪武郡志》载，至元十三年（1276年）花朽，道士金丙瑞以聚八仙在原地补植，琼花自此绝种。③偏得月：扬州的月色向来著名，徐凝《忆扬州》有“天下三分明月夜，二分无赖是扬州”。④金粉：指琼花的花蕊之粉。⑤兼香：香气之馥郁倍于群芳。兼，这里是“倍”的意思。

【赏析】　扬州，自古便以月色和琼花知名。琼花是扬州独一无二的花种，但月色，当任何人举头望明月的时候，天下哪里的月色不是一般无二的呢？然而月映万川，月亮虽然只是那唯一的一个，万川却偏偏千姿百态，月色里的城市，每一个都不尽相同。那么，牡丹枝头上跳跃的月光，莲花开满的池塘上荡漾的月光，与琼花金粉上闪烁的月光更加不同了。凡夫俗子眼中这细小的不同，到了天才诗人的眼里不知会被放大多少倍。诗人对生活细微处的敏感，恰如画家对色彩的敏感，而两者的不同是：后者有客观的标准可言，前者却染着浓浓的主观情感的色彩。试看这一首词，说月色倍增了琼花的香气，这种绝对无理的“胡话”恰恰是诗歌语言里最真实的地方。诗歌的真实，永远是属于主观世界的。

又

江南好，铁瓮古南徐①。立马江山千里目，射蛟风雨百灵趋②。北顾更踌躇③。

【笺注】　①铁瓮古南徐：铁瓮，即铁瓮城，是镇江北固山（又名北顾山）前的一座古城，三国时孙权所建。南徐，镇江旧称。②“立马”二句：康熙帝其时泛舟长江，登临镇江金山。射蛟，《汉书·武帝纪》载，汉武帝于元封五年冬天南巡，在长江中射蛟，容若以此典比喻康熙帝的武威。百灵：诸方神灵。这两句既是用典，又是写实，《康熙起居注》四十五年十月初六载，康熙帝其时回忆这次南巡，说自己在江宁上船前往镇江金山寺，途径黄天荡的时候狂风大作，众人急忙降下船帆，只有自己悠然无畏，下令满帆前进，还站在船头射杀江豚。③北顾更踌躇：北顾：北顾山，一名北固山，在今江苏镇江市北。梁武帝曾经登临此山，谓为京口壮观，所以改名“北顾”。句中“北顾”一语双关，既指北顾山，又指向北眺望。踌躇，思量或得意的样子。

【赏析】 康熙帝南巡，乘船往镇江金山寺，途中遇风。全词从“铁瓮古南徐”开始用典，孙权建城、汉武帝射蛟、圣天子百灵相佑、梁武帝登山北顾，各种典故无一不切合帝王身份。巧则巧矣，但这样的词只是不得已的应景之作，最好的结果也不过是博得“龙颜大悦”罢了。纳兰容若每每为自己的侍卫生涯而苦恼：他虽然有足够的才华来应付这样的场合，但对于他这样天生的诗人而言，每一句不出于真情实意的文字都会带来痛愈鞭笞的折磨。

又

江南好，一片妙高云[①]。砚北峰峦米外史[②]，屏间楼阁李将军[③]。金碧矗斜曛。

【笺注】 ①妙高云：佛家慈云。妙高，即金山极顶妙高峰。②砚北峰峦米外史：砚北峰峦，《悦生随钞》及《明一统志》载，南唐后主李煜有一方砚台，其大逾尺，四周雕刻有三十六座山峰，故称砚山。入宋之后，这方砚台落到了书画名家米芾之手，米芾用它在镇江换了一片宅地，地在镇江甘露寺下临江之处。到了南宋，这座宅子归了岳飞的孙子岳珂，岳珂在此修建园林，因为这段渊源而名之为砚山园。砚北，即砚山园之北。米外史，即米芾，别号海岳外史。③屏间楼阁李将军：屏间楼阁，透过屏风所见的金山佛寺建筑。李将军，唐代宗室画家有两位李将军，一是李思训，曾官左武卫大将军，称大李将军，绘画擅用青绿金碧重色，气象富丽，世称金碧山水；一是其子李昭道，称小李将军，也擅绘青绿山水。砚北二句是以米芾与二李的绘画比喻金山的自然山水与佛寺建筑。

【赏析】 镇江金山多佛寺，妙高峰上有宋代僧人了元所建的晒经台，名为妙高台，是镇江最著名的胜地之一。纳兰容若扈驾登临，以这首词描绘妙高台上所见的风景。人人都会说“风景如画”，但细腻的词人会写出“怎样的风景如怎样的画”：自然风景如米芾的画，人文建筑如二李将军的画，风景不同而画风迥异。文学描写最忌泛泛之谈，“砚北峰峦米外史，屏间楼阁李将军”这一联便是绝佳的范例。

又

江南好，何处异京华。香散翠帘多在水[1]，绿残红叶胜于花。无事[2]避风沙。

【笺注】 ①香散翠帘多在水：语出白居易《阶下莲》“花开香散入帘风”。②无事：无须。

【赏析】 江南与京城自然风光迥异，却偏偏也有一点相似的地方：花香时时沁透水边人家的帘栊，即便过了花季，绿叶凋残，却又迎来红叶璀璨，比花开时节更为绚烂。词人在迥异中捕捉到了这一点点的相似，原因无他：江南虽好，毕竟不是家园，在这里滞留得久一天，想家的心情便重一分。而词句里所隐藏的这点点乡愁，必须在词的背景里，将这一组词一路读下来，才能够体味得出。

又

昏鸦[1]尽，小立恨因谁。急雪乍翻香阁絮[2]，轻风吹到胆瓶[3]梅，心字已成灰[4]。

【笺注】 ①昏鸦：黄昏时的乌鸦群。②急雪乍翻香阁絮：《晋书·列女传》载，王凝之的妻子谢道韫聪慧有才辩，曾在一次阖家赏雪的时候，叔父谢安问说这雪与何物相似，谢安哥哥的儿子谢朗比之作向天撒盐，谢道韫答道：未若柳絮因风起。谢安大悦。香阁，即闺阁。③胆瓶：一种形似悬胆的花瓶，细颈，削肩，圆腹，始烧于唐代，盛行于宋代。容若《四时无题诗》有："菊香细细扑重帘，日压雕檐起未忺（xiān）。端的为花憔悴损，一枝还向胆瓶添。"④心字已成灰：心字，即心字形的熏香，烧完之后灰烬落在地上也呈一个心字。明代杨慎《词品·心字香》转述南宋范成大《骖莺录》：番禺人用半开的素馨茉莉装在洁净的容器里，以沉香木的薄片层层相间，然后密封起来，每天不等花蔫就用新鲜的茉莉花全部换过一遍，待花期过后，心香这才熏成。顾贞观《浣溪沙》有"拟烧心字试沉香"。

【赏析】 这首小词可以看作一幅人物速写：黄昏时分，闺阁中的少女一脸哀怨，应是在思念着什么人；雪花乱飞，仿佛茫茫的愁绪，花瓶里的梅枝在轻风中颤动，熏香烧尽，落下心字形的灰烬。

诗词中有"闺怨"的传统，在古代男权社会里，男人总会代女人立言，摹写她们在爱情中甜蜜与煎熬的样子。诗人的爱情，常常就这样以自言自语的形式呈现。纳兰容若深爱妻子卢氏，但卢氏并不能诗，赵明诚、李清照那般才子与才女式的夫唱妇随便只能存在于容若一个人的假想之中了。

又

新来[①]好，唱得虎头[②]词。一片冷香唯有梦，十分清瘦更无诗[③]。标格[④]早梅知。

【笺注】 ①新来：近来。②虎头：晋代画家顾恺之小字虎头，这里借指容若的好友顾贞观。顾贞观与顾恺之不仅同姓，还同是无锡人。③一片冷香唯有梦，十分清瘦更无诗：这两句直接援引顾贞观的《浣溪沙·梅》："物外幽情世外姿。冻云深护最高枝。小楼风月独醒时。一片冷香唯有梦，十分清瘦更无诗。待他移影说相思。"顾词作于康熙十七年

（或十八年）冬，除夕寄达容若，容若为赋《梦江南》（新来好）。冷香，梅花的清香。④标格：风格，风度。以梅花比喻诗词的风格，见陈善《扪虱新话》："诗有格有韵，格高似梅花，韵胜似海棠花。"

【赏析】 严格来讲，这首词算不得真正意义上原创，因为词眼"一片冷香唯有梦，十分清瘦更无诗"是直接拿来顾贞观的词句。即便单以字数论，引文也多于原创，更何况原创的内容里真正"有内容"的只是最后"标格早梅知"五个字而已。

这样的词，是标准意义上的应酬作品，换言之，它并非诞生于纯然的文学创作的目的，而是朋友交往中的一种礼数。顾贞观将自己新近的词作赠予容若，容若以这首词回礼，倘若原创色彩太浓，甚至写得太出彩，反而显得不礼貌了。容若是个生性体贴而略嫌拘谨的人，永远都会认真考虑对方的感受。

江城子　咏史[①]

湿云[②]全压数峰低。影凄迷，望中疑[③]。非雾非烟，神女欲来时[④]。若问生涯原是梦，除梦里，没人知[⑤]。

【笺注】 ①词题"咏史"，但全词本于宋玉《高唐赋》，看不出和史事的关联，当是汉乐府旧题《巫山高》一类的题材。袁刻本和汪刻本并无词题。容若《效齐梁乐府》十首有《巫山高》："江声送客帆，巫峡望巉岩。秋夜猿啼树，霜朝鹤唳岩。花红神女颊，草绿美人衫。阳台不可见，风雨暗松杉。"②湿云：欲雨的云。李贺《乐府杂曲·鼓吹曲辞·巫山高》"古祠近月蟾桂寒，椒花坠红湿云间"，崔橹《华清宫》三首之三有"红叶下山寒寂寂，湿云如梦雨如尘"。③影凄迷，望中疑：语出杜甫《咏怀古迹》"最是楚宫俱泯灭，舟人指点到今疑"。④非雾非烟，神女欲来时：语出宋玉《高唐赋》序言（一说这是汉代赋家的伪托之作），大意是说宋玉陪着楚襄王去云梦泽游玩，望见高唐之观上有一种特殊的云气，楚襄王很好奇，宋玉解释说："这就是所谓的朝云。当年我们楚国的先王也曾来高唐游玩，疲倦之后白日入梦，梦见一个女子自称巫山之女，自荐枕席，先王便宠幸了她。女子告别的时候，说自己就在巫山之阳，高丘之阻，旦为朝云，暮为行雨。朝朝暮暮，阳台之下。先王在第二天清早向山上望去，果然见到一种奇特的云气，便给那女子立了庙，号为朝云。”⑤若问生涯原是梦，除梦里，没人知：语出李商隐《无题》“神女生涯原是梦，小姑居处本无郎”。

【赏析】 自从宋玉写出《高唐赋》，巫山云雨便成为一个经典的文学符号，使每一个时代的诗人着迷于那种朦胧迷离、亦真亦幻的爱情。纳兰容若这首《江城子》似乎说出了一次感情的邂逅，或是一刹那的心有灵犀。题目“咏史”怎么看都是一种欲盖弥彰的拙劣努力。但词的背后究竟发生了什么，非雾非烟的朦胧里究竟隐藏着什么，毕竟不是除当事人之外的任何人可以轻易揣度的。这是古代的朦胧诗，一经确切的解释便立时索然无味。

如梦令

正是辘轳金井[①]。满砌[②]落花红冷。蓦地一相逢，心事眼波难定[③]。谁省。谁省。从此簟纹灯影[④]。

【笺注】 ①辘轳金井：辘轳，井口的汲水装置。金井，一说是井栏有雕饰的井，一说即普通石井，“金”不过形容其坚固。辘轳金井是一种已定型的诗歌意象，如李煜《采桑子》“辘轳金井梧桐晚，几树惊秋”，晁冲之《如梦令》“墙外辘轳金井。惊梦瞢腾初省”。②砌：台阶。③心事眼波难定：心猿意马的样子。④从此簟纹灯影：从此相思不绝，辗转难眠。簟纹，竹席上的纹络。容若《浣溪沙·咏五更，和湘真韵》有“簟纹灯影一生愁”。

【赏析】 这首《如梦令》写出一段“一见钟情”的经过。故事里的男女主角究竟是谁，男主角是否就是纳兰容若自己，我们既无从知晓，亦不必知晓。文学越是抽象，越能够从具体中写出一般，从一时一地的形象中写出永恒的形象。西方美学有过这样一个观念：音乐是最高的艺术形式，一切艺术形式都归向音乐。我们读纳兰容若这首《如梦令》，敏感的人便可以体味出这样的美学韵味。

又

黄叶青苔归路。屧粉衣香[①]何处。消息竟沉沉[②]，今夜相思几许。秋雨。秋雨。一半因风吹去[③]。

【笺注】　①屧粉衣香：屧（xiè），古代鞋子的木底。屧粉，女鞋里衬的香粉。屧粉、衣香，都是借指所思念的女子。②沉沉：杳无音信。③秋雨。秋雨。一半因风吹去：容若这里是借用好友朱彝尊《转应曲·安丘客舍对雨》的成句："秋雨。秋雨。一半回风吹去。"

【赏析】　与《梦江南》（昏鸦尽）相似，这首《如梦令》也是写闺怨的主题；而与《梦江南》（昏鸦尽）不似的是，这首《如梦令》只描绘了一处空旷无人的风景，虽然所有的风景都指向了画面之外的某个伤心女子。这首词的妙处就在这里，就在于以无人写有人，以客观的物写主观的情，以雨丝在风中纠缠的姿态，使读者读出词人缭乱的心绪。

又

纤月黄昏庭院。语密翻教醉浅[①]。知否那人心？旧恨新欢相半。谁见？谁见？珊枕泪痕红泫[②]。

【笺注】　①语密翻教醉浅：缠绵不尽的情话反而驱散了醉意。②珊枕泪痕红泫：枕头上满是泪水。珊枕，即珊瑚枕，女子所用的一种枕头。泪痕红泫，用红泪之典：王嘉《拾遗记》载，魏文帝曹丕迎娶美女薛灵芸，薛灵芸不忍远离父母，伤心欲绝，等到登车启程以后，薛灵芸仍然止不住哭泣，眼泪流在玉唾壶里，待车队到了京城，壶中已经泪凝如血。

【赏析】　痴情女子负心汉，这是古典闺怨主题中的一个经典模式。男人需要站在女人的立场，以女人的口吻、女人的心思，来谴责男人的三心二意。这在今天看来是一件颇为怪诞的事，于古人而言却是一项传统。这首

《如梦令》里，女人与情人喁喁细语，却捉摸不清他的心事：在他心底是否有旧爱与新欢纠缠不清？于是她总是忐忑不安，总是辗转难眠。

一个男人，认真地去写这样的诗词，总会对女人多几分理解与同情的。

采桑子

彤霞久绝飞琼字[1]，人在谁边。人在谁边，今夜玉清[2]眠不眠。　　香消被冷残灯灭，静数秋天。静数秋天，又误心期[3]到下弦。

【笺注】　①彤霞久绝飞琼字：彤霞，代指仙境。飞琼，许飞琼，传说中一名瑶台仙女的名字，代指仙女。②玉清：有两说，一是道家三清之一，一是一名仙女的名字，两说皆可通。所谓三清之玉清，道家诸天界，最高为大罗，大罗生三气，化为三清天，也就是说，大罗天生出了玄、元、始三气，分别化为玉清、上清、太清三般天界，是为三清天。作为仙女名，据陈士元《名疑》卷四引《独异志》，玉清本姓梁，是织女星的侍女，在秦始皇的时代里，太白星携着梁玉清偷偷出奔，逃到了一个小仙洞里，一连十六天也没有出来。天帝大怒，便不让梁玉清再做织女星的侍女，把她贬谪到了北斗之下。虽然以上两说于词意皆可通，但以第一种解释更佳，如此则上阕的大意是说，诗人许久没有收到情人的书信，不知道她现在是否在仙界一般的住所里像自己一样的无眠。若取第二种解释，玉清和飞琼便重复了。③心期：心愿。

【赏析】　这首《采桑子》的主题是别后相思。古人的世界是一个交通与通讯极度不便的世界，一场旅行往往累月经年，一次书信往还往往要以半年、一年为周期。这样的慢生活最容易酝酿思念，对于恋爱中的人来说最是一种难以承受的折磨。于是有了昼思夜想，于是有了辗转反侧——自己在深深思念着对方，同时幻想着对方在天涯海角也思念着自己。下一封书信会在何日到来，下一次重逢会在何年何月？一切都是未知的，只记得每一个约好的日期都被无情地耽搁了。

又

谁翻乐府[①]凄凉曲，风也萧萧。雨也萧萧。瘦尽灯花又一宵[②]。　　不知何事萦怀抱，醒也无聊。醉也无聊。梦也何曾到谢桥[③]。

【笺注】　①翻乐府：翻，演奏，演唱。乐府，这里是泛指一切入乐的诗歌。②瘦尽灯花又一宵：语出曹溶《采桑子》“落尽灯花又一宵”，吴绮《南乡子》“瘦尽灯花红不语”，是说烛火一点点地烧尽，好像一个人渐渐消瘦的样子，暗示着诗人彻夜未眠。灯花，古时的蜡烛一般是用羊油做成，烛芯烧着烧着有时就会小小地爆裂一下，如花。③谢桥：古人用“谢娘”来指代心仪的女子，“谢桥”和“谢家”便都是由“谢娘”衍生出来的词汇，指代“谢娘”所在的地方，一说六朝时代真有一座桥叫做谢娘桥。晏几道《鹧鸪天》有“梦魂惯得无拘检，又踏杨花过谢桥”。

【赏析】　伤心的时候最怕听到伤心的旋律，但偏偏会有一种受虐的勇气沉浸在这样的旋律里，这其实是人宣泄情绪以自我保护的本能在起作用。但是，当伤心伤得太深的时候，音乐与酒精仿佛同时失去了功能，更辨不清何时是梦着，何时是醒着。思念的极致与忧伤的极致，就是这个样子。

又

严宵[①]拥絮频惊起，扑面霜空。斜汉[②]朦胧。冷逼毡帷火不红[③]。　　香篝[④]翠被浑闲事，回首西风。何处疏钟[⑤]。一穟[⑥]灯花似梦中。

【笺注】　①严宵：寒夜。②斜汉：银河。③冷逼毡帷火不红：语出杨万里《霰》“冷气袭人火失红”。④香篝：熏笼。⑤疏钟：稀疏的钟声。⑥穟：同“穗”。

【赏析】　这首《采桑子》描写塞外旅途中想家的心情。荒凉的塞外，没有人烟，没有灯火，夜幕仿佛低垂到眼前，给旅人太强烈的压迫感。空气是冰冷的，帐幕里取暖的火堆渐渐失去了热度，这个时候怎会不怀念家里的温暖呢？

纳兰容若出身于京城里富贵的家庭，自幼在锦衣玉食中长大，他的蒙古血统里天然的野性早已经被红尘里的各种“优雅”彻底驯化了，以至于越是走近祖先的故地越像是踏上了异乡。他在精神上已经是一个标准的汉人了，这也是各种傲岸不驯的汉族士大夫都乐于与之交接的一个很重要的原因。

又

那能寂寞芳菲节[1]，欲话生平。夜已三更。一阕悲歌泪暗零。

须知秋叶春花促[2]，点鬓星星[3]。遇酒须倾。莫问千秋万岁名[4]。

【笺注】　①芳菲节：草木芳菲的时节。②秋叶春花促：岁月催人老之意。③点鬓星星：鬓边白发杂生。语出左思《白发赋》“星星白发，生于鬓垂”。④千秋万岁名：语出杜甫《梦李白》之二“千秋万岁名，寂寞身后事”。

【赏析】　这首《采桑子》抒写了一种人生苦短、及时行乐的情绪。优秀的文学作品基本都是洞悉人生的不可抗拒的悲剧性与无意义。所以在各种美学体系里，悲剧永远比喜剧高级，永远比喜剧深刻。

即便某些哲学家认为悲剧性与无意义是人生的本质，但我们只要还想获得幸福，就必须培养一点自欺欺人的精神。所以不能够在悲剧性与无意义中消沉。美国宗教学家贝克尔有一个观点：人生来就是不完整的，需要制造意义使自己完整，这便是宗教存在的理由。当然，使人生完整的不一定是宗教，但一定是某些具有宗教价值的东西，诉诸非理性的直观，成为心底永不熄灭且无法言喻的一点光明。

又

冷香萦遍红桥梦[①]，梦觉城笳[②]。月上桃花。雨歇春寒燕子家。　　箜篌别后谁能鼓[③]，肠断天涯。暗损韶华[④]。一缕茶烟透碧纱[⑤]。

【笺注】　①冷香萦遍红桥梦：冷香，清冷的花香。红桥，当指有雕饰的桥，或仅仅是对桥的雅称，如姜夔《侧犯·咏芍药》有“恨春易去。甚春却向扬州住。……红桥二十四，总是行云处。”扬州二十四桥在这里被称为“红桥二十四”。②梦觉城笳：城头传来的胡笳声。城头吹笳似有报时的作用，在清晨吹奏，如唐代窦庠《四皓驿听琴送王师简归湖南使幕》有“城笳三奏晓，别鹤一声遥”，所以“梦觉城笳”当指梦被城笳唤醒，时间已是清晨。③箜篌别后谁能鼓：倒装句，即别后谁能鼓箜篌。箜篌，古代一种拨弦乐器，在诗歌当中作为套语有思念的象征意义。鼓，泛指弹奏音乐。④暗损韶华：指美好的年华暗暗消损。⑤碧纱：窗纱。

【赏析】　这首《采桑子》描写别后的相思，虽然也有着肝肠寸断的情绪，但字里行间总也掩不住甜蜜的基调。词是从美丽的梦境开始的：梦里是小桥流水，空气里弥漫着清冷的花香，仿佛只要走过这座小桥，再多走一步，就可以与恋人重逢了。忽然梦被惊醒，原来是城头上吹响了报晓的胡笳。向窗外看去，天未亮，桃花上洒满月光；雨已停，留下一片春寒，燕子还在巢中安睡。这样的景象与情绪，竟然与刚刚的梦境相似。在亦真亦幻中，真渐渐冲淡了幻，阳光渐渐驱散了黑夜，甜蜜渐渐变成了伤感。

又　九日

深秋绝塞谁相忆，木叶萧萧。乡路迢迢。六曲屏山和梦遥[①]。佳时倍惜风光别，不为登高。只觉魂销。南雁归时更寂寥。

【笺注】　①六曲屏山和梦遥：六曲屏山，即六扇屏风。《纳兰词笺注》谓六曲屏山代指家园，不确，应当代指所思之闺阁女子，如赵孟坚《花心动》有“兰幌玉人睡起，情脉脉、无言暗敛双眉。斗帐半褰，六曲屏山，憔悴似不胜衣”，仇远《木兰花慢》有“远钟消断梦，又霜信、到纹窗。有六曲屏山，四垂斗帐，重锦方床。轻寒画眉尚懒，想留连、一线枕痕香。无语因谁悒怏，何心重理丝簧”。

【赏析】　词题“九日”，特指九月九日重阳节，这是古人很重视的一个节日，人们会登高饮菊花酒，插茱萸，与亲人团聚。关于重阳节最著名的一首诗，是唐代诗人王维的《九月九日忆山东兄弟》：“独在异乡为异客，每逢佳节倍思亲。遥知兄弟登高处，遍插茱萸少一人。”如果在重阳当天，自己远在他乡，无法与亲人团聚，难免要有一番惆怅。纳兰容若写这首词的时候，正在出使塞外的旅途之中。仰望北雁南飞，自己却只能一路向北，离家越来越远，越行越孤独。

又　咏春雨

嫩烟分染鹅儿柳[①]，一样风丝。似整如欹[②]。才着春寒瘦不支。　凉侵晓梦轻蝉腻[③]，约略红肥[④]。不惜葳蕤[⑤]。碾取名香作地衣[⑥]。

【笺注】　①嫩烟分染鹅儿柳：嫩烟，比喻蒙蒙雨雾。鹅儿柳，鹅黄色的嫩柳。②似整如欹：似直似斜。欹（qī），倾斜。③蝉腻：当是蝉鬓、腻云的省称。蝉鬓，女子的一种发式。腻云，比喻光泽的发髻。④红肥：比喻花朵盛开。李清照《如梦令》有“应是绿肥红瘦”，明末清初的才女李因《长相思·春闺》有“桃花飞，李花飞，阵阵随风逐马蹄，红稀绿渐肥”，容若于此反用其意。⑤葳蕤：草木茂盛、枝叶下垂的样子。⑥碾取名香作地衣：语出陆游《感昔》“尊前不展鸳鸯锦，只就残红作地衣”。名香，可有两解，一指名花，一指大花。地衣，地毯。吴月娥《南乡子·落花》有“帘外雨霏霏，天要胭脂做地衣”。

【赏析】　这首《采桑子》属于咏物词，所咏之物便是词题中的“春雨”。

写好咏物诗词有一大要点，即一定要把握住所咏之物的独一无二的特质。明人董其昌《画禅室随笔》有一段很精当的论述，大意是说：《诗经》“桑之未落，其叶沃若”，这句诗只能描写桑树，再不适用于其他任何树木；林逋“疏影横斜水清浅，暗香浮动月黄昏”，这只能是咏梅，没法移于桃李；陆龟蒙“无情有恨何人见，月冷风清欲堕时”，这只能是咏白莲，不可能是咏红莲的诗。

以这样的标准来看这首《采桑子》，我们会发现纳兰容若写出了春雨“娇柔”的特质，甚至还拟人化地给了它一点天真懵懂的性格，使春雨有小孩子一般的可爱。

又　塞上咏雪花

非关癖爱轻模样[①]，冷处偏佳。别有根芽。不是人间富贵花[②]。　谢娘别后谁能惜[③]，漂泊天涯。寒月悲笳。万里西风瀚海[④]沙。

【笺注】　①轻模样：形容雪花的轻盈姿态，语出孙道绚（一作赵彦端）《清平乐·雪》“悠悠飏飏，做尽轻模样”。②富贵花：语出周敦颐《爱莲说》“牡丹，花之富贵者也”。③谢娘别后谁能惜：严绳孙《杨柳枝》有“道韫别来谁解惜，年年风雪在天涯”。谢娘：谢道韫。《晋书·列女传》载，王凝之的妻子谢道韫聪慧有才辩，曾在一次阖家赏雪的时候，叔父谢安问说这雪与何物相似，谢安哥哥的儿子谢朗比之作向天撒盐，谢道韫答道：未若柳絮因风起。谢安大悦。④瀚海：沙漠。瀚海一词原指北方的大湖，或即贝加尔湖，唐代多是指蒙古高原大沙漠以北及西至今准噶尔盆地一带广大地区的泛称，明代以来多指戈壁沙漠。

【赏析】　同样的风景，在不同的人的眼里会呈现出不同的涵义。纳兰容若眼中的雪花，处处关乎自己的身世。“非关癖爱轻模样，冷处偏佳”，这俨然是自我辩解的口气：我也知道雪花是一种轻浮的花儿，而我也并不是一个特别喜欢这种轻浮之美的人，我之所以喜欢雪花，只是因为它在群芳尽绝的寒冷地带里如此惊人地显示了它那与众不同的美。它的美是孤独的，只属于“冷处”，在其他地方全然不见，相反地，在它自己的寒冷世界里也一样看不见其他的花儿。

那么，它为什么是这样的孤独、这样的与群芳难以和谐共处呢？不为别的，只因为它“别有根芽，不是人间富贵花”——这一句是全词当中的点睛之笔，表面上是在解答关于雪花的疑问，实则却是词人的自况：雪花的根芽不是来自泥土，而是来自天外，它和我一样，不属于这个绚烂富贵的金粉世界，它虽然美丽，但绝不会与牡丹、芍药为伍。这是一种错位的感觉，容若的言外之意是：如果雪花没有生在寒冷孤绝的天外，而是生在人见人羡的牡丹和芍药们的富贵世界里，这对它而言算得上一种幸福吗？而我，一个本属于山水林泉的诗人词客，生长在富贵之家、奔波于仪銮之侧，这种人见人羡的生活对我而言算得上一种幸福吗？

又

桃花羞作无情死，感激东风。吹落娇红。飞入闲窗伴懊侬[①]。

谁怜辛苦东阳瘦[②]，也为春慵[③]。不及芙蓉。一片幽情冷处浓[④]。

【笺注】 ①懊侬：烦闷，这里借指烦闷之人，即容若自指。②东阳瘦：南朝沈约曾作东阳守，故称沈东阳。沈约在一次书信中谈到自己日渐清减，腰围瘦损，此事便成为了一个典故，习见的用法是“沈腰”或“沈郎腰”——前者如李后主的名句“沈腰潘鬓消磨”，后者如许庭“东君特地、付与沈郎腰”。沈约的腰肢消瘦本来是愁病所损，但一来因为六朝时代特殊的审美品位，二来因为沈约素来有美男子之称，故而沈腰一瘦，时人却许之为风流姿容。③春慵：因伤春而生慵懒。④不及芙蓉。一片幽情冷处浓：芙蓉即荷花，不能如梅花一般开在冷处，所以这里的“芙蓉”应当是用“芙蓉镜”的典故。芙蓉镜，字面意思就是形似芙蓉的镜子。传说唐代李固在考试落第之后游览蜀地，遇到一位老妇，预言他第二年会在芙蓉镜下科举及第，再过二十年还有拜相之命。李固第二年再次参加考试，果然如言及第，而榜上恰有“人镜芙蓉”一语，正应了那老妇的“芙蓉镜下及第”的预言。二十年过去，李固也果然如言拜相。这一典故，在蒙学读本《龙文鞭影》里便被写为“李固芙蓉”，所以，容若这句“不及芙蓉”的芙蓉并不是芙蓉花，却是事关科举的“李固芙蓉”。于是，下启“一片幽情冷处浓”，正是抒写自家在殿试希望落空之后的懊恼之“幽情”——尤其，是在友人高中、一派欢天喜地的时候，自己却病榻独卧，倦看春归，只有一朵偶然被东风送入窗口的桃花为伴。本句化自明末王彦泓《寒词》“个人真与梅花似，一日幽香冷处浓”。纳兰词中极多地化用、套用王彦泓的诗句，显示容若在填词一道上受王彦泓《疑雨集》的影响极大。王彦泓的诗常有格调不高的毛病，容若的化用与套用常为他增色不少。王彦泓，字次回，出身于明代金坛王氏旺族，祖上一连三代都是先举进士，后任要职，晚年荣归故里，又有经史著作传世，可谓立德、立言、立功三者皆备，但传至王彦泓而彻底败落。据《王氏宗谱》的记载，王彦泓的父亲王枨锟在天启年间因为秉公执法，得罪了权贵，惨遭陷害，虽然到崇祯帝登基的时候得到了赦免，但家族元气难复，王彦泓终生为此愤愤。王彦泓终生亦未中举做官，其生活以作诗和恋爱为主，直到崇祯十五年在家乡病逝，时年五十岁。两年之后便是“甲申之变”，明清易代。王彦泓的诗，被友人编辑为《疑雨集》，后来还有人伪造了一部《疑云集》，假托是王彦泓的作品，这说明《疑雨集》很受欢迎。贺裳《皱水轩词筌》谓王彦泓《疑雨集》二卷“见者沁人肝脾，里俗为之一变”。《疑雨集》先后风靡过两次，第一次是在明末清初，第二次是在清末民初，我们现在还能在张恨水的《春明外史》里、冰心的柔情散文里，还有郁达夫的书信里、沈从文的小说里不断瞥见王彦泓的影子。《疑雨集》能在这两个时代里风靡一时，有其社会背景：无论是明末清初还是清末民初，都是所谓“王纲解纽”的时期，社会秩序乱了，旧观念的话语霸权没有那么牢固了，权利者们忙于许多更要紧的问题，以致于一时顾不上清理这类“伤风败俗、蛊惑人心”的作品。纲常松弛了，爱情就开始萌芽了。但松弛不等于消失，于是，王彦泓的诗处境颇为尴尬，有情人趋之若鹜，爱之者击节深爱，恨之者切齿痛恨。在明末清初，《疑雨集》如同爱情圣经。其词句旖旎艳丽，冲破禁忌，以至于后来被日本作家永井荷风比作波德莱尔的《恶之花》而盛赞其“倦怠颓唐之美”，哈佛大学的韩南教授干脆直接把王彦泓称为“中国的波德莱尔”。但至少从文学史的地位上说，波德莱尔毕竟是整个西方文学史上划分古典与现代的一座里程碑，而王彦泓只在本土有两度流光一闪。现在的中国文学史上，即便没有完全忽略掉他，也只是用半句话的篇幅一带而过，正如我们现在都知道李商隐是位毋庸置疑的大诗人，而传统上的主流观念一直晚到清代才作出了这样的认同。永井荷风和韩南把王彦泓与波德莱尔并置，应该不是因为他们在文学史上的地位，而是因为他们的题材、手法、风格，还有各自对自己所处的时代的世道人心的那种激荡。波德莱尔不能为正统社会所容，王彦泓也是一样。在他去世之后甚至传出了这样的奇闻，说他是在一次如厕的过程中失足跌进粪坑里淹死的。传闻反映的不一定是真实的事实，却往往反映了真实的人心。在正人君子们的期待里，这个龌龊的诗人就应该是这个龌龊的死法。王彦泓的女儿王朗词名颇著，有《古香亭词钞》。王朗与顾贞观之姐顾贞立唱酬频繁，王朗的儿子秦松龄（对岩）则是容若的好友。

【赏析】 这首《采桑子》，看上去只是一首泛泛的伤春自怜的小令，其实另有本事。康熙十二年三月是科举殿试之期，纳兰容若因病失期，心绪不佳，此词即缘此而作。

纳兰容若自幼便接受了当时顶尖的汉文化教育，在十八岁那年通过了乡试，中了举人，次年春闱，他再一次考取了很好的成绩，接下来的三月就是科举考试的最后一关，即由皇帝亲自主持的殿试。但上天总是不遂人愿，就在临考的当口，他的寒疾突然发作，无情地把他困在了院墙之内、病榻之上。

上天是无情的，所以他幻想着桃花的有情，如果春天就这样过去，下一次的殿试就要等到三年之后了。而他的这一病，也真的病过了一整个春天。所以，这首《采桑子》里的伤春、“懊侬”与“春慵”就是为了这件事情。

又

海天谁放冰轮满[①]，惆怅离情。莫说离情。但值良宵总泪零。只应碧落[②]重相见，那是[③]今生。可奈[④]今生。刚作愁时又忆卿。

【笺注】　①冰轮满：谓月圆。冰轮，月亮。张元干《水调歌头·癸酉虎丘中秋》有“万里冰轮满，千丈玉盘浮”。②碧落：天空。白居易《长恨歌》有“上穷碧落下黄泉，两处茫茫皆不见”。③那是：哪是。④可奈：怎奈。

【赏析】　这首词是悼亡主题。纳兰容若与卢氏伉俪情深，但在康熙十六年（1677年），即容若二十三岁那年，卢氏死于难产。妻子的亡故给容若造成了几尽致命的打击，从此“悼亡之吟不少，知己之恨尤深”，写下了很多思念卢氏的诗词，这首《采桑子》便是其中之一。词作以月亮的圆满对照人生的残缺，突出了人力的渺小与无奈。

又

明月多情应笑我[①]，笑我如今[②]。辜负春心。独自闲行独自吟。
近来怕说当时事，结遍兰襟[③]。月浅灯深。梦里云归何处寻。

【笺注】　①明月多情应笑我：化自苏轼《念奴娇·赤壁怀古》“故国神游，多情应笑我，早生华发”。②笑我如今：化自晏几道《采桑子》“莺花见尽当时事，应笑如今”。③兰襟：芬芳的衣襟。“结兰襟”可比喻知己好友的结交。

【赏析】　这首词的主题是怀念，但我们很难确定怀念对象的身份。他（她）或是知交好友，或是红颜知己，太久的分别使词人思念不能自已。

在写作手法上，这首词很突出了今昔对比：往昔订交，把衣襟结在一起，祈祷永不分离；今日又是春光明媚，词人却辗转无眠，在孤独中漫步行吟。“近来怕说当时事”一句是词眼所在，“当时事”是美好的，令人怀念的，却偏偏“怕说”，这貌似一种甚不合理的情绪，但一经细思，才明白美好的回忆如何会更衬托出今日的孤独。

又

拨灯书尽红笺[①]也，依旧无聊。玉漏迢迢[②]。梦里寒花隔玉箫[③]。几竿修竹三更雨，叶叶萧萧。分付秋潮。莫误双鱼到谢桥[④]。

【笺注】 ①红笺：红色信纸，原指薛涛笺，为唐代才女薛涛所创。其时薛涛住在成都浣花溪，和当时的许多文人名士如白居易、元稹、杜牧等多有诗歌唱和。这种诗歌唱和，多是一张纸上写一首律诗或绝句，但当时的纸张尺寸较大，以大纸写小诗，不够精美。薛涛便让造纸工匠特地改小尺寸，做成小笺，自己又发明了新奇的染色技法，能染出深红、粉红、明黄等十种颜色，这就是所谓的“十样变笺”，不是普通的信笺，而是专门的诗笺。朱彝尊《玉抱肚》有“便成都、染尽笺十样，也写不尽相思苦”。在这十样变笺之中，薛涛独爱深红色，而且除染色之外，还以花瓣点缀，更添情趣。韦庄专门写过一首《乞彩笺歌》，把它比作出自神仙之手的天上烟霞，“人间无处买烟霞，须知得自神仙手”，但这种纸也贵重得很，贵重到“也知价重连城璧，一纸万金犹不惜”。②玉漏迢迢：套用秦观《南歌子》“玉漏迢迢尽，银河淡淡横”。玉漏：古代计时用的漏壶。漏壶罕有玉质，所谓玉漏，不过如金井、铁笛之类的词汇一般，是一种气质上的形容罢了。所以在诗歌语言中，同一种漏壶，可以叫做玉漏、银漏、更漏、铜漏、春漏、寒漏，就像同一种笛子可以根据不同的需要写作玉笛、铁笛、竹笛。在诗歌套语里，更漏一般都带有长夜漫漫、斯人寂寥的意象。③梦里寒花隔玉箫：寒花，寒冷时节所开的花，多指菊花。这里所谓玉箫，当是唐代范摅（shū）《云溪友议》所载的唐代韦皋的一段情事。韦皋年轻时游历江夏，住在姜使君那里教书，姜家有个小婢女，名叫玉箫，刚刚十岁，经常也来服侍韦皋。就这样过了三年，姜使君离家求官，韦皋便离开姜家，住在了一座寺庙里，玉箫还是经常去寺庙照顾韦皋，终于日久生情。后来韦皋因事离开，和玉箫约定：少则五年，多则七年，一定回来接走玉箫，还留下了一枚玉指环和一首诗作为信物。五年过去了，韦皋没有回来，玉箫总是在鹦鹉洲上默默祈祷等待，就这样又过了两年，到了第八年的春天，玉箫绝望了，绝食而死。姜家人怜悯玉箫，就把韦皋留下的玉指环戴在了玉箫的中指上，把她下葬。韦皋做官回来，正巧坐镇蜀州，听说玉箫之死，凄怆叹惋，便日复一日地抄写佛经、修建佛像，终于感动了一位方士。方士施法术使韦皋见到了玉箫的魂魄。玉箫说："多亏你的礼佛之力，我马上就会托生人家，十二年后定当再到你的身边，作你的侍妾。"后来，韦皋一直坐镇蜀地，多年之后，有人送来一名歌姬，年纪小小，也叫玉箫，相貌也和当年的玉箫一样，再看她的中指，隐隐有一个环形的凸起，正是当年那个玉指环的形状。④"分付秋潮"二句：秋潮，秋天的潮水。潮水在诗歌套语里有往来有信的涵义。双鱼，代指书信，典出《古乐府》"尺素如残雪，结成双鲤鱼。要知心中事，看取腹中书"。容若《效江醴陵杂拟古体诗》二十首之《曹子建七哀》有"幸有双鲤鱼，拟为君寄辞。终日不成章，含泪自封题。君若得鲤鱼，剖鱼开素书。但看书中字，一一与泪俱"。谢桥，即谢娘桥，借指情人所居之处。

【赏析】　这首词是写词人在夜深无眠中止不住思念，挑灯给所爱的女子写信，希望这封信能够快一点寄到她的手上。词句组合了若干传统文化中的经典语码，使字面义与引申义相得益彰。如最后一句"分付秋潮，莫误双鱼到谢桥"，这个"双鱼"并不是真正的鱼，而是尺素结成的双鱼形象；尺素则是首句"拨灯书尽红笺也"的那个"红笺"。字面上看，词人是说把双鱼交付给了秋潮，让秋潮千万要准时把双鱼送到谢桥，千万不要耽搁了。潮、鱼、桥，全是水中的意象，潮水把鱼儿送到某一座桥下，这是顺理成章的事情，而在字面之外的实际意义上，秋潮、双鱼、谢桥，却没一个真正和水有关，全都是诗人的典故和比喻而已。

又

凉生露气湘弦[①]润，暗滴花梢。帘影谁摇。燕蹴风丝上柳条。
舞鹍镜匣[②]开频掩，檀粉[③]慵调。朝泪如潮。昨夜香衾[④]觉梦遥。

【笺注】 ①湘弦：即湘瑟，湘妃所弹之瑟，代指琴瑟。②舞鹍（kūn）镜匣：有鹍鸡舞蹈图案装饰的镜匣。鹍鸡，外形像鹤的一种山鸡。后人多以山鸡的图案镌为镜背的装饰。据刘敬叔《异苑》，有一种山鸡迷恋自己的羽毛，只要看到自己的倒影就会跳舞。魏武帝时南方献来这种山鸡，公子苍舒命人把一面大镜子放在山鸡面前，山鸡看到自己镜中的影像便开始跳舞，一跳起来就不停歇，直到累死。③檀粉：女子化妆用的香粉。④衾（qīn）：被子。

【赏析】 这首词以闺怨为主题，写一个为远方情郎魂牵梦萦的女子。

以今天的文学眼光来看，闺怨题材是非常难写的，因为男人和女人感知世界的方式是如此不同，以至于在很多场合里几乎无法做出换位思考。女人描写自己的思念和男人替女人描写的思念，关注点可以差之千里。当然，纳兰容若生活在古代的男权世界里，遵循着闺怨主题的传统，以足够的细腻来摹写露水、琴弦、花梢、燕子、镜匣、胭脂、眼泪与梦境，用这一系列女人专属的意象来勾画一个女人的伤心。这样的写法，其实带了几分赏玩的意味，因而也就不够真挚。这样的伤心，写出来毕竟不如悼亡词里那些真正的伤心。

又

土花曾染湘娥黛[①]，铅泪[②]难消。清韵谁敲。不是犀椎是凤翘[③]。 只应长伴端溪紫[④]，割取秋潮[⑤]。鹦鹉偷教。方响[⑥]前头见玉箫。

【笺注】 ①土花曾染湘娥黛：土花，金属器皿表面受泥土的长期剥蚀而留下的斑痕。②铅泪：这里指金属器皿的斑渍，语出李贺《金铜仙人辞汉歌》“空将汉月出宫门，忆君清泪如铅水”。③不是犀椎是凤翘：犀椎，犀角制的小槌。凤翘，一种凤形的首饰。④端溪紫：紫石端砚，一种名贵的砚台。⑤割取秋潮：比喻所咏之物颜色如秋水。语出李商隐《房中曲》“枕是龙宫石，割得秋波色”。⑥方响：打击乐器，铜制，上圆下方。

【赏析】 这是一首咏物词，但所咏之物究竟是什么，已经无法从字里行间推断得出，只能大致判断是某种奇特的古物，某种金属质地的打击乐器。

咏物诗词有一个惯例，即所咏之物的名称不在诗词的字面中出现，譬如咏雪的诗词不能出现“雪”字，咏牡丹的诗词不能出现“牡丹”二字，这就考校文人旁敲侧击却能切中要害的本领。但这样做的风险是，一旦所咏之物不那么常见，题目里又不曾明确给出线索，千百年之后的读者恐怕就真的没法从“谜面”猜出“谜底”了。

又

白衣裳凭朱阑立[①]，凉月趖[②]西。点鬓霜微。岁晏[③]知君归不归。 残更目断传书雁，尺素[④]还稀。一味相思。准拟[⑤]相看似旧时。

【笺注】 ①白衣裳凭朱阑立：语出王彦泓《寒词》“白衣裳凭赤阑干”。②趖（suō）：缓行。③岁晏：岁末。④尺素：代指书信。在纸张流行之前，古人用木板或帛做成大约一尺见方的版面来写字。用木板的叫做尺牍，用帛的叫做尺素。⑤准拟：希望，料想。

【赏析】 这首《采桑子》写的是相思的主题。天涯海角，两地悬隔，又是一年的年末，始终等不到所思念者的音信，不知道对方何时才能归来。在相思主题的诗词中，月亮是一个经典的意象，因为在交通与通讯皆不发达的古代，月亮成为异地相思者唯一的联系，即所谓“共看明月皆如此”。古代所谓相思，涵义远较今天为广，包括同性好友之间仅仅出于友情的思念。古人写友情中的思念，往往浓墨重彩，看上去恍如情人间的语言，以至于对于那些无法确知背景的相思诗词，我们便很难确定那究竟是情人间抑或友人间的相思，这首《采桑子》便是一例。

又

谢家[①]庭院残更立，燕宿雕梁。月度银墙。不辨花丛那辨香[②]。 此情已自成追忆[③]，零落鸳鸯。雨歇微凉。十一年前梦一场。

【笺注】 ①谢家：代指女子居所。②不辨花丛那辨香：套用元稹《杂忆》“寒轻夜浅绕回廊，不辨花丛暗辨香”。③此情已自成追忆：化用李商隐《锦瑟》“此情可待成追忆，只是当时已惘然”。

【赏析】 这首《采桑子》通常被认为是悼亡之作，但细细体味词意，并无法确指悼亡。审慎一些来说的话，词的主题应当是怀念十一年前的一场短暂的情事。而这场短暂的情事究竟有怎样的来龙去脉，今天已经完全无据可考了。

这首词虽然短小，却化用了若干前人诗歌的成句。“谢家庭院残更立”化用张泌《寄人》：“别梦依依到谢家，小廊回合曲阑斜。多情只有春庭月，犹为离人照落花。”“不辨花丛那辨香”套用元稹《杂忆》：“寒轻夜浅绕回廊，不辨花丛暗辨香。”“此情已自成追忆”化用李商隐《锦瑟》：“此情可待成追忆，只是当时已惘然。”依照今天的看法，这可能算是剽窃了，但在古代，词就是有这种化用的权利。这是因为词在一开始，是不被当作正经文学体裁的，所以人们对它的文学要求并不严格，久而久之，化用和套用便成了词的一项创作传统。

又

而今才道当时错[①]，心绪凄迷。红泪[②]偷垂。满眼春风百事非。　　情知此后来无计，强说欢期。一别如斯。落尽梨花月又西。

【笺注】　①而今才道当时错：化用刘克庄《忆秦娥》“古来成败难描模，而今却悔当时错”。②红泪：王嘉《拾遗记》载，魏文帝曹丕迎娶美女薛灵芸，薛灵芸不忍远离父母，伤心欲绝，等到登车启程以后，薛灵芸仍然止不住哭泣，眼泪流在玉唾壶里，待车队到了京城，壶中已经泪凝如血。

【赏析】　这首《采桑子》属于闺怨主题，描写一名女子因为和情郎分手而悔不当初的心情，写尽了女子心中的纠结。景语与情语时而错位，时而交织。“满眼春风百事非”就是一个错位的修辞，因为要说“百事非”，顺理成章的搭配应该是“满眼秋风”而不是“满眼春风”，但春风满眼、春愁宛转，由生之美丽感受死之凄凉，在繁花似锦的喜景里独掩百事皆非的悲怀，尤为痛楚。此刻的春风和多年前的春风没什么两样，但此刻的心绪却早已经步入了秋天。

“情知此后来无计，强说欢期”，回想当时的分别，明明知道再也不会有见面的机会了，但还是强自编织着谎言，约定将来的会面。那一别真成永诀，此时此刻，欲哭无泪，欲诉无言，唯有“落尽梨花月又西”——情语写到尽处，以景语来作结；以景语的“客观风月”来昭示情语的“主观风月”；这既是词人的修辞，也是情人的无奈。

台城路　洗妆台[①]怀古

六宫佳丽谁曾见，层台尚临芳渚。露脚斜飞，虹腰欲断，荷叶未收残雨[②]。添妆何处。试问取雕笼，雪衣分付[③]。一镜[④]空濛，鸳鸯拂破白苹去。　　相传内家结束[5]。有帕装孤稳，靴缝女古[6]。冷艳全消，苍苔玉匣，翻出十眉遗谱[7]。人间朝暮。看胭粉亭西，几堆尘土。只有花铃[8]，绾[9]风深夜语。

【笺注】　①洗妆台：北京名胜，被讹传为辽代萧皇后的梳妆楼。萧皇后，即辽道宗懿德皇后萧观音，契丹著名才女。契丹人其时汉化很快，北宋名相富弼在《河北守御十二策》就说过辽与西夏“役中国人力，称中国位号，仿中国官属，任中国贤才，读中国书籍，用中国车服，行中国法令”，在这一新的夷夏之辨中，华夏的文明优势夷狄已应有尽有，而夷狄的劲兵骁将又为华夏所不及。辽国发展到辽道宗耶律洪基的时候，汉化程度已经相当之深，辽道宗本人便能写一手不错的汉文格律诗。辽道宗这位才子皇帝与出身皇后世家的萧观音本是青梅竹马，后来辽道宗沉迷田猎，萧观音撰文劝谏，两人从此便有了隔阂。萧观音为了使丈夫回心转意，写过一组《回心院》联章体组诗：

扫深殿，闭久金铺暗。游丝络网尘作堆，积岁青苔厚阶面。扫深殿，待君宴。

拂象床，凭梦借高唐。敲坏半边知妾卧，恰当天处少辉光。拂象床，待君王。

换香枕，一半无云锦。为是秋来展转多，更有双双泪痕渗。换香枕，待君寝。

铺翠被，羞杀鸳鸯对。犹忆当时叫合欢，而今独覆相思袂。铺翠被，待君睡。

装绣帐，金钩未敢上。解却四角夜光珠，不教照见愁模样。装绣帐，待君贶。

叠锦茵，重重空自陈。只愿身当白玉体，不愿伊当薄命人。叠锦茵，待君临。

展瑶席，花笑三韩碧。笑妾新铺玉一床，从来妇欢不终夕。展瑶席，待君息。

剔银灯，须知一样明。偏是君来生彩晕，对妾故作青荧荧。剔银灯，待君行。

爇熏炉，能将孤闷苏。若道妾身多秽贱，自沾御香香彻肤。爇熏炉，待君娱。

张鸣筝，恰恰语娇莺。一从弹作房中曲，常和窗前风雨声。张鸣筝，待君听。

这组词颇著名，清代叶申芗《本事词》称其“皆情致缠绵，怨而不怒焉”。萧观音还写过一首《咏史》七绝，亦佳，但正是这首诗给她惹来了杀身之祸：

宫中只数赵家妆，败雨残云误汉王。

惟有知情一片月，曾窥飞燕入昭阳。

《咏史》咏的是汉宫赵飞燕的故事，肇祸的缘由是因为这首诗里暗藏了“赵”、“惟”、“一”三个字，合起来就是“赵惟一”。赵惟一是宫廷乐师，传闻其与萧观音有私情，后来凿实二人私情的则是据称亦出自萧皇后手笔的一组《十香词》：

青丝七尺长，挽作内家妆。不知眠枕上，倍觉绿云香。

红绡一幅强，轻阑白玉光。试开胸探取，尤比颤酥香。

芙蓉失新艳，莲花落故妆。两般总堪比，可似粉腮香。

蝤蛴哪足并，长须学凤凰。昨夜欢臂上，应惹领边香。

和羹好滋味，送语出宫商。定知郎口内，含有暖甘香。

非关兼酒气，不是口脂芳。却疑花解语，风送过来香。

既摘上林蕊，还亲御苑桑。归来便携手，纤纤春笋香。

风靴抛含缝，罗袜卸轻霜。谁将暖白玉，雕出软钩香。

解带色已战，触手心愈忙。那识罗裙内，消魂别有香。

咳唾千花酿，肌肤百和装。无非啖沉水，生得满身香。

《十香词》据称是萧皇后写给赵惟一的，一一描述了女人身体从头到脚的十种香气，实为权臣耶律乙辛陷害。辽道宗为之大怒，赵惟一被满门抄斩，萧皇后被赐白绫自尽。临死之前，萧皇后以离骚体写就了一首《绝命词》：

嗟薄福兮多幸，羌作俪兮皇家。承昊穹兮下覆，近日月兮分华。托后钩兮凝位，忽前星兮启耀。虽衅累兮黄床，庶无罪兮宗庙。欲贯鱼兮上进，乘阳德兮天飞。岂祸生兮无联，蒙秽恶兮宫闱。将剖心兮自陈，冀回照兮白日。宁庶女兮多渐，遏飞霜兮下击。顾子女兮哀顿，对左右

兮摧伤。其西曜兮将坠，忽吾去兮椒房。呼天地兮惨悴，恨今古兮安极。知吾生兮必死，又焉爱兮旦夕！

注家有以为这首《绝命词》就是萧皇后的自供状，根据是词中一句“虽衅累兮黄床”，表示自己确有私情。这里需要澄清一下。通篇来看这首《绝命词》，分明是在给自己鸣冤叫屈；以离骚体写就，大有把自身遭遇比作屈原受谗的意思。至于“黄床”一词，实无关于男女之事，其典出自扬雄的《太玄》：“邪其内主，迂彼黄床”，虽无确解，但可以肯定的是，《太玄》这一部分的内容是以妻子主内为主题的，所以《绝命词》之“黄床”当可理解为后宫。

萧观音死后，其亲生的太子也未能幸免，直到萧观音的孙子即位，冤情才被洗雪，当年进谗构陷的奸臣也被剖棺戮尸。

②露脚斜飞，虹腰欲断，荷叶未收残雨：字面上是描绘洗妆台的景致，暗含着点出了这里的三处景点：金露亭、玉虹亭和荷叶殿。露脚斜飞，语出李贺《李凭箜篌引》“吴质不眠倚桂树，露脚斜飞湿寒兔”。露脚，露滴。

③试问取雕笼，雪衣分付：雪衣，白色鹦鹉，典出郑处晦《明皇杂录》：唐明皇时，岭南进献了一种白色鹦鹉，擅学人言，就连诗歌教过几遍之后也能背诵，唐明皇与杨贵妃皆称它为雪衣女。顾贞观《金明池·茉莉》有“早素月流光，雪衣眠醒，教念曼华新偈”。

④一镜：谓太液池，以镜面比喻水面。

⑤内家结束：宫廷装扮。托名萧皇后的《十香词》有“青丝七尺长，挽作内家妆”。顾贞观《虞美人》有“内家结束庄严相，不是慵来样”，见得这是宫廷中一种很正式的打扮。

⑥帕装孤稳，靴缝女古：孤稳，玉；女古，金。两者都是契丹语的音译。周春《辽诗话》引王鼎《焚椒录》：皇后姿容端丽，为萧氏之首，宫中说“孤稳压帕女古鞾，菩萨唤作耨斡么”，大约以玉饰首，以金饰足，以观音作皇后。

⑦十眉遗谱：唐明皇曾令画工画过所谓“十眉图”，描眉有十种式样：一为鸳鸯眉，又名八字眉；二为小山眉，又名远山眉；三为五岳眉；四为三峰眉；五为垂珠眉，六为月棱眉，又名却月眉；七为分梢眉；八

为逐烟眉；九为拂云眉，又名横烟眉；十为倒晕眉。

⑧花铃：即护花铃。《开元天宝遗事》载，唐代天宝年间，每到春天，宁王就派人在花园里系上红丝，密密地缀上铃铛，系在花梢上，以惊吓鸟雀。

⑨绾（wǎn）：将物件穿上洞挂起来。

【赏析】 这首《台城路》兼具怀古与闺怨双重属性，以怀古为主。洗妆台：词题中的洗妆台是北京名胜，一直被讹传为辽代萧皇后的梳妆楼，但实为金章宗为李宸妃所建，旧址在今天北海公园的琼华岛上。纳兰容若及其同时代的文人吟咏洗妆台，往往明知讹传之误，却仍写辽代萧皇后的事情。

辽代皇后萧观音一生极富传奇色彩，惨遭陷害的命运也引起了无数人的同情。纳兰容若这首词，是从北海琼华岛洗妆台一带的各处风景名胜入手，从未曾改变的风景怀想早已逝去的佳人。这也算是怀古诗词的经典套路了，如王勃诗“阁中帝子今何在，槛外长江空自流”，如苏轼“燕子楼空，佳人何在，空锁楼中燕”，总之是以客观风物的不变来反衬人生的瞬息万变，以客观风物的无情来反衬人生的多情。

又 上元①

阑珊火树鱼龙舞②，望中宝钗楼远③。靺鞨余红，琉璃剩碧④，待嘱花归缓缓⑤。寒轻漏浅。正乍敛烟霏，陨星如箭⑥。旧事惊心，一双莲影藕丝断。 莫恨流年逝水，恨销残蝶粉⑦，韶光忒贱⑧。细语吹香，暗尘笼鬓，都逐晓风零乱。阑干敲遍。问帘底纤纤⑨，甚时重见。不解相思，月华今夜满。

【笺注】 ①上元：正月十五，元宵节，灯节。②阑珊火树鱼龙舞：阑珊，残，将尽。火树，花灯高叠如树。鱼龙舞，舞鱼灯或龙灯。③宝钗楼：代指歌楼酒肆。宝钗楼原是唐宋年间一处咸阳酒楼的名字。宋代邵博《闻见后录》记述一个秋日在咸阳宝钗楼宴客，在夕阳之中看汉代陵墓，有人唱起李白的《忆秦娥》，满座无不凄凉感叹。陆游《对酒》有“但恨宝钗楼，胡沙隔咸阳”，自注：“宝钗楼，咸阳旗亭也。”按，旗亭即酒肆，原指市楼，《史记·三代世表》“与方士会旗亭下”，《集解》引薛注，谓旗亭即市楼，楼在集市之中，插旗子作为标志，故称旗亭。④鞅鞨余红，琉璃剩碧：鞅鞨（mò hé），红鞅鞨，红宝石的一种，相传产于鞅鞨国，因此得名。琉璃，玻璃。玻璃在中国古已有之，只是杂色较多，多用来制作小饰品。本句是以鞅鞨和琉璃来比喻上元夜晚闪耀的花灯。⑤待嘱花归缓缓：典出苏轼《陌上花》诗引：游九仙山，听到乡里小孩子唱《陌上花》，当地父老说：当年吴越王妃每年春天必回临安，吴越王写信给王妃说：“陌上花开，可缓缓归矣。”吴地之人便把这段话谱为歌谣。⑥陨星：比喻烟火。语出辛弃疾《青玉案·元夕》“东风夜放花千树，更吹落、星如雨”。⑦蝶粉：唐代的一种宫妆。⑧韶光忒贱：语出汤显祖《牡丹亭·惊梦》“雨丝风片，烟波画船，锦屏人忒看的这韶光贱”。忒（tuī），太，过于。⑨帘底纤纤：代指美女。原指帘子底下所见的女子纤足。

【赏析】 这首《台城路》描写元宵节狂欢之后的寂寥心情。

元宵节，又称灯节，是中国传统中最盛大的节日。在节日的夜晚，花灯竞放，金吾不禁，平日里大门不出、二门不迈的女人们也可以穿着最漂亮的衣服在大街上肆意游玩，肆意晚归。但是，狂欢之后的清冷往往最使敏感的人承受不起，油然念及一些伤心往事，于是一发而不可自拔。这首词所写的就是这样的情绪，用了许多华丽的意象来反衬自己的心情，最后又用圆月来反衬人生的缺憾。

又 塞外七夕

白狼河[①]北秋偏早，星桥又迎河鼓[②]。清漏频移[③]，微云欲湿，正是金风玉露[④]。两眉愁聚。待归踏榆花，那时才诉[⑤]。只恐重逢，明明相视更无语。　人间别离无数，向瓜果筵前[⑥]，碧天凝伫。连理千花，相思一叶，毕竟随风何处。羁栖良苦。算未抵空房，冷香啼曙。今夜天孙，笑人愁似许[⑦]。

【笺注】 ①白狼河：今辽宁省大凌河，此处泛指塞外。②星桥又迎河鼓：星桥，即鹊桥。河鼓，河鼓星，即牵牛星，此谓牛郎。③清漏频移：谓时光流逝。漏，漏壶，古代计时器。④金风玉露：借指秋天。金风，秋风。玉露，白露。⑤待归踏榆花，那时才诉：语出曹唐《织女怀牵牛》"欲将心向仙郎说，借问榆花早晚秋"。⑥瓜果筵：据《荆楚岁时记》，每逢七夕，妇女们结彩缕、穿七孔针，在庭院里陈列瓜果向织女乞巧。⑦今夜天孙，笑人愁似许：七夕时分，牵牛织女在天上团圆，诗人却孤身行旅在外，所以被织女所笑。天孙，织女星。织女是天帝的孙女，故名天孙。容若《垂丝海棠》诗有"天孙剪绮系赪丝，似睡微醒困不支"。

【赏析】 这首词大约作于康熙二十二年（1683 年），其时纳兰容若扈从康熙帝往古北口外避暑，时值七夕，有感而作。

七夕是中国传统的情人节，是有情人共享甜蜜的时刻，但这个七夕，纳兰容若被公务所迫，不得不在塞外的寒风中独自度过，遥想远在京城的妻子，不觉格外伤心。

这首词巧妙运用了反衬的手法：牛郎、织女一年一会，原本应该获得人们的同情，容若却说"今夜天孙，笑人愁似许"，织女却在天上看自己与妻子两地悬隔的笑话，真让人情何以堪啊。

玉连环影

何处？几叶萧萧雨。湿尽檐花，花底人无语。掩屏山[①]。玉炉寒[②]。谁见两眉愁聚倚阑干。

【笺注】 ①屏山：屏风。②玉炉：玉熏炉。

【赏析】 这首词描写愁人的情态：在雨中，在花前，掩上屏风，任熏炉烧尽，褪去最后一丝暖意，那人眉头紧锁，倚靠在阑干上，不知他在想些什么。

小令贵在含蓄，这首词正是含蓄的典范。寥寥几笔，写出几个意象，写出人慵懒惆怅的情态，至于那人究竟有什么心事，究竟如何百转千回地思量，却全然不提，给读者留下了大量的想象空间。用绘画来比喻，这就属于善于留白的画法。

洛阳春　雪

密洒征鞍无数。冥迷远树。乱山重叠杳难分，似五里、蒙蒙雾。　惆怅琐窗[①]深处。湿花轻絮。当时悠飏得人怜，也都是、浓香助[②]。

【笺注】　①琐窗：窗棂上刻有连锁花纹的窗户。②当时悠飏得人怜，也都是、浓香助：化自罗虬《比红儿诗》"浓艳浓香雪压枝，袅烟和露晓风吹"。

【赏析】　这是一首咏物词。纳兰容若在山间旅途中遇雪，于是巧妙地将山路中所见之雪与闺阁中所见之雪做了对比，见出前者因何而恼人，后者因何而惹人怜爱。这样的手法，在咏物诗词中算是别具一格的。

谒金门

风丝袅，水浸碧天清晓[①]。一镜湿云青未了。雨晴春草草[②]。

梦里轻螺谁扫[⑧]。帘外落花红小。独睡起来情悄悄。寄愁何处好。

【笺注】　①水浸碧天清晓：化自孙浩然《离亭燕》"水浸碧天何处断，霁色冷光相射"，欧阳修《蝶恋花》"水浸碧天风皱浪"，米芾《蝶恋花·海岱玩月作》"水浸碧天天似水"。②春草草：化自仇远《更漏子》"春草草，草离离。离人归未归"。草草：匆促。⑧轻螺：浅淡的螺黛。螺黛是古代女子画眉之墨。

【赏析】　这首词是传统的闺怨主题，写一名女子清早起床时惆怅与相思的情态。

词的上阕全是景语，仿佛是在单纯描写雨过天晴的风光，下阕突然插进人物，于是上阕的景语一下子翻出了新意，带上了人的情绪。在文学作品里，从来没有客观的风景描写，一切景语都是情语，呈现在读者眼中的风景，无一不是经过作者或作品中某个角色的情绪所过滤出的风景。

四和香

麦浪翻晴风飐[①]柳。已过伤春候[②]。因甚为他成僝僽[③]。毕竟是春迤逗[④]。　红药阑边携素手[⑤]。暖语浓于酒。盼到园花铺似绣。却更比春前瘦。

【笺注】　①飐（zhǎn）：拂动。②候：时候，时节。③僝僽（chán zhòu）：愁闷。④迤（yǐ）逗：引逗。⑤红药阑边携素手：化自赵长卿《长相思》“药阑东，药阑西，记得当时素手携，弯弯月似眉”，蔡伸《浪淘沙》“曾共玉人携素手，同倚阑干”。红药，芍药。

【赏析】　这首词描写男女之间的别离相思。从字面看，处处满溢着伤春情绪，但伤春并不真的因为季节流转，而是因为曾经在这样的季节里有过一段温柔缱绻的恋爱，于是客观的节令染上了主观的色彩。所以，虽然说的是“毕竟是春迤逗”，真相却是欧阳修的两句词所揭示的：“人生自是有情痴，此恨不关风与月。”

海棠月　瓶梅

重檐淡月浑如水。浸寒香[①]、一片小窗里。双鱼冻合[②]，似曾伴，个人无寐。横眸处，索笑[③]而今已矣。　与谁更拥灯前髻[④]。乍横斜、疏影疑飞坠[⑤]。铜瓶小注，休教近，麝炉烟气[⑥]。酬伊也，几点夜深清泪。

【笺注】　①寒香：代指梅花。②双鱼冻合：双鱼，或是某种形制的砚台，叶越《端溪砚谱》记载砚台的形制有风字、凤池、合欢、玉台、双鱼；或是指双鱼洗，刻有双鱼图案的洗手器，张元干《夜游宫》有“半吐寒梅未拆，双鱼洗，冰澌初结”，杨慎注：“双鱼洗，盥手之器。”

冻合，结冰。③索笑：取笑。④与谁更拥灯前髻：典出《飞燕外传》附《伶玄自叙》："以手拥髻，凄然泣下"，后指手捧发髻，话旧生哀。明代徐渭《燕子楼》有"昨泪几行因拥髻，当年一顾本倾城"。⑤乍横斜、疏影疑飞坠：语出林逋《山园小梅诗》"疏影横斜水清浅，暗香浮动月黄昏"。林逋这一名联是从五代诗人江为的"竹影横斜水清浅，桂香浮动月黄昏"改来的，仅仅把"竹"改成了"疏"，把"桂"改成了"暗"。但江为的诗并未道出竹与桂的独一无二之处，林逋却写出了梅花的独到，大见写物之工，故而"疏影横斜"云云传为咏梅之典。⑥休教近，麝炉烟气：古来有麝香不宜于花的说法，故而瓶中的梅花要避开熏炉中的麝香烟气。

【赏析】 这首词题为《瓶梅》，很容易让人认为是一首咏物词，其实它是以"瓶梅"起兴，写情人的别后相思。词的上阕描写环境：月光如水，倾泻在层层叠叠的屋檐上，小窗里弥漫着梅花清冷的香气，砚台中的墨汁冻结成冰。三种意象营造出清冷孤寂的氛围，然后人物出场：失神地追忆往事，却明知往日的温存不会重来。

金菊对芙蓉　上元①

金鸭消香②，银虬③泻水，谁家夜笛飞声。正上林④雪霁，鸳甃晶莹⑤。鱼龙舞罢香车杳⑥，剩尊前、袖掩吴绫⑦。狂游似梦，而今空记，密约烧灯⑧。

追念往事难凭。叹火树星桥，回首飘零。但九逵烟月⑨，依旧笼明。楚天一带惊烽火⑩，问今宵、可照江城⑪。小窗残酒，阑珊灯灺⑫，别自关情。

【笺注】 ①上元：正月十五，元宵节，灯节。②金鸭消香：宋代圆悟克勤禅师悟道诗有"金鸭香消锦绣帏，笙歌丛里醉扶归"。金鸭，鸭形的铜香炉。容若《四时无题诗》之二："金鸭香轻护绮棂，春衫一色飏蜻蜓。偶因失睡娇无力，斜倚熏笼看花屏。"③银虬：银漏壶。漏壶是古代计时器，壶中有箭，箭上有计时的刻度，而箭上刻有虬纹，所以银虬可以代指漏壶。④上林：上林苑，汉代皇家苑囿，这里代指清代皇家苑囿。⑤甃甃：甃瓦砌成的井壁。甃（zhòu），原指井壁，可代指井。⑥鱼龙舞：舞鱼灯或龙灯。⑦吴绫：吴中出产的薄绫，当时极高档的丝织品。⑧烧灯：点灯。王建《宫词》有“院院烧灯如白日，沉香火底坐吹笙”。⑨九逵：四通八达的都城大道。九逵之“九”只是虚言其多，并非实指。清人汪中《述学·释三九》专门分析古代文献里“三”和“九”这两个数字的用法，结论是：这两个数字经常是被当作虚数来用，表示“好几个”、“很多个”这样的意思，而不是切实地表达字面意思。刘师培《古书疑义举例补·虚数不可实指之例》又深化了汪中的研究，认为古代文献当中不仅“三”和“九”常作虚数，就连和这两个字有关的一些数字也常作虚数，比如三百、三千、三十六、七十二。⑩楚天一带惊烽火：指“三藩之乱”。容若作此词时，“三藩之乱”尚未平息。⑪江城：湖南江华县城。时容若好友张纯修赴任江华县，容若以此词相寄。⑫灯灺（xiè）：灯烛的余烬。

【赏析】 康熙十八年秋，纳兰容若的好友张纯修离京赴任湖南江华县。翌年元宵佳节，容若写下这首词，原是单纯吟咏节日盛况的，初稿“楚天”以下数句作“锦江烽火连三月，与蟾光、同照神京”。及至同年四月二十一日，容若作书寄张纯修，并寄此词，改动了若干字句，以切合寄友之旨。

词的开篇描写当下京城的节日盛况，随即触景生情，怀念与友人共度的往昔，末尾叮咛珍重，也透露出隐隐的担忧。当时正值三藩之乱，京城虽然还算太平无事，但南方战云密布。所以张纯修在这时候赴任湖南，实在是有几分凶险的。

点绛唇

一种蛾眉，下弦不似初弦好[1]。庾郎未老。何事伤心早[2]？

素壁斜辉，竹影横窗扫。空房悄。乌啼欲晓。又下西楼了。

【笺注】 ①一种蛾眉，下弦不似初弦好：蛾眉，即蛾眉月。上弦的蛾眉月即新月，下弦的蛾眉月即残月。同样是蛾眉月，但残月不如新月，是因为新月迫近满月的缘故。②庾郎未老，何事伤心早：庾郎，即南朝梁代的诗人庾信。庾信出使西魏，未及回国而梁为西魏所灭，于是留在西魏，后来又出仕北周，常常愁思故国，暮年时作《愁赋》《伤心赋》等以抒发愁怀。本句是诗人以庾信自比，慨叹自己虽未老去，却过早地伤心了。

【赏析】 这首《点绛唇》描写一种伤春悲秋、哀悼年华的情绪。纳兰容若酷爱汉文化，很希望能像汉人知识分子一样走一条由科举仕进的文官道路，但是，他虽然取得了科举功名，却拗不过圣意与满洲惯例，不得已而出任侍卫。侍卫生涯，要么宫中执宿，要么外出扈从，虽然天颜咫尺，却完全不是容若想过的日子。岁月蹉跎之下，无可奈何的感觉便越来越重。这首词以庾信自比，乍看上去有点不伦不类，只有在细思之下，才能领会其贴切：外人眼里尊崇富贵的生活，于自己而言其实何异于囚徒生涯呢。

又 咏风兰[①]

别样幽芬，更无浓艳催开处。凌波[②]欲去。且为东风住。

忒煞萧疏[③]，争奈秋如许。还留取。冷香半缕。第一湘江雨[④]。

【笺注】 ①风兰：据徐珂《清稗类钞·植物类·风兰》，风兰，寄生在深山树干上，叶子似兰而短，有厚剑脊，夏天开小白花，有一二瓣曲而下垂，微香，没有土也可以生长。②凌波：曹植《洛神赋》“凌波微步，罗袜生尘”。③忒（tuī）煞：太，过分。④第一湘江雨：张纯修其时正在湖南江华县做官，正是沅湘之地，这一句是对张纯修所画风兰的赞誉。

【赏析】 这首《点绛唇》在某一刻本里题为“题见阳画兰”。见阳，即纳兰容若的好友张纯修，字子敏，号见阳。这就是说，词中所咏的风兰并非真正的风兰，而是张纯修所画的风兰。所以，这首词所属的类型不是咏物，而是题画。

在传统的文化语码里，兰花是君子的象征，所以诗词中对兰花的描写，总要捕捉它身上与君子节操高度相似的特质。容若在这里所强调的特质共有三点：一是清，二是淡，三是在恶劣环境（秋风）里的默默坚持。

又 寄南海梁药亭[1]

一帽征尘，留君不住从君去。片帆何处。南浦沉香雨[2]。

回首风流，紫竹村边住[3]。孤鸿语[4]。三生定许。可是梁鸿侣[5]？

【笺注】 ①梁药亭：梁佩兰，字芝五，号药亭，别号柴翁，晚更号郁洲，广东南海人，清初著名诗人，与屈大钧、陈恭尹并称为“岭南三大家”，有《六莹堂集》。②南浦沉香雨：南浦，南面的水边，泛指送别之地。典出江淹《别赋》“春草碧丝，春水绿波。送君南浦，伤如之何”。沉香，即沉香浦，在今广东南海琵琶洲。《晋书·良吏传》载，广州刺史吴隐之发现妻子刘氏藏了一斤沉香，便把沉香投进水中，此地因此得名为沉香浦，这里代指梁药亭的家乡。③回首风流，紫竹村边住：倒装句，意为回顾紫竹村边住时的风流。紫竹村，或为梁药亭的家乡地名。④孤鸿语：苏轼《卜算子》：“谁见幽人独往来，飘渺孤鸿影”。⑤可是梁鸿侣：梁鸿，东汉隐士，在霸陵山中以耕田、织布为生，咏诗书、弹琴以自娱。梁药亭与梁鸿同姓，这是诗人用典的传统手法。这两句是说梁药亭怕前生就是梁鸿一样的人物。

【赏析】 这首《点绛唇》大约作于康熙二十年（1681年），其时梁佩兰（号药亭）离京返粤，纳兰容若作此词寄赠。

大凡赠人的诗词，或多或少都要有几分写意的手法，勾勒出所赠之人的性格特点、精神风貌。所以这样的诗词，有时看上去就像是一幅人物肖像。梁佩兰名列“岭南三大家”之首，是当时知名的高士。容若只以“一帽征尘”、“片帆何处”、“紫竹村边”三个意象便写足了名士隐逸的味道。最后叙说友谊，要与梁佩兰订三生三世之约。

所谓“三生定许”，其实隐晦地指向了一则典故。读不出这则典故倒也并不妨碍理解，但若能够读出这则典故，理解得便会更深一层。这则典故见于苏轼《圆泽传》与袁郊《甘泽谣》。故事大意是说：洛阳惠林寺原是唐玄宗年间光禄卿李憕的家宅，安禄山攻陷洛阳，李憕就在家中遇害。李憕之子李源年轻时豪侈善歌，过的是贵介公子的张扬日子。而在父亲去世之后，李源仿佛脱胎换骨一般，悲愤自誓，不仕进，不娶妻，不食肉。家宅既已变为寺院，他便住在寺内，一住就是五十余年。

寺中有一名法号圆泽的僧人，富有财货，通晓音律，与李源交谊最密。某日两人相约，结伴去蜀中青城山、峨眉山游玩，但是在路线的安排上发生了一点分歧。唐人从中原入蜀有两条路可走：一是水路，自荆州溯长江而上，经三峡至渝州；二是陆路，由长安穿过终南山褒斜谷。圆泽想走陆路，李源却说："我已经弃绝世事，怎可以再取道于京城长安呢？"圆泽默然良久，说了一句令人摸不着头脑的话："人生行止真是不由自主啊。"

于是二人取道荆州，当船只在南浦靠岸之后，见到一名孕妇正在那里汲水。圆泽忽然落泪："我之所以不愿走这条路，就是因为她呀！"李源大惊，忙问缘故。圆泽答道："这位妇人姓王，我本应托生为她的儿子。她已经怀孕三年了，我若不来，她便无法生产。今日既然见到了她，我再不能逃避，请你用符咒助我转生。待我转生三日，接受洗浴的那天，希望你能来看我。届时我会对你一笑，使你相信那孩子真是我的转世。十三年后中秋之夜，我会在杭州天竺寺外与你相见。"

闻言之下，李源既悲且悔。当天日暮，圆泽果然死去，而王氏也果然诞下了一个男婴。三日之后，李源来看那个男婴，男婴也果然对他展颜一笑。李源将前因后果细细讲述给王氏，将圆泽的遗体就在山下安葬。经此事变，李源再无心情入蜀，及至返回洛阳惠林寺，才知道圆泽在出发之前早已给弟子留下了遗言。

十三年后，李源如约赶赴杭州，只见天竺寺外，葛洪川畔，有一名牧童扣牛角而歌："三生石上旧精魂，赏月吟风不要论。惭愧情人远相访，此身虽异性长存。"李源连忙呼问，牧童答道："李公真是守信之人，然而俗缘未尽，你我还不能重聚。只有勤修不堕，才能再见。"说罢又放歌道："身前身后事茫茫，欲话因缘恐断肠。吴越山川寻已遍，却回烟棹上瞿塘。"当歌声隐去，牧童已不见踪影。

又两年之后，宰相李德裕上奏朝廷，说李源乃忠臣之子，有孝行，理当表彰。朝廷因此封李源为谏议大夫，李源却不肯赴任，甘心终老于惠林寺中，以八十高龄辞世。

又　黄花城[1]早望

五夜[2]光寒，照来积雪平于栈[3]。西风何限。自起披衣看。
对此茫茫，不觉成长叹[4]。何时旦。晓星欲散。飞起平沙雁。

【笺注】　①黄花城：古代关口，在今北京怀柔县北长城内侧。②五夜：第五更。五更时分历来是大臣上朝的时间。③栈：木栅栏。④对此茫茫，不觉成长叹：化自《世说新语·言语》“见此茫茫，不觉百端交集”。⑤平沙雁：广漠沙原上的大雁。

【赏析】　词题《黄花城早望》，顾名思义，词作所描写的是在清早的黄花城上远眺的所见所感，属于诗词当中的“登临”一类。文人一旦登高，总会百感茫茫，小到身世浮沉，大到桑田沧海，万千感受刹那间涌上心头。积极一点的可以“会当凌绝顶，一览众山小”，消极一点的可以“西风残照，汉家陵阙”。视野的变化会带来心态的变化，甚至会导致认知能力的变化，这真的是有心理学依据的。

纳兰容若在黄花城上远眺，只见西风萧瑟，积雪茫茫。这是平日里见不到的风景，于是“对此茫茫，不觉成长叹”。这是千古诗人共同的长叹，至于所叹的内容究竟是什么，却是从来都说不清的。

又

小院新凉，晚来顿觉罗衫薄。不成孤酌。形影空酬酢。
萧寺[1]怜君，别绪应萧索。西风恶。夕阳吹角[2]。一阵槐花落。

【笺注】　①萧寺：佛寺。梁武帝萧衍崇信佛教，兴建佛寺冠以自己的姓氏，曾命萧子云书飞白大字“萧寺”，后人便以萧寺代称佛寺，这里指姜宸英寄居的千佛寺。②夕阳吹角：夕阳下吹响的号角。套用陆游《浣沙溪·和无咎韵》“夕阳吹角最关情”。

【赏析】　这首《点绛唇》是纳兰容若为好友姜宸英而作的，对姜宸英的坎坷际遇寄予无限同情。

姜宸英，字西溟，浙江慈溪人，进京应考博学鸿词科落榜，生活困顿，容若将他安置在德胜门北千佛寺，即词中所谓“萧寺”。词的上阕写自己在家中品味着孤独，思念着好友，下阕转而想象好友正在城外的凄清寺庙里同样思念着自己。这样的写法，是诗词当中一个很传统的套路。

浣溪沙

消息谁传到拒霜[1]。两行斜雁碧天长。晚秋风景倍凄凉。

银蒜[2]押帘人寂寂，玉钗敲竹信茫茫[3]。黄花开也近重阳。

【笺注】　①拒霜：木芙蓉的异名，因为八月开花，耐寒不落，所以叫做拒霜。②银蒜：银质的坠子，用来压帘。③玉钗敲竹信茫茫：化用王彦泓《即事》“玉钗敲竹立旁皇，孤负楼心几夜凉”。

【赏析】　这首《浣溪沙》描写晚秋时节的感怀。

诗词语言常常做高度的省略，这首词的首句“消息谁传到拒霜”就是省略了一例，不熟悉这种语言的读者会茫然不知传到拒霜的究竟是什么消息。看到后文，才会晓得传来的是重阳将近的消息，是秋天即将结束、冬日即将来临的消息。在晚秋的萧瑟里，烘托出寂寞的人物：“银蒜押帘人寂寂，玉钗敲竹信茫茫”，银坠子压着窗帘，那人百无聊赖，时不时用玉钗敲打着竹子，恼恨情人的杳无音信。词以景语收束：“黄花开也近重阳。”这既是自然的时令转换，也是苦苦等待中的年复一年，更意味着青春老去，韶华不再。伤感的气氛，就这样一步一步地推到了顶峰。

又

雨歇梧桐泪乍收。遣怀翻自忆从头。摘花销恨[1]旧风流。

帘影碧桃人已去，屧痕[2]苍藓径空留。两眉何处月如钩？

【笺注】 ①摘花销恨：典出《开元天宝遗事·销恨花》：唐明皇禁苑之中有千树桃花盛开，明皇与杨贵妃每天都在树下欢宴，明皇说："不独萱草忘忧，此花亦能销恨。"②屟痕：鞋痕。屟（xiè），原指鞋的木底，泛指鞋。

【赏析】 这首《浣溪沙》的主题是缅怀一段失落的恋情，有"人面不知何处去，桃花依旧笑春风"的意思。词眼"帘影碧桃人已去，屟痕苍藓径空留"这两句应该倒过来理解；先看到"屟痕苍藓径空留"，不由想到"帘影碧桃人已去"。物是而人非，这是诗词中最常见的一种对比手法，当然，也是一种最容易使人触景伤情的局面。所以慧剑斩情丝的做法要么是彻底离开原来的环境，要么是彻底毁掉能够勾起回忆的一切物件。不离开，不毁弃，原因只有一个，那就是无法割舍。所以，结句"两眉何处月如钩"就顺理成章的呈现了。

又

欲问江梅[1]瘦几分。只看愁损翠罗裙。麝篝衾冷惜余熏[2]。
可耐暮寒长倚竹[3]，便教[4]春好不开门。枇杷花底校书人[5]。

【笺注】 ①江梅：范成大《梅谱》详列各个梅花品种，说江梅也叫野梅，花朵较小，清瘦有韵致，香气最清。②麝篝衾冷惜余熏：麝篝，燃烧麝香的薰笼。衾（qīn），被子。余熏，余热。③可耐暮寒长倚竹：可耐，即可奈，无奈。暮寒长倚竹，语出杜甫《佳人》"天寒翠袖薄，日暮倚修竹"。④便教：纵然。⑤枇杷花底校书人：校书，即校书郎的简称，是一种官职，通常由有学问的人担任，负责校对皇家藏书。女校书原本特指唐代才女薛涛，因韦皋坐镇蜀地时使薛涛侍酒赋诗，戏称之为女校书。又因薛涛本属歌伎，女校书一词后来便演变成为歌伎的雅称。

【赏析】 从末句"枇杷花底校书人"推断，这首《浣溪沙》应当是为江南才女沈宛而作的，可以看作沈宛的一幅肖像。之所以做出这样的推断，是因为纳兰容若所交好的女子当中，只有沈宛一人切合"校书人"的身份。

古人以诗词酬唱赠答，对他人的身份经常使用代称，但这个代称一定要非常切合本人才行，不能有半点疏忽。比如有人送阎锡山一副对联：“都督阎公雅望，晋国天下莫强”，上联抄自王勃《滕王阁序》里的“都督阎公之雅望”，非常切合阎锡山的地位、姓氏；下联出自《孟子》，恰合阎锡山的势力范围。相反，如果身份不很切合，就难免受到别人的质疑和批评，比如吴梅村《永和宫词》“汉家伏后知同恨，止少当年一贵人”，这里的典故是：汉献帝的伏皇后被曹操所杀，还有个董贵人也一起被杀，比喻的是崇祯皇帝的周皇后去世之前，田贵妃就已经去世了。赵翼对这句的用典提出了批评：周皇后是奉旨自尽的，伏皇后是被曹操所杀的，两者没有可比性。

所以，当我们读到“枇杷花底校书人”一句，就可以确证这首《浣溪沙》所描写的人物一定是一名歌女，否则绝不会使用“校书人”这个代称。

又

泪浥红笺第几行。唤人娇鸟怕开窗。那能闲过好时光。
屏障厌看金碧画[①]，罗衣不奈水沉香[②]。遍翻眉谱[③]只寻常。

【笺注】 ①金碧画：金碧山水画，以泥金、石青、石绿三色为主，多用于屏风装饰。②水沉香：又称沉水香，沉香。《本草纲目·木一》载，沉香木的芯节置于水中便会沉底，所以叫做沉水，也叫水沉。《云仙杂记》载，沉水香可以用来染衣。③眉谱：女子画眉的图样。唐明皇曾令画工画过所谓“十眉图”，描眉有十种式样：一为鸳鸯眉，又名八字眉；二为小山眉，又名远山眉；三为五岳眉；四为三峰眉；五为垂珠眉，六为月棱眉，又名却月眉；七为分梢眉；八为逐烟眉；九为拂云眉，又名横烟眉；十为倒晕眉。

【赏析】 这首《浣溪沙》是写闺怨主题，很有几分《花间集》的风格。

闺怨主题几乎无一例外是描写生活得富贵而精致的女人（尤其是歌女）为情人久久不归而伤心，为青春白白耗损而落泪。在那个男权社会里，文人描写这样的闺怨，与其说带着认真的同情，不如说带着游戏一般的赏玩。所以“真诚”就自然成为一种最难能可贵的品质，这正是纳兰容若的闺怨词所呈现给我们的。有人相信《红楼梦》里的贾宝玉就是以纳兰容若为原型的，我们且不必去管考据上的真伪，单单从对待女人的态度上看，这么说倒真的一点没错。

又

残雪凝辉冷画屏。落梅[1]横笛已三更。更无人处[2]月胧明。
我是人间惆怅客，知君何事泪纵横。断肠声[3]里忆平生。

【笺注】 ①落梅：即《落梅花》，笛子古曲。②更无人处：即绝无人处。③断肠声：谓“落梅横笛已三更”的笛声。

【赏析】 这首《浣溪沙》描写词人在夜半听到不知从哪里传来的凄凉的笛声，忽然生出心心相印的感觉。在中国传统文化里，“知音”一向被认为是人际交往中的最高境界，“俞伯牙摔琴谢知音”便是最有名的一段佳话。“知音”的本义就是从音乐而来的，如果你能够听得懂某人弹奏的音乐，你就能够懂得他的心，你就是他的知音。

语言是一种具象的表现形式，而音乐是一种最抽象的艺术形式，语言所无法准确传达的心绪往往可以在音乐里得到完美的传达。当然，前提是演奏者要与听者有共同的心境，只有这样才能够产生“共鸣”。纳兰容若自称“我是人间惆怅客”，所以才能够从笛声中“知君何事泪纵横”，言下之意是，那个吹笛的人也和自己一样是一个孤独的“人间惆怅客”。两个素未谋面的人，仅仅借由一段笛声便可以成为知己，这真是古人所特有的玄妙啊。

这里讲一点诗词读音的知识。“纵”在诗词中有平仄两读，“纵横”之“纵”读下平声，即现代汉语的二声，“放纵”之“纵”读去声，即现代汉语的四声。按照这样的规则，我们才会觉得“知君何事泪纵横”读起来是顺畅的。

又

睡起惺忪强自支。绿倾蝉鬓[①]下帘时。夜来[②]愁损小腰肢。

远信不归空伫望，幽期细数却参差[③]。更兼何事耐寻思。

【笺注】 ①绿倾蝉鬓：乌黑发亮的鬓发垂了下来。绿，指颜色深暗。②夜来：双关语，既有字面上的意思，也是一位美女的名字。魏文帝宠妃薛灵芸又名夜来，身体娇柔，这里以夜来代指美女。③参差：蹉跎。

【赏析】 这首《浣溪沙》是闺怨主题，写女子思念远方情人的哀怨。

词的上阕，写女子慵懒、哀怨的情态，下阕点明她之所以如此慵懒、哀怨的原因。古语有所谓"士为知己者死，女为悦己者容"，只有恋爱中的女子才会精心地打扮自己。而精心的打扮向来是耗时耗力的，总需要早早起床，"当窗理云鬓，对镜贴花黄"，忙上大半个时辰。所以，当诗词写到一名女子懒于梳妆的时候，一定在暗示着她的孤独。

又

十里湖光载酒游。青帘低映白苹洲[①]。西风听彻采菱讴[②]。

沙岸有时双袖拥，画船何处一竿收。归来无语晚妆楼。

【笺注】 ①白苹洲：泛指长满白色苹花的沙洲。温庭筠《梦江南》"斜晖脉脉水悠悠，断肠白苹洲"。②采菱讴：泛指江南民歌。《楚辞·招魂》王逸注："采菱，楚人歌曲也。"

【赏析】 这首《浣溪沙》应当作于康熙二十三年纳兰容若扈从康熙帝巡游江南之时，描写江南风物的绮丽多姿，但词中的主角并不是容若本人，而是一名江南女子，所以这首词读到最后，会有几分闺怨的意味。

词的前五句都以明快爽朗的笔调描写江南风情，收尾一句"归来无语晚妆楼"写女子游湖归来，忽然涌起一种莫名的惆怅。在诗词语言里，"无语"

往往意味着心绪复杂而无法言说，或者有愁绪却找不到人可以倾诉。

又

脂粉塘[①]空遍绿苔。掠泥营垒[②]燕相催。妒他飞去却飞回。

一骑近从梅里过[③]，片帆遥自藕溪来。博山炉[④]烬未全灰。

【笺注】 ①脂粉塘：江南地名，也叫香水溪，传说是西施沐浴的地方。吴王宫中的女子们都去香水溪的源头处洗妆，所以这里的溪水有一种特殊的香气。②营垒：营建巢穴。③梅里：江南地名，传说为吴国始祖太伯的居处。④博山炉：豪华香炉的代称。《西京杂记》载，长安曾有一位名叫丁缓的巧匠能制作九层博山香炉，炉子上雕刻有千奇百怪的鸟兽，极尽精妙之能事。

【赏析】 这首《浣溪沙》应当作于康熙二十三年纳兰容若扈从康熙帝巡游江南之时，描写江南风物的绮丽多姿，却透着隐隐的愁绪。

这首词有一个很有趣味的特色：短短的一首小令，用到了好几个地名，但一点也不觉得生硬。原因就在于这些江南地名实在太美了，美得已经不像地名了。

“脂粉塘”是词中出现的第一个地名，下阕的一组对仗里，“一骑近从梅里过，片帆遥自藕溪来”，“梅里”和“藕溪”也都是地名。有的注本把梅里解释成梅花丛里，把藕溪解释成长满莲藕的小溪，这就望文生义了，尽管字面上确实给人这样的印象，尽管这样理解也一样很有美感。脂粉塘、梅里、藕溪，地名取得都这么漂亮，拿着这样的一张地图在手，应该感觉就像捧着一本诗集了。

又

五月江南麦已稀。黄梅时节雨霏微。闲看燕子教雏飞。

一水浓阴如罨画[①]，数峰无恙又晴晖。湔裙谁独上渔矶[②]。

【笺注】 ①罨（yǎn）画：一种色彩鲜明的绘画。②湔裙谁独上渔矶：湔（jiān）裙，洗裙。旧日风俗，三月三日上巳节，女人们相约一同到水边洗衣，以为这样可以除掉晦气。上巳节和清明节隔得不远，所以穆修有诗说“改火清明度，湔衫上巳连”，这种户外聚众的日子往往提供给了男男女女们以堂而皇之的约会的机会。朱彝尊《菩萨蛮》有“鹧鸪啼绿湘南草，人家处处湔裙早”，《鹊桥仙·无题》有“湔裙休去，踏青休去，招手再三来么”，亦可见时令。

【赏析】 这首《浣溪沙》应当作于康熙二十三年纳兰容若扈从康熙帝巡游江南之时，描写江南风物的绮丽多姿，结尾处隐隐透出了一点忧伤。

在前五句的明快气氛衬托下，末句“湔裙谁独上渔矶”忽然出现了孤独的意味。“湔裙”本是女人们的一种集体活动，即便不是在三月三日上巳节里，也始终应该是以热热闹闹、说说笑笑的面貌出现的。但是，词中的这名女子“独上渔矶”，她究竟是谁，究竟有怎样的故事和怎样的心事，一下子使读者有了广阔的想象空间。

又 西郊冯氏园看海棠[1]，因忆香岩词[2]有感

谁道飘零不可怜。旧游时节好花天。断肠人去自今年[3]。

一片晕红才着雨[2]，几丝柔绿乍和烟。倩魂销尽夕阳前。

【笺注】 ①西郊冯氏园看海棠：西郊冯氏园，原是明朝万历年间大太监冯保的园子，清代起以海棠花知名，是文人雅士们常去玩赏的地方。②香岩词：香岩即龚鼎孳，龚氏寓所有香岩斋，龚氏词集初题为《香岩词》。明清之际，龚鼎孳与钱谦益、吴伟业合称“江左三大家”，清初为文坛宗主。龚鼎孳在康熙十二年作过会试的主考官，容若便出自他的门下。③断肠人去自今年：谓龚鼎孳之死。龚氏死于康熙十二年九月，享年五十九。

【赏析】 纳兰容若在京城西郊冯氏园欣赏海棠花，睹物思人，想到了座主龚鼎孳曾经写词吟咏过这里的海棠，有感之下便写下了这首《浣溪沙》。

起句“谁道飘零不可怜”，字面上虽然并不显得伤感，却有几分强打精

神的味道。诗词里常常用到“可怜”这个词，但通常都不是我们现在所用的这个意思，而是指可爱。这句是说：谁说花儿飘落了就不可爱了呢！花儿飘落，比喻青春易逝。所以接下来的一句是“旧游时节好花天”，纳兰容若回想当初和龚鼎孳一起到这里游玩，天清气爽，鲜花明媚。但是“断肠人去自今年”，龚鼎孳就在今年去世了，如今的赏花人里不会再见到他了。

词的下阕做了一个切换：“一片晕红才着雨，几丝柔绿乍和烟”，纯写景致，说花儿才经雨水，绿叶在烟蔼中摇曳，营造出容若惯有的朦胧美。才一渲染美好，就要打碎这分美好，于是有“倩魂销尽夕阳前”，呼应首句“谁道飘零不可怜”，描写花儿在夕阳下飘零无踪。这是一种意象式的表达手法，花儿的飘零、倩魂的销尽，似虚似实，可以让人生出很多的联想。

又　咏五更，和湘真韵[①]

微晕娇花湿欲流。簟纹灯影[②]一生愁。梦回疑在远山楼[③]。

残月暗窥金屈戌[④]，软风徐荡玉帘钩。待听邻女唤梳头。

【笺注】　①咏五更，和湘真韵：湘真，即陈子龙，字卧子，号大樽、轶符，松江华亭（今上海松江）人，明末几社领袖，文坛名士，于易代之际抗清被俘，投水殉难，有《湘真阁存稿》一卷。②簟纹灯影：簟纹，席子上的纹络。簟（diàn），芦苇编织的席子。容若《如梦令》（正是辘轳金井）有“从此簟纹灯影”。③远山楼：王彦泓《梦游》组诗第十二首中有“绣被鄂君仍眺赏，篷窗新署远山楼”，是说携美游船，兴之所至，把船舱题名为远山楼。汤显祖《紫钗记》里，女子在远山楼上思念在外作官的丈夫，“则他远山楼上费精神，旧模样直恁翠眉颦”。④屈戌：亦称屈戌，即门上的搭环。

【赏析】　这首《浣溪沙》是向明末文坛领袖陈子龙的致敬之作。清代顺康年间的词人往往鄙薄明代词作，明代词人对之尚有较大影响力的不过数人而已，其中便以陈子龙为首，以陈子龙为宗师的云间词派在清初依然存在，而且影响力巨大。纳兰容若对陈子龙的词作非常推崇，他与顾贞观合编的《今词初集》，选陈子龙词作二十九首，居诸家之冠。而陈子龙填词以小令最工，最令纳兰容若心慕手追。

又

伏雨[1]朝寒愁不胜。那能还傍杏花行。去年高摘斗轻盈[2]。

漫惹炉烟双袖紫，空将酒晕一衫青。人间何处问多情。

【笺注】 ①伏雨：浓阴而未落下的雨。②去年高摘斗轻盈：化自吴伟业《浣溪沙》“摘花高处赌身轻”。

【赏析】 这首《浣溪沙》有着非常典型的纳兰词情调，伤别怀旧、迷蒙旖旎，就算读不太懂，也能一下子被词里的那种气氛迷住。

这首词的主题并不新鲜，无非是睹物思人、物是人非。其实人类的行为与情感古往今来无非就是那么多，很少有人能够免俗。也正是因为这个原因，那些古老的作品到今天仍有不少读者。但从写作技法上看，这首词很见锤炼功夫。很多人喜欢纳兰词，称之为直抒胸臆、天然流露，其实纳兰容若写词也是会反复斟酌修改的。就以这首《浣溪沙》来说，改动之多，以至于有的选本会把不同的改动当作两首不同的词来收录。另一版本是这样的：“酒醒香销愁不胜。如何更向落花行。去年高摘斗轻盈。夜雨几番销瘦了，繁华如梦总无凭。人间何处问多情。”诗词作品，这种情况是很多见的，读者所赞叹的天然之功很可能就是作者的饱经锤炼之作。

又

五字诗中目乍成[1]。尽教残福折书生[2]。手挼裙带那时情[3]。

别后心期和梦杳，年来憔悴与愁并。夕阳依旧小窗明。

【笺注】 ①五字诗中目乍成：套用王彦泓《有赠》“矜严时已逗风情，五字诗中目乍成”。五字诗，即五言诗。许浑《赠闲师》“东林共许三乘学，南国争传五字诗”。目乍成，以眉目定情。《楚辞·九歌·少司命》有“满堂兮美人，忽独与余兮目成”。②尽教残福折书生：化自王彦泓《梦游》“相对只消香共茗，半宵残福折书生”。残福，残留的薄福，引申为短暂的幸福。③手挼裙带那时情：化自曹唐《小游仙诗》“玉女暗来花下立，手挼裙带问昭王”。挼（ruó），握。

【赏析】　这首《浣溪沙》描写对一段恋情的怀念，上阕回忆恋爱中的片段，下阕抒写别后相思。

回忆总是由细节堆积起来的，所以描写一段恋爱往事，最动人的莫过于写下自己最感动的细节。在这首词里，细节就是写诗时候的眉目传情以及对方低头摆弄裙带的羞涩模样。下阕细说相思，最后以客观世界的永恒与无情对照人生的短促与深情。

又

欲寄愁心朔雁[①]边。西风浊酒惨离颜[②]。黄花时节碧云天[③]。

古戍烽烟迷斥堠[④]，夕阳村落解鞍鞯。不知征战几人还[⑤]。

【笺注】　①朔雁：北方边塞的大雁。②惨离颜：离别宴席上的凄苦之态。③黄花时节碧云天：语出王实甫《西厢记》“碧云天，黄花地，西风紧，北雁南飞”，范仲淹《苏幕遮》“碧云天，黄叶地。秋色连波，波上寒烟翠”。④斥堠（hòu）：侦查敌情的岗哨，泛指边关哨所。⑤不知征战几人还：化用王翰《凉州词》“醉卧沙场君莫笑，古来征战几人回”。

【赏析】　这首《浣溪沙》描写塞外旅途中的一次登高感怀。

西风呼啸的边塞，古代城堡的遗迹，荒凉的村落，马上的征人，种种意象的交叠营造出了苍凉的意境。从这样的意境里，词人不由生发出怀古的感叹：自古以来，有多少远赴边疆参战的人最后能够平安还乡呢？于是，风景虽然是当下的风景，问题却是永恒的问题。优秀的文学作品，从来都是超越一时一地而达到永恒的。

又

记绾长条欲别难[①]。盈盈自此隔银湾[②]。便无风雪也摧残。
青雀几时裁锦字[③]，玉虫连夜翦春幡[④]。不禁辛苦况相关。

【笺注】 ①记绾长条欲别难：长条，柳条。古人有折柳送别的风俗。②盈盈自此隔银湾：语出《古诗十九首》之十"迢迢牵牛星，皎皎河汉女。盈盈一水间，脉脉不得语"。银湾，银河。③青雀几时裁锦字：青雀，即青鸟。据《汉武故事》，青鸟是西王母的信使，诗人常在这个意象上使用青鸟一词。锦字，信笺。④玉虫连夜翦春幡：玉虫，灯花。陆游《燕堂东偏一室夜读书其间戏作》有"油减玉虫暗，灰深红兽低"。春幡，古代风俗，在立春之日，女子把缯绢剪成小幡，或簪在家人的头上，或缀在树上，称为春幡，以示迎春之意。本句是说连夜挑灯裁剪春幡。翦，同"剪"。

【赏析】 这首《浣溪沙》描写别后相思的心情。词一共六句，环环相扣，情绪也在逐句递进："记绾长条欲别难"，回忆送别时候的依依不舍；"盈盈自此隔银湾"，一别之后便再见无期，仿佛隔着一条天河一般；"便无风雪也摧残"，使人憔悴的不是风雪，而是思念；"青雀几时裁锦字"，何时才能收到你的书信；"玉虫连夜翦春幡"，转眼间又过了一年；"不禁辛苦况相关"，我心仍系于你，你是否也在思念中煎熬，和我一般憔悴？

又

谁念西风独自凉。萧萧黄叶闭疏窗。沉思往事立残阳。
被酒[①]莫惊春睡重，赌书消得泼茶香[②]。当时只道是寻常。

【笺注】 ①被酒：醉酒。②赌书消得泼茶香：李清照《金石录后序》记载自己与赵明诚的夫妻生活，说每次饭后都在归来堂烹茶，指着堆积的书卷，互相考较某事在某书第几卷第几页第几行，以胜负决定饮茶次序。答中的人每每举杯大笑，甚至于把茶水倾在怀里，反而喝不到了。

【赏析】 这首《浣溪沙》是纳兰容若悼亡词中的名篇。上阕写此时此地的沉思，下阕写对往时往事的回忆；上阕写此时此地的孤独；下阕怀念自己和妻子在一同生活的三年中的一些短暂却无边的欢乐。

起句“谁念西风独自凉”貌似无理，因为西风送凉意，分明对每个人都是一样，既吹进皇宫大内，也吹进民间草舍。而在这首词中，西风带来的凉意却似乎仅仅是为词人自己而来，也仅仅是他自己才能体会得出。不合常理的叙述构成了突兀料峭的修辞，那是一番难以言传的清决与萧壮，似乎世人尽知，其实只有当事人独自领会。

结尾“当时只道是寻常”是纳兰词最著名的句子之一。每一个平平凡凡的快乐都是弥足珍重、来之不易的，你若当它只是寻常，失去时便只有悔不珍惜。亲人、爱侣、晚风、秋月，这一切一切的寻常，又有几人能够承受失去之痛呢？

快乐总是细小的，不经意间就会随着岁月流走，“当时只道是寻常”，而这寻常的快乐却再也无法重现了。

纳兰词的名句从来直抒胸臆、脱口而出、不加雕琢、平淡如话，譬如“人生若只如初见”，譬如“情到多时情转薄”，譬如“当时只道是寻常”，都只是男女世界里最平常不过的感情，纳兰容若有过，你我也或多或少地都曾有过，这般感情以最平淡的语言表达出来，却在第一眼就把人打动。

是的，有些句子的好需要用岁月来体会，譬如“冠盖满京华，斯人独憔悴”；有些句子的好需要反复吟哦才能体会，譬如“共眠一舸听秋雨，小簟轻衾各自寒”；有些句子的好是在读不明白的困惑中体会到的，譬如“一春梦雨常飘瓦，尽日灵风不满旗”；而容若的好，却在于明明白白、直指人心，弹指间便道破了世间每一个情中男女的心事，只一个照面便会使人落泪。

若以佛事喻诗词，李杜当属大乘般若一脉，胸怀兼济之情，词多绚烂之笔；李商隐如同三论宗，词章一出，美到极致，也模棱到极致，待要说，却说不出，正是不生亦不灭，不常亦不断，不一亦不异，不来亦不出；姜夔一身兼天台与律宗二门，先是一个圆字，圆融三谛，有大包容之相，兼之法度森严，绵密细致，钻之弥深；辛弃疾如同唯识宗，义理深邃、论说谨严，理常在情之侧，情不在理之上；至于纳兰容若，却很像禅宗，他的词句每有直指人心、见性成佛的力量，让人在第一眼相识处便骤生顿悟。

又

十八年来堕世间[①]。吹花嚼蕊弄冰弦[②]。多情情寄阿谁边。

紫玉钗斜灯影背[③]，红绵粉冷枕函偏[④]。相看好处却无言。

【笺注】 ①十八年来堕世间：套用李商隐《曼倩辞》“十八年来堕世间，瑶池归梦碧桃闲。如何汉殿穿针夜，又向窗中觑阿环”。曼倩即东方朔。传说东方朔曾说：“天底下知道我底细的人只有太王公。”等东方朔死后，汉武帝想起这句话，派人找来太王公，询问东方朔的底细，太王公却说：“我只是个星象家，连东方朔这个名字都没听说过。”汉武帝又问：“你既然是个星象家，你可知道天上的星星都还好吧？”太王公回答说：“都还好，只是岁星在十八年前突然不见了，最近才又重新露面了。”汉武帝屈指一算，东方朔陪伴自己的时间正好十八年，这才知道东方朔原来就是天上的岁星下凡，想到自己整整十八年却当面错过神仙，不禁惨然不乐。李商隐写东方朔这个故事，因为他很喜欢以东方朔自比。在李商隐的时代，风气开化、宫闱不肃，李商隐和宫中女子大约是有过一些暧昧往来的。诗中以汉代唐，汉殿即是唐殿，这是唐人的习惯说法；穿针夜就是七夕乞巧节；阿环是杨贵妃的小名。李商隐的意思就是：在七夕之夜，自己偷入禁苑，隔着窗户缝看见了杨贵妃——这里，阿环也许是实指，也许是泛泛代指宫中女子，也许是特指宫中的某位女子，这些事都难确定，但他入宫偷窥这件事总该是成立的。容若套用李商隐的这句诗，或有一些相关的暗示。②吹花嚼蕊弄冰弦：吹花嚼蕊，典出李商隐《柳枝诗序》，洛阳有个女孩子名叫柳枝，父亲本是位有钱的商人，但不幸遭遇风波而死。柳枝十七岁时，本该是喜欢梳妆打扮的年纪了，但她对这些事总是缺少耐心，倒喜欢“吹叶嚼蕊”，弄片树叶吹吹曲子，她还擅长丝竹管弦，能作“天风海涛之曲，幽忆怨断之音”。李商隐的堂兄李让山是柳枝的邻居，一天，李让山吟咏李商隐的《燕台诗》，柳枝突然跑了出来，吃惊地问：“这诗是谁写的呀？”李让山说：“是我一个亲戚小哥写的。”柳枝当即便要李让山代自己向这个“亲戚小哥”去求诗，大概还怕李让山不经心，特地扯断衣带系在了他的身上以为提醒。容若曾托好友顾贞观寻访“天风海涛之人”，于是有了和江南才女沈宛的一段因缘。容若致顾贞观书信中提到：“又闻琴川沈姓有女颇佳，亦望吾哥略为留意。”冰弦，据《太真外传》，是域外的冰蚕丝做的琴弦。③紫玉钗：典出蒋防传奇《霍小玉传》，汤显祖后来把《霍小玉传》改编为戏剧，便以故事中的紫玉钗作了剧题，这就是“临川四梦”中的《紫钗记》。剧中主人公李益和霍小玉的身份、经历非常切合容若与沈宛。④红绵粉冷枕函偏：红绵，是女子擦粉用的粉扑。枕函，代指枕头。古时候的枕头有木质、瓷质的，中空可以装物，是为枕函。

【赏析】 这首《浣溪沙》在纳兰词的研究者中引发过激烈的争论，争论的焦点是：它究竟是为谁而作的，是为卢氏，是为沈宛，还是为传说中的宫中表妹或某个相识于少年时代的不知名的女子？

当然，审美未必需要依靠考据，我们完全可以把它看成一首抽象的作品，描写的是一名年方十八岁的对爱情满怀期待的少女。

又

莲漏[①]三声烛半条。杏花微雨湿红绡[②]。那将红豆记无聊[③]，春色已看浓似酒，归期安得信如潮[④]。离魂入夜倩谁招[⑤]。

【笺注】 ①莲漏：即莲花漏，是一种雅致的时钟。李肇《国史补》载，惠远和尚因为山中不知更漏，所以用铜片做成莲花形的容器，底下有孔，放在水盆里，水从底孔里慢慢渗入，渗到一半的时候容器就会沉下去。一昼夜会沉十二次，是为十二个时辰。容若《眼儿媚·中元夜有感》有“莲花漏转，杨枝露滴，想鉴微诚”。②红绡：代指红色的花朵。③那将红豆记无聊：古时女子有拈红豆而思念远人之事，韩偓《玉合》有“罗囊绣两凤凰，玉合雕双鸂鶒（xī chì）。中有兰膏渍红豆，每回拈着长相忆。长相忆，经几春。人怅望，香氤氲。开缄不见新书迹，带粉犹残旧泪痕”。④归期安得信如潮：化自王彦泓《错认》“秋期只愿信如潮”。潮水来去皆有定时，故称潮信。闺怨题材的诗歌常以潮信来对比远人没有确定的归期。李益《相和歌辞·江南曲》：“嫁得瞿塘贾，朝朝误妾期。早知潮有信，嫁与弄潮儿。”白居易《杂曲歌辞·浪淘沙》：“借问江湖与海水，何似君情与妾心。相恨不如潮有信，相思始觉海非深。”⑤离魂入夜倩谁招：典出唐传奇《离魂记》，倩娘与王宙相爱，王宙远行，倩娘的魂魄在半夜离开身体，与王宙同行。

【赏析】　这首《浣溪沙》是闺怨主题，写女子别后相思的愁绪。

这是纳兰词里很常见的主题，纳兰容若很有意识地延续了《花间集》的传统。从写作技法上看，照例是以客观世界的无情来反衬人生的深情：“春色已看浓似酒，归期安得信如潮”，春色浓如酒，正是好时候，思念的人为何不能如期归来呢？四季轮回，我们永远知道春天何时会到来，却永远不知道人生的春天何时才能等到。

又

身向云山那畔行。北风吹断马嘶声。深秋远塞若为情[①]。

一抹晚烟荒戍垒，半竿斜日旧关城。古今幽恨几时平。

【笺注】　①若为情：情何以堪。

【赏析】　这首《浣溪沙》是康熙二十一年（1682 年）纳兰容若在塞外行程中所作，当时容若随副都统郎坦、公彭春等人执行“觇梭龙”的任务，即侦察东北雅克萨一代罗刹势力的入侵情况。这一场北行大大开阔了容若的眼界，使他写出了许多边塞主题的诗词。

敏感的诗人，总会从一时一事之中感受到抽象的、永恒的问题，所以作品也会超越一时一地的具体事物而成为永恒的文学遗产。“一抹晚烟荒戍垒，半竿斜日旧关城”，这是眼前的风景；“古今幽恨几时平”这是永恒的感叹。

又　大觉寺[1]

燕垒空梁画壁寒[2]。诸天花雨散幽关[3]。篆香清梵有无间[4]。

蛱蝶乍从帘影度，樱桃半是鸟衔残。此时相对一忘言。

【笺注】　①大觉寺：北京及河北有多处叫做大觉寺的寺院，很难确定容若这里的具体所指。一说今河北省滦县北横山上有大觉寺（又名横山寺），是容若扈从出关的必经之地，本词题咏有可能就是此寺。②燕垒空梁画壁寒：燕垒空梁，语出薛道衡《昔昔盐》"暗牖悬蛛网，空梁落燕泥"。画壁，寺院的墙壁上有佛教主题的壁画。③诸天花雨散幽关：诸天花雨，《仁王经·序品》载，佛祖说法，诸天赞叹他的功德，散花如雨。本句双关，诸天花雨实指野花盛开。诸天，佛教术语，指护法众神。幽关，寺院地处偏僻，故称幽关。④篆香清梵有无间：篆香，弯曲盘绕的香，或呈篆字形状。清梵，诵经之声。

【赏析】　这首《浣溪沙》是纳兰容若经过北京附近某座寺庙时有所观感而作。上阕描写寺院里所见：寺院里绘有壁画的墙上透出丝丝凉意，梁上虽有燕子筑的小巢，却不见燕子的踪迹；野花缤纷，如同护法诸神撒下的漫天花雨；诵经之声若隐若现，空气中暗暗浮动篆香的烟气。以上这些意象都是经典的佛教意象，但当转入下阕，容若却写出了全与佛教无关的自然景象：蝴蝶飞进帘幕，樱桃已有一半被鸟儿啄去。但是，正是因为有了上阕的铺垫，下阕所写的自然景象便自然带有了无限的禅意，仿佛使词人生出了言语所无法表达的顿悟似的。相对忘言，因为悟境无可言说。

又　古北口[1]

杨柳千条送马蹄。北来征雁旧南飞[2]。客中谁与换春衣。

终古闲情归落照，一春幽梦逐游丝[3]。信回刚道别多时。

【笺注】　①古北口：长城的重要关口之一，地势险峻，在今北京密云县境，是北京与东北往来的必经之路。②北来征雁旧南飞：今天的北飞之雁正是当年的南飞之雁。③游丝：飘荡在空中的蛛丝，在诗歌套语里有春残的意象。

【赏析】 纳兰容若一度担任御前侍卫曾司马曹，负责口外牧马，这首《浣溪沙》大约就是这一时期的作品。姜宸英在为容若撰写墓表的时候，把养马的这段经历作为后者的一项政绩来说，说他"尝司天闲牧政，马大蕃息"，把马养得很好。

纳兰容若在口外牧马，很有"独在异乡为异客"的感觉。因为思念家人，故此生出"客中谁与换春衣"的感叹。这原只是一点小小的牢骚罢了，但是词人的天性使他又一次从具体看到抽象，从一时一地看到古往今来，于是写出了"终古闲情归落照，一春幽梦逐游丝"这样的名句。

又

凤髻抛残秋草生[①]。高梧湿月冷无声[②]。当时七夕记深盟[③]。

信得羽衣传钿合[④]，悔教罗袜葬倾城[⑤]。人间空唱雨淋铃[⑥]。

【笺注】 ①凤髻抛残秋草生：凤髻，女子的一种发髻。秋草生，语出白居易《长恨歌》"西宫南苑多秋草，落叶满阶红不扫"。②高梧湿月冷无声：语出白居易《长恨歌》"春风桃李花开夜，秋雨梧桐叶落时"。③当时七夕记深盟：《太真外传》载天宝十年秋七月，唐明皇与杨贵妃在骊山宫仰望牵牛、织女星，秘密誓约"愿世世为夫妇"。《长恨歌》："七月七日长生殿，夜半无人私语时。在天愿作比翼鸟，在地愿为连理枝。天长地久有时尽，此恨绵绵无绝期。"④信得羽衣传钿合：羽衣，代指道士。陈鸿《长恨歌传》载，唐明皇在和杨玉环的定情之夜曾送她金钗钿合。及至马嵬坡事件之后，有一位来自蜀中的道士知道唐明皇思念杨贵妃，用方术寻访杨贵妃的魂魄。已在天界的杨贵妃取出当年定情的金钗钿合，分作两半，把其中一半委托道士交给唐明皇。⑤悔教罗袜葬倾城：《太真外传》载，杨贵妃死去的那天，马嵬坡的一位老妇人拾到了一双罗袜，相传路过的人花费百钱可以玩赏一次，老妇人因此发家。⑥人间空唱雨淋铃：郑处晦《明皇杂录补遗》载，马嵬坡事过，唐明皇入蜀，正值雨季，唐明皇夜晚于栈道雨中闻铃，百感交集，依此音作《雨霖铃》的曲调以寄托幽思。雨淋铃，即《雨霖铃》。

【赏析】 这首《浣溪沙》描写唐明皇与杨玉环的一段悲欢离合，既可以归入咏史的类型，也可以看作一篇爱情的咏叹。

白居易《长恨歌》之后，许多诗人都写过这个题材，虽然着眼点各不相同，但多数人都秉持着讽喻精神来做一些政治批判。纳兰容若却独独关注于唐明皇与杨玉环的悲剧式的爱情。今天的心理学告诉我们，每个人看到的世界其实都是自己内心的投射。

又

败叶填溪水已冰。夕阳犹照短长亭。何年废寺失题名。

倚马客[①]临碑上字，斗鸡人[②]拨佛前灯。净消尘土礼金经[③]。

【笺注】 ①倚马客：典出《世说新语·文学》，袁虎跟随桓温北伐，因事受到处分，被免了官。正巧桓温急需一篇檄文，便叫来袁虎，命他倚靠在战马旁边草拟。袁虎手不辍笔，很迅速地就写完了七张纸，写得很好。当时东亭侯王珣正在旁边，非常叹服袁虎的文才。②斗鸡人：典出陈鸿《东城父老传》，唐玄宗宠爱一个叫作贾昌的斗鸡小孩，给了他极其尊贵的待遇，而且恩宠达几十年之久。贾昌所受的待遇让文人们很看不惯，文人们便少不了写诗讽刺。后来安史之乱爆发，唐玄宗逃亡蜀地，贾昌没了靠山，只好隐姓埋名寄居于一所寺院，家里的巨额财富全被乱兵所劫。等时局稳定下来之后，贾昌便出家为僧。③金经：佛经。秦松龄《浣溪沙·偶赋》有“读得金经解得愁”，严绳孙《满庭芳·佛手柑》有“相对展金经”。佛经之所以被称为金经，因为抄写佛经却往往在墨里掺入金粉。史学家们曾对中国历史上大量黄金的消失感到难以理解，后来做出推论，认为黄金的大量耗损和佛教的流行有关：一是以金粉抄写佛经，二是反复地给佛像重塑金身。下阕三句，“倚马客”表示一流的才干，“斗鸡人”表示荣耀与地位，而这些在一座荒废的寺院之中却完完全全地匍匐了下来，所谓“净消尘土”既写实（拂去衣服上的征尘），也是写虚（忘掉尘世的纷扰），最后的归宿只有这寂寥的佛前，由此而表达出了一种刺骨的消沉。

【赏析】　这首《浣溪沙》是纳兰容若在一个萧瑟的冬日里途径一处荒废的寺院时有感而作。

上阕三句就像电影一开始时的镜头手法，先给人一个“败叶填溪水已冰”的画面，然后摇成远景“夕阳犹照短长亭”，然后镜头逼近一座废寺，在门口停顿片刻，再模仿人抬头仰望的感觉向上转到匾额。当然，真要用镜头来表现，自然会比这三句词更流畅、更细腻，但在诗词的表现能力里边，这三句已经非常精彩了。

诗词里边写景的句子和电影的镜头手法是异曲同工的，如果不懂这些，写出来的东西就会像室内剧一样，毫无镜头美感可言。这种手法在诗歌艺术史上也有一个发展的过程，唐人讲“诗中有画”，这还只是使诗歌语言具有了静态的画面美，还没有动态的镜头美，到了纳兰容若的时代，这种镜头美的表现方式就已经比较成熟了。

下阕把镜头从“景”切换到了“人”的身上：“倚马客临碑上字，斗鸡人拨佛前灯”。“倚马客”表示一流的才干，“斗鸡人”表示荣耀与地位，而这些在一座荒废的寺院之中却完完全全地匍匐了下来，所谓“净消尘土”既是写实（拂去衣服上的征尘），也是写虚（忘掉尘世的纷扰），最后的归宿只有这寂寥的佛前。这是怎样一种刺骨的消沉呀。

又　庚申除夜[①]

收取闲心冷处浓[②]。舞裙犹忆柘枝红[③]。谁家刻烛[④]待春风？竹叶樽空翻彩燕[⑤]，九枝灯炧颤金虫[⑥]。风流端合倚天公[⑦]。

【笺注】　①庚申除夜：即康熙十九年（1680年）除夕之夜。②收取闲心冷处浓：语出王彦泓《寒词》“一日幽香冷处浓”。③舞裙犹忆柘枝红：柘（zhè）枝，柘枝舞，唐代由西域传入中原。④刻烛：古人在蜡烛上标记刻度，用以计时。《南史·王僧孺传》载，竟陵王夜集学士，在蜡烛烧完一寸刻度的时间内要求完成一首四韵诗。⑤竹叶樽空翻彩燕：

竹叶，酒名。彩燕，古代风俗，在立春那天把彩色绸缎剪为燕子形戴在头上。⑥九枝灯灺颤金虫：九枝灯，古代灯具，一干九枝，每一枝上各托一个灯盏。灺（xiè），熄灭。金虫，原指一种首饰，以金做成蝴蝶、蜻蜓的形状缀在发钗上，这里当是比喻灯花。⑦风流端合倚天公：意谓风流韵致自然天成。

【赏析】　这首《浣溪沙》描写除夕的喜庆场面，在艺术上并没有多高的造诣，然而在今天读来却很有民俗学的价值。短短六句话里，我们完全可以看到康熙年间的富贵人家是如何度过除夕的：有舞蹈，有刻烛，饮竹叶酒，以绸缎剪为彩燕，有灯花颤动的九枝灯。已经沉没于历史深处的古老民俗，借着这首满是喜庆气氛的小令生动地呈现在我们眼前。

又

万里阴山[1]万里沙。谁将绿鬓斗霜华[2]。年来强半[3]在天涯。

魂梦不离金屈戌[4]，画图亲展玉鸦叉[5]。生怜瘦减一分花[6]。

【笺注】　①阴山：泛指塞外。②谁将绿鬓斗霜华：绿鬓，乌黑油亮的鬓发。绿，指颜色深暗，如杜牧《阿房宫赋》“绿云扰扰”，绿云即指女子的乌发，再如苏轼《少年游》“绿鬓苍颜同一醉”，以“绿鬓”和“苍颜”对举，代指少年和老者。斗，即斗取，对着。“绿鬓斗霜华”即“绿鬓对霜华”。③强半：大半、过半。④屈戌：门窗上的搭扣，也作“屈戍”，这里代指家园。⑤玉鸦叉：又作玉丫叉，玉质的叉子，用来张挂书画或展开屏障。李商隐《病中闻河东公乐营置酒口占寄上》有“锁门金了鸟，展幛玉鸦叉”，玉鸦叉用以展幛，金了鸟用以锁门，两相对举，玉鸦叉自当是展开屏障的用具。朱彝尊《意难忘》有“须记取，画蝉纱，展挂玉鸦叉”，《绮罗香》有“画轴展、玉丫叉重”，皆描写以玉鸦叉张挂屏风画或画轴。⑥生怜瘦减一分花：化用《牡丹亭·写真》“晓寒瘦减一分花”。生，最。

【赏析】　康熙二十一年，纳兰容若完成“觇梭龙”的侦察任务，返回京城，请人绘《楞伽出塞图》（容若号楞伽山人）以纪念自己的这次出塞征程，并在画面上题写了这首《浣溪沙》。词的下阕所谓“画图亲展”，就是指这幅《楞伽出塞图》。

在这首词里，容若倾吐了塞外生涯是何等辛苦，何等令人憔悴，自己思家的心绪又是何等的日日不息。但是，当种种磨难终于成为回忆，回忆中的磨难竟然也变得有点甜蜜了。这是人类一种奇怪的心理，几乎在每个人身上都发生过。

又

肠断斑骓去未还[①]。绣屏深锁凤箫[②]寒。一春幽梦有无间。

逗雨疏花浓淡改，关心芳草[③]浅深难。不成[④]风月转摧残。

【笺注】 ①肠断斑骓去未还：语出李商隐《对雪》“关河冻合东西路，肠断斑骓送陆郎”。斑骓，杂色马。②凤箫：排箫，竹管连缀而成，形状参差如凤翼。这两句是说丈夫远行未归，思妇绣屏紧锁，凤箫也闲置了起来。③芳草：芳草作为诗歌套语有远行、送别的意象，源自《楚辞·招隐士》“王孙游兮不归，芳草生兮萋萋”。④不成：难道。

【赏析】 这首《浣溪沙》是闺怨主题，描写别后相思的苦闷。

《浣溪沙》这个词牌，最关键的就是下阕的前两句，这两句组成一组对仗，一般都会成为整首词的词眼。这一首《浣溪沙》的词眼看似明白如话，其实要想读懂，真要费一点心思。

“逗雨疏花浓淡改，关心芳草浅深难”，花朵被雨水打湿，色彩浓浓淡淡，不再是原来的样子，最牵我心的芳草也在雨中浅深难辨。字面上看，上句写花，下句写草，其实这是远景和近景的对照。为什么花是近景、草是远景呢，因为这并非自然景观，而是被传统文化语码所造就的诗歌景观。

“草”，尤其是“芳草”，是一个诗歌语码。“离离原上草”的最后是“又送王孙去，萋萋满别情”，再如“离恨恰如春草，渐行渐远还生”。草产生的意象是：望眼茫茫一片，正所谓“斜阳外，古道边，芳草碧连天”，离人的背影会消失在这里，再也看不见了。

知道了这点，再看另一层结构。“逗雨疏花浓淡改，关心芳草浅深难”，在动作上和“举头望明月，低头思故乡”是一类的：一个是由举头望月而低头思乡，一个是由低头看花而举目望远怀人。而所谓“关心芳草”，这个“关心”是一个动宾结构，与“逗雨”对仗，意思是“关乎我心”。“浅深”既是芳草颜色的浅深，也是情绪变化的浅深。所以这两句可以用白话这样来表达：疏落的花朵被雨水打湿，改变了颜色的浓淡。望着萋萋芳草，牵挂远方的爱人，时嗔时怨，心绪不宁。

又

容易浓香近画屏。繁枝影着半窗横。风波狭路倍怜卿[①]。

未接语言犹怅望[②]，才通商略已懵腾[③]。只嫌今夜月偏明。

【笺注】　①风波狭路倍怜卿：化自王彦泓《代所思别后》“风波狭路惊团扇，风月空庭泣浣衣”。②未接语言犹怅望：化自王彦泓《和端己韵》“未接语言当面笑，暂同行坐夙生缘”。③才通商略已懵腾：化自王彦泓《赋得别梦依依到谢家》“今日眼波微动处，半通商略半矜持”。商略，商量。懵腾，迷糊，这里形容意乱情迷之态。

【赏析】　这首《浣溪沙》描写一见钟情时的意乱情迷的情态，既朦胧又很传神。

起首两句似乎顾左右而言他，又是画屏，又是窗棂，偏偏不肯切入正题，使读者完全不明所以。但是，这不正是一个涉世未深的人刚刚动情时的模样么？一见钟情往往是没有理由的，但这一次的一见钟情偏偏给出了理由：“风波狭路倍怜卿”，正因为人世间波谲云诡，才觉得你那天真烂漫的可贵。“未接语言犹怅望，才通商略已懵腾”，这一联写足了两个彼此爱慕的人在初次接触时的羞赧，然后，感觉全世界的眼睛都在盯着自己似的，

一阵浓郁的香气吸引我走近画屏，才发现繁茂的花枝将影子投上了窗棂，这时候不由想起你来，在这个波谲云诡的复杂人世里，越发感到你多么可贵。你终于到来，我们先是默然含情对望，而才一通话便感到情意绵长，只可惜今夜的月亮太过明亮刺眼了些，“只嫌今夜月偏明”，真希望今夜的月色黯淡一些，不要让别人，也不要让对方，窥见这一点点爱的失态啊。

又

抛却无端[①]恨转长。慈云稽首返生香[②]。妙莲花[③]说试推详。

但是有情皆满愿，更从何处着思量[④]。篆烟[⑤]残烛并回肠。

【笺注】　①无端：这里指无端的烦恼。②慈云稽首返生香：慈云，佛教术语，佛家称佛的慈悲如大云覆盖世界，这里代指佛祖。稽（qǐ）首，跪拜礼的一种，头至手，手至地。返生香，题为东方朔著作的《海内十洲记》载，聚窟洲有一座神鸟山，山上有返魂树，如果砍下这种树的树根和树心，在玉釜里煮成汁、煎成丸，就是所谓的惊精香，也叫返生香。埋在地下的死者一闻到它的香气就会复活，复活之后就再也不会死去了。首二句大意是，不管怎样想抛却烦恼，烦恼只是越斩越多，便只有祈求佛祖慈悲，把返生香赐给自己，好让亡妻能够复生。③妙莲花：即《妙法莲华经》，简称《法华经》。妙莲花之“花”就是“华”，汉字里本来没有“花”字，“花”是后起的俗字，后来约定俗成，才在“花”这个义项上取代了“华”。《法华经》属于大乘佛教，本是天台宗的主要经典，卷帙浩繁，理论体系也比较复杂。《法华经》真正对大众发生影响的只是其中的《观世音菩萨普门品》，这是中土佛教中观世音信仰的主要源头。《法华经·观世音菩萨普门品》中，无尽意菩萨向释迦牟尼请教，观世音菩萨为什么名为观世音，释迦牟尼作了一番非常详细的说明：“如果有无量百千万亿那么多的众生，他们遭受到种种苦恼，现在听说过观世音菩萨之后，只要一心称念他的名号，观世音菩萨就会立即观察到这音声，使那些身处苦恼的人都得到解脱。如果有人奉持称诵观世音菩萨的名号，那么即使他不幸陷入大火之中，大火也不能将其烧着，这是因为此菩萨有大威力大神力的缘故。假如有人不幸被大水卷走，只要他有称念观世音菩萨的名号，他就能很快到达浅处。假如有百千万亿那么多的众生，为了寻求金、银、琉璃、砗磲（chē qú）、玛瑙、珊瑚、琥珀，珍珠等宝物，乘船进入大海，即使正好碰上狂风，将其船只吹到罗刹鬼国，如果其中有人，甚至仅仅一人，称念观世音菩萨的名号，那么所遇难的人都能从鬼国中解脱出来。因为这种因缘，所以就称其为观世音菩萨……”《法华经》里的这位观世音菩萨最得世人的喜爱，因为你不管遇到什么苦难，不管遭受着多大的烦恼，只要念诵观世音的名号，观世音菩萨就会到你身边，立刻为你排忧解难。此即容若《杂诗》七首之七所谓之“称名弹指到，百劫慈云侧”。容若词中所谓“妙莲花说试推详”，应当就是在推详《法华经》中关于观世音菩萨的这段内容，证据就在下阕的两句对仗：“但是有情皆满愿，更从何处着思量”。④但是有情皆满愿，更从何处着思量：化自王彦泓《和于氏诸子秋词》“但是有情皆满愿，妙莲花说不荒唐”。“有情皆满愿”语带双关，原意是一切众生都能如愿，引申义反而用了字面上的含义，是说有情人只要许愿，总能如愿。有情，佛教术语，指一切众生，也译作众生。人类、诸天护法、恶鬼、畜生、阿修罗等有情识的生物都称有情，草木金石、山河大地等等则称无情。⑤篆烟：是说香火燃烧，烟在空气中抖动，有如画出了篆字，也可以理解为香火烧尽时香灰的形状如同篆字。

【赏析】 这首《浣溪沙》是纳兰容若悼亡作品当中的名篇，多涉佛语。

因为妻子的过早亡故，容若发出了“料也觉、人间无味”的悲凉叹息。这一叹，悠悠然就是他的整个后半生。康熙十五年（1676 年）是容若人生的转捩点，也是他词风的转捩点。妻子卢氏在这一年的七月永诀尘世，容若将她的灵柩安置在双林禅院，守候了足足一年多的时间，迟迟不忍将棺椁下葬。容若就是长久地守在这里，眼看着佛灯明灭，耳听着梵音经唱。他本来并没有学佛的意愿，却因为妻子的死，因为长期在禅院里的流连，思想与性情便真的被佛家世界深深地攫住了，这首《浣溪沙》就是在这样的背景下写成的。

通观全篇，一个凄惶的、忐忑的多情种子跃然纸上。他的一切都围绕着亡妻——因为她的死，他在佛门中寻找灵药；因为遍寻不获，他对佛经和菩萨也隐隐有了疑惑和埋怨。他并不是一个合格的信徒，只是一位深情的丈夫。

又 小兀喇[①]

桦屋鱼衣柳作城[②]。蛟龙鳞动浪花腥。飞扬应逐海东青[③]。

犹记当年军垒迹，不知何处梵钟声。莫将兴废话分明。

【笺注】 ①小兀喇：即吉林兀喇，在今吉林市松花江畔。满语吉林的意思是“沿”，兀喇的意思是“江”，吉林兀喇即“沿江”。②桦屋鱼衣柳作城：桦屋鱼衣，当地风俗，房屋多以桦木建成，衣服多以鱼皮制作。柳作城，当地传统，种植成排的柳树作为屏障，外掘壕沟，也称柳边或柳条边，明清两代多用作边防。容若有《柳条边》诗，自注：“边墙也以柳为之，在塞外。”杨宾《柳边纪略》载，古来边塞多种榆树，故称榆关，今（清代）辽东皆插柳为边，高者三四尺，低者一二尺，在外沿挖掘壕沟，称为柳条边，也叫条子边。③海东青：雕的一种，产于黑龙江一带，性情凶猛，北方民族常常驯养海东青以为狩猎之用。

【赏析】 康熙二十一年（1682 年），三藩之乱已告平定，康熙帝东巡祭祖，并至兀喇兴围，纳兰容若扈从。小兀喇原是容若祖先叶赫部的领地，所以这一行对于容若来说，是真正踏上祖先故土了。若从姓氏上追寻，纳兰氏的始祖是蒙古土默特人，他们消灭了呼伦河流域的女真纳喇部落，举族移居到纳喇故地，改姓纳喇，后来又迁徙到叶赫河流域，称为叶赫部。如同汉人习惯把郡望放在姓名之前，当时的女真人以及清代的满人亦习惯将地名或部名系于姓氏之前，纳喇一族便开始被称为叶赫纳喇氏。纳喇是汉语音译，也译作那拉、纳腊、纳兰。

建州女真兴起的时候，叶赫部与建州首领努尔哈赤既联姻亲，又结血仇。明万历四十四年（1616 年），努尔哈赤建立金国政权（史称后金），设天命年号。天命四年（1619 年），努尔哈赤亲率大军讨伐叶赫部，缢杀叶赫部首领金台石、布扬古，将降众尽数迁至建州，并分别编入满洲各旗，不许聚族而居，烜赫一时的叶赫部自此灭亡。因着这段历史，叶赫那拉氏与爱新觉罗氏可谓恩怨纠缠，几代人的爱恨情仇到了纳兰容若这一代上已经不知道该如何去面对了，这便是这首《浣溪沙》末句“莫将兴废话分明”的含义所在。

又 姜女祠[①]

海色残阳影断霓[②]。寒涛日夜女郎祠。翠钿尘网上蛛丝[③]。

澄海楼[④]高空极目，望夫石[⑤]在且留题。六王如梦祖龙非[⑥]。

【笺注】 ①姜女祠：孟姜女的祠堂，在山海关欢喜岭以东凤凰山上，至今犹存。据《临榆县志》，祠堂始建于宋代，明万历二十二年兵部分司主事张栋重修，并作《贞女祠记》（姜女祠匾额为贞女祠）。《清一统志·永平府》记载，姜女祠前有一座土丘，即姜女坟，旁边有望夫石，民间传说姜女是杞梁的妻子，秦始皇时代因为悲哭亡夫而哭崩了长城。孟姜女哭长城的故事源出《左传·襄公二十三年》，齐庄公袭击莒国，齐国大夫杞梁战死，齐庄公在回国途中于郊外遇见了杞梁的妻子，便派人向她吊唁，但杞梁的妻子说："杞梁如果有罪，就不敢劳烦君王派人吊唁；如果杞梁无罪，则先人的房舍尚在，我不能在郊外接受您的吊唁。"齐庄公听后，便到杞梁家中吊唁。依照当时的礼制，吊大夫于郊外是非礼的行为，杞梁的妻子因为守礼而受到君子的赞许。《孟子·告子下》载淳于髡之语："华周、杞梁之妻善哭其夫，而变国俗"，仍是说守礼对一国风俗的影响。时至汉代，杞梁之妻的哭夫才与城墙崩塌联系在了一起，但时代与故事的背景仍未脱《左传·襄公二十三年》之所记，及至唐代末年，才演变为今人所熟悉的孟姜女哭长城的故事。诗僧贯休《杞梁妻》谓："秦之无道兮四海枯，筑长城兮遮北胡。筑人筑土一万里，杞梁贞妇啼呜呜。上无父兮中无夫，下无子兮孤复孤。一号城崩塞色苦，再号杞梁骨出土。疲魂饥魄相逐归，陌上少年莫相非。"②霓：副虹，虹的外环，颜色比虹暗淡，是大气中有时与虹同时出现的一种光学现象，形成的原因和虹相同，只是光线在水珠中的反射比形成虹时多了一次，彩带排列的顺序和虹相反，红色在内，紫色在外。古人将霓虹分为雌雄，虹为雄，霓为雌。③翠钿尘网上蛛丝：当指姜女祠中的孟姜女塑像乏人打扫。钿（diàn），用金嵌成花状的首饰。④澄海楼：据《清一统志·永平府》，澄海楼在临榆县南的宁海城上，明兵部主事王致中所建。⑤望夫石：姜女祠内有一座巨石，刻有“望夫石”三字，相传为孟姜女望夫之处。⑥六王如梦祖龙非：六王，指战国燕、赵、韩、魏、齐、楚六国的国君。祖龙，指秦始皇。《史记·秦始皇本纪》“今年祖龙死”，《集解》作注：“祖，始也；龙，人君象。谓始皇也。”此句是说战国七雄争霸中的胜利者和失败者都已成过眼烟云。

【赏析】 这首《浣溪沙》作于康熙二十一年（1682年），当时纳兰容若扈驾东巡，经过山海关，走访古迹姜女祠，有所感怀。词作的前五句，或是描绘姜女祠的现状，或是赞美孟姜女的真挚与执着，结尾忽然以“六王如梦祖龙非”一笔宕开，是以秦始皇之“非”反衬孟姜女之“是”。当日里一个是高高在上的帝王，一个是渺小卑微的百姓，后者在前者面前毫无还手之力，然而在永恒的时间视角下，崇高与卑下就这样轻易颠倒了过来。

又

旋拂轻容写洛神[①]。须知浅笑是深颦。十分天与可怜春。

掩抑薄寒施软幛[②]，抱持纤影藉芳茵[③]。未能无意下香尘[④]。

【笺注】 ①旋拂轻容写洛神：轻容，一种素色的薄纱，这里指绘画用的素绢。王建《宫词》有“缣罗不着索轻容”，李贺《恼公》有“蜀烟飞重锦，峡雨溅轻容”。洛神，即宓妃，洛水女神，因为曹植的《洛神赋》而成为一个文学意象，指代可望而不可即的美女，这里代指所绘的女子。②掩抑薄寒施软幛：掩抑，阻隔。软幛，屏风画，本身没有骨架，一般张挂在屏风上。③藉芳茵：以芳茵为藉，即坐在满地的落花之上。王绰《游天台山赋》“藉萋萋之纤草”注：“以草荐地而坐曰藉。”藉，这里是“以……为席”的意思，是从“席”的义项上引申来的。④下香尘：挟香尘而下。香尘，女子经过时所荡起的芳香之尘。前秦王嘉《拾遗记·晋时事》载，石崇把沉水香碾成粉末，撒在象床上，使心爱的女子在床上践踏。

【赏析】 这首《浣溪沙》属于题画作品，吟咏的对象是一幅美人图。这首词并不算多么出色，但我们可以从中读出一点考古的趣味。“掩抑薄寒施软幛，抱持纤影藉芳茵”，这一联为我们展现了当时赏画的图景：那幅美人图应当是一幅尺寸较大的素绢画，又称屏风画，是张挂在屏风上来欣赏的，而这样的赏玩方式就好像在用屏风来替画中人阻挡寒意似的。

又

十二红帘窣[①]地深。才移刬袜[②]又沉吟。晚晴天气惜轻阴。

珠衱佩囊三合字[③]，宝钗拢髻两分心[④]。定缘何事湿兰襟。

【笺注】 ①窣（sū）：下垂。②刬（chǎn）袜：只穿着袜子行走。③珠衱佩囊三合字：衱（jié），裙带。三合字，情侣各自佩戴的一对香囊上各绣三个半边字，合在一起就组成了三个完整的字。④宝钗拢髻两分心：古代风俗，未出嫁少女的发型梳成双髻，即从中间向左右两分。

【赏析】 这首《浣溪沙》是闺怨主题，写一名女子在恋爱中的伤心。

从表现手法上划分，古人写闺怨题材大略可以分为两种类型：一是明说，二是暗示。前者如“忽见陌头杨柳色，悔教夫婿觅封侯”，后者如“天阶夜色凉如水，坐看牵牛织女星”。纳兰容若最爱用的是暗示的写法，这首词就是很典型的一例。上阕写那名女子“沉吟”，究竟沉吟何事呢，似乎只是“晚晴天气惜轻阴”而已。下阕词眼的一联貌似只是描绘她的装束：她缀着珍珠的裙带上佩着一只香囊，这香囊绣着三个字的半边，必须和另一只香囊合在一起才能看出完整的字样。她的头上还梳着发髻，将头发从中间分开，像两颗心剖分开来的样子。但是，为什么特地撷取装束中的这两样来写呢，这就是词人的用心所在，她所“沉吟”的事情也就有了着落处。末句说到底是因为什么事，她流下的泪水都沁透了衣衫？貌似因不解而发问，但问题的答案早已经呼之欲出了。

又 红桥怀古，和王阮亭韵[①]

无恙年年汴水流[②]。一声水调[③]短亭秋。旧时明月照扬州。

曾是长堤牵锦缆，绿杨清瘦至今愁[④]。玉钩斜路近迷楼[⑤]。

【笺注】①红桥怀古，和王阮亭韵：红桥，在扬州城西，诗人多吟咏。王阮亭，王士祯，号阮亭，又号渔洋山人，山东新城人，于顺治十七年至康熙三年任扬州推官。王士祯文名极盛，袁枚把王士祯和桐城派宗主方苞并称，常州词派的大将谭献更誉王士祯为清代第一诗人。王士祯于文学倡"神韵"说，主盟诗坛多年。②汴水：即汴河，大运河的一段，连接黄河与泗水、淮河，为隋炀帝所开凿，在北宋年间成为首都开封最重要的粮食供应渠道。及至南宋，宋高宗为了防止金兵从水路南下，下诏毁坏境内的汴水水道，南北水运自此断绝。今天只在泗县仍可找到一段汴水断渠，而在开封一带，汴水或已成为市中心的街道，或已成为国道的基址。③水调：曲调名，相传为隋炀帝开凿汴河时所创。④曾是长堤牵锦缆，绿杨清瘦至今愁：长堤，即隋堤。隋炀帝大业元年，开凿通济渠，在渠旁修建御道，御道两旁种植杨柳，后人谓之隋堤。绿杨，即御道两旁的杨柳。《开河记》载，隋炀帝乘龙舟沿淮水下扬州，强征吴越一带十五六岁的民间少女五百人在运河两岸为龙舟拉纤，谓之殿脚女。每船用彩缆十条，每条彩缆由十名殿脚女和十只小羊来拉。而据颜师古《大业拾遗记》，隋炀帝的龙舟锦帆彩缆，穷极侈靡，更为每一条龙舟挑选一千名美丽的长白女子，让她们来划动雕板镂金的船桨，号为殿脚女。锦帆过处，香闻十里。⑤玉钩斜路近迷楼：玉钩斜，传说拉纤少女的埋葬之地。传说在隋炀帝下扬州时，拉纤的少女死亡枕藉，在船队到了扬州之后，把尸体都葬在了附近的一处坡地上。因为这里是一处斜坡，从此便被称为"宫人斜"。这个名称勉强也算对死难者的一种追认了，因为严格来说，她们还称不上宫人。到了唐代，李夷简镇守扬州，在这里观赏如钩新月，便修了一座玉钩亭，皇甫湜为此还写了一篇《玉钩亭记》，此后宫人斜便改称玉钩斜，名声越来越大，为之吟咏的名家也越来越多。迷楼，隋炀帝在扬州西北郊营建的宫室。据《南部烟花记》，为了修建迷楼，隋炀帝征发了几万民工，耗费多年才告建成。隋炀帝游览之时，见宫室建筑回环往复，便对左右说：就算神仙来到这里也会迷路的。故而名之为迷楼。

【赏析】　这首《浣溪沙》作于康熙二十三年（1684年）十月，其时纳兰容若扈驾南巡，经过扬州红桥，根据王士祯（号阮亭）吟咏红桥的一首《浣溪沙》写下和作。容若对步韵向来反感，他在《渌水亭杂识》里专有一条评论说，当今诗词的大害莫过于步韵，如果人们不戒除步韵的毛病，则必然不会有好作品出现。所以纳兰词里的步韵作品少之又少，其中一些所和的原作，都是纳兰容若所仰慕的前辈词人的佳作。这首《浣溪沙》，可以看作容若向王士祯致敬之作。

王士祯的原词作于康熙元年，共有三首，为容若步韵的是第一首："北郭青溪一带流。红桥风物眼中秋。绿杨城郭是扬州。西望雷塘何处是，香魂零落使人愁。淡烟芳草旧迷楼。"上阕写在红桥所见的扬州景物，下阕咏怀古迹，慨叹隋炀帝荒淫无道的一段史事。纳兰容若这首步韵之作也是同样的怀古主题，只是着眼点与王士祯不同，哀叹那些拉纤少女的悲剧命运，而隋炀帝的荒淫残暴不待多言便已经跃然纸上。

至于怀古，容若曾在《渌水亭杂识》里提出了咏史诗的一个创作理念：咏史诗不能搞议论，因为一有议论就不再成其为诗词，而变成史评了。这首《浣溪沙》正很好地体现着这个创作理念。

风流子　秋郊即事

平原草枯矣，重阳后，黄叶树骚骚[①]。记玉勒青丝[②]，落花时节，曾逢拾翠[③]，忽忆吹箫。今来是、烧痕[④]残碧尽，霜影乱红凋。秋水映空，寒烟如织，皂雕[⑤]飞处，天惨[⑥]云高。　人生须行乐，君知否，容易两鬓萧萧。自与东君[⑦]作别，刬地[⑧]无聊。算功名何许，此身博得，短衣射虎[⑨]，沽酒西郊。便向夕阳影里，倚马挥毫[⑩]。

【笺注】　①骚骚：大风之声。张衡《思玄赋》有"寒风凄其永至兮，拂穹岫之骚骚"。②玉勒青丝：马勒及缰绳，此处代指骑马游春。③拾翠：拾取翠鸟的羽毛当作首饰，后多代指女子游春，这里代指游春的女子。④烧痕：火烧过平原后留下的痕迹。⑤皂雕：黑色的雕，大型猛禽。⑥天惨：天色惨淡。⑦东君：司掌春天的神仙。⑧刬（chǎn）

地：只是，依旧。⑨短衣射虎：化自杜甫《曲江》“短衣匹马随李广，看射猛虎终残年”。《史记·李将军列传》载，李广听说所居之郡有虎，亲往射杀之。严绳孙《百字令·题震修小照，次韵》有“短衣射虎，怜渠未是侯骨”。⑩倚马挥毫：典出《世说新语·文学》，袁虎跟随桓温北伐，因事受到了处分，被免了官。正巧桓温急需一篇檄文，便叫来袁虎，命他倚靠在战马旁边草拟。袁虎手不辍笔，很迅速地就写完了七张纸，写得很好。当时东亭侯王珣正在旁边，非常叹服袁虎的文才。

【赏析】 这首《风流子》记述一次行猎中的所见所感。

依照女真传统，男孩子自幼就要学习武艺。明珠对儿子的教育是满汉兼修式的，汉文化学习儒家经典，满文化学习骑马、射箭。从顺治帝以迄康熙帝，始终都在强调着满人不可以荒疏了自家赖以称雄天下的骑射本领。

古代武术，最重要的本领就是骑射。女真传统，一个人在幼童之时便由父兄教导，以木弓柳箭进行训练，及至成年，再换为拉力更大的角弓羽箭。十七世纪初，一位朝鲜官员访问建州地区，留下记载说：当地十几岁的少年可以骑马如飞，奔驰在山野之间，女人也同男子一样，执鞭跃马驰逐自若。纳兰容若的武艺也是这样练成的，而行猎对于满洲统治者而言，既是游乐，也是演武。容若在一场射猎中充分体验了弓马征杀的快感，但最后还是忍不住向往“倚马挥毫”的文士风采。

画堂春

一生一代一双人[①]。争教两处销魂。相思相望不相亲[②]。天为谁春。 浆向蓝桥易乞[③]，药成碧海难奔[④]。若容相访饮牛津。相对忘贫[⑤]。

【笺注】 ①一生一代一双人：化自骆宾王《代女道士王灵非赠道士李荣》“相怜相念倍相亲，一生一代一双人”。②相思相望不相亲：化自王勃《寒夜怀友杂体》“故人故情怀故宴，相望相思不相见”，白居易《三年别》“悠悠一别已三年，相望相思明月天”，李白《相和歌辞·相逢行》“相见不相亲，不如不相见”，崔仲容《赠所思》“所居幸接邻，相见不相亲”。③浆向蓝桥易乞：倒装句，实为“向蓝桥乞浆易”，典出裴硎《传奇·裴航》，裴航在回京途中与樊夫人同舟，赠诗以致情意，樊夫人却答以一首离奇的小诗：“一饮琼浆百感生，玄霜捣尽见云英。蓝桥便是神仙窟，何必崎岖上玉清。”裴航见了此诗，不知何意，后来行到蓝桥驿，因口渴求水，偶遇一位名叫云英的女子，一见倾心。此时此刻，裴航念及樊夫人的小诗，恍惚之间若有所悟，便以重金向云英的母亲求聘云英。云英的母亲给裴航出了一个难题：“想娶我的女儿可以，但你得给我找来一件叫做玉杵臼的宝贝。我这里有一些神仙灵药，非要玉杵臼才能捣得。”裴航得言而去，终于找来了玉杵臼，又以玉杵臼捣药百日，这才得到云英母亲的应允。后来裴航与云英双双仙去，非复人间平凡夫妻。④药成碧海难奔：化自李商隐《嫦娥》“嫦娥应悔偷灵药，碧海青天夜夜心”。《淮南子·览冥训》载，羿向西王母求得不死之药，嫦娥把药偷走，奔往月宫。高诱注：嫦娥是羿的妻子，羿向西王母求得不死之药，还没有来得及服用便被嫦娥偷偷吃掉，嫦娥因此成仙，奔入月宫，是为月精。容若引用此典，大意是说纵然有不死之药，也无法飞入月宫。似是以月宫比喻所恋女子的居所，慨叹有情人无法相见。据此，本词或为一段无望的爱情而作，或为悼亡而作。⑤若容相访饮牛津。相对忘贫：晋人张华《博物志》载，大海尽处即是天河，每年八月，海边有浮槎(chá)往返于天河与人间，从不失期。于是有人立志利用这个机会探访天河，便在槎上搭起了飞阁，阁中储满了粮食，向天河而去。一日豁然见到城郭和屋舍，举目遥望，见女人们都在织布机前忙碌，却有一名男子在水滨饮牛。问那男子这里是什么地方，男子回答：“你回到蜀郡一问严君平便知道了。”这人回到人间之后便去拜访蜀郡的著名神算严君平，严君平道：“某年某月，有客星犯牵牛宿。”算来这个时间正是他到达天河的日子，那位在水滨饮牛的男子自然就是天河之滨的牛郎了。

【赏析】 这首词或是为伤悼一段可望而不可即的爱情而作，或是悼亡的篇章。

名句“一生一代一双人”就出自这首词里，但是，这一句其实是纳兰容若借用来的，原始出处是骆宾王《代女道士王灵非赠道士李荣》：“相怜相念倍相亲，一生一代一双人”。诗词之化用，有稍加点染者，有原文照录者，此为文人成法，非自纳兰容若始。诗词史上，大有名句原版藉藉无闻，而一经他人化用，反为世人千古传诵的佳话。最著名的例子便是林逋“疏影横斜水清浅，暗香浮动月黄昏”，这是脱胎于五代诗人江为“竹影横斜水清浅，桂香浮动月黄昏”，仅仅改了两个字而已：“竹”改成“疏”，“桂”改成“暗”。江为的原作无人记得，林逋的化用却因为有点石成金之功而成为千古名句。再如晏殊的名句“无可奈何花落去，似曾相识燕归来”，原是写在《示张寺丞王校勘》这首诗里的颈联，但只有当原样挪入《浣溪沙》词里，才显得如此不凡。容若这首词的化用与晏殊一例非常相似，原因就在于诗与词在表达形式上的差异。

一切可以入诗的题材亦可以入词，反之亦然，但我们只要多读同一题材的诗与词，就会发现两者在表现形式上最本质的差异：诗永远是对称的，词几乎都是不对称的。正是因为这一点差异，所以诗宜于大开大合、往来畅达，词宜于吞吞吐吐、欲说还休。所以“大漠孤烟直，长河落日圆”，这样的句子只能是好诗而不能是好词；“无可奈何花落去，似曾相识燕归来”，这样的句子只能是好词而不能是好诗。“一生一代一双人”用在词的起首便有直指人心的动人力量，用在诗里，“相怜相念倍相亲，一生一代一双人”这样配成一联，感染力就大大降低了。

蝶恋花

辛苦最怜天上月。一昔如环，昔昔都成玦[①]。若似月轮终皎洁。不辞冰雪为卿热[②]。　无那[③]尘缘容易绝。燕子依然，软踏帘钩说[④]。唱罢秋坟愁未歇[⑤]。春丛认取双栖蝶[⑥]。

【笺注】　①一昔如环，昔昔都成玦：昔，同夕。玦（jué），环形而有缺口的佩玉。②不辞冰雪为卿热：典出《世说新语·惑溺》，荀奉倩和妻子的感情极笃，有一次妻子患病，身体发热，体温总是降不下来，当时正值隆冬，荀奉倩情急之下，脱掉衣服，赤身跑到庭院里，让风雪冻冷自己的身体，再回来贴到妻子的身上给她降温。如是者不知多少次，但深情并没有感动上天，妻子还是死了，荀奉倩也被折磨得病重不起，很快也随妻子而去了。③无那：无奈。顾贞观《菩萨蛮》有“密约誓他生，此生无那情”。④燕子依然，软踏帘钩说：化自李贺《贾公闾贵壻曲》“燕语踏帘钩，日虹屏中碧”。⑤唱罢秋坟愁未歇：语出李贺《秋来》“秋坟鬼唱鲍家诗，恨血千年土中碧”。⑥春丛认取双栖蝶：《山堂肆考》载，民间传说大蝴蝶必定成双，是梁山伯、祝英台的魂魄所化，一说是韩凭夫妇的魂魄所化。李冗《独异志》载，宋康王夺走了韩凭(又作韩朋)的妻子，派韩凭修筑青陵台，然后杀死了他。韩凭的妻子请求临丧，跳下青陵台自尽身亡。《太平寰宇记》对此事也有记载，说韩凭的妻子事先把衣服作了腐化处理，在青陵台上突然投身下跳，左右的人急忙拉住她的衣角，谁知衣服触手即碎，化作片片蝴蝶。宋康王愤恨不已，把韩凭夫妻分别埋葬，结果两座坟墓上分别生出了两棵大树，枝条互相接近，终于缠绕在一起，是为连理枝。或说韩凭夫妇化为蛱蝶，如李商隐有《青陵台》：“青陵台畔日光斜，万古贞魂倚暮霞。莫讶韩凭为蛱蝶，等闲飞上别枝花。”容若有《有感》诗：“帐中人去影澄澄，重对年时芳苡灯。惆怅月斜香骑散，人间何处觅韩凭。”

【赏析】 这首《蝶恋花》是纳兰容若悼亡词的名篇，字里行间满是对亡妻卢氏的深爱与怀念。

月圆月缺，这本是与人无涉的自然现象而已，圆时不喜，缺时亦不忧。但是，在痛悼亡妻的纳兰容若的眼里，月圆月缺的周期分明就是人生聚散离合的周期：短暂的圆满，无尽的缺憾。

月亮是有情的，映照着人生的圆缺；燕子却无情，在忧愁之人的院落里飞去飞来，软语呢喃。人若到了伤心的极致，真的就这样没了分寸，没了计较，用一双已不分青红皂白的眼睛，将原本秩序井然的世界拆散，再不分青红皂白地重组。这岂不正是佛陀告诫我们定要远离的“颠倒梦想”么，但身陷其中的人，古今又有哪个能够抽身？

又

眼底风光留不住[①]。和暖和香，又上雕鞍去[②]。欲倩烟丝遮别

路。垂杨那是相思树。　惆怅玉颜成闲阻[3]。何事东风，不作繁华[4]主。断带依然留乞句[5]。斑骓一系无寻处。

【笺注】　①眼底风光留不住：套用辛弃疾《蝶恋花·继杨济翁韵饯范南伯知县归京口》成句。②和暖和香，又上雕鞍去：化用王彦泓《骊歌二叠》"和暖和香上马鞍"。③闲阻：间阻，阻碍。④繁华：即繁花。汉字里本来没有"花"字，"花"是后起的俗字，后来约定俗成，才在"花"这个义项上取代了"华"。⑤断带依然留乞句：典出李商隐《柳枝诗序》，洛阳有个女孩子名叫柳枝，父亲本是位有钱的商人，但不幸遭遇风波而死。柳枝十七岁时，本该是喜欢梳妆打扮的年纪了，但她对这些事总是缺少耐心，倒喜欢"吹叶嚼蕊"，弄片树叶吹吹曲子，她还擅长丝竹管弦，能作"天风海涛之曲，幽忆怨断之音"。李商隐的堂兄李让山是柳枝的邻居，一天，李让山吟咏李商隐的《燕台诗》，柳枝突然跑了出来，吃惊地问："这诗是谁写的呀？"李让山说："是我一个亲戚小哥写的。"柳枝当即便要李让山代自己向这个"亲戚小哥"去求诗，大概还怕李让山不经心，特地扯断衣带系在了他的身上以为提醒。

【赏析】　这首《蝶恋花》描写别离与相思，哀怨之情溢于言表。

词中有两个字值得一讲，一是"惆怅玉颜成闲阻"之"闲"，"闲阻"是阻隔、隔断的意思，这个"闲"，繁体字的本字写作"閑"，本义是木栅栏，宋元以后俗写为"闲"；而我们常用的"闲"，繁体字的本字是"閒"。这本是两个不同的字，简化以后却一模一样了，很容易造成误解。再一个字是"何事东风，不作繁华主"之"华"，"繁华"即繁花。汉字里本来没有"花"字，"花"是后起的俗字，大约是六朝时候才出现的，后来约定俗成，"花"才在"花朵"这个义项上取代了"华"。同类型的问题，在阅读诗词古文的时候常常会出现，所以对于有兴趣深入的读者而言，掌握一点训诂方面的知识总是好的。

又　散花楼送客

城上清笳城下杵[1]。秋尽离人，此际心偏苦。刀尺[2]又催天又暮。一声吹冷蒹葭浦[3]。　　把酒留君君不住。莫被寒云，遮断君行处。行宿黄茅山店[4]路。夕阳村社迎神鼓[5]。

【笺注】　①城上清笳城下杵：清笳，凄清的胡笳声。杵，捶衣用的棒槌，这里指捣衣之声。捣衣多在秋天，这里用杵声点明时令，并以杵声和胡笳声显示出秋天萧瑟的气氛。②刀尺：剪刀和尺子，引申为服装的制作。③蒹葭浦：长满芦苇的水边。④黄茅山店：引申为荒郊野店。⑤夕阳村社迎神鼓：村社，村中社日，这里指秋社之日，一般在秋分前后，农家收获已毕，立社以祀土地神。

【赏析】　这首《蝶恋花》是纳兰容若为好友张纯修送别而作。词题中的散花楼不详何地，大约是京城里的一处酒楼。词中用到了许多带有远别、羁旅含义的意象，又配上胡笳声、捣衣声、社鼓声，仿佛是为一部电影短篇配上了萧瑟苍凉的背景音乐。这些意象的交叠与组合，使别情离绪一下子被烘托到顶点。

又

准拟[1]春来消寂寞。愁雨愁风，翻把春担阁[2]。不为伤春情绪恶。为怜镜里颜非昨。　　毕竟春光谁领略。九陌缁尘[3]，抵死遮云壑[4]。若得寻春终遂约。不成长负东君[5]诺。

【笺注】　①准拟：打算。②翻把春担阁：翻，反而。担阁，耽搁。③九陌缁尘：九陌，《三辅黄图·长安八街九陌》引《三辅旧事》："长安城中八街、九陌。"九陌指汉代长安城中的九条大道，引申为都城大路。缁尘，黑色尘土，比喻世俗的污垢，语出谢朓《酬王晋安》有"谁能久京洛，缁尘染素衣"。④抵死遮云壑：抵死，总是。云壑，云雾遮覆的山谷，引申为僻静的隐居之所。⑤东君：司掌春天的神仙。

【赏析】　这首《蝶恋花》以伤春为主题，而伤春并不仅仅是伤悼春天的缺席，更是伤悼青春的老去。

词的起首"准拟春来消寂寞"，点明自己情绪不佳，所以期待着春天快一点到来，却没想到“愁雨愁风，翻把春担阁”，春光竟然迟迟不现身。对于本已低落的情绪而言，这简直是火上浇油了。然而细思之下，青春为何容易老去，春光为何不能让人安享，还不是因为凡尘俗事总是萦绕心怀么。词中的这种苦闷是纳兰容若常有的苦闷，他的大把的时间精力都必须用来应对各种既违背心愿又违背性情的俗务。

又

又到绿杨曾折处[1]。不语垂鞭，踏遍清秋路[2]。衰草连天无意绪。雁声远向萧关[3]去。　　不恨天涯行役苦。只恨西风，吹梦成今古。明日客程还几许。沾衣况是新寒雨。

【笺注】　①又到绿杨曾折处：又到当初别离的地方。绿杨曾折，旧俗以折柳送别。②不语垂鞭，踏遍清秋路：化自温庭筠《赠知音》“不语垂鞭上柳堤”，李贺《马诗》“快走踏清秋”。③萧关：西北边关之名，代指边塞。

【赏析】　这首《蝶恋花》作于“觇梭龙”途中，从词意判断，具体写作时间应当是刚从京城出发的时候。远赴塞外并非容若的本意，所以话里话外带了一些牢骚的情绪。

词的上阕很有镜头感：看到远处天地交接的地方，地上茫茫衰草，天空是直向西北的雁阵，一派秋光萧瑟、心绪凄迷的样子。意象造足之后，下阕转入抒情：“不恨天涯行役苦。只恨西风，吹梦成今古”。诗人的语言，说“不恨”其实是在说“恨”。恨的是“天涯行役苦”。所以“只恨西风，吹梦成今古”与前一句“不恨天涯行役苦”并不构成一正一反的关系，反而是一种递进关系：恨的是此刻秋天的西风把梦一般的往事吹散，使无聊的现实（出差）和美好的往事（在家）的距离如同现实与历史的距离一般——这是一个极其巧妙的修辞，用宏伟的、庄重的东西来比喻私密的、小情小调的东西，这是中国古典诗词里极少见的修辞手法。

词以“明日客程还几许。沾衣况是新寒雨”收尾：明天不知道还有多少路要走，寒雨已经沾衣，明天的天气不知道该有多坏呢！人们做事情，如果自己丧失了主观能动性，便总爱去找些客观理由，于是乎，不是我不想走，而是下雨了不好走；不是我不愿意冒雨走，而是这秋天的雨水太冷了……这既是一种人之常情的表达方式，也是诗歌特有的一种含蓄。

又

萧瑟兰成看老去[①]。为怕多情，不作怜花句。阁泪[②]倚花愁不语，暗香飘尽知何处。　　重到旧时明月路。袖口香寒，心比秋莲苦[③]。休说生生[④]花里住，惜花人去花无主。

【笺注】　①萧瑟兰成看老去：兰成，庾信的小字，容若这里以庾信自比，谓如庾信一般少年俊逸的自己已渐衰老。庾信自幼便随父亲出入于南方梁朝的宫廷，后来担任了东宫学士，成为当时首屈一指的文学家。时值政局变动，发生了侯景之乱，庾信于是逃亡，辅佐梁元帝，后来出使西魏。就在出使期间，梁朝被西魏所灭，庾信便没有祖国可归了。庾信因为文名很盛，被西魏留在北方不放，再后来北周代魏，对庾信更加器重，封他以高官显爵。当时的南方政权，梁国已灭，陈国代兴。北周和陈国关系不错，双方达成了一个协议，准许流寓北方的南国人士重回故土。但这个政策还有两个特例：谁都能回乡，唯有庾信和王褒不能，因为庾信是一面文化大旗，太有影响力。庾信的文学创作，在被留西魏之前，是典型的宫廷式样，文采华丽，此后则既有思乡怀国之苦，又有出仕敌国的屈辱，风格转为沉郁，所以杜甫说他"庾信文章老更成，凌云建笔意纵横"，"庾信文章最萧瑟，暮年诗赋动江关"，容若这里所谓"萧瑟兰成"就是化自这句杜诗。②阁泪：含着眼泪。阁，同"搁"，"搁着眼泪"即"含泪"。③袖口香寒，心比秋莲苦：袖口香寒，语出晏几道《西江月》"醉帽檐头风细。征衫袖口香寒"，高观国《夜行船》"袖口香寒，歌喉春暖，不管雁边寒紧"。心比秋莲苦，语出高观国《喜迁莺》"空见说，香锁雾扃，心似秋莲苦"。④生生：世世代代。

【赏析】　这首《蝶恋花》是纳兰容若悼亡词中的名作，在清代词坛受到过极高的评价。

借首句"萧瑟兰成看老去"讲一点诗词用典的意义。这一句的意思无非是感叹自己的衰老，未必是年纪真的老了，而是心态变得衰老了。但为什么不直接说自己老去，却要绕一个弯子说“萧瑟兰成看老去”呢？这是把自己比作南北朝时代的著名才子庾信（小字兰成）。庾信文名满天下，生活也富贵到了极致，但这一切都不是他最渴求的。他最渴求的愿望终其一生都未能实现，所以旁人虽然羡慕他的才华，羡慕他的富贵，他自己却越发陷入悲剧感里不可自拔。纳兰容若词中的“萧瑟兰成看老去”就是化自杜诗。

“萧瑟兰成看老去”这一句既是化用，也是用典。简简单单七个字，既包含了庾信的一生，也包含了杜甫一则著名的文学评论，这是至少要几百字才能说清的东西。读者如果掌握了相关的背景知识，就可以从这一句话里读出非常丰富的内容，这是白描手法完全无法做到的。

又

露下庭柯[①]蝉响歇。纱碧如烟，烟里玲珑月。并着香肩无可说[②]。樱桃暗解丁香结[③]。　　笑卷轻衫鱼子缬[④]。试扑流萤，惊起双栖蝶。瘦断玉腰[⑤]沾粉叶。人生那不相思绝。

【笺注】　①庭柯：庭院里的树。②并着香肩无可说：一对恋人肩膀挨在一起，默默无言。③樱桃暗解丁香结：樱桃，比喻女子的樱桃小口。丁香结，丁香的花蕾。④鱼子缬（xié）：一种特殊的纺织扎染纹样。⑤玉腰：即蝴蝶，语出温庭筠的一副对联：“蜜官金翼使，花贼玉腰奴”。

【赏析】　这首《蝶恋花》是回忆自己与心爱的人在夏夜中依偎相伴的点点滴滴，甜蜜的过去铸成了今日的相思。词中有一处很巧妙的修辞，即“樱桃暗解丁香结”。“樱桃”本是比喻女子的樱桃小口，出自白居易“樱桃樊素口，杨柳小蛮腰”，“丁香结”本是指丁香的花蕾，古人常以呈紧密包裹状的丁香花蕾比喻愁肠郁结，最著名的句子就是“芭蕉不展丁香结，同向春风各自愁”。但丁香花蕾还有一个特点：到了成熟的时候，只要轻轻一碰，就会顺着纹理绽裂开来，正是“暗解丁香结”。为什么是“樱桃暗解丁香结”呢，这是说恋人和自己并肩紧挨着，虽然并不说话，但仅仅是她的存在便已经开解了自己心头的郁结。

这首词的谋篇布局也非常耐人寻味。从首句到倒数第三句，尽在写恋爱时的各种甜蜜，然而结尾两句做出了彻底的逆转，我们才知道原来前面的那些甜蜜竟然都已是无法重现的往事了。美学上有这样的说法：只有把一种东西的美充分地渲染出来，接下来打碎这种美才会让人觉得心痛。

又　出塞

今古河山无定据①。画角声中，牧马频来去。满目荒凉谁可语。西风吹老丹枫树。　　从前幽怨应无数。铁马金戈，青冢黄昏路②。一往情深深几许。深山夕照深秋雨。

【笺注】　①今古河山无定据：意味自古以来政局不断变化，江山没有确定的归属。②青冢黄昏路：语出杜甫《咏怀古迹》“独留青冢向黄昏”。青冢，王昭君的坟茔。

【赏析】　这首《蝶恋花》描写塞外所见所感，有浓浓的怀古意味。

词中感慨历代王朝的兴亡成败，重点其实在胡汉关系上，“牧马频来去”是全词的关键，自古以来，游牧民族就没有固定的疆域，只是逐水草而居，视劫掠如同打猎，这一切都与农耕民族不同。所以游牧民族和农耕民族天然就很难相容，而前者天然处在攻势，后者天然就处在守势，自三代以来烽烟不断。北方游牧民族南下占据农耕文明的疆域，这是历史上多次出现过的事情，但“牧马频来去”，来了终归还是要走。以纳兰容若的身份做出这样的感叹，恐怕多少还是流露出一点隐忧的。

又

尽日惊风吹木叶。极目嵯峨①，一丈天山雪②。去去丁零愁不绝③。那堪客里还伤别。　　若道客愁容易辍。除是朱颜，不共春销歇。一纸乡书和泪摺。红闺此夜团圞月。

【笺注】　①嵯峨：山势高峻。②一丈天山雪：这里的天山应代指塞外高山，因为容若从未到过新疆。朱彝尊《采桑子·云州书感》有“去年一丈天山雪”。③去去丁零愁不绝：去去，越走越远。丁零，汉代匈奴属国，在匈奴之北。容若写作此词正在觇梭龙途中，即侦察中俄边境的情况，以备对抗俄罗斯的入侵，清人误以为俄罗斯是丁零的后裔。

【赏析】 这首《蝶恋花》是纳兰容若于康熙二十一年（1682年）十月十五日送别经纶（字岩叔）而作。在“觇梭龙”（侦察北方罗刹势力）的使命中，容若与经纶同行，经纶不知因为什么缘故先行返京，容若以此词相赠，既道出惜别之情，也道出对家庭的思念。

“觇梭龙”是纳兰容若侍卫生涯中很重要的一项功绩，但是，他虽然兢兢业业，不负使命，心底却十分厌烦这一段荒凉的旅程，思家的情绪每每流露在诗词里。而客中送别，从来最令人伤感。

河传

春残，红怨[①]，掩双环[②]。微雨花间昼闲。无言暗将红泪弹。阑珊。香销轻梦还[③]。 斜倚画屏思往事。皆不是[④]。空作相思字。记当时。垂柳丝，花枝，满庭胡蝶儿[⑤]。

【笺注】 ①红怨：因春残花落而生的伤感之情。②双环：门环，代指门。③香销轻梦还：语出李清照《念奴娇》“被冷香销新梦觉”。还，恢复。④皆不是：都不顺心。⑤胡蝶儿：蝴蝶。

【赏析】 这首《河传》写闺怨主题，将一名女子在春日里思念往昔恋情的惆怅描绘得淋漓尽致。

闺怨主题的诗词，往往将时序固定在春天，因为春天最是生意盎然，最是恋爱的季节，在春天里做一个孤独的人是最难消受的，尤其当曾经的恋爱也发生在这样一个春天的时候。

河渎神

凉月转雕阑[①]。萧萧木叶声干[②]。银灯飘落琐窗闲[③]。枕屏[④]几叠秋山。　　朔风吹透青缣被[⑤]。药炉火暖初沸。清漏[⑥]沉沉无寐。为伊判得憔悴[⑦]。

【笺注】　①雕阑：即雕栏，有华丽装饰的栏杆。②萧萧木叶声干：化自柳永《倾杯》“空阶下、木叶飘零，飒飒声干”。干，形容声音干涩嘶哑。③琐窗闲：琐窗紧闭。琐窗，镂刻有连琐图案的窗棂。闲，本是会意字，表示门中有木，是栅栏之类的意思，这里指用销子销住。④枕屏：枕前的屏风，放在床前用来挡风。⑤青缣（jiān）被：青色的双丝织绢的被子。⑥清漏：漏壶（古代的一种计时器）滴水的清冷声音。⑦为伊判得憔悴：化自柳永《凤栖梧》　“为伊消得人憔悴”。判得，拼得。

【赏析】　这首《河渎神》描写一往情深的相思，与“衣带渐宽终不悔，为伊消得人憔悴”异曲同工。

词从起首到倒数第二句，一直都在渲染人在相思中的苦闷，当读者觉得这样的苦闷实在难以承受，不如索性放弃思念为好的时候，结句却斩钉截铁地说“为伊判得憔悴”，一切代价都是值得的，都是自己心甘情愿为爱人而付出的。“判”是一个诗词里很常见、也很容易引起现代读者误解的字，它在古音里读作 pān，本字是“拌”，意思是“甘愿”。唐人多写作“判”，自宋代以后多写作“拼”。

又

风紧雁行高。无边落木萧萧[①]。楚天魂梦与香消[②]。青山暮暮朝朝。　　断续凉云来一缕。飘堕几丝灵雨[③]。今夜冷红浦溆[④]。鸳鸯栖向何处？

【笺注】 ①无边落木萧萧：化用杜甫《登高》“无边落木萧萧下，不尽长江滚滚来”。②楚天魂梦与香消：典出《高唐赋序》，为指代男女情事的诗歌常典。③灵雨：好雨。④冷红浦溆：冷红，即红草，亦称荭草，生于路边或水边湿地。浦溆，水滨。

【赏析】 这首《河渎神》怀念一段失落的爱情，字里行间满是惆怅和无奈，很可能属于悼亡之作。

从写法上看，整首词没有一个字提及人物，既没有出现词人自己，也没有出现爱慕与怀念的对象，一切修辞都是暗示，一切意象也都是暗示。在各种旁敲侧击里，烘托出梦断香消的刻骨悲伤。

落花时

夕阳谁唤下楼梯。一握香荑[1]。回头忍笑阶前立，总无语，也依依。 笺书直恁无凭据[2]，休说相思。劝伊好向红窗醉，须莫及，落花时。

【笺注】 ①香荑（tí）：女子柔嫩的手指。②直恁无凭据：直恁（nèn），竟然如此。无凭据，不能凭信。

【赏析】 这首《落花时》描写闺怨，上阕写出一名少女娇羞可爱的情态，下阕写她苦苦期待着意中人的书信却总是希望落空，于是词人忽然以旁观者的角度发出议论，劝她好好珍惜青春，不要在无谓的相思中耗费掉人生最美丽的时光。

卷二

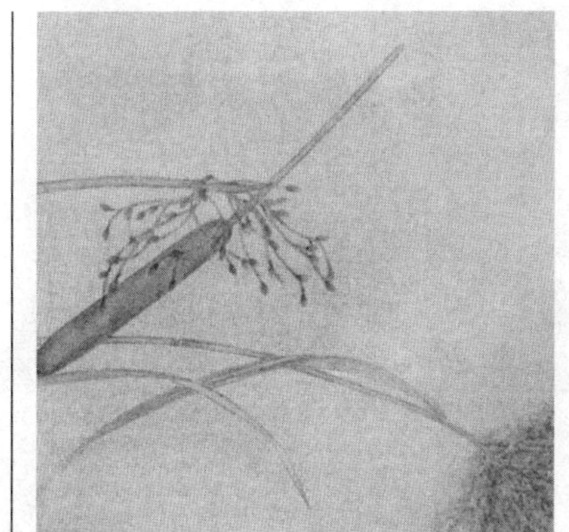

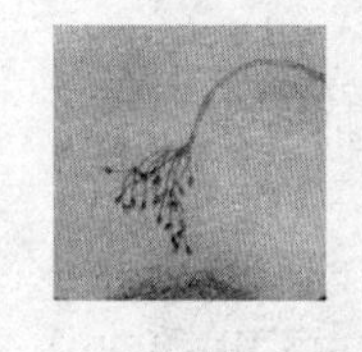

金缕曲　赠梁汾[1]

德也狂生耳[2]。偶然间、缁尘京国，乌衣门第[3]。有酒惟浇赵州土，谁会成生此意[4]？不信道、遂成知己。青眼高歌俱未老[5]，向樽前、拭尽英雄泪。君不见，月如水。　共君此夜须沉醉。且由他、蛾眉谣诼[6]，古今同忌。身世悠悠何足问，冷笑置之而已。寻思起、从头翻悔。一日心期千劫在[7]，后身缘、恐结他生里。然诺[8]重，君须记。

【笺注】　①梁汾：顾贞观，字华峰（一作华封），号梁汾，无锡人，康熙五年举顺天乡试，擢内国史院典籍，康熙十年退归乡里，康熙十五年再度进京，结识纳兰容若，著有《积书岩集》及《弹指词》。②德也狂生耳：德，作者自指。容若以“德”称名，是仿效汉人的习惯，仿佛姓成名德，字容若，有时也以“成生”自谓，朋友们书信往来，常常也以“成容若”称之，而不用纳兰（那拉）这个姓氏。③偶然间、缁尘京国，乌衣门第：缁尘，黑色尘土，比喻世俗的污垢，语出谢朓《酬王晋安》：“谁能久京洛，缁尘染素衣”。京国，京城。乌衣门第，比喻家世显贵。乌衣巷是南京城内秦淮河畔的一条巷子，是晋宋时代王、谢两家名门的聚居之地。④有酒惟浇赵州土，谁会成生此意：套用李贺

《浩歌》“买丝绣作平原君，有酒唯浇赵州土”。平原君是赵国贵族，“战国四君子”之一，喜好交游，无论达官显贵还是贩夫走卒，只要性情投合，就会倾盖如故。本句意思是仰慕平原君的为人。成生，容若自指。⑤青眼高歌俱未老：化用杜甫《短歌行赠王郎司直》“青眼高歌望吾子，眼中之人吾老矣”。青眼，据《晋书·阮籍传》，阮籍放浪形骸，不受礼俗拘束，看到俗人就以白眼视之，看到同道中人就会青眼相加。青眼，即黑眼珠。“青”有“黑”的意思，如青衣人，是指身穿黑衣的差役；老子骑青牛出函谷关，所骑之牛即黑牛。俱未老，是年容若二十二岁，顾贞观四十岁。⑥蛾眉谣诼：造谣中伤，当是指顾贞观在康熙十年因为受到同僚排挤而从内国史院典籍的任上退归故里一事。⑦一日心期千劫在：心期，以心相许。劫，佛教术语，形容无限长久的时间。⑧然诺：承诺。然、诺，原本分别是古人的应答词语。

【赏析】 这首《金缕曲》作于康熙十五年（1676年），是纳兰容若的成名之作。其时容若初识顾贞观，作此《金缕曲》为顾题照。顾贞观有一首和作，附跋记载了与容若的结交与诗词来往的这段经过：“岁丙辰，容若年二十有二，乃一见即恨识余之晚，阅数日，填此曲为余题照。极感其意，而私讶他生再结殊不祥，何意为乙丑五月之谶也。”

这首词写得酣畅淋漓，将容若与顾贞观两人的狂生姿态描绘得极尽传神，将两人的交情也写出了十足的俞伯牙、钟子期的知音感觉。顾贞观虽因为才高而受妒，但得到容若这首词，也完全应当在感动中释怀了。

又 姜西溟言别，赋此赠之[①]

谁复留君住。叹人生、几番离合，便成迟暮。最忆西窗同剪烛，却话家山夜雨[②]。不道只、暂时相聚。滚滚长江萧萧木[③]，送遥天、白雁哀鸣去。黄叶下，秋如许。　曰归因甚添愁绪。料强如、冷烟寒月，栖迟梵宇[④]。一事伤心君落魄[⑤]，两鬓飘萧未遇[⑥]。有解忆、长安儿女[⑦]。裘敝入门空太息[⑧]，信古来、才命真相负[⑨]。身世恨，共谁语。

【笺注】 ①姜西溟言别，赋此赠之：姜西溟，姜宸英，字西溟，浙江慈溪人，明末清初的书法家、史学家。②最忆西窗同剪烛，却话家山夜雨：化自李商隐《夜雨寄北》："君问归期未有期，巴山夜雨涨秋池。何当共剪西窗烛，却话巴山夜雨时"。③滚滚长江萧萧木：化用杜甫《登高》"无边落木萧箫下，不尽长江滚滚来"。④栖迟梵宇：栖迟，徘徊逗留。梵宇，佛寺，这里指千佛寺，即容若为姜宸英安排的临时住处。⑤一事伤心君落魄：倒装句，即伤心君落魄一事，为姜宸英的落魄而伤心。⑥两鬓飘萧未遇：未遇，不得志。其时姜宸英已年过半百。⑦有解忆、长安儿女：化自杜甫《月夜》"遥怜小儿女，未解忆长安"，反用其意。⑧裘敝入门空太息：典出《战过策·秦策一》：苏秦游说秦王，屡屡上书而始终不被重视，黑貂之裘敝，黄金百斤尽，生活费就快断了，只好离开秦国。⑨信古来、才命真相负：化用李商隐《有感》"古来才命两相妨"。容若《金缕曲·慰西溟》亦有"须知道、福因才折"。

【赏析】 这首《金缕曲》是纳兰容若送别好友姜宸英而作。姜宸英年长容若许多，与容若结成忘年之交。姜宸英多年逗留京城以寻取功名，郁郁不得志，到七十岁时（即康熙三十六年）才考中进士，翌年充任顺天乡试副主考官，舆情论其不公，被劾下狱，待平反时已在狱中自尽。

姜宸英与容若结识于康熙十二年（1673年），不久便南归，康熙十七年（1678年）再度来京，容若把他安置在千佛寺居住，并帮他安排生计。康熙十八年（1679年），姜宸英为奔母丧再度南归，这首《金缕曲》即写于姜宸英此次南归之前。

纳兰容若是含着金汤匙出生的人，但他对朋友只以才华与性情相交，毫不介意对方的出身与地位，所以在他的身边聚集了许多坎坷贫寒的汉人文士，姜宸英便是其中之一。词中所谓"一事伤心君落魄，两鬓飘萧未遇"，说的就是对姜宸英不幸遭遇的深切同情。"叹人生、几番离合，便成迟暮"是这首词中的名句。容若很珍重友情，天性喜聚而伤离。对这样敏感的人而言，每一次别离仿佛都会老去一分似的，而离合几度之后，在心态上便会生出垂垂老矣的感觉。敏感而真挚，这是纳兰词最突出的特质。

又 简梁汾

洒尽无端泪。莫因他、琼楼寂寞，误来人世[①]。信道痴儿多厚福，谁遣偏生明慧。莫更着、浮名相累。仕宦何妨如断梗[②]，只那将、声影供群吠[③]。天欲问，且休矣。　　情深我自判憔悴[④]。转丁宁、香怜易爇[⑤]，玉怜轻碎。羡杀软红尘里客[⑥]，一味醉生梦死。歌与哭、任猜何意。绝塞生还吴季子[⑦]，算眼前、此外皆闲事。知我者，梁汾耳。

【笺注】 ①莫因他、琼楼寂寞，误来人世：大意是说，不要因为仙界寂寞就来到这个不该来的人世。这句当是比喻顾贞观才识超卓却在仕途上遭人排挤，突出了顾贞观的清高。②断梗：典出《战国策·齐策》，苏代对孟尝君说："我路过淄上的时候，见到有土偶人与桃梗对话。桃梗对土偶说：'你虽具人形，不过是西岸之土塑成的，淄水一旦冲刷过来，你就会残缺不全了。'土偶回应道：'我本来就是西岸之土，就算淄水冲来，土也无非复归西岸，而你是东国的桃梗，纵然刻削成人形，待淄水冲刷而来，把你冲走，谁知道你会漂到哪里呢？'"③声影供群吠：语出汉代王符《潜夫论·贤难》"一犬吠形，百犬吠声"，也作"一犬吠影，百犬吠声"，一只狗看到形影叫了起来，百十只狗便跟着乱叫，比喻庸人不了解真相而随声附和。④判憔悴：拼憔悴，纵然憔悴也心甘情愿。⑤爇（ruò）：烧。⑥软红尘里客：比喻繁华都市里追名逐利的人。软红尘，飞扬的尘土，比喻繁华热闹的地方。⑦吴季子：即春秋时吴国贤公子季札，亦称延陵季子，这里代指而并非直指吴兆骞。

【赏析】 这首《金缕曲》约作于康熙十五年（1676 年）末或十六年（1677 年）初，纳兰容若以此向顾贞观承诺，会将营救吴兆骞当作最重要的事情来办。

吴兆骞是江南名士，顾贞观的知交好友，在顺治年间的丁酉科场案里受到误判，举家流放宁古塔。顾贞观古道热肠，立誓营救好友，这才到京城走通纳兰容若的关系。换言之，顾贞观与纳兰容若的结交，一开始是怀着明确的功利目的的。但是，容若对此全不在意，只是感动于顾贞观的情操，兼之欣赏顾贞观的才华，决定全力以赴去营救吴兆骞这位素不相识的江南才子。

这一匪夷所思的营救之举后来轰动京城，谢章铤在《赌棋山庄词话》里讲道："今之人，总角之友，长大忘之。贫贱之友，富贵忘之。相勖以道义，而相失以世情，相怜以文章，而相妒以功利。吾友吾且负之矣，能爱友人之友如容若哉！"在容若等人的努力下，吴兆骞终于在康熙二十年（1681 年）纳资赎归。

又 寄梁汾

木落吴江[①]矣。正萧条、西风南雁，碧云千里。落魄江湖还载酒[②]，一种悲凉滋味。重回首、莫弹酸泪。不是天公教弃置，是南华、误却方城尉[③]。飘泊处，谁相慰。　　别来我亦伤孤寄[④]。更那堪、冰霜摧折，壮怀都废。天远难穷劳望眼，欲上高楼还已[⑤]。君莫恨、埋愁无地[⑥]。秋雨秋花关塞冷，且殷勤、好作加餐计[⑦]。人岂得，长无谓[⑧]。

【笺注】　①吴江：即吴淞江，代指顾贞观（梁汾）的家乡无锡。②落魄江湖还载酒：化用杜牧《遣怀》"落魄江湖载酒行"。③不是天公教弃置，是南华、误却方城尉：南华，即《南华经》。唐代尊崇道教，升格道家经典，于天宝元年改称《庄子》为《南华真经》。南华误却方城尉，据孙光宪《北梦琐言》卷二，计有功《唐诗纪事》卷五十四，令狐绹曾以旧事相询于温庭筠，温庭筠答道："此事见于《南华经》。《南华经》并不是冷门书，相国公事之余也应该看一点古书。"令狐绹与温庭筠积怨已久，因此而益发气愤，便上奏说温庭筠有才无行，温庭筠终未进士登第。另据孙光宪《北梦琐言》卷四，唐宣宗喜欢微服出游，有一次在旅店里遇到了已经做了官的温庭筠。温庭筠不识龙颜，出口不逊道："你也就是个司马、长史之流吧？"（按，司马和长史一般是市级官员的助手，这种位置经常被用来安置闲人，白居易就被贬过江州司马，即《琵琶行》所谓"江州司马青衫湿"。）唐宣宗说："不是。"温庭筠又道：

"那你就是六参、簿、尉之类了?"（按，这些职位已是县级以下的小吏。）温庭筠因此被贬为方城县尉。另据辛文房《唐才子传·温庭筠》：温庭筠考进士屡屡落第，出入于令狐绹相国书馆中，令狐绹询问玉条脱为何物，温庭筠回答说出自《南华经》，并且讥讽道："《南华经》并不是冷门书，相国公事之余也应该看一点古书。"令狐绹自此疏远了温庭筠，温庭筠为此而自伤道："因知此恨人多积，悔读南华第二篇。"后来温庭筠被贬谪为方城尉，赴任之前，文士诗人争相赋诗饯别，只有纪唐夫说："凤凰诏下虽沾命，鹦鹉才高却累身。"温庭筠的仕途终结于国子助教，最后流落而死。"不是天公教弃置，是南华、误却方城尉"所涉典故是以上温庭筠故事集合而来。另，唐宣宗微服出游遇温庭筠之事并不可靠，夏承焘《温飞卿系年》有详细辨析。"因知此恨人多积，悔读南华第二篇"，此诗出处亦有疑点，明代胡震亨《唐音癸签》卷二九考订此诗为温庭筠为悼念亡友而作。④孤寄：孤身寄居。⑤天远难穷劳望眼，欲上高楼还已：化自辛弃疾《满江红》"天远难穷休久望，楼高欲下还重倚"。⑥埋愁无地：《后汉书·仲长统传》载，仲长统生性倜傥，不拘小节，是个著名的狂生，政府征召他做官，他却称病推辞，过着逍遥隐逸的生活，乃至以仙道自期。仲长统作过一首四言诗，其中有"寄愁天上，埋忧地下"。⑦好作加餐计：劝人保重之意。加餐，谓多吃些饭。⑧人岂得，长无谓：谓当有所作为。

【赏析】 这首《金缕曲》是纳兰容若写给顾贞观的作品，赞美他的才华与品格，同情他在险恶官场中的不幸遭遇。顾贞观是当时汉人名士中的佼佼者，与容若一样酷爱填词，在当时的词名不在容若之下。只是他性格傲岸，倜傥不群，才进官场便招致同僚的忌恨和陷害，最后竟被排挤出京。官场本身就是人际关系极其复杂的地方，以纳兰容若的出身与本领尚且如临深渊、如履薄冰，经常在诗词里隐隐地倾诉苦闷，何况是顾贞观这样全无背景的汉人。容若虽然稳扎稳打，慢慢熬着升迁之旅，却对顾贞观的遭遇与心情完全能够感同身受，所以这首词虽然是在劝慰顾贞观，其实又何尝不是在宣泄自己胸中的愤懑呢?

又　再赠梁汾，用秋水轩旧韵[1]

洒浣[2]青衫卷。尽从前、风流京兆[3]，闲情未遣。江左知名今廿载[4]，枯树泪痕休泫[5]。摇落尽、玉蛾金茧[6]。多少殷勤红叶句，御沟深、不似天河浅[7]。空省识，画图展[8]。　高才自古难通显。枉教他、堵墙落笔[9]，凌云书扁[10]。入洛游梁[11]重到处，骇看村庄吠犬。独憔悴[12]、斯人不免。衮衮门前题凤客[13]，竟居然、润色朝家典[14]。凭触忌，舌难剪[15]。

【笺注】　①秋水轩旧韵：秋水轩是孙承泽的别墅，在京城西南，风景绝佳，常有文人聚集。康熙十年，雅擅填词的周在浚来到京城，住进世交孙承泽的秋水轩别墅，引来了许多名流造访。时值酷暑，来客之一的曹尔堪想在别墅里找个地方纳凉，见到一处墙壁上题写了许多酬唱的诗词，技痒之下便填了一首《贺新凉》题在墙壁的空处。这本来是一个很偶然的举动，而恰好秋水轩这时正是名士云集，兴致便一下子传染开来，周在浚、龚鼎孳等等文坛巨擘纷纷倡和，全用《贺新凉》这个词牌，且步曹尔堪的韵脚。于是词作越和越多，影响力远远超出京城，甚至于大江南北的文人骚客们纷纷投书寄简加入唱和，成为清初词坛的一大盛事，史称“秋水轩唱和”。顾贞观《金缕曲》(四壁秋花卷）词前小序称“秋水轩词，一韵累百”。而京城文士填词多学辛弃疾，故称“稼轩风”，结果这一次偶然而来的秋水轩唱和把“稼轩风”推向了全国，整个康熙初年的文坛风气为之一变。容若并未参与秋水轩唱和，这里仅用其词牌与韵脚字，故称“用秋水轩旧韵”。②浣（wò）：浸渍，染脏。③风流京兆：《汉书·张敞传》载，张敞为人缺乏威仪，任京兆尹时为妻子画眉，京城传说张敞画出来的眉毛非常妩媚，有司以此弹劾张敞。皇帝问及，张敞答道：“臣听说闺房之内、夫妇的私情，还有超过画眉的。”容若这里以“风流京兆”比喻顾贞观。④江左知名今廿载：顾贞观名闻江南已经二十年。江左，即江东，江南，长江下游南岸地区。古人以东为左，以西为右，而长江在安徽境内向东北方向斜行，以此江段为标准确定东西与左右，但地理范围可大可小。⑤枯树泪痕休泫：典出庾信《枯树赋》："桓大司马闻而叹曰：'昔年移柳，依依汉南；今看摇落，凄怆江潭。树犹如此，人何以堪。'"据《世说新语·言语》，桓温北伐经过金城，见到自己先前担任琅琊内史时所种的柳树已经有十围粗细了，不禁感慨说："树木尚且如此，人怎能禁得起岁月的消磨呢。"于是攀住柳树的枝条泫然流泪。⑥玉蛾金茧：比喻柳絮，套用吴绮《柳含烟·咏柳》"玉蛾金茧只菲菲，挂斜晖"。⑦多少殷勤红叶句，御沟深、不似天河浅：《云溪友议》载，舍人卢渥进京赶考，偶然从皇宫向外排水的御沟里拾到一片红叶，叶子上是宫女题的一首绝句。后来唐宣宗放一些宫女出宫嫁人，卢渥娶到的恰好就是当年红叶题诗之人。容若反用其意，慨叹御沟比天河更深，故而再多、再真切的红叶题诗也不会被人看到。这是比喻顾贞观在京城短暂而偃蹇的仕途经历。⑧空省识，画图展：化自杜甫《咏怀古迹》"画图省识春风面，环佩空归月夜魂"。据《西京杂记》，王嫱不肯贿赂画工，致使得不到汉元帝的召见，后来匈奴入朝，求美人为妻，汉元帝从图画中选择了王嫱，待发现王嫱的容貌竟是后宫第一时已经追悔不及。容若用此典比喻朝廷不能真正认识顾贞观的才学。⑨堵墙落笔：语出杜甫《莫相疑行》"忆献三赋蓬莱宫，自怪一日声辉赫。集贤学士如堵墙，观我落笔中书堂"。其时杜甫献三大礼赋，唐玄宗安排宰相在集贤院试他的文章。杜甫应试时，集贤院的学士们围着观看，对杜甫的文章给予了很高的评价。但即便如此，朝廷并未重用他，而是把他列入了候补的名册。⑩凌云书扁：扁即匾。"扁"的本义就是在门户上题字。《晋书·王献之传》载，太元年间，新建太极殿，谢安想请王献之题写匾额，却不好开口，便试探着说："魏时凌云殿的匾额还没有题写就被工匠误钉了上去，摘不下来，只好请韦仲将在吊起来的凳子上去书写。等到写完之后，韦仲将的胡须鬓角都白了，只剩下一口气，回来对子弟说再不可这么做。"王献之揣摩到了谢安的意思，严肃地说："韦仲将是魏国大臣，怎么可能有这种事呢。如果这是真事，可见魏国为什么国运不长了。"谢安便不再强迫王献之题写匾额了。另据《世说新语·方正》，太极殿落成时，谢安派人把空白的匾额送到王献之那里请他题写。王献之露出不满的神色，让来人把匾额扔到门外。

谢安后来见到王献之，说道："题匾有何不可呢，当初魏国韦诞（字仲将）等人也这么做过。"王献之答道："这就是魏国国祚不长的原因。"谢安认为他说的是至理名言。⑪入洛游梁：入洛，《晋书·陆机传》载，陆机、陆云兄弟于晋太康末年自吴入洛，得到司徒张华的欣赏，由是而发迹。游梁，《汉书·枚乘传》载，枚乘再游梁国时，梁王门客皆擅辞赋，而以枚乘的造诣最高。顾贞观素有入洛游梁之叹，其《梅影》词有"入洛愁余，游梁倦极，可惜逢卿憔悴"，《凤凰台上忆吹箫》有"其奈近来消渴，依然是、少日游梁"。⑫独憔悴：语出杜甫《梦李白》"冠盖满京华，斯人独憔悴"。⑬题凤客：典出《世说新语·简傲》，嵇康和吕安交好，吕安每次思念嵇康，不远千里也要驾车去会面。有一次吕安来时正巧嵇康不在，嵇康的哥哥嵇喜出门接他。吕安见是嵇喜，便没有进门，在门上写了一个"凤"字就走了。嵇喜不明白是什么意思，以为是吕安心情好才这么做的，殊不知"凤（鳳）"字拆开是"凡鸟"，吕安以此来讥讽嵇喜是个不值得交往的碌碌之辈。⑭润色朝家典：朝廷的典册文书。顾贞观曾任内国史院典籍，负责的正是"朝家典"，却被同僚排挤而去官。顾贞观有一首《定风波》，极言猜嫌处境："只觉微词分外尖。计疏容易惹猜嫌。蟢子故悬丝网待。无奈。落花飞絮一时黏。
冷处须防妒眼。重见。那回风格定矜严。正是背人成独语。尔汝。又谁偷窥水晶帘。"⑮凭触忌，舌难剪：《广异记》载，道士王法朗舌头比一般人长，所以发音不正，于是每天诵读《道德经》。后来梦见太上老君剪下了自己的一截舌头，醒来之后发音便正确了。这两句是说纵然触犯朝廷禁忌，也不会改变直言的本性。

【赏析】 这首《金缕曲》作于康熙十六年（1677 年）春，顾贞观南归之前，慨叹其才高不遇，又遭小人排挤，与前面一首《金缕曲》（木落吴江矣）主旨相同。顾贞观有《金缕曲·纪檗子徵君话旧有感》，亦用秋水轩韵，观其词意，容若这首《金缕曲》当是对顾词的和作。容若所谓"用秋水轩旧韵"，实为步韵和顾贞观。

又

生怕芳樽①满。到更深、迷离醉影，残灯相伴。依旧回廊新月在，不定竹声撩乱。问愁与、春宵长短。人比疏花还寂寞，任红蕤②、落尽应难管。向梦里，闻低唤③。　　此情拟倩东风浣。奈吹来、余香病酒④，旋添一半。惜别江郎⑤浑易瘦，更着轻寒轻暖⑥。忆絮语、纵横茗椀⑦。滴滴西窗红蜡泪，那时肠、早为而今断。任角枕⑧，攲⑨孤馆。

【笺注】　①芳樽：精致的酒杯。②红蕤（ruí）：花蕊，代指花朵。③向梦里，闻低唤：语出王彦泓《满江红》“无端梦觉低声唤”。④余香病酒：语出蔡松年《尉迟杯》“觉情随、晓马东风，病酒余香相伴”。⑤惜别江郎：江郎，江淹，南朝著名文学家，以《别赋》著名，这里为容若自谓。⑥轻寒轻暖：王诜《玉楼春·海棠》“轻寒轻暖夹衣天，乍雨乍晴寒食路”，陈亮《水龙吟·春恨》“迟日催花，淡云阁雨，轻寒轻暖”，万俟咏《三台·清明应制》“正轻寒轻暖漏永，半阴半晴云暮”。⑦椀（wǎn）：碗。⑧角枕：角质或有角质装饰的枕头。《诗经·唐风·葛生》有“角枕粲兮，锦衾烂兮”。⑨攲（qī）：倾斜。

【赏析】　这首《金缕曲》是悼亡之作，作于康熙十七年（1678年）春，其时距离卢氏去世尚不满一年。对亡妻的思念，使每一个夜晚都成为最难过的时间。这首词写尽了辗转难眠、在思念中疑真疑幻的情态，感人泪下。一句“人比疏花还寂寞”格外使人心痛，这是一个天才的修辞。稀疏的花朵，既少了其他花朵的陪伴，又面临着凋零，一个意象集两个关键涵义于一身，而疏花明明不知寂寞，词人偏偏说“人比疏花还寂寞”，在无理中使情感的力量显现得如此合理。

又 慰西溟[①]

何事添凄咽。但由他、天公簸弄，莫教磨涅[②]。失意每多如意少，终古几人称屈。须知道、福因才折。独卧藜床看北斗[③]，背高城[④]、玉笛吹成血。听谯鼓，二更彻。 丈夫未肯因人热[⑤]。且乘闲、五湖料理，扁舟一叶[⑥]。泪似秋霖挥不尽，洒向野田黄蝶。须不羡、承明班列[⑦]。马迹车尘忙未了，任西风、吹冷长安[⑧]月。又萧寺[⑨]，花如雪。

【笺注】 ①慰西溟：西溟，姜宸英。其时姜宸英落选博学鸿儒科，容若作此词相慰。②磨涅：比喻挫折。语出《论语·阳货》“不曰坚乎，磨而不磷；不曰白乎，涅而不缁”，大意是说真正坚硬的东西磨是磨不薄的，真正洁白的东西染是染不黑的。③独卧藜床看北斗：藜床，简陋的坐具。北斗，双关语，明指北斗星，暗指朝廷。古人以北斗代指中央政权，如《论语·为政》有“为政以德，譬如北辰，居其所而众星共之”。联系下句，本句当指姜宸英在京城北城墙外千佛寺的临时落脚之地对朝廷充满期待。④背高城：姜宸英到京城时衣食无着，得容若帮助，暂住在京城北城墙外的千佛寺，是为背高城。⑤丈夫未肯因人热：因人热，比喻借助别人的力量。典出《东观汉记·梁鸿传》，梁鸿的邻舍有一天先做了饭，然后招呼梁鸿趁着灶台还热赶紧做饭，而梁鸿说自己不是个“因人热”的人，即不会借着别人烧热的灶台来给自己做饭，于是把灶台灭掉，重新生火。顾贞立（顾贞观之姐）《忆秦娥》序有“鸡肋虽存，懒从人热”。⑥五湖料理，扁舟一叶：传说范蠡帮助越王勾践灭吴之后悄然隐退，和西施一起泛舟五湖。五湖于是成为隐逸的常典。⑦承明班列：承明，承明庐，汉代承明殿旁供侍臣值宿的房间，入承明引申为入朝为官。班列，上朝时所排的位次。⑧长安，代指京城。⑨萧寺：佛寺。这里指姜宸英寄居的千佛寺。

【赏析】 这首《金缕曲》作于康熙十八年（1679 年），其时姜宸英（号西溟）进京应博学鸿儒科落选，纳兰容若以词相慰。

康熙十七年（1678 年）正月，御诏开设博学鸿儒科，为的是网罗那些有一定知名度的在野的汉族知识分子，尤其是前明的遗老遗少。所以博学鸿儒科的应考有一定的强迫性质，地方官有推荐考生的义务，于是才有顾炎武、黄宗羲等人宁死不赴考的抗争，传为历史佳话。

但还有一些人，如姜宸英，渴望借着这次机会考中做官，搏一个富贵前程。偏偏天意弄人，姜宸英的推荐人叶方蔼因事被宣召入宫，整月未出，竟然耽误了姜宸英的应考手续。这件事对姜宸英打击甚大，好友们各自写诗填词加以宽慰，但作为汉人文士，这些好友们对博学鸿儒科一事或多或少都有不满，所以劝慰之言总显得有点言不由衷，甚至暗含讥讽。只有纳兰容若因为地位特殊，这首《金缕曲》写得毫无芥蒂。

劝慰性质的诗词一向难写，因为分寸过于微妙，既要表达同情，又不能伤了对方的自尊。纳兰容若很好地做到了这一点，整首词写得荡气回肠，没有半点小儿女的惺惺作态。比如明明写姜宸英寄居寺院的窘迫，用语却是“独卧藜床看北斗，背高城、玉笛吹成血”；明明是推荐人出了状况，用语却是“丈夫未肯因人热”；明明是热心求官而不得，用语却是“且乘闲、五湖料理，扁舟一叶”，当然还要宽慰说“失意每多如意少，终古几人称屈”，以证明姜宸英的不幸其实是古今大才子共同的命运。

又　亡妇忌日有感

此恨何时已[①]。滴空阶、寒更雨歇，葬花天气[②]。三载悠悠魂梦杳，是梦久应醒矣。料也觉、人间无味。不及夜台[③]尘土隔，冷清清、一片埋愁地[④]。钗钿约[⑤]，竟抛弃。　重泉若有双鱼寄[⑥]。好知他、年来苦乐，与谁相倚。我自中宵成转侧，忍听湘弦重理[⑦]。待结个、他生知己。还怕两人俱薄命，再缘悭[⑧]、剩月零风[⑨]里。清泪尽，纸灰[⑩]起。

【笺注】　①此恨何时已：套用李之仪《卜算子》“此水几时休，此恨何时已”。②葬花天气：双关语，卢氏忌日为五月三十日，正是落花时节。③夜台：坟墓。坟墓因为把死者长埋地下，不见光明，所以被称作夜台。④埋愁地：《后汉书·仲长统传》载，仲长统生性倜傥，不拘小节，是个著名的狂生，政府征召他做官，他却称病推辞，过着逍遥隐逸的生活，乃至以仙道自期。仲长统作过一首四言诗，其中有“寄愁天上，埋忧地下”。⑤钗钿约：陈鸿《长恨歌传》载，唐明皇在和杨玉环的定情之夜曾送她金钗钿合。及至马嵬坡事件之后，有一位来自蜀中的道士知道唐明皇思念杨贵妃，用方术寻访杨贵妃的魂魄。已在天界的杨贵妃取出当年定情的金钗钿合，分作两半，把其中一半委托道士交给唐明皇。⑥重泉若有双鱼寄：重泉，九泉，阴间。双鱼，代指书信，典出《古乐府》“尺素如残雪，结成双鲤鱼。要知心中事，看取腹中书”。容若《效江醴陵杂拟古体诗》二十首之《曹子建七哀》有“幸有双鲤鱼，拟为君寄辞。终日不成章，含泪自封题。君若得鲤鱼，剖鱼开素书。但看书中字，一一与泪俱”。⑦忍听湘弦重理：湘弦，楚辞《远游》有“使湘灵鼓瑟兮，命海若舞冯夷”之句，此后诗词多以湘弦代指琴弦或弹琴。另一方面，妻子去世称为断弦，续娶称为续弦，“湘弦重理”暗示着当时有让容若续弦的提议。忍，即不忍，怎忍，古汉语之反训。⑧悭(qiān)：阻滞。⑨剩月零风：顾贞观《唐多令》有“双泪滴花丛，一身惊断蓬，尽当年、剩月零风”。⑩纸灰：纸钱焚烧的灰烬。

【赏析】 这首《金缕曲》是纳兰容若悼亡作品中的名篇，作于康熙十九年（1680年）五月三十日，时为卢氏三周年忌日。卢氏十八岁与容若成婚，二十一岁亡故，美满的婚姻生活仅仅三年，此即“三载悠悠魂梦杳，是梦久应醒矣”的涵义所在。这两句也正是整首词的词眼，意思是说妻子去世已经三年，自己对这个悲剧始终不能相信，但若说这只是一个悲伤的梦境，三年的时间也总该醒来了。妻子一去，人间便再没有了快乐，一切都变得索然无味。意思虽然平常，但正是这种直抒胸臆、不加雕琢的句子直接道出了众生共有的苦难，唯其平实，故而感人。

又

疏影临书卷。带霜华、高高下下，粉脂都遣。别是幽情嫌妩媚，红烛啼痕休泫。趁皓月、光浮冰茧[①]。恰与花神[②]供写照，任泼来、淡墨无深浅。持素障，夜中展[③]。　残缸掩过看逾显[④]。相对处、芙蓉玉绽，鹤翎银扁[⑤]。但得白衣时慰藉[⑥]，一任浮云苍犬[⑦]。尘土隔、软红[⑧]偷免。帘幙西风人不寐，恁清光、肯惜鹔裘典[⑨]。休便把，落英剪。

【笺注】　①冰茧：比喻洁白光泽的丝织物。薛涛《试新服裁制初成》“霜兔毳寒冰茧净，嫦娥笑指织星桥”。这里比喻秉烛所欣赏的画卷。②花神：花的神韵。③持素障，夜中展：素障，即素白的绢帛软障，是古代的一种屏风画，本身没有骨架，一般张挂在屏风上以便赏玩。本句谓展障观画。④残缸掩过看逾显：掩住残灯而画卷更加明艳。缸，同釭（gāng），油灯。⑤芙蓉玉绽，鹤翎银扁：绽开的鲜花洁白如玉，到处是银色的花瓣。鹤翎，鹤的翎毛，比喻白色的花瓣。王建《于主簿厅看花》：“小叶稠枝粉压摧，暖风吹动鹤翎开”。扁，薄。⑥但得白衣时慰藉：白衣，代指酒。典出《续晋阳秋》，重阳之日陶潜无酒，怅望远处，见有白衣人到来，原来是王弘派来给自己送酒的人。陶潜当即便喝了起来，喝醉之后方才回家。⑦浮云苍犬：比喻世事无常。语出杜甫《可叹》“天上浮云如白衣，斯须忽变如苍狗”。⑧软红：即软红尘，飞扬的尘土，比喻繁华热闹的地方。⑨鹔裘典：《西京杂记》载，司马相如刚刚与卓文君回到成都的时候，穷愁潦倒，便把身上穿的鹔鹴（sù shuāng）裘衣到市场上换了酒与卓文君对饮。

【赏析】　这首《金缕曲》描绘在某个夜晚秉烛赏画的感受，用秋水轩唱和的韵脚。（秋水轩唱和，参见《金缕曲·再赠梁汾，用秋水轩旧韵》注①）从词意推断，这幅画所画的内容应当是白菊花，所以纳兰容若特意强调白菊花在银白色月光之下特殊的美丽。

踏莎美人　清明

拾翠[①]归迟，踏青期近。香笺小叠邻姬讯[②]。樱桃花谢已清明。何事绿鬟斜亸[③]、宝钗横。　　浅黛[④]双弯，柔肠几寸。不堪更惹其他恨。晓窗窥梦有流莺。也觉个侬[⑤]憔悴、可怜生[⑥]。

【笺注】　①拾翠：拾取翠鸟的羽毛当做首饰，后多代指女子游春，这里代指游春的女子。②香笺小叠邻姬讯：香笺小叠，女子所寄的书信。朱淑真《约游春不去》："邻姬约我踏青游"。③斜亸（duǒ）：斜斜地下垂。④浅黛：女子浅浅描过的眉毛。⑤个侬：那人，古代口语。⑥生：语助词，无实义。

【赏析】　这首《踏莎美人》描绘少女情态，写得清新晓畅，很有民歌色彩。民间口语的使用为这首词的民歌味道增色不少，我们看末句"也觉个侬憔悴、可怜生"，意思是"她那憔悴的模样真是令人爱怜"，"个侬"和"生"都是口语。但值得留意的是，这两个词其实都不是清代的口语，而是宋代的口语，所以这样的写法偏偏又给整首词增添了一点古雅的味道。

红窗月

燕归花谢，早因循、又过清明。是一般风景，两样心情。犹记碧桃影里、誓三生[①]。　　乌丝阑纸娇红篆[②]，历历春星[③]。道休孤密约，鉴取深盟[④]。语罢一丝香露、湿银屏。

【笺注】　①犹记碧桃影里、誓三生：《续青琐高议》载，鲁敢与一位名叫西真的女子走进一座洞中，见那里碧桃艳杏，香气凝聚如雾气。西真说："希望他日与君从人间归来，双栖于此。"②乌丝阑纸娇红篆：红色的篆字写在乌丝阑纸上。乌丝阑纸，有黑色线格的纸笺或绢帛。③历历春星：比喻字迹。历历，清晰。《古诗十九首·明月皎夜光》："众星何历历。"④道休孤密约，鉴取深盟：说道不要辜负你我的密约，这乌丝阑纸上的深盟是我们深情的凭证。孤，通“辜”，辜负。鉴取，了解。

【赏析】 这首《红窗月》以伤感的口吻怀念一段失去的爱情。曾经的燕归花谢时节，一对有情人山盟海誓，情意缠绵，而今又是燕归花谢，却只有一个人在伤心中度过。物是人非，情何以堪。词的上阕写睹节序而思人，下阕写睹旧物而思人。

南歌子

翠袖凝寒薄[①]，帘衣入夜空[②]。病容扶起月明中。惹得一丝残篆、旧薰笼[③]。 暗觉欢期过，遥知别恨同。疏花已是不禁风，那更夜深清露、湿愁红[④]。

【笺注】 ①翠袖凝寒薄：语出杜甫《佳人》“天寒翠袖薄，日暮倚修竹”。②帘衣入夜空：帘衣，帘幕。陆龟蒙《寄远》有“画扇红弦相掩映，独看斜月下帘衣”。③惹得一丝残篆、旧薰笼：薰笼当中篆字形的香将要烧尽。④愁红：惨绿愁红，指残花败叶。

【赏析】 这首《南歌子》描写两地相思的情态。上阕写相思成疾，在月色中辗转难眠，下阕写约期已过，却不知为何对方没有回来。但语气里全是一往情深，半点也没有怀疑对方移情别恋，反而幻想着“遥知别恨同”，你在远方也一定和我一般承受着相思煎熬。结尾处以景结情，字面上说稀疏的花朵已禁不起风吹，更禁不起夜深时冰凉的露水，暗示着自己再也禁受不起这相思的折磨了。

又

暖护樱桃蕊，寒翻蛱蝶翎。东风吹绿渐冥冥[①]。不信一生憔悴、伴啼莺。 素影[②]飘残月，香丝拂绮棂[③]。百花迢递玉钗声。索向绿窗寻梦、寄余生。

【笺注】 ①冥冥：形容幽深。②素影：月影。③香丝拂绮棂：香丝，柳丝。绮棂，琐窗，窗棂上刻有连锁花纹的窗户。

【赏析】　这首《南歌子》满是生死诀别的哀伤，应当是悼亡的篇章。上阕写春光大好，一定可以将自己从伤心中解救出来。春天有疗伤的能力，所以词人自己“不信一生憔悴、伴啼莺”，不信这一生都会在憔悴中度过，只有窗外的啼莺相伴。这话似乎暗示着词人相信自己将来还会有新的爱情，但是，这只是自欺欺人罢了，所谓“不信”，其实已经深信了，只是不肯面对这个现实而已。下阕终于开始面对现实：天黑了，残月的影子飘过，柳丝拂弄着雕花窗棂，百花都已次第开放，而我还一个人在寂寞中敲打玉钗。看来春意只能向梦里寻觅，只能就这样度过余生。

又　古戍

古戍[①]饥乌集，荒城野雉飞。何年劫火[②]剩残灰。试看英雄碧血、满龙堆[③]。　玉帐[④]空分垒，金笳[⑤]已罢吹。东风回首尽成非。不道兴亡命也、岂人为[⑥]。

【笺注】　①古戍：古代戍边的营垒。②劫火：兵火。③龙堆：原指白龙堆，汉代西域地名，后来一般代指塞外。④玉帐：帅帐。⑤金笳：胡笳。⑥不道兴亡命也、岂人为：《国语·晋语》载范成子语：“国之存亡，天命也。”

【赏析】　这首《南歌子》是纳兰容若塞外行旅中的作品，从一处古代营垒的遗迹感慨历史上的兴亡成败，主题大略就是“是非成败转头空”的意思。人的情感天然就是这样的模式：对于眼前的、切身的利益，一丝一毫都是至关重要的；一旦超脱于眼前的、切身的利益关系之外，就会发现哪怕是一个伟大帝国的兴亡也是无甚意义的事情。在永恒的视角下，人的力量显得如此微不足道，似乎一切于冥冥中皆有定数。

一络索

过尽遥山如画。短衣匹马[①]。萧萧落木[②]不胜秋，莫回首、斜阳下。　　别是柔肠萦挂。待归才罢。却愁拥髻向灯前[③]，说不尽、离人话。

【笺注】　①短衣匹马：语出杜甫《曲江》“短衣匹马随李广，看射猛虎终残年”。②萧萧落木：语出杜甫《登高》“无边落木萧萧下，不尽长江滚滚来”。③却愁拥髻向灯前：典出《飞燕外传》附《伶玄自叙》：“以手拥髻，凄然泣下”，后指手捧发髻，话旧生哀。明代徐渭《燕子楼》有“昨泪几行因拥髻，当年一顾本倾城”。

【赏析】　这首《一络索》描写塞外行旅中的感受。上阕描写旅途的孤单，山路的荒凉更增添了自己对温暖家庭的想念。下阕描写相思，家庭之所以温暖，之所以让人无限思念，只是因为那里有自己深爱且深爱着自己的人。于是，自己在才踏上征途没有多久的时候，就忍不住开始假想将来回到家中之后和妻子在灯前夜话、互诉相思的场景了。

又

野火拂云微绿[①]。西风夜哭。苍茫雁翅列秋空，忆写向、屏山曲[②]。　　山海几经翻覆。女墙[③]斜矗。看来费尽祖龙[④]心，毕竟为、谁家筑。

【笺注】　①野火拂云微绿：鬼火闪着微微的绿光，好像上连浮云。野火，鬼火，即磷火。《列子·天瑞》载，人血化为野火。②屏山曲：曲折如山形的屏风，这里指如屏山曲折的山势。③女墙：城墙上部有垛口的短墙，这里指长城。④祖龙：指秦始皇。《史记·秦始皇本纪》“今年祖龙死”，《集解》谓：“祖，始也：龙，人君象。谓始皇也。”

【赏析】　这首《一络索》是纳兰容若途经长城之时的怀古作品。秦始皇修筑长城以防御北方匈奴，却没有抵挡住秦朝二世而亡的命运。古人一向都有“恃德不恃险”的认识，长城恰恰为这一观念做了反面教材。在纳兰容若的时代，清王朝虽然未必做到了“恃德不恃险”，但真的做到了“守在四夷”，长城的防御意义几乎已经不存在了。所以，容若真的很有资格说出“看来费尽祖龙心，毕竟为、谁家筑”这样的话啊。

赤枣子

惊晓漏，护春眠[①]。格外娇慵只自怜。寄语酿花[②]风日好，绿窗来与上琴弦。

【笺注】　①惊晓漏，护春眠：被清晨的漏声惊醒了，却仍然不愿起床。②酿花：催花开放。

【赏析】　这首《赤枣子》描写少女轻轻浅浅的春愁，宛如一幅写意小品：她被清晨的漏声惊醒，却不愿起床，懒懒地赖在床上。那格外娇柔慵懒的样子，竟无人来怜爱。寄语那催促花朵开放的和风丽日，穿过我的窗户，来到我的琴弦上吧。一句“寄语酿花风日好”，道出了少女明媚的天真，若天真不再，哪还会对微风，对阳光发出邀约？

眼儿媚

林下闺房世罕俦。偕隐足风流[①]。今来忍见[②]，鹤孤华表[③]，人远罗浮[④]。　中年定不禁哀乐[⑤]，其奈忆曾游。浣花微雨，采菱斜日，欲去还留。

【笺注】　①林下闺房二句：《世说新语·贤媛》载，谢遏推崇自己的姐姐，张玄常夸自己的妹妹。有一位女尼和谢、张两家都有交往，有人请她品评两位女子的高下，女尼说道：“王夫人（即谢遏的姐姐谢道韫）神态闲适，有林下之风；顾家媳妇（即张玄的妹妹）心清如玉，有大家闺秀之态。”所谓林下之风，是说魏晋竹林名士的气度。“林下闺房”两句是说，无论是谢遏之姐的林下之风，还是张玄之妹的闺秀之态，都是无与伦比的，若能与这样的女子一同隐居，真是莫大的风流快事。顾贞立（顾贞观之姐）《忆秦娥》有“闺房林下，清神秀色”。②忍见：即不忍见，怎忍见，古汉语之反训。③鹤孤华表：字面是说仙鹤孤独地站在华表上，引申为人已去世。典出《后搜神记》：汉朝有个叫丁令威的辽东人上灵山学道，学成之后化为仙鹤飞回故里，停在华表之上，用人的声音念了一首诗：“有鸟有鸟丁令威，去家千年今始归。城郭如故人民非，何不学仙冢累累。”④人远罗浮：罗浮，即罗浮山，广东名山，晋代名人葛洪曾经在此修道。另据柳宗元《龙城录》，隋朝赵世雄在罗浮的时候，一天黄昏在松林之中休息，见到一名女子，淡妆素服，体香芬芳。两人饮酒对谈，越谈越是投机，赵世雄不知不觉就醉倒了。醒来之后，那女子已经不见，只有一株梅树盛开在自己身边，不觉惆怅。所以罗浮之典也常被用来咏梅，但在这里是强调一名投契的女子已经从自己的生活中消失了。⑤中年定不禁哀乐：《世说新语·言语》载：太傅谢安对右将军王羲之说：“中年伤于哀乐，每与亲友分别，总会难过许多天。”哀乐，偏义复词，偏重哀义。严绳孙《满江红》有“世事茫茫，伤不了、中年哀乐”。

【赏析】 这首《眼儿媚》是纳兰容若的悼亡之作，从“其奈忆曾游”、“欲去还留”诸句推断，容若当时正在与卢氏的旧游之地，触景伤情。词中几乎句句用典，却能够把每一则典故用得自然而然，半点不见生硬。有些人主张诗词以少用典故为好，其实用典的优劣完全与用典的多少无关，只要这些典故是作者烂熟于心的，于写作之时信手拈来，效果几乎都不会差。只有那种拼凑式的生硬用典才是写诗填词的忌讳。纳兰词向来以明白如话著称，而这首词虽然用典用到这样的程度，读起来却依然有明白如话的感觉。

又 咏红姑娘①

骚屑②西风弄晚寒。翠袖③倚阑干。霞绡④裹处，樱唇微绽，靺鞨⑤红殷。 故宫⑥事往凭谁问，无恙是朱颜。玉墀⑦争采，玉钗争插，至正年间[8]。

【笺注】 ①红姑娘：学名酸浆草，高一二尺，开白花，果实为圆形，大如算珠，黄色或红色，果实笼有薄翅，元代棕搁殿前曾广为种植。②骚屑：风声。刘向《九议·思古》“风骚屑以摇木兮”。③翠袖：比喻红姑娘的绿叶。④霞绡：比喻红姑娘果实外侧的薄翅。⑤靺鞨（mò hé），红靺鞨，红宝石的一种，相传产于靺鞨国，因此得名。⑥故宫：元故宫。⑦玉墀（chí）：宫殿前的石头台阶。⑧至正年间：至正是元朝末代皇帝元顺帝的年号，元朝至此而亡。

【赏析】 这首《眼儿媚》是一首怀古之作，从一种名为红姑娘的花儿吟咏元代往事。纳兰容若与好友严绳孙都写过《眼儿媚·咏红姑娘》，且同为咏元故宫事。严绳孙词下有自注：“《元故宫遗录》：金殿前有此果。”容若在词中感慨的是：朝代更迭，一切都变了，只有这旧宫阙石阶旁的红姑娘依旧像数百年前那般开放。遥想元代末年，宫女们在殿前石阶上争相采摘红姑娘花，争相把花插满青丝。花依旧，采花人却已不在。

这一种“年年岁岁花相似，岁岁年年人不同”的伤感，在诗词里不断被人吟咏。人类在客观世界面前总会感叹人生的短促与渺小。

又 中元夜[1]有感

手写香台金字经[2]。惟愿结来生。莲花漏转[3]，杨枝露滴[4]，想鉴微诚。 欲知奉倩神伤极[5]，凭诉与秋擎[6]。西风不管，一池萍水[7]，几点荷灯[8]。

【笺注】 ①中元夜：旧历七月十五中元节之夜，民俗有祭祀亲人亡灵的活动。原本是道教节日，后来中土佛教于是日举办盂兰盆会，故后来反而以佛教节日而知名。据《佛说盂兰盆经》，佛陀的大弟子中有一位目莲尊者，有一天想起了自己已经过世的母亲，于是运起神通仔细察看，见到母亲投生在饿鬼道里，饱受饥饿之苦。目莲尊者心中悲痛，便再运神通，盛满一钵米饭送到饿鬼道去给母亲充饥。母亲见了米饭，急不可耐地拿来要吃，可突然之间，那满满一钵米饭却变成了焦炭一样，根本无法下口。目莲尊者无计之下去求佛陀，佛陀便让目莲尊者在七月十五日那天开设大斋供养十方众僧，以本身的功德加上十方众僧之力一起解救目莲尊者的母亲。目莲尊者按照佛陀的指示去做，终于获得了成功。佛陀也因着这个缘故，讲了一部《盂兰盆经》，而盂兰盆会也就这么流传下来。《佛说盂兰盆经》一向被怀疑为中土撰著，因为印度既无此经，历法也和中国不同，更没有可以代人赎罪的说法。但这种能够干涉别人的业力因缘而代人赎罪的办法无疑是受人喜爱的，有了人性的群众基础，也就非常容易传播了。目莲救母的故事也被改编成戏曲，使这样一种相当中土化的佛法广为传播了下去。②手写香台金字经：香台，佛殿里烧香的台子，代指佛殿。金字经，用金泥抄写的佛经。满洲贵族有为亡人书写金字佛经的风俗。③莲花漏转：莲花漏，是一种雅致的时钟。④杨枝露滴：杨枝，即杨柳枝，杨枝之水是佛教传说中可以起死回生甘露，观音菩萨的一个常见形象就是手持净瓶，瓶中插着一枝杨柳枝。《晋书·佛图澄传》载，石勒的爱子石斌暴病而死，石勒请来高僧佛图澄，佛图澄用杨柳枝蘸了些水，洒在石斌身上，又念了一段咒语，然后便一拉石斌的手让他起来，死去的石斌果然依言而起。⑤欲知奉倩神伤极：奉倩，即荀奉倩。《世说新语·惑溺》载，荀奉倩和妻子的感情极笃，有一次妻子患病，身体发热，体温总是降不下来，当时正值隆冬，荀奉倩情急之下，脱掉衣服，赤身跑到庭院里，让风雪冻冷自己的身体，再回来贴到妻子的身上给她降温。如是者不知多少次，但深情并没有感动上天，妻子还是死了。荀奉倩的妻子死后，大家前去吊唁，只见荀奉倩"不哭而神伤"。⑥秋檠：秋灯。檠，同"檠"（qíng），灯柱，灯台。⑦一池萍水：语出苏轼《水龙吟·次韵章质夫杨花词》"晓来雨过，遗踪何在，一池萍碎"。⑧荷灯：荷花形的河灯，中元节的夜晚浮之于水面以祭祀亡灵。容若《西苑杂咏和荪友韵》有"烟柳千行宿鸟多，虹梁曲曲水萤过。新凉却爱中元节，万点荷灯散玉河"。同是中元节的荷灯，作诗时是当做风景来看，作词时却在悼念亡妻，正所谓物是人非。

【赏析】　这首《眼儿媚》是纳兰容若悼亡作品中的名篇，描写中元之夜对亡妻的思念。整首词句句凝结深情，浓得化不开，结语忽然转为无情，却以无情将多情烘托到了极致："西风不管，一池萍水，几点荷灯"。荷灯，是荷花形的小灯，浮在水面，中元之夜民俗以荷灯祀鬼，这般景象现在已经罕见了。纳兰容若以西风、萍水、荷灯作结语，以“不管”二字冷冷带出，见得人之神伤无感于物，花自飘零水自流，无悲无喜，哪管旁人的哀伤呢。以冷语结悲情，愈见悲恸。

又 咏梅

莫把琼花比澹妆[1]。谁似白霓裳[2]。别样清幽，自然标格[3]，莫近东墙[4]。　　冰肌玉骨天分付，兼付与凄凉。可怜遥夜，冷烟和月，疏影横窗。

【笺注】　①莫把琼花比澹妆：不要把琼花与梅花相比。琼花，扬州名花。澹妆，代指梅花。②白霓裳：白色云霓裁剪之裳，比喻梅花的色泽姿态。裳（cháng），古人穿的遮蔽下体的衣裙，男女都穿，是裙的一种。古人上衣下裳，合称衣裳。③标格：风度。④莫近东墙：比喻谨防有人窥探。语出宋玉《登徒子好色赋》，宋玉的东邻女子登墙窥探宋玉达三年，后人有“东墙窥宋”之成语。

【赏析】　这首《眼儿媚》属于咏物词，吟咏白梅花的美丽与气质。词的一开始，拿琼花来和白梅花对比。在所有白颜色的花里，琼花是公认的花魁，但纳兰容若偏偏要说琼花在白梅花旁边相形见绌，那么，白梅花的优势究竟何在呢？下阕给出详细的解答：白梅花像是上天用冰与玉造就的，于是在雾气氤氲的夜晚，当淡淡月光将梅投影在墙上，那疏朗的影子有一种令人伤心的力量。

又

独倚春寒掩夕扉。清露泣铢衣[1]。玉箫吹梦，金钗划影，悔不同携。　　刻残红烛[2]曾相待，旧事总依稀。料应遗恨，月中教去，花底催归。

【笺注】　①铢衣：极轻的仙衣，代指极薄极轻的衣衫。《长阿含经》载："忉利天衣重六铢，炎魔天衣重三铢，兜率天衣重三铢半，化乐天衣重一铢，他化自在天衣重半铢。"铢，古代重量单位，二十四铢为一两，一两约合今天的半两。②刻残红烛：指夜深。古人在蜡烛上刻度，用以计时，刻度被烧得所剩不多的时候也就是夜深的时候。

【赏析】　这首词是以一名女子的口吻描写失落的恋情：当初她以为爱情很简单，所以不曾珍惜，而在放弃之后，却要用无数个日夜来思念与懊悔。这首《眼儿媚》可以看作"当时只道是寻常"的另一个版本，从另一个角度道出感情的真相：如果当时知道别后的思念会让人痛彻心扉，一定会与他在花前月下长久相聚，永不分离。

又

重见星娥碧海槎[①]。忍笑却盘鸦[②]。寻常多少，月明风细，今夜偏佳。　休笼彩笔闲书字[③]，街鼓已三挝[④]。烟丝欲袅，露光微泫，春在桃花。

【笺注】　①重见星娥碧海槎：晋人张华《博物志》载，大海尽处即是天河，每年八月，海边有浮槎往返于天河与人间，从不失期。于是有人立志利用这个机会探访天河，便在槎上搭起了飞阁，阁中储满了粮食，向天河而去。一日豁然见到城郭和屋舍，举目遥望，见女人们都在织布机前忙碌，却有一名男子在水滨饮牛。问那男子这里是什么地方，男子回答："你回到蜀郡一问严君平便知道了。"这人回到人间之后便去拜访蜀郡的著名神算严君平，严君平道："某年某月，有客星犯牵牛宿。"算来这个时间正是他到达天河的日子，那位在水滨饮牛的男子自然就是天河之滨的牛郎了。星娥，织女。槎（chá），木筏。②盘鸦：女子盘梳的发髻。③休笼彩笔闲书字：化用赵光远《咏手》"慢笼彩笔闲书字"。④街鼓已三挝：街上的更鼓已经敲过了三更。街鼓，更鼓，多设于谯（qiáo）楼（即城门上的望楼）。挝（zhuā），敲击。

【赏析】　这首词描写与恋人久别重逢的一个夜晚，貌似总是在旁敲侧击，描写一些细微的动作和细微的景致，但是柔情蜜意就这样无声无息地传达了出来。中国传统的含蓄之美，在这首词里体现得淋漓尽致。最后以景作结尾，“烟丝欲袅，露光微泫，春在桃花”，一字不谈情，却字字都透着情，回味无穷。

荷叶杯

帘卷落花如雪。烟月。谁在小红亭。玉钗敲竹[①]乍闻声。风影略分明。　　化作彩云飞去。何处。不隔枕函[②]边。一声将息[③]晓寒天。肠断又今年。

【笺注】 ①玉钗敲竹：语出王彦泓《即事》“玉钗敲竹立旁皇，孤负楼心几夜凉”。②枕函，代指枕头。古时的枕头有木质、瓷质的，中空可以装物，是为枕函。③将息：珍重、保重。

【赏析】 这首词是纳兰容若悼念亡妻的作品，当作于康熙十七年(1678年)。我们在词中读到一个爱得不可自拔的男人，理智上虽然知道妻子已经永别，但感情上始终不能接受这个事实，于是疑真疑幻，似乎在任何一个美丽的场所都看到妻子的身影。纳兰容若在思念与绝望中犹如一具行尸走肉，每一天都是在煎熬中捱过去的。历代诗词描写夫妻之间的爱情，再没有超过纳兰词的。

又

知己一人谁是[①]。已矣。赢得误他生。有情终古似无情。别语悔分明。　　莫道芳时[②]易度。朝暮。珍重好花天。为伊指点再来缘[③]，疏雨洗遗钿。

【笺注】 ①知己一人谁是：叶舒崇《卢氏墓志铭》载卢氏亡后，容若“悼亡之吟不少，知己之恨尤深”。②芳时：花开时节，引申为美好的时光。③再来缘：来生的缘分。玉箫事，即唐代范摅（shū）《云溪友议》所载的唐代韦皋的一段情事。韦皋年轻时游历江夏，住在姜使君那里教书，姜家有个小婢女，名叫玉箫，刚刚十岁，经常也来服侍韦皋。就这样过了两年，姜使君离家求官，韦皋便离开姜家，住在了一座寺庙里，玉箫还是经常去寺庙照顾韦皋，终于日久生情。后来韦皋因事离开，和玉箫约定：少则五年，多则七年，一定回来接走玉箫，还留下了一枚玉指环和一首诗作为信物。五年过去了，韦皋没有回来，玉箫总是在鹦鹉洲上默默祈祷等待，就这样又过了两年，到了第八年的春天，玉箫绝望了，绝食而死。姜家人怜悯玉箫，就把韦皋留下的玉指环戴在了玉箫的中指上，把她下葬。韦皋做官回来，正巧坐镇蜀州，听说玉箫之死，凄怆叹惋，便日复一日地抄写佛经、修建佛像，终于感动了一位方士。方士施法术使韦皋见到了玉箫的魂魄。玉箫说："多亏你的礼佛之力，我马上就会托生人家，十二年后定当再到你的身边，做你的侍妾。"后来，韦皋一直坐镇蜀地，多年之后，又人送来一名歌姬，年纪小小，也叫玉箫，相貌也和当年的玉箫一样，再看她的中指，隐隐有一个环形的凸起，正是当年那个玉指环的形状。

【赏析】 这首词是纳兰容若悼念亡妻的作品，当作于康熙十七年(1678年)，与上一首《荷叶杯》同时。在这首词里，容若将亡妻当作知己来哀悼，这是古代社会里很少有的事情。古人的婚姻非但不讲爱情，甚至可以说是排斥爱情。丈夫与妻子的关系可以是夫唱妇随的，可以是相敬如宾的，可以是相濡以沫的，但不可以是两情相悦、惺惺相惜的。容若大胆地道出了"知己一人谁是"，这在当时很有点离经叛道的色彩，也难怪王国维在《人间词话》里评论他说："此由初入中原，未染汉人风气，故能真切如此。北宋以来，一人而已。"

梅梢雪　元夜月蚀

星毬映彻[①]。一痕微褪梅梢雪[②]。紫姑[③]待话经年别。窃药心灰、慵把菱花揭[④]。　　踏歌才起清钲歇[⑤]。扇纨[⑥]仍似秋期洁。天公毕竟风流绝。教看蛾眉[⑦]、特放些时[⑧]缺。

【笺注】 ①星毬映彻：指京城的元宵之夜到处都是花灯和焰火。星毬，灯球或焰火。顾贞观《传言玉女·上元》有“星毬高揭，是星娥手缀”。②一痕微褪梅梢雪：梅梢的积雪微微地融化了一些。③紫姑：《荆楚岁时记》载，正月十五之夜，民间有迎紫姑的风俗，以此占卜来年的蚕桑情况及其他事情。刘敬叔《异苑》载，古来相传，紫姑神原本是某人家中的一名妾室，被正室夫人所妒，在正月十五日那天愤愤而死，于是世人在每年的正月十五日画出紫姑的形象，夜间在厕所或猪栏旁边迎她。④窃药心灰、慵把菱花揭：用嫦娥窃药奔月事。紫姑两句的大意是说，紫姑神正欲与人诉说多年的离情别绪，嫦娥却正在懊悔着当初偷了仙药独上月宫，不愿揭开镜面见人（所以月华被深深地掩住了）。紫姑之典切合元夜，嫦娥之典切合月蚀。菱花，指菱花镜，镜子多呈六角形，或背面刻有菱花。容若《四时无题诗》有“却对菱花泪暗流，谁将风月印绸缪。生来悔识相思字，判与齐纨共早秋”。揭，举起。⑤踏歌才起清钲歇：踏歌，众人手拉手唱歌，以脚踏地作为节拍。钲，锣的一种。民俗于月蚀之时敲击铜锣以吓走天狗。⑥扇纨：比喻月亮圆满而皎洁。扇，团扇。纨，素绢。⑦蛾眉：比喻月牙。⑧些时：短暂的时间。

【赏析】 这首词作于康熙二十年（1681年）元宵之夜，其时京城月蚀。元宵之夜，原本是赏灯和赏月时刻，但偏偏遇到月蚀，真是大煞风景。不过，一切客观的景物其实都是主观情绪的投射，只要赏月的人心情愉快，总能够看到月亮的美丽。于是在这首词里，容若以愉快的口吻为月蚀的原委做出了两种解释：要么是嫦娥却在懊悔当初偷了仙药独上月宫，不愿揭开镜面见人，所以月华被深深地掩住了；要么是天公绝代风流，为了使人们在月圆之夜也能看到蛾眉月的样子，特地安排了这场短暂的月蚀。奇妙的想象力，是这首《梅梢雪》最堪玩味的地方。

木兰花令　拟古决绝词[①]

人生若只如初见，何事秋风悲画扇[②]。等闲变却故人心，却道故心人易变[③]。　骊山语罢清宵半。泪雨零铃终不怨[④]。何如薄幸锦衣郎，比翼连枝当日愿[5]。

【笺注】　①拟古决绝词：拟古是诗人常见的写法，一般是模拟古乐府来作新的创作。这首拟古所拟的“决绝词”便可见于《宋书·乐志》所引的《白头吟》：“晴如山上云，皎若云间月。闻君有两意，故来相决绝”，不过是以男女之情隐喻友情。②何事秋风悲画扇：汉成帝时，班婕妤受到冷落，凄凉境下以团扇自喻，写下了一首《怨歌行》：“新裂齐纨素，皎洁如霜雪。裁成合欢扇，团团似明月。出入君怀袖，动摇微风发。常恐秋节至，凉飙夺炎热。弃捐箧笥中，恩情中道绝。”团扇材质精良，如霜似雪，形如满月，兼具皎洁与团圆两重意象，“出入君怀袖”自是形影不离，但秋天总要到的，等秋风一起，扇子再好也要被扔在一边。③等闲变却故人心，却道故心人易变：故心人，语出谢朓《同王主簿怨情》“掖庭聘绝国，长门失欢宴。相逢咏荼蘼，辞宠悲团扇。花丛乱数蝶，风帘人双燕。徒使春带赊，坐惜红颜变。平生一顾重，宿昔千金贱。故人心尚永，故心人不见。”谢朓这首诗，也是借闺怨来抒怀，也用到“悲团扇”的典故，当是此词上阕所本。④骊山语罢清宵半。泪雨零铃终不怨：用唐明皇和杨贵妃的故事。骊山指骊山华清宫长生殿，唐明皇与杨贵妃曾在此秘誓相约。白居易《长恨歌》有“七月七日长生殿，夜半无人私语时”。后来马嵬坡事过，唐明皇入蜀。正值雨季，唐明皇夜晚于栈道雨中闻铃，百感交集，依此音作《雨霖铃》的曲调以寄托幽思。⑤何如薄幸锦衣郎，比翼连枝当日愿：薄幸锦衣郎，即唐明皇。白居易《长恨歌》：“七月七日长生殿，夜半无人私语时。在天愿作比翼鸟，在地愿为连理枝。”

【赏析】　这一首《木兰花令》无疑是纳兰词中最著名的。仅一句“人生若只如初见”便道尽前人所未道，倾倒众生。人与人的聚散离合，最消受不得的怕就是这一句了。初见，往往就像旅行途中在某处山巅第一次俯瞰一座城市的夜景，那璀璨而迷离的灯光真有直指人心的力量。但是，当你生活在那座城市里，白昼间穿行于它的街头巷陌，或被出租车拒载，或被高空抛物惊吓，或被丑陋而肮脏的建筑破坏了一整天的心情，于是，初见时惊艳的感觉终于日复一日地被你嚼出了苦味。人与人的相处，只较此更甚罢了。

我们很容易相信这一首词关乎爱情，其实它是为一段失落的友情而作的。不过，那又何妨？文学作品一经写出，便有了脱离作者而存在的独立的生命，被不同的读者在不同的经历与境遇中解读出新的奥义。

长相思

山一程。水一程。身向榆关①那畔行。夜深千帐灯。

风一更。雪一更。聒②碎乡心梦不成。故园③无此声。

【笺注】 ①榆关，山海关：古名榆关，明代改称山海关。容若此行亦作《山海关》诗：“雄关阻塞戴灵鳌，控制卢龙胜百牢。山界万重横翠黛，海当三面涌银涛。哀笳带月传声切，早雁迎秋度影高。旧是六师开险处，待陪巡幸扈星旄。”②聒（guō）：吵闹之声。③故园：这里指京城，容若出生及成长之地。

【赏析】 康熙二十一年（1682年），康熙帝因为平定了三藩之乱，东巡祭告奉天祖陵，纳兰容若身为大内侍卫，扈驾随行，在经过山海关的时候写了这首《长相思》（山一程）。

词很短小，语言也很浅白，用不着多作解释，但就是这样一首小令，却成为纳兰词中的名篇，原因主要就在于王国维的推举之功。王国维《人间词话》讲到诗句的壮观之境，说“明月照积雪”、“大江流日夜”、“中天悬明月”、“澄江静如练”、“大漠孤烟直，长河落日圆”，这些境界可谓千古壮观，如果在词里去找，纳兰容若塞上之作如《长相思》的“夜深千帐灯”，《如梦令》的“万帐穹庐人醉，星影摇摇欲坠”基本上也达到了这个境界。

朝中措

蜀弦秦柱①不关情。尽日掩云屏②。已惜轻翎退粉③，更嫌弱絮为萍④。 东风多事，余寒吹散，烘暖微酲⑤。看尽一帘红雨⑥，为谁亲系花铃⑦。

【笺注】 ①蜀弦秦柱：字面上是说蜀地的琴和秦地的筝，泛指乐器。弦和柱都是乐器上的部件，以偏可以赅全。②云屏：云母屏风。李商隐《嫦娥》有“云母屏风烛影深，长河渐落晓星沉”。云母在古代还有一层仙家涵义：何仙姑在尚未列入“八仙”之前就住在云母溪边，有仙人给她吃云母粉，她便身轻而可以飞升。③轻翎退粉：《道藏经》载，蝴蝶在交尾之后，身上的粉会退去。李商隐《赠子直花下》：“池光忽隐墙，花气乱侵房。屏缘蝶留粉，窗沿蜂印黄。官书推小吏，侍史从清郎。并马更吟去，寻思有底忙。”这首诗也是写春光的，颔联“屏缘蝶留粉，窗沿蜂印黄”，互文见义，是说屏风的和窗子的边缘留下了蜂儿的黄，即用《道藏经》之典，是说蝴蝶交尾之后，身上的粉会退去；蜜蜂交尾之后，身上的黄色会退去。而诗句在写出了蝴蝶和蜜蜂在人的居室留痕这一春天景象之外，暗含着又带出了交配的意思。严绳孙《浣溪沙》有“腻粉无端退蝶翎。赤僧偷眼是蜻蜓。春光先过短长亭”句，亦以轻翎退粉写春意。明末清初的才女李因《浣溪沙·送春》有“黄裉游蜂蝶粉消，一庭新绿展芭蕉”。④弱絮为萍：古人看见杨花柳絮和浮萍有相似的地方，就认为后者就是前者入水之后变来的。《群芳谱》载，浮萍是杨花入水所化。⑤酲（chéng）：酒醒后神志不清有如患病的感觉。⑥红雨：比喻落花。⑦花铃：即护花铃，典出《开元天宝遗事》，唐代天宝年间，每到春天，宁王就派人在花园里系上红丝，密密地缀上铃铛，系在花梢上，以惊吓鸟雀。

【赏析】　这首《朝中措》是一首在暮春时节伤春怀人之作，用到一些很费心思的典故，营造出一种扑朔迷离的气氛。这样一种气场，正是那些在睹物思人的情绪里沉浸下去而无法自拔的人所特有的。他们会变得越发自闭，做任何事情都是一副百无聊赖的样子。描写人的这样一种状态，再没有人写得比纳兰容若更为传神。

寻芳草　萧寺[1]记梦

客夜怎生过。梦相伴、绮窗吟和。薄嗔佯笑道，若不是恁[2]凄凉，肯来么。　来去苦匆匆，准拟待[3]、晓钟敲破。乍偎人、一闪灯花堕，却对着琉璃火[4]。

【笺注】　①萧寺：佛寺。这里指卢氏灵柩所停放的双林禅院。②恁（nèn）：这样，如此。③准拟：准备，打算。④琉璃火：寺院里供佛所用的琉璃灯盏。

【赏析】　这首《寻芳草》是纳兰容若悼念亡妻之作，作于妻子卢氏去世之后不久。当时遵照风俗，卢氏的灵柩在下葬之前暂时安置在双林禅院，即词题所谓的萧寺。容若一直不忍将灵柩下葬，自己常常守在寺院里陪伴亡妻。梦自然是被妻子占据的，这首词所记述的正是一次梦中的相见。梦中只有短暂的对话，梦醒后被寺院的灯火拉回了残忍的现实，这样的词真让人每读一遍都有流泪的冲动。

遐方怨

欹角枕[①]，掩红窗。梦到江南，伊家博山沉水香[②]。浣裙[③]归晚坐思量。轻烟笼浅黛[④]，月茫茫。

【笺注】　①角枕：角制或有角制装饰的枕头。《诗经·唐风·葛生》有“角枕粲兮，锦衾烂兮”。②博山沉水香：博山，博山炉，高档香炉的代称。《西京杂记》载，长安曾有一位名叫丁缓的巧匠能制作九层博山香炉，炉子上雕刻有千奇百怪的鸟兽，极尽精妙之能事。沉水香，《本草纲目·木一》载，沉香木的心节置于水中便会沉底，所以叫做沉水，也叫水沉。《云仙杂记》载，沉水香可以用来染衣。《乐府诗集·杨叛儿》有“欢作沉水香，侬作博山炉”。（欢，指称所爱之人。）③浣裙：即湔（jiān）裙，洗裙。旧日风俗，三月三日上巳节，女人们相约一同到水边洗衣，以为这样可以除掉晦气。上巳节和清明节隔得不远，所以穆修有诗说“改火清明度，湔衫上巳连”。这种户外聚众的日子往往提供给了男男女女们以堂而皇之的约会的机会。④浅黛：用黛螺淡画的眉毛，此处代指远山之色。

【赏析】　这首词描绘了一名少女心事重重的样子：她掩住窗子，斜靠枕头，梦到江南；梦到手持博山炉，燃着沉水香，到水边洗衣；梦到归来时天色已晚，便默然而坐，满腹思量。此时此刻，淡淡的雾气笼罩着远山，月色茫茫。词中并不曾交代少女究竟有什么心事，只是用雾中的远山与茫茫的月色来给人无限的遐想。

秋千索 渌水亭[①]春望

垆边唤酒双鬟亚[②]。春已到、卖花帘下。一道香尘碎绿苹，看白袷[③]、亲调马[④]。 烟丝宛宛愁萦挂。剩几笔、晚晴图画。半枕芙蕖[⑤]压浪眠，教费尽、莺儿话[⑥]。

【笺注】 ①渌水亭：建在明珠府的西花园里，是容若与友人吟诗作赋的雅集之所，今为宋庆龄纪念馆，紧邻后海。②垆边唤酒双鬟亚：垆，酒垆，酒家。双鬟，古代少女的发型，代指少女。亚，低垂，这里指少女为客人斟酒时双鬟低垂。③白袷（jiá）：白色夹衣。④调马：驯马。⑤芙蕖：荷花。⑥教费尽、莺儿话：化用王安石《清平乐》“留春不住，费尽莺儿语”。

【赏析】 这首《秋千索》大约是康熙二十四年（1685年）的作品，当时纳兰容若的友人孙致弥步韵赓和，两相参照之下，可以推断这首词或许与沈宛有关。沈宛是江南歌女，有填词的声名，后来进京做了纳兰容若的外室。这首《秋千索》既描绘江南风光的旖旎，更描绘出江南女子的温柔与萧飒，在明快的基调中隐伏着淡淡的忧伤。

又

药阑[①]携手销魂侣。争不记、看承[②]人处。除向东风诉此情，奈[③]竟日、春无语。 悠扬扑尽风前絮。又百五[④]、韶光难住。满地梨花似去年，却多了、廉纤雨[⑤]。

【笺注】 ①药阑：芍药花栏，代指花栏。②看承：照顾。③奈：无奈、怎奈。④百五：清明。从冬至到清明共一百零五日，故称清明为百五。⑤廉纤雨：即帘纤雨，细雨。

【赏析】　这首《秋千索》描写伤春情绪，在春天的花栏旁睹物思人，泛起无限的伤感。词的语言极尽平淡，仿佛波澜不惊，然而细细品味之下，却能感受到一种痛彻骨髓的忧愁。这样的写法，譬如结尾“满地梨花似去年，却多了、廉纤雨”，字面上是说“花飘满地，和去年是一般光景，但比起去年来，多了些许细雨”，然而读者体会得出，比去年多出来的所谓细雨其实是心底雨丝一般的泪水。

又

游丝[1]断续东风弱。浑无语、半垂帘幙。茜袖[2]谁招曲槛边，弄一缕、秋千索。　　惜花人共残春薄。春欲尽、纤腰如削。新月才堪照独愁，却又照、梨花落。

【笺注】　①游丝：飘荡在空中的蛛丝，在诗歌套语里有春残的意象。②茜（qiàn）袖：绛红色的袖子。

【赏析】　这首《秋千索》伤春怀人，从暮春时节的孤独写起，在孤独中仿佛看见有谁在曲栏边荡着秋千，向自己发出召唤。到底是真有其人，抑或仅仅是思念中的幻觉，或是真人与幻觉的交织，词人并没有明确告诉我们，或许连他自己也分辨不清。他只是感叹着春天即将逝去，感叹自己这个多情的惜花之人日渐憔悴，仿佛和春天同命运似的。

茶瓶儿

杨花糁径[1]樱桃落。绿阴下、晴波[2]燕掠。好景成担阁[3]。秋千背倚，风态[4]宛如昨。　　可惜春来总萧索。人瘦损、纸鸢[5]风恶。多少芳笺约。青鸾[6]去也，谁与劝孤酌。

【笺注】　①杨花糁径：杨花撒落在小路上。糁（sǎn），撒落。②晴波：阳光下的水波。③担阁：即耽搁。④风态：风姿。⑤纸鸢：纸扎的鸢子，代指风筝。⑥青鸾：代指女子。

【赏析】　这首《茶瓶儿》写的是纳兰词中常见的伤春怀人的主题。上阕极力渲染春光的宜人，但寂寞的人与宜人的春光无法合拍，只一副兴味索然、憔悴忧伤的样子。下阕将视角抬高，看一只单薄的风筝在风中飘摇，仿佛勉力支撑的样子，由风筝想到自己，竟然如此相似。恋人一去不返，空自让人回忆书信里的海誓山盟。

好事近

帘外五更风[1]，消受晓寒时节。刚剩秋衾一半，拥透帘残月。

争[2]教清泪不成冰？好处便轻别。拟把伤离情绪，待晓寒重说。

【笺注】　①帘外五更风：套用宋无名氏《浪淘沙》"帘外五更风，吹梦无踪"。②争：怎。

【赏析】　这首《好事近》描写对爱人的浓浓思念，充满着绝望的悲伤情绪，应当也属于悼念亡妻的作品。词从破晓写起，在这个一天中最寒冷的时刻，他无法继续入眠，只有坐起身来，在透进窗子的清冷月光中黯然神伤。接下来转入抱怨的语气，抱怨爱人在感情最浓烈的时刻离开了自己。花在最美时被残破，人在最爱时诀别，永远都是最难承受的伤痛。

又

何路向家园，历历残山剩水。都把一春冷淡，到麦秋天气[1]。

料应重发隔年花，莫问花前事。纵使东风依旧，怕红颜不似[2]。

【笺注】　①麦秋天气：农历四五月的麦熟时节。②"料应重发"四句：马令《南唐书·昭惠周后传》载，李后主曾经与周后在瑶光殿之西移栽梅花，到了花开时节，周后却已故去，李后主因此作诗："失却烟花主，东风自不知。清香更何用，犹发去年枝。"隔年花：去年的花。

【赏析】　这首《好事近》是纳兰容若在旅途中思念亡妻而作。在文学的世界里，一切客观的风景都是主观的风景，所以明明正是花开时节，却因为心爱的人永诀人世而只看到“历历残山剩水”。花似去年，春风亦似去年，只因为心爱的人已不似去年，所以整个世界都为之更改。

又

马首望青山，零落繁华如此。再向断烟衰草，认藓碑题字。

休寻折戟话当年①，只洒悲秋泪。斜日十三陵下，过新丰猎骑②。

【笺注】　①休寻折戟话当年：语出杜牧《赤壁》“折戟沈沙铁未销，自将磨洗认前朝”。②斜日十三陵下，过新丰猎骑：十三陵在北京昌平天寿山一带，为明代皇陵，清代在那里建有围场。新丰猎骑，语出王维《观猎》“忽过新丰市，还归细柳营”。汉高帝把故乡丰邑居民迁徙至长安附近，称新丰。

【赏析】　这首《好事近》是纳兰容若在十三陵围场扈从行猎之时所发的怀古幽思。十三陵是明代皇陵，曾经是何等神圣不可侵犯的地方，如今却变成了清朝皇家的行猎所在。往昔的繁华盛况转眼间变成了沧桑的历史，人间一切都如此短暂，即使是再强盛的帝国也会在转眼间成为陈迹。纳兰容若并不曾站在新贵的立场上歌颂胜利，反而站在永恒的时间尺度里感叹兴亡成败的轮回。旧王朝灭亡了，新王朝将来也会这样灭亡，这是无可奈何的宿命，并非人力所能抗衡。正因为有了这样的眼光，故而这首小令写出了美学上所谓之壮美。

太常引　自题小照

西风乍起峭寒生。惊雁避移营①。千里暮云平②。休回首、长亭短亭。　　无穷山色，无边往事，一例冷清清。试倩玉箫声。

唤千古、英雄梦醒。

【笺注】 ①惊雁避移营：大雁因为人类转移营地而惊飞相避。②千里暮云平：套用王维《观猎》“回看射雕处，千里暮云平”。

【赏析】 纳兰容若奉命“觇梭龙”（侦察北方罗刹势力），深入塞外酷寒之地，这是他人生中很重要的一次行程，于是有人特意为他画了一幅《楞伽出塞图》，容若在画上题词一首，便是这首《太常引》。词题“自题小照”之“小照”就是指这幅《楞伽出塞图》。图画应当画出了几分激扬的色彩，所以这首词一开始也写得激扬，说男儿不应以家园为念。接下来似乎应该抒发建功立业的豪情壮志，但容若笔锋一转，直言道：“山峦连绵，往事悠悠，一切都笼罩在冷清清的秋意里。这种时候，最适宜请女子吹起玉箫，用温软的箫声将男人建功立业的英雄大梦吹醒。”显然在他看来，如此功业，如此塞上英雄梦甚属无谓，不是人生应该追求的目标。

又

晚来风起撼花铃[1]。人在碧山亭。愁里不堪听。那更杂、泉声雨声。 无凭踪迹，无聊心绪，谁说与多情。梦也不分明。又何必、催教梦醒。

【笺注】 ①花铃：即护花铃。典出《开元天宝遗事》，唐代天宝年间，每到春天，宁王就派人在花园里系上红丝，密密地缀上铃铛，系在花梢上，以惊吓鸟雀。

【赏析】 这首《太常引》描绘忧伤中百无聊赖的心绪。上阕从晚风吹响了护花铃写起，缭乱的铃声非但扰得人心绪不宁，而且勾起了许多伤心的回忆。而泉声、雨声也交织而来，更让人无法承受。转入下阕，词人似乎好容易才从扰攘的声音中解脱出来，情绪却在忧伤中陷得更深了。仿佛外界的声音停止了，心底的声音开始了沉重了敲击。

转应曲

明月。明月。曾照个人离别。[1]玉壶红泪相偎。还似当年夜来[2]。来夜。来夜。肯把清辉重借。

【笺注】 ①“明月”三句：化用冯延巳《三台令》“明月。明月。照得离人愁绝”。②“玉壶”二句：王嘉《拾遗记》载，薛灵芸是常山人，父亲名叫薛邺，任鄮乡亭长，母亲陈氏，随丈夫住在亭旁。薛家相当贫困，每到夜晚，便聚集邻家的女子们一同纺织，点燃麻蒿照亮。薛灵芸长到十五岁时，容貌绝世，邻近的少年夜间来偷窥她，但始终不曾窥见。咸熙元年，谷习任常山郡守，听说治下有亭长薛邺，女儿甚美而家境甚贫。时值魏文帝曹丕在民间选美以充实后宫，谷习便以千金聘走了薛灵芸，将她献给魏文帝。薛灵芸不忍远离父母，伤心欲绝，等到登车启程以后，薛灵芸仍然止不住哭泣，眼泪流在玉唾壶里，待车队到了京城，壶中已经泪凝如血。

【赏析】 这首词描写相思的忧愁，词牌对修辞有特殊的要求，即“还似当年夜来”这一句之后，非但要把“夜来”两个字颠倒过来成为新词，韵脚也要从“来”转换为“夜”。因为这样的特点，这首小令既有修辞上的趣味，也有民歌的韵味。

山花子

林下荒苔道韫家[1]。生[2]怜玉骨委尘沙。愁向风前无处说，数归鸦。　　半世浮萍随逝水，一宵冷雨葬名花[3]。魂似柳绵吹欲碎，绕天涯[4]。

【笺注】 ①林下荒苔道韫家：《世说新语·贤媛》载，谢遏推崇自己的姐姐，张玄常夸自己的妹妹。有一位女尼和谢、张两家都有交往，有人请她品评两位女子的高下，女尼说道：“王夫人（即谢遏的姐姐谢道韫）神态闲适，有林下之风；顾家媳妇（即张玄的妹妹）心清如玉，有大家闺秀之态。”（所谓林下之风，是说魏晋竹林名士的气度。）②生：非常。③一宵冷雨葬名花：葬花之意象，王国维认为始出于容若，实则五代词即有无名氏《伤春曲》：“一旦碎花魄，葬花骨，蜂兮蝶兮何不知，空使雕阑对明月”。自五代之后，葬花之语亦屡见于诗词。④魂似柳绵吹欲碎，绕天涯：化用顾敻（xiòng）《虞美人》“教人魂梦逐杨花、绕天涯”。

【赏析】　这首《山花子》应当是纳兰容若悼念亡妻的作品。上阕赞美妻子卢氏是一位有林下之风的大家闺秀，却不幸早亡，只留下自己独自在悲伤中苦捱岁月。下阕“半世浮萍随逝水，一宵冷雨葬名花”是词中的名句，以葬花比喻自己埋葬亡妻，浮萍的意象则显出人在命运面前的无能为力。末句“魂似柳绵吹欲碎，绕天涯”，以柳絮来比拟魂魄，“吹欲碎”双关心碎，“绕天涯”更归结出永恒和漂泊无定的意象，使情绪沉痛到了最低点。

又

昨夜浓香分外宜。天将妍暖护双栖。桦烛影微红玉软[①]，燕钗[②]垂。　几为愁多翻自笑，那逢欢极却含啼。央及莲花清漏滴[③]，莫相催。

【笺注】　①桦烛影微红玉软：桦烛，以桦木皮卷裹的蜡烛。红玉，比喻美人的肌肤。②燕钗：有燕形装饰的发钗，古代女子新婚有簪燕钗以求生育的风俗。③央及莲花清漏滴：央及，央告。莲花清漏，即莲花漏，是一种雅致的时钟。

【赏析】　这首《山花子》大约是纳兰容若回忆新婚时的情景而作，写尽了当时欢喜的气氛与新娘娇羞的情态。下阕“几为愁多翻自笑，那逢欢极却含啼”是纳兰词中的名句，捕捉到了人类一种看似荒诞的情绪反应：愁多处反而会笑，乐极时反而会哭，小夫妻婚前的忐忑不安与彼此对面之后的惊喜被描写得如此传神。

又

风絮飘残已化萍[①]。泥莲刚倩藕丝萦[②]。珍重别拈香一瓣，记前生[③]。　　人到情多情转薄，而今真个悔多情[④]。又到断肠回首处，泪偷零。

【笺注】　①风絮飘残已化萍：《群芳谱》载，浮萍是杨花入水所化。②泥莲刚倩藕丝萦：泥莲，指池塘中的莲花。倩，请。③记前生：《晋书·王坦之传》载，王坦之与竺法师交情甚厚，常在一起谈论因果报应的事情，约定两人当中先死的那个要向后死的那个报知自己死后的事情。过了一年，竺法师突然来说："我已经死了，知道了因果报应分毫不爽。应该勤修道德以升天成为神明。"说完人就不见了。过了不久，王坦之也去世了，时年四十六岁。④人到情多情转薄，而今真个悔多情：容若有闲章，镌"自伤情多"四字。容若同调词（一霎灯前醉不醒）有"人道情多情转薄，而今真个不多情"。

【赏析】　这首《山花子》是纳兰容若悼亡作品中的名篇，以"人到情多情转薄，而今真个悔多情"为词眼，为名句。情，是纳兰词中以及纳兰容若生命中的一个永恒主题，他似乎永远是为情而生、为情而伤的。容若有一方闲章，刻有"自伤情多"四字。这里似乎在说情太多了便物极必反，如今也开始后悔当初的多情。当然，这只是他自我开解的反话而已，随即衔接的就是一个多情得无法自拔的句子："又到断肠回首处，泪偷零"。多情和无情，有时候乍看上去难以区别。惟其多情，恰似无情。

又

欲话心情梦已阑[①]。镜中依约见春山[②]。方悔从前真草草[③]，等闲看。　　环佩只应归月下[④]，钿钗何意寄人间[⑤]。多少滴残红蜡泪，几时干[⑥]。

【笺注】 ①欲话心情梦已阑：化用辛弃疾《南乡子·舟中记梦》“别后两眉尖，欲说还休梦已阑”。②春山：形容美人的眉毛，代指美人。刘歆《西京杂记》称卓文君“眉色如望远山”。③方悔从前真草草：化用彭孙遹“草草百年身，悔杀从前错”。④环佩只应归月下：化用杜甫《咏怀古迹》“画图省识春风面，环佩空归夜月魂”，本是过昭君村而吟咏昭君之作。⑤钿钗何意寄人间：化用白居易《长恨歌》“唯将旧物表深情，钿合金钗寄将去”，谓杨贵妃死后，方士为之招魂，“上穷碧落下黄泉”，终于得见，杨贵妃取金钿钗合，合拆其半，让方士转交唐明皇以念旧好。环佩与钿钗二典皆切悼亡。⑥多少滴残红蜡泪，几时干：语出李商隐《无题》“蜡炬成灰泪始干”。

【赏析】 这首《山花子》是纳兰容若悼念亡妻卢氏的作品，是对“当时只道是寻常”的另一种表达。词从梦境写起，写自己梦中见到妻子，但就在刚想诉说心事的时候，梦忽然醒来；睁开眼睛，在镜子里隐约看到妻子的影像。悔恨之情就这样油然而生，叹息从前在一起的日子竟然就那么等闲而过，为何当时没有多爱她几分，为何没有多看她几次，为何没有多陪她一些时间？失去之后才知道珍惜，这是一切爱情关系中共有的缺憾。

又

小立红桥柳半垂。越罗裙飏缕金衣[1]。采得石榴双叶子，欲贻谁？ 便是有情当落日，只应无伴送斜晖。寄语东风休着力，不禁吹。

【笺注】 ①越罗裙飏缕金衣：越罗，越地的丝绸，向以华美精致著称，这里代指华美的衣着。缕金衣，绣有金丝的衣服，也称金缕衣，代指华美的衣着。

【赏析】 这首《山花子》以闺怨为主题，描写春日里一名女子站在桥头，思念远方的情郎。词人从一个细节着墨：那名女子采得一只带着成双叶片的石榴。在中国传统文化里，花与果往往有着多姿多彩的象征意义，石榴之“榴”与“留”谐音，所以有“挽留”的意思，而双叶的石榴自然更有着“成双成对”的暗示。于是在这首小令所描绘的场景里，一方面是女子的形单影只，一方面是“采得石榴双叶子”，意思便不待言而自明了。诗词语言总要点到为止，最忌讳的就是直白说透。

菩萨蛮

窗前桃蕊娇如倦。东风泪洗胭脂面。人在小红楼①。离情唱《石州》②。　　夜来双燕宿。灯背屏腰绿③。香尽雨阑珊，薄衾寒不寒。

【笺注】　①人在小红楼：套用施枢《摸鱼儿》“人在小红楼，朱帘半卷，香注玉壶露”，姜夔《满江红》“又怎知、人在小红楼，帘影间”。②离情唱《石州》：化用李商隐《代赠》“东南日出照高楼，楼上离人唱《石州》”。《石州》，乐府商调曲名，音调凄怆哀怨。③绿：乌黑。杜牧《阿房宫赋》有“绿云扰扰”。

【赏析】　这首《菩萨蛮》以闺怨为主题，描写春日里一名女子在闺阁中思念远方的丈夫。写闺怨主题有一个最经典的手法，即以客观节令中的春日来反衬主观情感里的秋寒，以外物的成双来反衬主人公的形单影只，这首词就是反衬描写的典范。

又

朔风吹散三更雪，倩魂犹恋桃花月①。梦好莫催醒，由他好处行。　　无端听画角。枕畔红冰薄②，塞马一声嘶，残星拂大旗。

【笺注】　①桃花月：温庭筠《郭处士击瓯歌》有“晴碧烟滋重叠山，罗屏半掩桃花月”，胡曾《咏史诗·成都》有“杜宇曾为蜀帝王，化禽飞去旧城荒。年年来叫桃花月，似向春风诉国亡”。②红冰：代指泪水，典出《开元天宝遗事》，杨贵妃初入宫时，与父母相别，涕泣登车，当时正值天寒，眼泪凝结为红冰。

【赏析】 这首《菩萨蛮》描写一名女子离开家乡，随军远赴塞外，在严寒的旅途中思念家乡的风物。这是一个比较少见的主题，如今已无法考证出它是否有什么背景。将女性形象置于塞外这样一个富于男性气息的环境里，一种违和感便自然而然地呈现出来，读者的同情心也自然而然地被唤醒。

又

问君何事轻离别。一年能几团圆月。杨柳乍如丝。故园春尽时。　春归归不得。两桨松花[①]隔。旧事[②]逐寒潮。啼鹃[③]恨未消。

【笺注】 ①松花：松花江。容若有《松花江》诗："弥天塞草望逶迤，万里黄云四盖垂。最是松花江上月，五更曾照断肠时。"②旧事：明万历四十七年，叶赫部贝勒金台石败于清太祖努尔哈赤，被努尔哈赤缢死，叶赫部遂亡。六十年后，金台石的曾孙容若扈从康熙帝东巡，祭祀满洲龙兴之地长白山，途经祖先故地，思量旧事。③啼鹃：子规鸟，杜鹃鸟。传说古蜀国灭亡之后，国王杜宇死而化为杜鹃鸟，声声啼血。

【赏析】 本词作于康熙二十一年（1682年）春，其时纳兰容若扈驾东巡，途经大兀剌，那是容若祖先叶赫部的故地所在，于是有感而写下这首《菩萨蛮》。词句主要都在感叹侍卫生涯的身不由已，常常要与家人分别，只在末尾两句道出"旧事逐寒潮，啼鹃恨未消"。这旧事与恨意全然与思家无关，而是暗指自己的先祖与爱新觉罗氏先祖的恩怨情仇。事情毕竟不能写明，只有写在这样看似不经意的句子里。

又　为陈其年题照[①]

乌丝曲倩红儿谱[②]，萧然半壁惊秋雨。曲罢髻鬟偏。风姿真

可怜。　　须髯浑似戟[3]。时作簪花剧[4]。背立讶卿卿[5]，知卿无那[6]情。

【笺注】　①为陈其年题照：陈其年，即陈维崧，字其年，号迦陵，阳羡（宜兴）人，江南名士，词坛阳羡派宗主，康熙十七年入京，结识容若。②乌丝曲倩红儿谱：乌丝曲，陈其年的词集初名《乌丝词》。红儿，本为唐代名伎，后泛指歌女，这里指画中女子。③须髯浑似戟：语出《南史·褚彦回传》“公须髯如戟，何无丈夫意”。《清史稿·陈维崧传》载，陈维崧“清臞多髯，海内称陈髯”。④簪花剧：簪花为戏。⑤卿卿：男女之间的亲昵称呼。⑥无那：无限。

【赏析】　这首《菩萨蛮》作于康熙十七年（1678年），当时陈维崧（字其年）进京，结识纳兰容若。陈维崧是当时的词坛宗主，声誉远在容若之上。广东著名诗僧大汕绘有《迦陵填词图》，画中陈其年拈髯持笔而坐，旁边的蕉叶上坐一女郎，手按洞箫，膝横琵琶。词坛友人纷纷为这幅画题词，容若所题咏的便是这首《菩萨蛮》，将陈维崧的豪放与温柔这两个貌似矛盾的特点并置在一起，别有一番风趣。

又　宿滦河①

玉绳[2]斜转疑清晓。凄凄月白渔阳道[3]。星影漾寒沙。微茫织浪花。　　金笳鸣故垒。唤起人难睡。无数紫鸳鸯[4]，共嫌今夜凉。

【笺注】　①滦河：在今河北省。②玉绳：原指北斗第五星之北玉衡之北的天乙、太乙二星，代指北斗星。③渔阳：秦、汉、唐皆设渔阳郡，辖地大约在今天的北京、天津、河北省北部一带。④无数紫鸳鸯：套用徐延寿《南州行》“河头浣衣处，无数紫鸳鸯”。紫鸳鸯：即鸂鶒，多紫色，体形比鸳鸯大，好雌雄并游。

【赏析】　康熙十七年（1678年）十月，纳兰容若扈从康熙帝祭遵化孝陵，途经滦河，有感而作这首《菩萨蛮》。北方、征程、沙尘、月色、故垒……这些都是边塞诗词的经典意象，但容若写出来的并不是苍凉，而是淡淡的忧伤。词句里没有怀古幽思，结尾“无数紫鸳鸯，共嫌今夜凉”浅浅地道出了对远方妻子的思念。

又

荒鸡[①]再咽天难晓。星榆[②]落尽秋将老。毡幕绕牛羊，敲冰饮酪浆。　　山程兼水宿，漏点清钲续[③]。正是梦回时，拥衾[④]无限思。

【笺注】　①荒鸡：三更以前就开始啼鸣的鸡被称为荒鸡，古人认为荒鸡啼鸣是战乱或不祥的预兆。②星榆：繁星。③漏点清钲续：漏壶声与钲声相连续，比喻行役之昼夜。钲（zhēng），古代乐器名，形如铃，有手柄。古时行军时常用钲鼓，击钲使士兵肃静，击鼓使士兵前进。④衾（qīn）：被子。

【赏析】　这首《菩萨蛮》描写塞外旅途中对家庭的思念。纳兰容若自幼生长在京城，塞外风光于他而言是很陌生的东西。审美愉悦总是与陌生感相伴随的，人们对旅行的喜爱便是出于这一条美学规律。但是在纳兰词的塞外作品当中，审美的新奇感往往被思家的忧伤压倒，使读者觉得容若是一个极度恋家的人。这首《菩萨蛮》就是一例，“毡幕绕牛羊，敲冰饮酪浆”虽然很有异域情调，但终归还是“正是梦回时，拥衾无限思”，思绪无论如何都会回到温暖的家庭里去。

又

新寒中酒[①]敲窗雨。残香细袅秋情绪。才道莫伤神，青衫湿一痕。　　无聊成独卧。弹指韶光过[②]。记得别伊时，桃花柳万丝。

【笺注】　①中酒：醉酒。②弹指：片刻。韶光：美好的时光，春光。

【赏析】 这首《菩萨蛮》描写秋天里陷入相思的忧伤情绪。秋天是伤感的季节，总会让人联想到繁华凋萎、世事无常，甚至没来由地情绪低落。秋风、秋雨、醉酒、熏香，当这些意象交叠在一起，最是伤心人无法承受的。在诀别后怀念恋爱的时光，在秋光里怀念春光，人便仿佛真的被秋意掩埋住了。

又

白日惊飙[1]冬已半，解鞍正值昏鸦乱。冰合[2]大河流，茫茫一片愁。 烧痕[3]空极望，鼓角高城上。明日近长安[4]，客心愁未阑。

【笺注】 ①惊飙（biāo）：狂风。②冰合：冰封。③烧痕：野火烧过后的痕迹。④长安：代指京城。

【赏析】 康熙二十一年（1682 年）冬，纳兰容若扈从康熙帝南巡返京，这首《菩萨蛮》作于即将抵达京城的时候。词句接连描写旅途中的苍凉风物，到结尾时忽然道出“明日近长安，客心愁未阑”，虽然很快就要返回京城，就要到家了，但思乡的情绪仍浓烈不减。对家庭的思念，是纳兰词中经常流露的情绪，他的这般情绪远较一般人来得浓烈。

又

萧萧几叶风兼雨，离人偏识长更苦[1]。欹枕数秋天，蟾蜍早下弦[2]。 夜寒惊被薄。泪与灯花落[3]。无处不伤心，轻尘在玉琴。

【笺注】 ①长更：长夜。②蟾蜍：代指月亮。《淮南子·精神》：“月中有蟾蜍。”③泪与灯花落：化自花仲胤妻《伊川令·寄外》“教奴独自守空房，泪珠与灯花共落”。

【赏析】 这首《菩萨蛮》描写秋夜里的相思无眠，苦苦期待着爱人的归来。在相思的苦闷中，一切外物都染上了苦闷的色彩：风吹打树叶的声音是凄凉的，夜晚是漫长难捱的，月亮短暂地圆满却过早地缺残，正如一对有情人短暂地相聚却匆匆地别离；夜晚是寒冷的，似乎因为被子太薄，实则是心里寒凉；灯花闪落，泪水也跟着一起闪落。

又 回文

雾窗寒对遥天暮。暮天遥对寒窗雾。花落正啼鸦，鸦啼正落花。　袖罗垂影瘦，瘦影垂罗袖。风翦[①]一丝红，红丝一翦风。

【笺注】 ①风翦：风迅速吹过。翦，同“剪”，扫，挥动。

【赏析】 这首《菩萨蛮》以闺怨为主题，用回文的技法写成。回文是一种游戏性质的修辞手法，正亦成诵，倒亦成诵。此词为逐句倒读的回文体，每两句都是反复回文。“雾窗寒对遥天暮”，从最后一个字“暮”倒着往前读，就是下一句“暮天遥对寒窗雾”；“花落正啼鸦”，倒过来也就是下一句“鸦啼正落花”。

又

催花未歇花奴鼓[①]。酒醒已见残红舞[②]。不忍覆余觞[③]。临风泪数行。　粉香[④]看又别。空剩当时月。月也异当时。凄清照鬓丝。

【笺注】 ①花奴鼓：花奴，唐玄宗时汝阳王李琎的小字。李琎善击羯鼓，后人便以花奴鼓代称羯鼓。南卓《羯鼓录》载，玄宗曾于二月初一的清晨，见宫中景色明丽，柳杏将吐，遂命高力士取来羯鼓，临轩纵击一曲《春光好》，曲终之后，柳杏已经开花。玄宗笑对左右说：“凭这件事，难道不该唤我作天公吗？”②残红舞：形容花落。③覆余觞：翻倒酒杯，谓喝掉杯中所剩的残酒。④“粉香”四句：容若另有《菩萨蛮》（梦回酒醒三通鼓），下阕为“相思何处说。空有当时月。月也异当时。团圞照鬓丝”。粉香，代指所钟爱的女子。

【赏析】　这首《菩萨蛮》描写离别相思，从一场春天里盛大的酒宴写起，饮酒时的狂欢转眼间变成了酒醒后的凄凉，欢娱只能麻醉自己一时，惆怅与伤心却无时不会浮出水面。在伤心人的眼里，此时的月亮似乎与旧时相同，细看却又不同：当初它用温柔的光线照着一对缠绵缱绻的情侣，此时只有凄清惨淡的光线，照着自己渐染风霜的鬓角。

又

惜春春去惊新燠[①]，粉融轻汗红绵扑[②]。妆罢只思眠，江南四月天。　绿阴帘半揭，此景清幽绝。行度竹林风，单衫杏子红[③]。

【笺注】　①新燠：天气刚刚变暖。燠（yù），暖。②粉融轻汗红绵扑：化用白居易《和梦游春》“粉汗红绵扑”。红绵扑，女子化妆所用的粉扑。③单衫杏子红：套用古乐府《西洲曲》“单衫杏子红，双鬓鸦雏色”。

【赏析】　这首《菩萨蛮》如同一幅精致的仕女画，描绘一名江南女子在暮春时节的慵懒样子。以男性眼光欣赏女人的美，往往最爱的就是这种慵懒模样，因为它突出了这样两个特点：一是温柔，女人就应该是水一样的温柔，这是性别特质；二是闲适，只有富贵才能享受闲适，这是经济特质。这两者的结合，构成了古代标准意义上的女性之美。

又

榛荆满眼山城路，征鸿[①]不为愁人住。何处是长安[②]，湿云吹雨寒。　丝丝[③]心欲碎，应是悲秋泪。泪向客中多，归时又奈何。

【笺注】　①征鸿：迁徙中的大雁。②长安：代指京城。③丝丝：承上文“湿云吹雨寒”，指细雨。

【赏析】　这首词描写旅途中思家的心绪。上阕集中了山城、荆棘、征鸿、湿云、冷雨这些意象，极力渲染出旅人的苦闷。下阕把焦点集中在雨丝上，将同一种雨丝做了双重的比喻：细碎的雨丝好像因思家而碎裂的心，好像悲秋的眼泪。最后由征途想象归途：异乡的征途从来最容易催人泪下，不知道踏上归途时还会像这般落泪吗？

又

春云吹散湘帘[1]雨。絮粘蝴蝶飞还住。人在玉楼中，楼高四面风。　柳烟丝一把，暝色笼鸳瓦[2]。休近小阑干，夕阳无限山。

【笺注】　①湘帘：用湘妃竹制成的帘子。②鸳瓦：即鸳鸯瓦，成双成对的瓦。顾贞观《青玉案》有“自古有情终不化。青娥冢上，东风野火，烧出鸳鸯瓦”。

【赏析】　这首《菩萨蛮》描写伤春怀远的主题。上阕先用淡淡的笔调渲染春天风景：春云与竹帘前的雨，都被风吹散。蝴蝶的翅膀沾上柳絮，时飞时停。写到这里，忽然间引入一个遗世独立的画面：玉楼高矗，四面风吹，有人独立楼头。下阕先是以登楼之人的视角描写楼下的风物：柳枝在雾霭中柔若轻丝，暮色将鸳鸯瓦铺满。这里有意无意地出现了“鸳鸯”的意象，怀念远方恋人的意思呼之欲出。于是在词的结尾，词人以画外音的形式道出对登楼之人的叮咛：莫要靠近栏杆眺望远方，远方的连绵山峦静静沐浴着夕阳，这多么令人惆怅。

又

晓寒瘦着西南月[1]，丁丁漏箭[2]余香咽。春已十分宜，东风无是非。　蜀魂[3]羞顾影，玉照[4]斜红冷。谁唱《后庭花》[5]，新年忆旧家。

【笺注】 ①晓寒瘦着西南月：清晨天寒，西南的天边挂着一弯月牙。月谓之瘦，即指月牙。②丁丁漏箭：叮叮的滴漏之声。丁丁，形容漏壶滴漏的声音。漏箭，漏壶上的部件，形状如箭，箭杆上刻着时辰刻度，随水浮沉，用以计时。③蜀魂：传说古蜀国灭亡之后，国王杜宇死而化为杜鹃鸟，声声啼血。④玉照：张镃《玉照堂品梅记》载，淳熙己巳年，在南湖之滨得到一处苑圃，圃中有古梅数十株，便从西湖北山移栽来红梅三百多株，又在这里盖了几间房子，梅花开放的时节就住在这里，只见满地都是梅花的清辉，夜晚如同对月一般，故此名之为玉照。⑤谁唱《后庭花》：语出杜牧《泊秦淮》"商女不知亡国恨，隔江犹唱《后庭花》"。《后庭花》，即陈后主所作的《玉树后庭花》，历史上最著名的靡靡之音。

【赏析】 这首《菩萨蛮》恐怕是误置集中的他人作品，因为一来它的风格与纳兰词的一贯风格太不合拍，二来词中的意思完全像是遗老遗少缅怀前朝，全不是纳兰容若的口吻。词中描写一个月色宜人的春夜，杜鹃鸟不忍看自己的影子，梅花孤高而清冷地开放，不知是谁唱起了亡国的靡靡之音，让人在这新年里思念旧时的家园。

又

为春憔悴留春住，那禁半霎催归雨。深巷卖樱桃，雨余[①]红更娇。　　黄昏清泪阁[②]，忍[③]便[④]花飘泊。消得[⑤]一声莺。东风三月情。

【笺注】 ①雨余：雨后。②清泪阁：含着眼泪。阁，含着。③忍：不忍，怎忍。④便：便教，便让。⑤消得：禁受得。

【赏析】 这首《菩萨蛮》现存纳兰容若手迹，是写来送给高士奇的。高士奇，字澹人，号瓶庐，又号江村，江南才子，工书擅画，落魄时曾被明珠聘为容若的书法教师，后来供奉内廷，仕途显达。康熙帝后来扶植高士奇以打压明珠，这给纳兰容若造成了很大的困扰，所以有学者推测《木兰花令》（人生若只如初见）就是有感于与高士奇的交往而写的。而从这首《菩萨蛮》来看，容若与高士奇正处在相得甚欢的时候，词句虽然以伤春为主题，甚至还写出了含着泪水的样子，但基调仍然是爽朗明快的，以春日的温柔暗示出两人的交谊之好。

又

隔花才歇廉纤雨[①]，一声弹指浑无语[②]。梁燕自双归，长条脉脉垂。　小屏山色远[③]，妆薄铅华浅[④]。独自立瑶阶，透寒金缕鞋[⑤]。

【笺注】　①廉纤雨：即帘纤雨，细雨。②一声弹指浑无语：弹指，本为佛教术语，据《翻译名义集·时分》，十二念为一瞬，二十瞬为一弹指。这里或指响指。③小屏山色远：屏风上绘有远山的图画。④铅华：铅粉，女子的化妆品。⑤金缕鞋：绣织有金丝的鞋子。

【赏析】　这首《菩萨蛮》描写闺怨主题。上阕极力渲染春天的气息，并置春雨、春花、成双的燕子和温柔的柳枝，这一切的春意都是为了反衬人的秋意；下阕描写一名女子在春日的清寒里独自伫立在台阶上，词人并没有说她在想着什么，并没有说她为什么会这样站在台阶上，但孤独与相思的意味已经呼之欲出了，这就是文学语言里的烘托技巧。

又

黄云紫塞[①]三千里，女墙[②]西畔啼乌起。落日万山寒，萧萧[③]猎马还。　笳声听不得，入夜空城黑。秋梦不归家，残灯落碎花[④]。

【笺注】　①黄云紫塞：代指北方边塞。黄云，北方天空多有沙尘飞扬，故称黄云。紫塞，秦长城与汉代北部边塞土色多紫，故称紫塞。②女墙：城墙上部有垛口的短墙。③萧萧：马嘶声。《诗经·小雅·车攻》:“萧萧马鸣，悠悠旆旌。”④残灯落碎花：灯火已经烧尽，落下许多灯花。化自戎昱《桂州腊夜》“孤灯落碎花”。

【赏析】　这首《菩萨蛮》描写塞外行旅。“黄云紫塞三千里”，起首一句作为文学来看确实雄浑壮阔，但身处这般风景之中的当事人并不会心情愉快，因为这其实是沙尘暴的景象。文学与现实正存在这样的关系：现实中的苦难与丑恶往往可以成为文学中的美。纳兰容若所描写的塞外，有满天的沙尘暴，有叫声凄厉的乌鸦，有寒冷的千山万山，有黄昏的马嘶，有夕阳西下，有胡笳刺耳的声音。我们会欣赏这样的文学意象，但不愿意真的置身其中。作为置身其中的人，自然会兴起思家的情绪。所以纳兰词中塞外行旅的作品，往往是以思家收尾的。

又

飘蓬只逐惊飙[①]转，行人过尽烟光远。立马认河流[②]，茂陵[③]风雨秋。　　寂寥行殿[④]锁，梵呗琉璃火[⑤]。塞雁与宫鸦[⑥]，山深日易斜。

【笺注】　①惊飙（biāo）：狂风。②认河流：从河流的走向来辨别方位。③茂陵：汉武帝的陵墓叫做茂陵，可代指古代帝王的陵墓；明十三陵当中，宪宗的陵墓也叫茂陵。④行殿：行宫。⑤梵呗琉璃火：梵呗，指僧人的唱经声。呗（bài），佛教经文中的赞偈，为梵语 pāthaka（呗匿）音译之略，在印度的本义是指以短偈形式唱宗教颂歌，后来泛指赞颂佛经或诵经声。琉璃火，即琉璃灯，也就是玻璃制的油灯。⑥塞雁与宫鸦：塞雁，大雁远渡，随季节而在江南、塞北之间往返。宫鸦，栖息在宫殿里的乌鸦。

【赏析】　这首《菩萨蛮》作于途经十三陵的时候。词句极力渲染寂寞的氛围，先从大处着墨：飘蓬在狂风中乱飞，行人已经过尽，唯余远山在雾霭中绵延。写到这里，视角再转到自己身上：停下马来，从河流的走向来辨别方位，这可是明十三陵一带，在秋风秋雨中更显萧瑟。下阕里词人静静赏玩夜色中的远景，只见无人的行宫紧紧锁闭，只透出些许琉璃灯的光亮与僧人们的唱经声。在这群山深处，时间忽然变成一种很主观的东西：太阳似乎更快地西沉，仿佛这里的世界是现实时空之外的时空。写到这里，词人自己与环境的违和感便被完美地呈现出来了。

又

晶帘[1]一片伤心白，云鬟香雾[2]成遥隔。无语问添衣，桐阴月已西。　西风鸣络纬[3]，不许愁人睡。只是去年秋，如何泪欲流。

【笺注】　①晶帘：即水晶帘，华贵晶莹的帘子。②云鬟香雾：代指女子。语出杜甫《月夜》　“香雾云鬟湿，清辉玉臂寒”。③络纬：蟋蟀。

【赏析】　这是一首悼亡之作，作于康熙十六年（1677年）秋，正是纳兰容若的妻子卢氏去世不久的时候。这首词以很极端的主观之眼来看客观世界，只因为失去了挚爱的妻子，所以一切风物都沾染上了伤心的颜色。明明是自己无法入睡，明明蟋蟀只是如往常一样鸣叫着，在容若的感受里，蟋蟀却是故意不使自己入睡。这种“无理”的话语，却是文学里的“合理”。

又　寄梁汾苕中[1]

知君此际情萧索，黄芦苦竹[2]孤舟泊。烟白酒旗青，水村鱼市晴。　柁楼[3]今夕梦，脉脉春寒送。直过画眉桥[4]，钱塘江上潮。

【笺注】　①寄梁汾苕中：梁汾，顾贞观，号梁汾。苕中，浙江湖州一带，因有苕溪，故名。②黄芦苦竹：化用白居易《琵琶行》“黄芦苦竹绕宅生”。③柁楼：船上的操舵室，代指船上居住。柁，同“舵”。④画眉桥：桥名。顾贞观《踏莎美人》词有“双鱼好托夜来潮，此信拆看，应傍画眉桥”，自注称：画眉桥在平望（江苏吴江县南运河边），民间传说画眉鸟若经过桥下则再也不能巧啭，所以行舟之人到了这里，若带有画眉鸟，一定会把画眉鸟带上岸。

【赏析】 这首《菩萨蛮》是纳兰容若写给好友顾贞观的，表达了对好友的慰藉与思念。上阕描绘顾贞观的家乡风物，试图以江南水乡的美丽来暖化顾贞观此时抑郁的心。下阕想象顾贞观此时正在江南的小船上入睡，不知不觉间小船已从美丽的画眉桥下穿过。结尾忽然出现“钱塘江上潮”的意象，暗示着对好友的浓烈的思念一如钱塘潮水。

又 回文①

客中愁损②催寒夕，夕寒催损愁中客。门掩月黄昏，昏黄月掩门③。 翠衾孤拥醉，醉拥孤衾翠。醒莫更多情，情多更莫醒。

【笺注】 ①回文：一种游戏性质的修辞手法，正亦成诵，倒亦成诵。此词为逐句倒读的回文体，每两句都是反复回文。②愁损：极度的忧愁。③门掩月黄昏二句：朱彝尊《菩萨蛮》有“门掩乍黄昏，昏黄乍掩门。”

【赏析】 回文作品主要讲究文字上的精工巧妙，对艺术性的要求并不很高，作者也鲜有拿它当作正经文学作品的。但是纳兰容若对词情有独钟，对填词的态度也格外认真，所以即便仅仅是文字游戏，有时也能自觉不自觉地写成颇有艺术性的作品，这首《菩萨蛮》就是一例。词作描写旅途中的伤感，各种意象在回文的结构里往复回环，仿佛一唱三叹。

又 回文①

研笺银粉残煤画②，画煤残粉银笺研。清夜一灯明，明灯一夜清。 片花惊宿燕，燕宿惊花片。亲自梦归人，人归梦自亲。

【笺注】 ①回文：一种游戏性质的修辞手法，正亦成诵，倒亦成诵。此词为逐句倒读的回文体，每两句都是反复回文。②砑笺银粉残煤画：砑笺，压印有图案纹饰的字笺。砑（yà），用卵形或弧形的石块碾压或摩擦皮革、布帛等，使紧实而光亮。煤，墨的别称。

【赏析】 这首回文作品描写相思的苦闷，虽然总要顾及文字游戏的趣味性，但读起来流畅自然，没有半点牵强。上阕描写夜晚里的孤独和冷清，渲染出一派寂静的感觉。下阕突然有了动态：一片落花惊起了栖宿的燕子。而与之对应的是：在相思中愁苦的人终于梦见了爱侣的归来。

又

乌丝画作回纹纸[1]，香煤暗蚀藏头字[2]。筝雁十三双，输他作一行[3]。 相看仍似客，但道休相忆。索性不还家，落残红杏花。

【笺注】 ①乌丝画作回纹纸：乌丝，即乌丝阑纸，有黑色线格的纸笺或绢帛。回纹纸，写有回文体的诗词的信纸。②香煤暗蚀藏头字：香煤，一指女子的眉笔，一指点燃的香火，皆可通。藏头，一种诗体，每句的第一个字可以连读表意。此句指以眉笔或香火蚀去信笺上所书之藏头诗每行的第一个字，让收信人去猜。③筝雁二句：筝十三弦，每根弦下边都有一个筝柱，筝柱斜向排列，好像大雁的队列，故称雁柱。此处似指女子写来的书信上字迹工整排列，最要紧的句子却是藏头诗里的藏头一句。

【赏析】 这首《菩萨蛮》大约是为沈宛而作。康熙二十三年（1684年），纳兰容若纳沈宛为外室。当时旗人严禁与汉人通婚，所以容若和沈宛都经受着莫大的压力，沈宛也终于不能踏入明珠府一步。于是到了翌年，心力交瘁的沈宛决定回到江南故乡，容若极力挽留。然而就是在这一年的五月，容若突然患病，不治而死。这首词上阕是怀念过去，怀念当初自己与爱人以藏头诗来游戏和通信，很有情趣。下阕讲彼此虽然相处日久，但仍然有些拘谨，而她执意离开，甚至提出了再不相见的要求，自己苦苦挽留，却不知道能否挽回她的心意。

又

阑风伏雨催寒食①，樱桃一夜花狼藉。刚与病相宜。锁窗薰绣衣②。　　画眉烦女伴③，央及④流莺唤。半晌试开奁⑤，娇多直⑥自嫌。

【笺注】　①伏雨：浓阴而未落下的雨。②“刚与”二句：天阴潮湿，于是用炉子烘烤衣物，恰恰病体也适合待在温暖干燥的环境里。薰绣衣，用香料烘烤华丽的衣物。③烦：劳烦。④央及：央求。⑤奁(lián)：梳妆匣。⑥直：只。

【赏析】　这首《菩萨蛮》描写寒食节前的阴霾日子里，一名女子刚刚从病中痊愈，在略嫌忐忑的心情中准备梳妆打扮，争取能在清明踏青的时候展现出最美丽的容颜。词作将女子的纠结心态描写得细腻入微，用意象的堆叠暗示出她的微妙的情绪。

醉桃源

斜风细雨正霏霏，画帘拖地垂。屏山几曲篆香微①，闲亭柳絮飞。　　新绿密，乱红稀，乳莺残日啼。余寒欲透缕金衣②，落花郎未归。

【笺注】　①屏山几曲篆香微：屏山，屏风。篆香，弯曲盘绕的香。②缕金衣：绣有金丝的衣服，也称金缕衣，代指华美的衣着。

【赏析】　这首《醉桃源》属于闺怨主题，描写花朵凋零、柳绵飘飞的时节里，一名女子在思念着远方的爱人。词作用足了意象的手法，若是读得稍微粗心，甚至注意不到那名女子的存在。情绪永远是在意象的堆叠中被暗示出来的，而所有属于客观景物的意象无不是为了烘托那名女子的存在。

昭君怨

深禁[1]好春谁惜，薄暮瑶阶[2]伫立。别院管弦声，不分明。

又是梨花欲谢，绣被春寒今夜。寂寞锁朱门，梦承恩[3]。

【笺注】 ①深禁：深宫。②瑶阶：宫中的石阶。③承恩：被君王宠幸。

【赏析】 这首《昭君怨》属于宫怨主题。宫怨是诗人的一大传统主题，摹写皇宫中的女子在高墙之内寂寞地断送青春。宫怨诗词不一定都有实指，清代宫廷就有一大改革，使八旗女子轮流进宫服役，朝入夕出，所以宫中女子极少，不比前朝多蓄怨女。顺治十五年（1658年），礼部奏定宫闱女官及宫女人数，总数只有一百五十三人，且多为工役人员。所以有学者认为“宫怨体诗歌产生之社会背景已渐消失，容若此作，只当以‘拟古’视之，并非反映清初现实情事”。

这首词不脱传统的宫怨基调，并非描写宫中女子的全貌，而是将视角集中在一名女子身上，她在薄暮的台阶上久久伫立，听着别院传来隐约的管弦声。她在寂寞中不知还要度过多少岁月，也许唯有在梦里才能得到君王的宠爱吧。

卷三

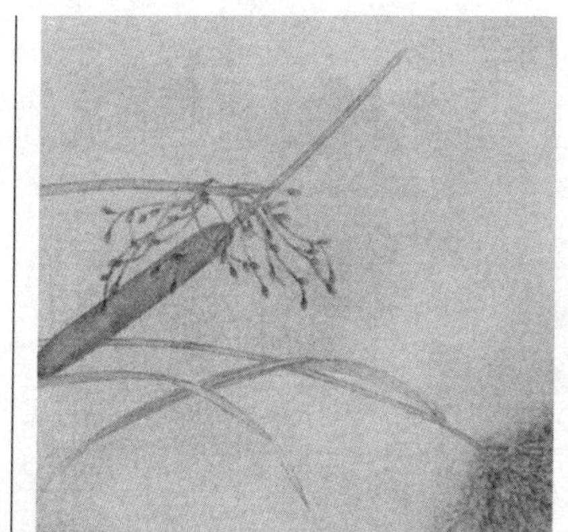

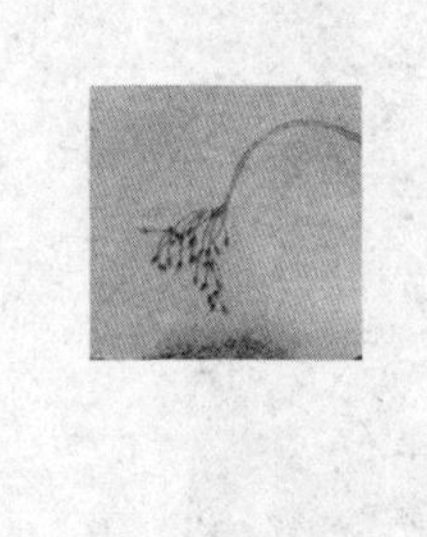

琵琶仙　中秋

碧海[1]年年，试问取、冰轮[2]为谁圆缺？吹到一片秋香[3]，清辉了[4]如雪。愁中看、好天良夜，争知道、尽成悲咽。只影而今，那堪重对，旧时明月。　花径里、戏捉迷藏，曾惹下萧萧井梧叶。记否轻纨小扇，又几番凉热。只落得，填膺百感，总茫茫、不关离别。一任紫玉[5]无情，夜寒吹裂[6]。

【笺注】　①碧海：大海。②冰轮：月轮。③秋香：秋花，多指桂花。④了：明晰。⑤紫玉：紫竹可以制作笛、箫，故紫玉代指笛、箫一类乐器。⑥夜寒吹裂：辛弃疾《贺新郎》有“长夜笛，莫吹裂”。

【赏析】　这首《琵琶仙》是纳兰容若在中秋月圆时缅怀亡妻卢氏而作。中秋是团圆的时刻，满月是圆满的象征，然而在这个中秋佳节，爱侣已经永诀，伤心人不禁发出“那月轮究竟为谁而圆，又为谁而缺”的追问。于是怀念起往日与妻子在月下共度的时光，与此际独立月下、百感茫茫形成了令人痛心的对照。《琵琶仙》词牌用入声韵脚，短句多，所以读起来有特殊的逼仄效果。

清平乐

凄凄切切，惨淡黄花节[①]。梦里砧声[②]浑未歇，那更乱蛩[③]悲咽。　　尘生燕子空楼[④]，抛残弦索床头。一样晓风残月，而今触绪添愁。

【笺注】　①黄花节：即重阳节，其时菊花盛开。②砧声：捣衣声。捣衣多在秋天。③乱蛩（qióng）：杂乱鸣叫的蟋蟀。④尘生燕子空楼：用关盼盼燕子楼典故。唐玄宗天宝年间，张建封管辖徐州，纳名伎关盼盼，深爱之。一日白居易来访，张建封使关盼盼歌舞相陪。待白居易离开徐州之后，张建封很快去世，关盼盼也不知下落。直到十年之后，张仲素告知白居易关盼盼的近况，白居易这才知道，在张建封死后，张家人扶着灵柩归葬北邙山，关盼盼从此便把自己封闭在燕子楼里，过着足不出户的日子，一转眼就是十年。这十年间，慕盼盼之才名、艳名而来的人很多，但关盼盼始终惦着张建封的情义，再不肯与人一见，偶有作答，也只是以诗明志而已。容若用燕子楼的典故，有悼亡之意。

【赏析】　这首《清平乐》是纳兰容若于重阳节悼念亡妻卢氏而作。重阳节一派秋景，捣衣声、蟋蟀声都是催人愁绪的声音，在这一切忧愁的秋声中，词人独自在亡妻曾经住过的小楼里，缅怀着永失的欢娱。风景与当年无异，而当年令人愉快的风景到了如今却只有触绪添愁。风景不殊而情怀自异，这是人们常有的感受。

又　上元[①]月蚀

瑶华[②]映阙，烘散蓂墀雪[③]。比似寻常清景[④]别，第一团圆时节[⑤]。　　影蛾忽泛初弦[⑥]，分辉借与宫莲[⑦]。七宝修成合璧[⑧]，重轮[⑨]岁岁中天。

【笺注】　①上元：正月十五，元宵节，灯节。②瑶华：美玉，代指月亮。③蓂墀雪：生有蓂荚的宫殿台阶。蓂（mì），蓂荚，一种传说中的瑞草，据《孙氏瑞应图》，蓂荚又名历荚，生有圆形而五色的叶子，叶子共有十五片，从朔日到望日，每天生出一片叶子，生满十五片叶子之后，每天落下一片叶子，直到晦日落尽。如果赶上小月，就会有一片叶子卷而不落。如果君主圣明，蓂荚就会应运而生。《风俗通》载，古时的太平岁月里，蓂荚生长在台阶旁。墀（chí），台阶上的空地，也指台阶。张衡《两京赋》有"盖蓂荚为难莳（shì）也，故旷世而不觌（dí)，惟我后能殖之，以至和平，方将数诸朝阶"，述蓂荚旷世罕见，只有我朝的皇帝才能把蓂荚种植在宫廷台阶之侧。④清景：清光，这里是月光。⑤第一团圆时节：一年当中的第一次月圆。⑥影蛾忽泛初弦：影蛾，《三辅黄图·未央宫》载，汉武帝开凿影娥池以赏月。初弦，新月。⑦宫莲：金莲花灯，帝王仪仗之一。⑧七宝修成合璧：合璧，完璧。七宝修成合璧，段成式《酉阳杂俎·天咫》载，大和年间，郑仁本的表弟曾经与一位姓王的秀才游玩嵩山，在山上迷了路，天色已晚，不知道该怎么走。正在彷徨的时候，忽然听到树丛中传来鼾声，进去一看，见一个人穿着一身极白的衣服，枕着一个包袱，正熟睡着。两人叫醒了他，向他问路，又问他从哪里来。这人笑道："你们知道月亮乃是由七种宝物合成的吗？月亮是弹丸的形状，其阴影就是太阳照在它的凸起处形成的。常有八万二千户修补月亮，我就是其中之一。"这人又打开了包袱，里边有凿子和玉屑饭等物。他将玉屑饭分与二人道："吃了这些虽然不足以长生，但可以一生无病。"之后，他为二人指明路径，便突然不见了。⑨重轮：日月轮廓之外的光圈，古代以为祥瑞。

【赏析】 这首《清平乐》与《梅梢雪·元夜月蚀》同作于康熙二十年（1681年），描写当年元宵佳节的月蚀场面。上阕描写一轮圆月当空照耀，世界呈现出一片祥和。下阕记载月蚀的发生，这本是大煞风景的事情，但词人巧妙地给出了月蚀之所以发生的美丽理由：想来定是荷花借走了月亮的光辉。结尾用到了七种宝物修成月轮的传奇典故，将吉祥意味推到了极致。

又

烟轻雨小，望里青难了[①]。一缕断虹垂树杪，又是乱山残照。

凭高目断征途，暮云千里平芜[②]。日夜河流东下，锦书应托双鱼[③]。

【笺注】 ①青难了：语出杜甫《望岳》“岱宗夫如何，齐鲁青未了”。②平芜：原野。③锦书应托双鱼：锦书，据《晋书·窦滔妻苏氏传》，前秦秦州刺史窦滔被徙流沙，其妻苏氏织锦为回文旋图诗以寄窦滔，诗共八百四十字，循环往复皆可读，词意凄惋。后称书信为锦字或锦书。双鱼，代指书信，典出《古乐府》“尺素如残雪，结成双鲤鱼。要知心中事，看取腹中书”。

【赏析】 这首词描写远行途中思家的情绪。词作先是极力渲染旅途中的风景，从举目四望到登高远眺。文人每以登高，总会心潮澎湃，视野愈开阔，愁绪反而愈深沉，于是思家的情绪再也抑制不住。这首词只有最后一句提到了思家，然而正是因为这最后的收煞，之前的那些纯粹描写风景的句子才突然间有了生命。

又

孤花片叶，断送清秋节。寂寂绣屏香篆[①]灭，暗里朱颜消歇。

谁怜散髻[②]吹笙，天涯芳草关情[③]。懊恼隔帘幽梦[④]，半床花月纵横。

【笺注】 ①香篆：即篆香，弯曲盘绕的香，或成篆字形状。②散髻：解开发髻，披散头发。③关情：牵动情怀。④懊恼隔帘幽梦：秦观《八六子》有“夜月一帘幽梦，春风十里柔情”。

【赏析】 这首词属于闺怨主题，描写一名女子在暮秋时节思念远方的爱侣。上阕极力渲染暮秋的萧瑟：枝头残存几片花与叶，锦绣屏风里熏香已经烧尽，在一片难捱的冷寂里，红颜似也将在秋光里老去。下阕将视线集中在那名女子身上，写她披散着头发独自吹笙的样子。中国传统强调“士为知己者死，女为悦己者容”，女人一旦披散着头发做事，懒于梳妆了，总是意味着心爱的人不在身边。于是词意到这里便由“散乱”延伸开去，收束在“半床花月纵横”，床上的落花散乱在月光之下，这既是写实，也隐喻着那名女子的心情。

又

麝烟①深漾。人拥缑笙氅②。新恨暗随新月长。不辨眉尖心上③。　六花④斜扑疏帘。地衣⑤红锦轻沾。记取暖香如梦，耐他一晌寒严⑥。

【笺注】　①麝烟：焚烧麝香而飘散的烟气。②缑（gōu）笙氅：道袍式的大氅。③不辨眉尖心上：范仲淹《御街行》有“都来此事，眉间心上，无计相回避”，李清照《一剪梅》有“此情无计可消除，才下眉头，却上心头”。④六花：雪花。雪花六瓣，故称六花。⑤地衣：地毯。⑥寒严：严寒。顾贞观《凤凰台上忆吹箫》有“愁来也，玉肌生粟，一晌寒严”。

【赏析】　这首《清平乐》描写爱情失落之后的惆怅和寂寞。这是雪花飘飞的天气，虽然披着厚厚的衣服，虽然屋子里一直燃着熏香，但身体似乎总是暖不起来。这并不是因为客观的理由，而仅仅因为心是冷的，因为愁绪在心尖不断滋长、蔓延。这首词的妙处，就在于以客观风物的寒冷点明主观心境的寒冷。

又

将愁不去，秋色行难住。六曲屏山①深院宇，日日风风雨雨。雨晴篱菊初香，人言此日重阳。回首凉云②暮叶，黄昏无限思量。

【笺注】　①六曲屏山：曲折的屏风。②凉云：秋天的云。凉，秋季，如凉天（秋天）、凉月（秋月）、凉沙（秋天的飞沙）、凉夜（秋夜）。

【赏析】　这首《清平乐》描写悲秋的情绪。诗人总是在伤春悲秋，只是因为他们比平常人更感性，更容易在风物节序的变化中触绪伤怀。有些诗词会交代出伤春悲秋的原委，另有一些则泛泛而言，只有情绪的宣泄而已。这首词便属于后者，它之所以泛泛，不是为赋新诗强说愁，而是百感茫茫，无从说起。这样写出来的悲情，有弥漫天地的力量。

又

青陵蝶梦[①]，倒挂怜幺凤[②]。退粉收香情一种[③]，栖傍玉钗偷共。　愔愔镜阁飞蛾，谁传锦字秋河[④]。莲子依然隐雾[⑤]，菱花暗惜横波[⑥]。

【笺注】　①青陵蝶梦：李冗《独异志》载，宋康王夺走了韩凭（又作韩朋）的妻子，派韩凭修筑青陵台，然后杀死了他。韩凭的妻子请求临丧，跳下青陵台自尽身亡。《太平寰宇记》对此事也有记载，说韩凭的妻子事先把衣服作了腐化处理，在青陵台上突然投身下跳，左右的人急忙拉住她的衣角，谁知衣服触手即碎，化作片片蝴蝶。宋康王愤恨不已，把韩凭夫妻分别埋葬，结果两座坟墓上分别生出了两棵大树，枝条互相接近，终于缠绕在一起，是为连理枝。②倒挂怜幺凤：化自苏轼《西江月》"海仙时遣探芳丛，倒挂绿毛幺凤"。苏轼自注说，惠州梅花上有一种珍禽，叫倒挂子，样子像绿毛凤，但个头小一些。③退粉收香情一种：或暗示着有情人已有过鱼水之欢。收香，据《名物通》，倒挂即绿毛幺凤，性情温驯，喜欢聚集在美人的发钗上，白天闻到好的香气便收藏在尾翼之间，夜间则张开尾翼散发香气。④谁传锦字秋河：锦字，即锦书，代指书信。秋河：银河。⑤莲子依然隐雾：语出《乐府·子夜歌》"雾露隐芙蓉，见莲不分明"，"莲子"谐音"怜子"，字面是说莲子依然隐在雾里看不清，含义是恋人依然隐在雾里看不清。⑥菱花暗惜横波：菱花，代指镜子。横波，女子目光流盼的样子。

【赏析】 这首《清平乐》很有李商隐无题诗的味道，朦胧迷离，有一种美丽而忧伤的意境却不详所指。在细细辨析典故之后，才隐约觉察出词中讲到了一段已成往事的爱情，而那段爱情是如此令人捉摸不透，恋人的心意仿佛永远都看不清楚。这样的爱情，倒真的适合用朦胧诗的手法来做描写了。

又

风鬟雨鬓，偏是来无准。倦倚玉阑看月晕，容易语低香近[①]。

软风吹过窗纱，心期便隔天涯。从此伤春伤别[②]，黄昏只对梨花[③]。

【笺注】 ①语低香近：化用晏几道《清平乐》“勾引行人添别恨，因是语低香近”。②伤春伤别：化用李商隐《杜司勋》“刻意伤春复伤别，人间惟有杜司勋”。③黄昏只对梨花：梨，谐音为“离”。

【赏析】 这首《清平乐》描写永失所爱的惆怅。上阕全写回忆：她发鬓凌乱，无意间走到这里，慵懒地倚着栏杆，张望那昏黄的月影。在这温柔的气氛中，让人禁不住想要压低声音说话，从近处还可以嗅到她身上的香气。这样的描写一点也没有涉及那名女子的相貌与妆容，读者却完全可以感受到她的美丽与温柔。下阕拉回现实：柔软的风吹过窗纱，想到她此刻已远在天涯，从此以后便多了伤春伤别的愁绪。黄昏时分，总是对着梨花，想到已离去的她。结尾用梨花的意象是传统诗词里惯用的谐音暗示，以“梨”使人联想到“离”，而梨花又与上阕里的月晕悄然呼应，这是两个经常成组出现的意象，一种巧妙的关合就在结句里似乎不经意地完成了。

又 弹琴峡[①]题壁

泠泠彻夜，谁是知音者？如梦前朝何处也[②]，一曲边愁难写。

极天关塞云中，人随落雁西风。唤取红巾翠袖，莫教泪洒英雄[3]。

【笺注】 ①弹琴峡：史料中有多处弹琴峡，此处不详何地，大约不出北京昌平区境内。史料中对不同的弹琴峡都有相似的描述：水流潺湲，好像琴声不绝。②如梦前朝何处也：容若所谓前朝，应当并非确指明朝，而是表达一种客观而抽象的沧桑感，这是容若咏史作品的惯例。③唤取红巾翠袖，莫教泪洒英雄：化自辛弃疾《水龙吟》"倩何人唤取，红巾翠袖，揾英雄泪。"

【赏析】 这首《清平乐》是纳兰容若途经弹琴峡时写下的怀古之作。弹琴峡究竟是哪里，如今已经考证不清，但这并不影响我们对作品的理解。弹琴峡顾名思义，一定有流水潺潺，如同弹琴的声音，容若便是从这"琴声"写起，径自将这琴声当作是有生命者的弹奏，于是顺理成章地追问知音何在。这峡谷与流水一定见证过太多的兴亡成败，但它们能够论定历史的是非么？也许真的兴亡难以写尽，是非无法说清。词的下阕将视角来回词人自己：既然连峡谷与流水都无法论定历史是非，自己更何尝能够呢，只有继续前行而已。

又 忆梁汾[1]

才听夜雨，便觉秋如许。绕砌蛩螀[2]人不语，有梦转愁无据[3]。 乱山千叠横江，忆君游倦何方。知否小窗红烛，照人此夜凄凉。

【笺注】 ①梁汾：顾贞观，字华峰（一作华封），号梁汾，无锡人，容若好友。②蛩螀：蟋蟀声和蝉声。蛩（qióng），蟋蟀。螀（jiāng），蝉。③无据：不可靠，无所依凭。

【赏析】 这首词是纳兰容若在一个秋夜里思念好友顾贞观而作，当时顾贞观正在远行途中。好友之间的思念是古代诗词中很常见的主题，这是因为古代交通、通讯很不便捷，人与人总是聚少离多，音信也很难相通，思念之情也就在消息的隔绝中愈酿愈浓了，以至于好友之间表达思念的诗词，有许多在今天看来简直像是恋人之间的话语。这首词就是一例，尤其是下阕，很有李商隐“何当共剪西窗烛，却话巴山夜雨时”的诗意。

又

塞鸿[①]去矣，锦字[②]何时寄。记得灯前佯忍泪，却问明朝行未。　　别来几度如珪[③]，飘零落叶成堆。一种晓寒残梦，凄凉毕竟因谁。

【笺注】　①塞鸿：即塞雁，边塞之雁。②锦字：书信。据《晋书·窦滔妻苏氏传》，前秦秦州刺史窦滔被徙流沙，其妻苏氏织锦为回文旋图诗以寄窦滔，诗共八百四十字，循环往复皆可读，词意凄惋。后称书信为锦字或锦书。③珪（guī）：古代帝王或诸侯在举行典礼时拿的一种玉器，上部为圆形或剑头形，下部为方形，这里比喻缺月，语出江淹《别赋》“秋露如珠，秋月如珪”。

【赏析】　这首《清平乐》描写远行途中对家中妻子的思念。词作前两句是在当下的时间里，远行人盼望着早一天收到家书；接下来的两句是回忆出发前的那个晚上：妻子虽然舍不得自己远行，但只是在灯下悄悄拭泪，故作平静地问自己明天的出行安排。这是全词当中最感人的一个画面，完美描绘出传统女性的克制之美。词的下阕将时间拉回当下，写自己的别后相思，并想象着妻子此时也在承受着同样的相思之苦。

一丛花　咏并蒂莲

阑珊[①]玉佩罢霓裳[②]，相对绾红妆[③]。藕丝风送凌波[④]去，又低头、软语商量。一种情深，十分心苦，脉脉背斜阳。

色香空尽转生香[⑤]，明月小银塘。桃根桃叶终相守[⑥]，伴殷勤、双宿鸳鸯。菰米漂残，沈云乍黑[⑦]，同梦寄潇湘[⑧]。

【笺注】　①阑珊：零乱、歪斜。②霓裳：指唐代的霓裳羽衣舞。唐代又有《凌波曲》，后世诗人往往混淆这两个曲子，以《霓裳》为描写水生花卉如水仙、荷花的掌故。③相对绾红妆：形容两朵莲花盘绕联结在一起。绾（wǎn），盘绕。④凌波：曹植《洛神赋》有“凌波微步，罗袜生尘”。郑处晦《明皇杂录》载，唐玄宗梦到凌波池中的龙女，由是制作《凌波曲》。⑤色香空尽转生香：顾贞观《小重山》有“色香空尽转难忘”。⑥桃根桃叶终相守：《六朝事迹类编》载，晋代王献之有爱妾名桃叶，其妹名桃根。党怀英《双头牡丹》有“水南水北何曾见，桃叶桃根本自仙”。容若好友朱彝尊《减字木兰花》有“秦淮小住，桃叶桃根家甚处”，《蝶恋花》有“何处飞来江上楫，妹是桃根，姊定名桃叶”。⑦菰米漂残，沈云乍黑：语出杜甫《秋兴》“漂泊菰米沈云黑，露冷莲房坠粉红”。菰米，菰（gū），多年生草本植物，生在浅水里，嫩茎称“茭白”，果实称“菰米”、“雕胡米”，可食用。⑧潇湘：相传娥皇、女英姐妹同嫁大舜，舜帝南巡，死在苍梧之野，娥皇、女英南下寻夫，在悲恸之下投湘水而死，化为湘水女神，是为湘灵。这里以舜之二妃代指并蒂莲。

【赏析】　这首《一丛花》属于典型的咏物作品，所咏之物便是词题中所谓的并蒂莲。这首词大约是康熙十九年（1680年）或二十年（1681年）的作品，当时纳兰容若与好友顾贞观、严绳孙、秦松龄都写有《一丛花·咏并蒂莲》，当为同时倡和之作。并蒂莲既罕见，又有美丽的寓意，也难怪会激发这些词人们的热情。容若这首词的用典非常巧妙，以不同的典故分别形容并蒂莲不同的特质，尤其是桃叶、桃根姐妹同嫁王献之以及娥皇、女英姐妹同嫁大舜的典故，以无与伦比的贴切写出了并蒂莲最不可替代的特质。

菊花新　用韵送张见阳令江华[①]

愁绝行人天易暮。行向鹧鸪声里住[②]。渺渺洞庭波，木叶下、楚天何处[③]。　折残杨柳应无数[④]，趁离亭[⑤]笛声吹度。有几个征鸿[⑥]，相伴也、送君南去。

【笺注】　①用韵送张见阳令江华：康熙十八年（1679年）秋，纳兰容若的好友张纯修（号见阳）离京赴任湖南江华县，容若作此词以送别。用韵，当为“用……之韵”，今已不详何指。汪刻本及《草堂嗣响》词题均无“用韵”二字。②行向鹧鸪声里住：鹧鸪的叫声，古人觉得听起来像是“行不得也哥哥”。辛弃疾《菩萨蛮·书江西造口壁》有“江晚正愁予，山深闻鹧鸪”。③“渺渺”三句：语出屈原《九歌·湘夫人》“袅袅兮秋风，洞庭波兮木叶下”，点明时令为秋季。④折残杨柳应无数：古人有折柳送别的传统。⑤离亭：送别所在的长亭。⑥征鸿：多指南飞的大雁。

【赏析】 一般人描写送别，总是从当下的依依惜别讲起，但容若另辟蹊径，直接描写旅途中的各种萧瑟意象，仿佛已经亲眼见到一般。到了下阕才拉回现实，说到当下正在长亭饯别，在笛声中送好友踏上征途。自己不能随好友同去，只有天边的几只孤雁，陪伴好友向着一路向南。

淡黄柳 咏柳

三眠[①]未歇，乍到秋时节。一树斜阳蝉更咽[②]，曾绾灞陵离别[③]。絮已为萍风卷叶，空凄切。 长条莫轻折，苏小恨[④]、倩他说。尽飘零、游冶章台[⑤]客。红板桥[⑥]空，湔裙[⑦]人去，依旧晓风残月[⑧]。

【笺注】 ①三眠：三眠柳即柽（chēng）柳、人柳。《三辅故事》载，汉代宫苑中有柳树状如人形，叫做人柳，一日三眠三起（即三次伏倒，三次挺直）。严绳孙《蝶恋花》有“雾湿花房，杨柳三眠了”，《杨柳枝》有“东风一报三眠后，十二玉楼深更深”。②一树斜阳蝉更咽：化自李商隐《柳》“如何肯到清秋日，已带斜阳又带蝉”。③曾绾灞陵离别：灞陵，汉文帝的陵墓，在今陕西省西安市东，汉唐之人送别出长安多在灞陵附近的灞桥。《三辅黄图·桥》载：“霸桥（即灞桥）在长安东，跨水作桥，汉人送客至此桥，折柳送别。”李白《忆秦娥》有“秦楼月，年年柳色，灞陵伤别”。绾（wǎn），盘绕，系结。④苏小恨：与所眷恋之人的离别之恨。苏小，即苏小小，据《乐府广题》，苏小小大约是南齐时人，钱塘名伎，相传家门前有柳树成荫。白居易《杭州春望》有“柳色春藏苏小家”，温庭筠《杨柳枝》有“苏小门前柳万条”。容若《卜算子·咏柳》有“苏小门前长短条”。⑤章台：本是战国时秦国宫殿，以宫内有章台而得名，在今长安县故城西南，秦王曾在此宫接见蔺相如献和氏璧。台下有街名章台街，汉代亦然。唐人韩翃以《章台柳》诗寻访柳氏，诗以章台借指长安，以章台柳暗喻长安柳氏。但因柳氏本娼女，故后人遂将章台街喻指娼家聚居之所。游冶，也作冶游，本指男女在春天或节日里外出游玩，后来专指流连于歌楼舞巷。⑥红板桥：语出白居易《杂曲歌辞·杨柳枝》：“红板江桥青酒旗，馆娃宫暖日斜时。可怜雨歇东风定，万树千条各自垂。”⑦湔（jiān）裙，洗裙。旧日风俗，三月三日上巳节，女人们相约一同到水边洗衣，以为这样可以除掉晦气。上巳节和清明节隔得不远，所以穆修有诗说“改火清明度，湔衫上巳连”，这种户外聚众的日子往往提供给了男男女女们以堂而皇之的约会的机会。李商隐《柳枝诗序》称，洛阳有个女孩子名叫柳枝，父亲本是位有钱的商人，但不幸遭遇风波而死。柳枝十七岁时，本该是喜欢梳妆打扮的年纪了，但她对这些事总是缺少耐心，倒喜欢“吹叶嚼蕊”，弄片树叶吹吹曲子，她还擅长丝竹管弦，能作“天风海涛之曲，幽忆怨断之音”。李商隐的堂兄李让山是柳枝的邻居，一天，李让山吟咏李商隐的《燕台诗》，柳枝突然跑了出来，吃惊地问：“这诗是谁写的呀？”李让山说：“是我一个亲戚小哥写的。”柳枝当即便要李让山代自己向这个“亲戚小哥”去求诗，大概还怕李让山不经心，特地扯断衣带系在了他的身上以为提醒。随后，就在第二天的一次偶遇中，柳枝向李商隐发出了邀请，说三日之后，自己会“湔裙水上”，以博山香相待。李商隐接受了柳枝的邀请，可就在这时，共赴京师的同伴搞了个恶作剧，偷偷上路，还把李商隐的行李一并带走了。诗人无奈，没法在当地停留三日，只得爽约而去。到了冬天，李让山来找李商隐，说起柳枝已经被某显贵娶去。这场初恋，还没有开始便已经匆匆结束，只化成了《柳枝》五首，徒然惹人伤怀。严绳孙有《杨柳枝》专咏此事：“莫到燕台又咏诗。长条空解结相思。一池风约湔裙水，肠断双鬟抱立时。”这个典故被容若多次用在自己的诗词里，譬如“断带依然留乞句，班骓一系无寻处”，

“便容生受博山香，销折得狂名多少”，当是缅怀一段未果的初恋。⑧晓风残月：语出柳永《雨霖铃》“杨柳岸、晓风残月”。

【赏析】　这首《淡黄柳》是一首咏物作品，以柳树为描写对象。在中国传统里，“柳”谐音“留”，所以柳树有留别的涵义。而且从形态上看，柳枝飘摇，仿佛要挽住即将远行的人；从历史上看，长安之外的灞桥是最著名的一处送别胜地，那一带沿河多种垂柳。因为这些缘故，“柳”与“留”的关联便紧密到了无以复加的程度。这首词便是着眼在留别的意象，渲染各种欲留而留不住的伤感。

满宫花

盼天涯，芳讯[1]绝。莫是故情全歇。朦胧寒月影微黄，情更薄于寒月。　麝烟[2]销，兰烬[3]灭，多少怨眉愁睫。芙蓉莲子待分明[4]，莫向暗中磨折。

【笺注】　①芳讯：恋人的音讯。②麝烟：麝香熏香的烟气。③兰烬：蜡烛的余烬形似兰花的花芯。④芙蓉莲子待分明：语出《乐府·子夜歌》“雾露隐芙蓉，见莲不分明”。“见莲”谐音“见怜”，“莲子”谐音“怜子”。

【赏析】　这首《满宫花》属于闺怨主题，描写一名女子苦苦期待着远方恋人的音讯，却始终音讯全无，于是她在冰冷的夜色里无法入睡，心中生出各种疑惑与纠结。纳兰容若将女子那种亦爱亦嗔、患得患失的心情写得格外传神，结语巧妙地运用双关语，用委婉的方式描绘出那颗火热的、不顾一切的心。

洞仙歌　咏黄葵[1]

铅华[2]不御，看道家妆[3]就。问取旁人入时否。为孤情淡韵，判不宜春[4]，矜标格[5]、开向晚秋时候。　无端轻薄雨[6]，滴损檀心[7]，小叠宫罗镇长皱[8]。何必诉凄清，为爱秋光，被几日、西风吹瘦。便零落、蜂黄也休嫌，且对倚斜阳，偎偎红袖[9]。

【笺注】 ①黄葵：秋葵，一年生草本植物，每年七至十月开花，花多为淡黄色。②铅华：用来化妆的铅粉。③道家妆：黄色道袍，这里形容黄葵的颜色。④判不宜春：拼着不合春时。判，拼。⑤标格：风格，风度。⑥无端轻薄雨：化自晏几道《生查子》“无端轻薄云，暗作廉纤雨”。⑦檀心：这里指黄葵紫褐色的花芯。⑧小叠宫罗镇长皱：范成大《菊谱》载：“叠罗黄，状如小金黄，花叶尖瘦，如剪罗縠。”镇长，经常。皱，这里指花瓣多褶皱。⑨红袖：代指美女。

【赏析】 这首《洞仙歌》吟咏一种叫做黄葵的花。黄葵有淡黄色的花朵，正是道士袍服的颜色，于是词人从这一点共性出发，将黄葵写得仙气十足。这是咏物诗词最经典的一种写法，首先要抓住所咏之物的与众不同的特质，将这种特质与人世中的某一种特质对应起来，接下来就可以亦实亦虚地发挥下去了。

唐多令 雨夜

丝雨织红茵[1]，苔阶压绣纹。是年年、肠断黄昏。到眼芳菲都惹恨，那更说，塞垣[2]春。 萧飒不堪闻，残妆拥夜分[3]。为梨花、深掩重门[4]。梦向金微山下去，才识路，又移军[5]。

【笺注】 ①丝雨织红茵：形容细雨打下一地落花，好似红色的地毯。②塞垣：长城边塞。③夜分：夜半。④为梨花、深掩重门：化自戴叔伦《春怨》“金鸭香消欲断魂，梨花春雨掩重门”。⑤梦向金微山下去，才识路，又移军：化自张仲素《秋思》二首，其一：“碧窗斜日蔼深晖，愁听寒螀泪湿衣。梦里分明见关塞，不知何路向金微。”其二：“秋天一夜静无云，断续鸿声到晓闻。欲寄征衣问消息，居延城外又移军。”金微，即金微山，今天的阿尔泰山，唐贞观年间置有金微都督府。移军，军营转移。闺怨主题的唐诗常以金微代指边塞。

【赏析】 这首《唐多令》描写闺怨，属于闺怨主题中“征人思妇”的经典类型。丈夫从军远行，妻子在家中留守，这是古代社会里最常见的一种别离。从军原本有着确定的时限，但时限往往会被突破，丈夫的归期便一再被拖延下来。这首词所写的就是这样的别离，妻子年复一年地等待，却总也等不到丈夫的归来，好容易在梦里寻到丈夫所驻守的地方，却不料丈夫所在的军队已经换防到别处去了。这是非常悲情的一幕，正因为现实中频繁的换防使得丈夫久久不归，所以妻子就连在梦里也被这种情形困扰住了。

秋水　听雨

谁道破愁须仗酒[①]，酒醒后，心翻[②]碎。正香销翠被，隔帘惊听，那又是、点点丝丝和泪。忆翦烛、幽窗小憩[③]。娇梦垂成，频唤觉、一眶秋水。　依旧乱蛩声里，短檠[④]明灭，怎教人睡。想几年踪迹，过头风浪[⑤]，只消受、一段横波[⑥]花底。向拥髻[⑦]、灯前提起。甚日还来，同领略、夜雨空阶滋味[⑧]。

【笺注】　①谁道破愁须仗酒：套用赵长卿《南乡子》“谁道破愁须仗酒，君看，酒到愁多破亦难”。②翻：反而。③忆翦烛、幽窗小憩：化自李商隐《夜雨寄北》“何当更剪西窗烛，却话巴山夜雨时”。④短檠：短柄的灯。檠（qíng），灯架，烛台，引申为灯。⑤过头风浪：比喻生活不平静。⑥横波：水波闪动，比喻女子目光流盼的样子。⑦拥髻：典出《飞燕外传》附《伶玄自叙》：“以手拥髻，凄然泣下”，后指手捧发髻，话旧生哀。明代徐渭《燕子楼》有“昨泪几行因拥髻，当年一顾本倾城”。⑧夜雨空阶滋味：语出何逊《临行与故游夜别》“夜雨滴空阶，晓灯暗离室”。蒋捷《虞美人·听雨》：“而今听雨僧庐下。鬓已星星也。悲欢离合总无情。一任阶前点滴到天明。”

【赏析】　这首《秋水》是纳兰容若悼念亡妻的作品，描写自己在淅沥的雨声中止不住思念，抚不平伤心。雨声往往会使人忆旧生哀，南宋词人蒋捷的《虞美人》（少年听雨歌楼上）早已将听雨心情写到极致，成为同类诗词中最经典的一首，而容若描写听雨的心情，一方面继承了蒋捷的文学遗产，一方面另辟蹊径，将焦点集中在感情生活的往事上，在雨声的凄楚况味中加进了一点甜蜜。

虞美人

峰高独石当头起，影落双溪水。马嘶人语各西东。行到断崖无路小桥通。　　朔鸿[①]过尽归期杳，人向征鞍老。又将丝泪[②]湿斜阳。回首十三陵[③]树暮云黄。

【笺注】　①朔鸿：从北方向南飞去的大雁。②丝泪：像雨丝一样落下的眼泪。③十三陵：明代皇陵，在北京昌平天寿山一带，清代在那里建有围场。龚自珍《说天寿山》载，天寿山之名为明成祖朱棣所赐，自永乐至天启，共有十二位帝王葬在这里，故称十二陵，唯独没有景泰帝的陵墓。崇祯十五年，田妃去世，葬于天寿山西麓，崇祯十七年，崇祯帝及周后为社稷而死，昌平民人打开田妃之墓安葬崇祯帝与周后，此地便称十三陵。

【赏析】　这首《虞美人》是纳兰容若扈从康熙帝出巡，行经昌平十三陵时有感抒怀而作，抒发倦旅思归的情绪。上阕描写旅途中所见的景象，以平实的语言做客观的描写。下阕忽然睹物伤怀：看北方的大雁已尽数南归，想到远行北方的旅人却在旅途中一年年老去，不知何时才能回家，于是不禁泪湿沾襟。读者读到此处，上阕里那些原本客观存在的风物便一下子染上了主观的颜色。

又

黄昏又听城头角，病起心情恶。药炉初沸短檠青[①]，无那残香半缕恼多情。　　多情自古原多病，清镜怜清影[②]。一声弹指泪如丝[③]。央及东风休遣玉人[④]知。

【笺注】　①短檠青：灯烛发出青色的光焰。短檠：短柄的灯。②多情自古原多病二句：化自柳永词残句“多情到了多病”，张元干《十月桃》“有多情多病文园，醉里凭阑”。清镜，明镜。清影，清瘦的身影。③弹指：片刻，这里兼指顾贞观的词集《弹指词》。④玉人：风姿绰约的人。这里以“玉人”指称顾贞观。

【赏析】　这首《虞美人》是纳兰容若在病中写给好友顾贞观的，表达了对这位远方友人的无尽思念。词的上阕写自己病中孱弱的样子，因为身体孱弱，心情便尤其容易伤感。下阕解释自己患病的原因：自古以来多情者总是多病，自己之所以多病，正是因为太多情的缘故啊。病中展读顾贞观的词作，忍不住涌出泪水，生出无限的思念。纳兰容若与纳兰词“深情”的特点，在这首词里体现得淋漓尽致，“多情自古原多病”一语也传为描写深情的名句。

又　为梁汾赋

凭君料理花间课[①]，莫负当初我。眼看鸡犬上天梯[②]，黄九自招秦七共泥犁[③]。　瘦狂那似痴肥好[④]，判[⑤]任痴肥笑。笑他多病与长贫[⑥]。不及诸公衮衮[⑦]向风尘。

【笺注】　①凭君料理花间课：容若与顾贞观共同编选《今词初集》，并委托顾贞观编订自己的词集《饮水词》。料理，即安排、打理。花间，《花间集》，后蜀赵承祚编选的唐五代词集，在1900年敦煌发现《云谣集》之前，《花间集》一直是中国历史上的第一部词选。《花间集》收录了晚唐至五代十八位作家的五百首词，但不是为了传世，而是作为歌伎和伶人们的标准歌本，这就意味着词作为一种文体，在初现的时候和“言志”的诗完全不在一个层面，潜心写诗的人是受人尊重的，潜心填词的人却要被世人另眼相看。整个唐代唯一的一个潜心填词的人，就是以有才无行著称的温庭筠。他的词被大量收录在《花间集》里。清朝人相当推崇《花间集》，容若即以《花间集》为师，甚至把自己的书房命名为“花间草堂”，取意于《花间集》和南宋的《草堂诗余》。容若与顾贞观的填词主张是从花间传统而来的，只是破俗为雅，虽仍然提倡“情趣”，却主张性灵，主张填词要独出机杼、抒写性情。②眼看鸡犬上天梯：葛洪《神仙传·淮南王》载，八公取鼎煮药，使淮南王服用，于是淮南王一家将近三百多人同一天升天而去。淮南王家里的鸡犬舔舐了鼎中的仙药残渣，也一同升天而去。③黄九自招秦七共泥犁：秦七即秦观，黄九即黄庭坚。秦七婉约，黄九绮艳，故而并称。朱彝尊《百字令·酬陈维云》有“新词赠我，居然黄九秦七”，而在他那首可视为填词宣言的《解佩令·自题词集》里则道：“不师秦七，不师黄九，倚新声、玉田差近。”泥犁，佛教术语，意为地狱。佛家有一部《佛说十八泥犁经》，十八泥犁也就是俗话说的十八层地狱。到底这十八层怎么划分，佛经所说不一，有说其中一层叫做“拔舌泥犁”，如果有谁说了佛家三宝（佛、法、僧）的坏话，死后就会堕入这个拔舌泥犁；其他的口舌是非如果犯得多了，也会堕入拔舌泥犁。《苕溪渔隐丛话》引《冷斋夜话》，法云秀和尚斥责黄庭坚，说他写艳情小词撩拨世人淫念，将来要堕拔舌泥犁。填词历来被视为艳科小道，容若则明确表态，反传统而为之，甘愿在这个“艳科小道”上与顾贞观一起执着下去。④瘦狂那似痴肥好：《南史·沈昭略传》载，沈昭略为人旷达不羁，好饮酒使气，有一次遇到王约，直视他说：“你就是王约吗，怎么又痴又肥?”王约反唇相讥道：“你就是沈昭略吗，怎么又瘦又狂?”沈昭略大笑道：“瘦比肥好，狂比痴好。”这里容若以“瘦狂”比自己与顾贞观，以“痴肥”比那些“鸡犬上天梯”的人物。⑤判：拼着。⑥多病与长贫：容若与顾贞观自指。容若多病，顾贞观长贫。⑦诸公衮衮：即衮衮诸公，旧时称身居高位而无所作为的官僚。衮衮，本指大水奔流不绝、旋转翻滚的样子，同“滚滚”。

【赏析】 这首《虞美人》是纳兰容若写给好友顾贞观的。顾贞观和纳兰容若在填词上有着共同的主张和追求，创作水平也不相上下，所以常常在一起切磋词艺。这首词表达了两人共同的填词主张以及对顾贞观的惺惺相惜之感。

从当时的词坛风气来看，词时时受到诗的贬抑，以词言情尤其被保守持重的人士所鄙薄。而在纳兰容若和顾贞观的人生追求里，填词与言情不但两条全占，并且是结合在一起的。况且，当时的词坛风气也正有着向醇正清雅的“思无邪”路线上发展的趋势，拒绝性灵之词，主张儒家之词。所以，容若与顾贞观的词作如果以当时上流社会的主流眼光来看，并不可取。所以容若这首词才有一种赌气式的态度，表示你们走你们的阳关道，我们走我们的独木桥。

又

绿阴帘外梧桐影。玉虎[①]牵金井。怕听啼鴂[②]出帘迟，恰到年年今日两相思。　　凄凉满地红心草[③]，此恨谁知道。待将幽忆寄新词，分付[④]芭蕉风定月斜时。

【笺注】　①玉虎：井上的辘轳。②鴂（jué）：伯劳鸟。③红心草：沈亚之《异梦录》载，王炎梦游吴国，随侍吴王，听闻宫中出辇，说是在安葬西施。吴王悲痛不止，诏词臣来作挽歌，王炎便作了一首："西望吴王国，云书凤字牌。连江起珠帐，择水葬金钗。满地红心草，三层碧玉阶。春风无处所，凄恨不胜怀。"容若用此典，当为悼亡而作。④分付：托付。

【赏析】　这首《虞美人》是纳兰容若悼念亡妻卢氏的作品，当作于卢氏祭日。词作从窗外的景物写起：帘外晃动着梧桐树的影子，辘轳静静悬在井口。这样两个意象带出了淡淡的愁绪，而伯劳鸟的啼鸣将这愁绪更加深了几分，这一切成为词人不愿走到室外的理由。当然，这不是真正的理由，真正的理由是"恰到年年今日两相思"。一个"恰"字，仿佛只是凑巧，其实是词人故意的无意。这样的语气，比直接的宣泄反而更见悲伤。

又

风灭炉烟残灺[①]冷，相伴惟孤影。判教狼藉醉清尊[②]，为问世间醒眼是何人？　　难逢易散花间酒，饮罢空搔首。闲愁总付醉来眠，只恐醒时依旧到尊前。

【笺注】　①残灺（xiè），烧残的烛灰。②判教狼藉醉清尊：判，拼。清尊，酒樽，代指清醇的酒。

【赏析】　这首《虞美人》描写孤独中借酒浇愁的情态。首句"风灭炉烟残灺冷”，这是说风吹走最后一缕熏香，烧残的香灰已经冷却，这是客观的写实，更是对主观心绪的形容。心绪既已如此，索性借酒浇愁，但酒毕竟只能暂时麻醉自己，无法真正地化解愁怀，所以“闲愁总付醉来眠，只恐醒时依旧到尊前”，多少闲愁全靠醉酒来排遣，就怕醒来之后愁绪依然不散，还得继续靠饮酒来麻痹。词虽然短小，却写得一波三折，每一个转折都增进了一分无可奈何的情绪。

又

春情只到梨花薄[①]，片片催零落。夕阳何事近黄昏[②]，不道人间犹有未招魂。　　银笺别记当时句，密绾同心苣[③]。为伊判作[④]梦中人，长向画图清夜唤真真[⑤]。

【笺注】　①梨花薄：梨花丛生的地方。薄，《广雅》训“草丛生为薄”。②夕阳何事近黄昏：语出李商隐《乐游原》“夕阳无限好，只是近黄昏”。③同心苣（jù）：同心结的一种。④判作：拚作，甘愿作。⑤长向画图清夜唤真真：严绳孙《望江南》有“怀袖泪痕悲灼灼，画图身影唤真真”。杜荀鹤《松窗杂记》载，唐代进士赵颜在画工那里得到了一幅软幛，其上画着一位清丽绰约的女子。赵颜惊叹道：“世间不可能有这样的女子呀！若可令她获得生命，我愿意娶她为妻。”画工答道：“这幅画大为神异，画中的女子名叫真真，听说只要有人愿意连呼其名百日，昼夜不歇，她就会为精诚所感，应声作答。这个时候，只要再以百家彩灰酒灌之，真真就会走下画幅，获得生命。”赵颜依言而行，果然精诚所至，金石为开。但是，美满的婚姻生活过不多久之后，赵颜开始疑心妻子是妖，妻子便回到了画中。赵颜怅惘不已，徒唤奈何，而数月之后，软幛上突然起了变化：真真依然明艳，只是手里牵着一个男孩。

【赏析】　这首《虞美人》是纳兰容若悼念亡妻卢氏之作。词人由梨花联想到离别，由此而越发陷入伤心的情绪里不可自拔，怀念往日和妻子的种种：精美的书笺上仍然留有当时的诗句，当时结成的同心结至今也没有解开。物是人非从来是多情人最不能承受之痛，伤痛太深，便有了“长向画图清夜唤真真”的荒唐举止。若不荒唐，便不极致；若不极致，便不感人。

又

曲阑深处重相见，匀泪[1]偎人颤。凄凉别后两应同，最是不胜清怨月明中。　　半生已分孤眠过，山枕檀痕涴[2]。忆来何事最销魂。第一折枝花样[3]画罗裙。

【笺注】　①匀泪：抹泪。②山枕檀痕涴：枕头上沾湿着泪水。山枕，古代枕头多是木头或陶瓷制成，中间凹陷，两端突出，像是山的样子，故称山枕。檀痕，浅红色的痕迹，指女子泪水浸着胭脂留在枕头上的痕迹。涴（wò），浸渍。③折枝花样：一种花卉画法，不画全株，只画连枝折下的部分。

【赏析】　这首《虞美人》描写相爱与相思的深情，似是悼亡之作。词作从一次久别重逢写起，爱情本该因重逢而美满，无奈再度分别，两地相思。思念从未被时间冲淡，哪怕再也无缘见面。他永远记得她最美丽的样子，那时她穿着一件绣有花枝的罗裙。这首词从第一句开始就让人感到时间在无情地飞驰，结尾一帧静止的画面却以爱的力量止住了时间，仿佛词人从此以后的所有的岁月都活在那一帧静止的画面里了。

又

彩云易向秋空散[1]，燕子怜长叹[2]。几番离合总无因，赢得一回僝僽[3]一回亲。　　归鸿[4]旧约霜前至，可寄香笺字。不如前事不思量。且枕红蕤欹侧看斜阳[5]。

【笺注】　①彩云易向秋空散：化自白居易《简简吟》“大都好物不坚牢，彩云易散琉璃脆”。②燕子怜长叹：化自李商隐《无题》“归来展转到五更，梁间燕子闻长叹”。③僝僽（chán zhòu）：烦恼、愁苦。④归鸿：归来的大雁，因有鸿雁传书之典，故归鸿比喻回信。⑤且枕红蕤欹侧看斜阳：红蕤（ruí），红蕤枕，代指绣枕。欹（qī）侧：侧卧。

【赏析】　这首《虞美人》属于闺怨主题，描写一名女子思念着远方的恋人却猜不透对方的心思，于是只有在纠结的情绪中自我开解。词的开篇以彩云易散比喻美好的聚合不会长久，而聚少离多的恋情只让人徒增烦恼。下阕出现大雁的意象，大雁作为文学语码有两个经典涵义：一是守时，二是传书。这里以大雁的守时反衬恋人迟迟不归，以大雁的传书反衬那女子想要寄书信给恋人却不知寄往何方。于是她只有“不如前事不思量，且枕红蕤欹侧看斜阳”，索性不去想那些爱恨纠缠的往事，且倚在绣枕上看那夕阳西下。

又

银床淅沥青梧老[①]，屧粉[②]秋蛩扫。采香行处蹙连钱[③]，拾得翠翘[④]何恨不能言。　回廊一寸相思地[⑤]，落月成孤倚。背灯和月就花阴，已是十年踪迹十年心。

【笺注】　①银床淅沥青梧老：银床，《晋书》载淮南王于后园凿井，打水的瓶子为金质，井栏为银质。又有传说河滨打鱼的人网到一块石头，石头上刻诗道：“雨滴空阶晓，无心换夕香。井梧花落尽，一半在银床。”银床即井栏。②屧粉：屧（xiè），古代鞋子的木底，泛指鞋子。屧粉，女鞋里衬的香粉。③采香行处蹙（cù）连钱：采香，范成大《吴郡志·古迹》载，香山旁边有小溪，名为采香径。吴王种香于香山，使美人在溪中泛舟采香。连钱，即连钱草，常常长在路边和水边。④翠翘，女子的翠玉首饰。⑤一寸相思地：语出李商隐《无题》“春心莫共花争发，一寸相思一寸灰”。

【赏析】　这首《虞美人》应是悼亡之作。当初为了迎娶卢氏，纳兰容若特意修建了一处鸳鸯社，有曲径回廊环绕，最适合情侣在一起携手漫步。无奈幸福太短促，卢氏亡故之后，鸳鸯社的曲径回廊便一再成为他睹物思人的地方，成为纳兰词里最经常出现的地点。这首词以雨丝、井栏、梧桐、秋雨、屧粉这些意象营造出一种凄清的氛围，到结尾处才让读者知道，一个永失所爱的伤心人年复一年在这里流连不去，从不曾从忧郁与思念的情绪里摆脱出来。情深至此，让人怎不动容。

潇湘雨　送西溟归慈溪[1]

长安[2]一夜雨，便添了、几分秋色。奈此际萧条，无端又听，渭城风笛[3]。咫尺层城[4]留不住，久相忘、到此偏相忆。依依白露丹枫，渐行渐远[5]，天涯南北。　凄寂。黔娄[6]当日事，总名士、如何消得。只皂帽蹇驴[7]，西风残照，倦游[8]踪迹。廿载江南犹落拓，叹一人、知己终难觅[9]。君须爱酒能诗，鉴湖[10]无恙，一蓑一笠[11]。

【笺注】　①送西溟归慈溪：姜宸英，字西溟。姜宸英多年逗留京城以寻取功名，郁郁不得志，到七十岁时（即康熙三十六年）才考中进士，翌年充任顺天乡试副主考官，舆情论其不公，被劾下狱，待平反时已在狱中自尽。②长安：代指京城。③奈此际萧条，无端又听，渭城风笛：王维《渭城曲》“劝君更尽一杯酒，西出阳关无故人”历来传为送别的名句；郑谷《淮上与友人别》又有“数声风笛离亭晚”，容若合二者而为句。④层城：代指京城。《淮南子·地形》有“层城九重”，后以层城代指大城或京城。《世说新语·言语》载，征西大将军桓温修筑江陵城，壮丽非常。完工之后，桓温会集宾客僚属出汉江渡口眺望新城。桓温说道：“有谁能够恰当地品评这座城，我有奖赏。”顾恺之当时正是座中宾客之一，便评论道：“遥望层城，丹楼如霞。”桓温当即赏给他两个婢女。⑤渐行渐远：语出李煜《清平乐》“离恨恰如春草，渐行渐远还生”。⑥黔娄：代指贫穷而高洁的隐士。皇甫谧《高士传》载，齐人黔娄家贫而不仕，终生隐居不出，死时衾不蔽体。陶渊明《咏贫士》有“安贫守贱者，自古有黔娄。”王定保《唐摭言》卷十五载，唐开成年间，户部杨侍郎检校尚书出镇东川，其妹婿白居易戏代内子作诗祝贺兄嫂，其中有：“金花银碗饮兄用，罨画罗裙尽嫂裁。觅得黔娄为妹婿，可能空寄蜀茶来。”⑦皂帽蹇驴：皂帽，黑色的帽子。《三国志·魏志·管宁传》，载，高士管宁常戴皂帽。在诗歌套语里，皂帽隐喻了如管宁一般的高士气节，如杜甫《严中丞枉驾见过》有“扁舟不独如张翰，皂帽还应似管宁”。蹇（jiǎn）驴，跛脚的驴。据杜光庭《虬髯客传》，虬髯客便是“乘蹇驴而来”。苏轼《和子由渑池怀古》有“路长人困蹇驴嘶”。⑧倦游：这里暗示姜宸英追求功名的辛苦历程。⑨叹一人、知己终难觅：语出《三国志·虞翻传》“使天下一人知己者，足以不恨”。⑩鉴湖：在浙江绍兴，距离姜宸英的故乡慈溪不远。⑪一蓑一笠：代指隐士的生活。王质《浣溪沙》有“一蓑一笠任孤舟”。

【赏析】　这首《潇湘雨》是纳兰容若在康熙十八年（1679年）写给好友姜宸英的作品。姜宸英热衷功名但际遇坎坷，常年滞留京城。康熙十八年（1679年），姜宸英为奔母丧再度南归，这首词即写于姜宸英此次南归之前。容若以这首词劝说姜宸英，要他索性放弃对功名的追求，以风流名士的姿态终此一生。词中大量运用隐逸的典故与意象，将假想中的名人高士的生活写得相当令人神往，显然容若既同情姜宸英的遭际，又对他的热衷功名之心颇不以为然。

雨中花　送徐艺初[1]归昆山

天外孤帆云外树。看又是春随人去。水驿[2]灯昏，关城月落，不算凄凉处。　计程应惜天涯暮。打叠起[3]伤心无数。中坐波涛[4]，眼前冷暖，多少人难语。

【笺注】　①徐艺初，徐树谷，字艺初，容若座师徐乾学长子，江苏昆山人，康熙二十四年进士。②水驿：水路中的驿站。③打叠起：收拾起。④中坐波涛：即坐中波涛，语出李贺《申胡子觱篥歌》“心事如波涛，中坐时时惊”。中坐，即座中，江淹《拟颜延之侍宴》有“中坐溢朱组”。

【赏析】　这首《雨中花》是纳兰容若送别徐艺初回归故乡而作。徐艺初要从京城返回昆山故乡，所因何事已不可考，但从词意推测，他应该是在仕途上受到了打击排挤，带着满腔心事凄凉地辞别帝京。容若以词宽慰徐艺初，先是设想了旅途中的种种凄凉，然后道出旅途上的凄凉比不得心绪的凄凉，进而谴责了名利场上的波谲云诡与人情冷暖。旅途中的凄凉虽然写得具体而微，人情的凄凉虽然只给了泛泛的一笔，但读者分明已经感到了与后者相比，前者是何等的微不足道。

临江仙

丝雨如尘云着水，嫣香碎拾吴宫[①]。百花冷暖避东风。酷怜[②]娇易散，燕子学偎红。　　人说病宜随月减，恹恹[③]却与春同。可能[④]留蝶抱花丛。不成双梦影，翻笑杏梁[⑤]空。

【笺注】　①嫣香碎拾吴宫：嫣香碎拾即采香。范成大《吴郡志·古迹》载，香山旁边有小溪，名为采香径。吴王种香于香山，使美人在溪中泛舟采香。②酷怜：极怜。“酷”如“酷似”、“酷爱”之用法。③恹恹（yān）：倦怠的样子。④可能：可否能够，用法同白居易《答张籍，因以代书》“今日正闲天又暖，可能扶病暂来无”。⑤杏梁：用文杏木制成的屋梁，常作为诗歌套语用以渲染屋室的典雅华贵。王琚《美女篇》“桂楼椒阁木兰堂，绣户雕轩文杏梁”。

【赏析】　这首《临江仙》描写病中之人的伤春情态，隐隐有寂寞神伤的况味。词人从一场微雨写起，一步步写出云雾的氤氲，百花的冷意以及，燕子的依偎……一系列凄美意象的交叠烘托出伤春的情绪。伤春的慵懒似乎是因为病体未愈，但词的结尾以暗示的手法道出了真正的原委：这成双飞舞的蝴蝶仿佛在嘲笑梁上燕巢空荡，嘲笑燕子没有像它们一样双宿双栖。

又

长记碧纱窗外语，秋风吹送归鸦。片帆从此寄天涯。一灯新睡觉，思梦月初斜。　　便是欲归归未得，不如燕子还家。春云春水带轻霞。画船[①]人似月，细雨落杨花。

【笺注】　①画船：装饰华丽，绘有彩画之游船，为江南之意象。

韦庄《菩萨蛮》有“春水碧于天，画船听雨眠。”

【赏析】　这首《临江仙》描写别后相思。词人先从回忆写起：记得我们在碧纱窗外那番谈话，彼时秋风吹拂，乌鸦纷纷还巢。但这样欢聚的时光很快就被别离打断：你就这样飘然远行，给我留下无穷的思念。下阕设想对方的心情，这是别后相思主题的诗词中一种很常见的表现手法：你一定很想归来和我团聚，却无奈身不由己。词的结尾忽然一笔宕开：你的家乡风景如画，云与水都染上霞光，画船上美人如月一般妩媚，柳絮飞散，细雨飘洒。这样的结尾，不诉相思，不诉幽怨，以乐景写哀情，反而更加令人伤感。

又　塞上得家报云秋海棠开矣，赋此

六曲阑干三夜雨，倩谁护取娇慵[①]。可怜寂寞粉墙东，已分裙衩绿，犹裹泪绡红[②]。　　曾记鬓边斜落下，半床凉月惺忪[③]。旧欢[④]如在梦魂中，自然肠欲断，何必更秋风[⑤]。

【笺注】　①倩：请。娇慵：娇柔慵懒的秋海棠花。②裙衩绿：女子裙衩之绿色，比喻秋海棠的绿色花萼。衩（chà），裙子正中开衩的地方。绡（xiāo）红，女子的红色丝衣，比喻秋海棠的红花。这两句形容秋海棠经雨初开，绿萼已分，红花乍放，犹含宿雨的样子仿佛带泪一般。③下阕从“曾记”转折，由想象此刻家中初开的秋海棠想到了当年这海棠花曾经在心爱女子的鬓边落下，那时她惺忪着睡眼，倚在温凉的月光里。④旧欢：旧爱，曾经心爱的女子。欢，古时对爱人的昵称。⑤自然肠欲断，何必更秋风：秋海棠本来就是相思断肠之花，令人睹而伤怀，哪堪秋风更添凄凉。这两句暗用典故，《琅嬛记》载，曾经有一女子因为恋人的离去而伤悲，常在北墙之下哭泣，后来在泪水抛洒的地方生出了花儿，花色甚媚，犹如那女子娇艳的脸庞，叶子正面绿色，背面红色，秋天开花，名为断肠花，又名八月春，也就是今天所谓的秋海棠。赵吉士《寄园寄所寄》引程羽父《花小名》亦谓“秋海棠曰断肠花”。《冷庐杂识》录吴雪坡诗《秋海棠》有：“谁弹粉泪染猩红，蟀蟋栏边见几丛。绝色从来多晚嫁，休将迟暮怨西风。”另，冒襄《影梅庵忆语》记董小宛为自己调制饮食作料，说凡是有色有香的花蕊，都会在花儿初开时采撷浸渍，经年而香味、颜色不变，鲜艳得如同刚刚采来似的，而花汁融于液露之中，入口有奇香。味道最好的是秋海棠露，海棠并没有香味，只有这秋海棠花露凝香发。秋海棠因为俗名断肠草，人们都以为它无法食用，其实它的味道之鲜美冠绝于群花之上。容若曾向友人讨要过秋海棠的种子，在他给张纯修的一封信里这样写道："比日未奉教诲，何任思慕。前所云表贴张庆美，幸致其过荒斋。奚汇升亦遣其过我。秋色满阶，忽有迅雷，斯亦奇也，不知司天者亦有占验否？此上。不尽，不尽。九月十三日，成德顿首。《从友人乞秋葵种》一绝呈教：空庭脉脉夕阳斜，浊酒盈樽对晚鸦。添取一般秋意味，墙阴小种断肠花。"其中所谓秋葵、断肠花，皆指秋海棠。

【赏析】　纳兰容若在塞上时收到家书，因书中提及家里秋海棠已开，有感而写下这首《临江仙》。词的上阕全是容若想象的内容，想象那花开的场景，由思花而思家，由思家而思念所爱之人。"六曲阑干"点明秋海棠的所在，"三夜雨"一句既喜雨水催开花苞，又为花朵或会摧残而担忧。容若对这株秋海棠极尽描写之能事，这似乎过于小题大做了些，但这正是他的难得的多情天性所致，全部思家的忧伤就因为这一株秋海棠的盛开而一发不可收拾。

又　谢饷[①]樱桃

绿叶成阴春尽也[②]，守宫偏护星星[③]。留将颜色慰多情。分明千点泪，贮作玉壶冰[④]。　独卧文园方病渴[⑤]，强拈红豆酬卿。感卿珍重报流莺[⑥]。惜花须自爱，休只为花疼[⑦]。

【笺注】　①饷：尊长馈赠少者为饷。据《太平御览》引《唐书》，唐太宗赐樱桃给隽公，称"奉"则太尊，称"赐"则嫌卑，询问虞监，虞监答道："当初梁帝给齐巴陵王送东西，称'饷'。"太宗从之。②绿叶成阴春尽也：典出杜牧《叹花》诗："自恨寻芳到已迟，往年曾见未开时。如今风摆花狼藉，绿叶成阴子满枝。"诗有本事，据计有功《唐诗纪事》载，杜牧在湖州为僚属时遇一个垂髫少女，十四年后，杜牧作了湖州刺史，见当年少女已经嫁人生子了，便怅然为诗云云。唐人高彦休《唐阙史》载之甚详，说杜牧自恃才名，纵情声色，自称有相人的本领，听说吴兴郡有长眉纤腰似是神仙的人，便专程前去寻访。吴兴使君久仰杜牧之名，盛情款待，宴饮旬日。杜牧看过吴兴官伎，说“善则善矣，但见面不如闻名”，再看过吴兴使君私选的歌伎，说“美则美矣，但还达不到我心中的标准”。杜牧将要离去之前，使君请他随意提出要求，杜牧说：“我想乘坐彩舟游玩，让人们随意围观。”使君很高兴，准备了很华丽的彩舟供杜牧游玩，百姓们纷纷围观，两岸如堵，杜牧则随意泛舟游览，待到黄昏时分，忽然在曲岸上见到有里中妇人带着一个幼女。杜牧说：“这是奇色呀。”于是命人将她们接上彩舟，希望与之交谈。母女两人惶然畏惧，坐立不安。杜牧与那妇人约定，说自己离去之后，祈求会来此地为官，若十年之后自己没来，便由得这女孩子嫁人。杜牧赠与妇人罗缬一箧作为聘礼，写下约定，便辞别而去。杜牧回京之后，历时十四年方才出任湖州刺史，到任之后的第三天便命人搜访十四年前的那个女孩子，却发现那女孩子已经嫁人三载，儿子都生了两个。杜牧召来那女子的母亲与丈夫，丈夫怕妻子被杜牧抢走，便带了儿子一同前往。杜牧对女子的母亲道：“既然收了我的聘礼，为何食言？”那女子的母亲便取出十四年前杜牧写下的约定，说自己已经如约等了杜牧十年，等满十年之后才嫁了女儿，至今嫁了三年，生有二子。杜牧熟视旧约，知道人家并没有做错什么，便赠诗一首道：“自是寻春去较迟，不须惆怅怨芳时。狂风落尽深红色，绿树成阴子满枝。”翌日，此事便在好事者当中传了开去。容若用此典，取意“误期”，叹息自己因病而错过了廷试。“绿叶成阴”另有表层意义，启下句“守宫偏护星星”，指守宫槐浓密的枝叶护住了星星点点的樱桃。③守宫，指守宫槐，明人徐树丕《识小录》记王筠诗有“霜被守宫槐，风惊护门草”。据《尔雅·释木》及郭璞注，守宫槐的树叶颇奇特：白天聚合，到了晚上才舒展打开。故而“绿叶成阴春尽也，守宫偏护星星”的表层意思便是：春天已尽，花儿谢了果实结，绿叶成阴，浓密的枝叶护住了星星点点的樱桃。隐含之义则为误期。④分明千点泪，贮作玉壶冰：以粒粒樱桃喻点点泪水，上承“留将颜色慰多情”，从樱桃之颜色暗示“红泪”之典：王嘉《拾遗记》载，魏文帝曹丕迎娶美女薛灵芸，薛灵芸不忍远离父母，伤心欲绝，等到登车启程以后，薛灵芸仍然止不住哭泣，眼泪流在玉唾壶里，待车队到了京城，壶中已经泪凝如血。“分明千点泪，贮作玉壶冰”，以樱桃为红泪之凝结物。“玉壶冰”出自鲍照的《代白头吟》，诗中有“直如朱丝绳，清如玉壶冰”，是气节风骨之象征。之后，玉壶冰便成为了诗词中常见的一个意象，每每为诗人所吟咏，最著名者如王昌龄的“洛阳亲友如相问，一片冰心在玉壶”——此中可见“玉壶冰”的第二个含义，即对友人的剖白，又如骆宾王“离心何以赠，自有玉壶冰”。吴伟业有诗“四壁萧条酒数升，锦江新酿玉壶冰”，这里的玉壶冰是一种酒名。如此说来，“分明千点泪，贮作玉壶冰”取意便是：点点樱桃如点点泪水，这泪水积聚，情深义重，如同醇醪。⑤独卧文园方病渴：用司马相如之典。文园，司马相如曾任孝文园令，后人便以文园称之；病渴，司马相如患有消渴症，即今之糖尿病。所以，“文园多病”、“文园独卧”这些意象便常被用来形容文士落魄、病里闲居。⑥流莺：切樱桃之典，樱桃因为常被黄莺含在嘴里，故亦称含桃，李商隐《百果嘲樱桃》有“珠实虽先熟，琼莩纵早开。流莺犹故在，争得讳含来。”讥讽裴思谦巴结当权宦官仇士良强行索要状元之称，诗以“流莺”喻仇士良，以“含来”暗示裴思谦中状元完全是靠着仇士良的关节。容若这里反用其意，以仇士良对裴思谦的关照比拟老师徐乾学对自己的关照，是为“感卿珍重报流莺”，也表明了老师虽然饷樱桃以进士待己，但自己这个进士实在名不副实。⑦“惜花”两句，答谢座师徐乾学，表面上是说春日将尽，你不要只顾惜花，实则以花儿暗喻自己，是说：感谢你这般关照于我，但你也不要把心思都用在我的身上，你自己也要多多保重才好。

【赏析】　康熙十一年（1672年），纳兰容若考中顺天乡试举人；翌年二月，通过礼部会试，三月忽然患病，以至于误了廷试之期，大为抱憾。座师徐乾学赠樱桃以示宽慰，容若以这首《临江仙》作答。

樱桃有特殊的含义：唐朝起，新科进士发榜的时候也正是樱桃成熟的季节，新科进士们便形成了一种以樱桃宴客的风俗，是为樱桃宴。直到明清，风俗犹存。乾学关心容若，以樱桃相赠，取新科进士樱桃宴的风俗，有慰藉，也有勉励。容若想到师恩之拳拳，自是感动，又怕自己的事情太让老师牵挂，便也宽慰老师说："感卿珍重报流莺。惜花须自爱，休只为花疼。"句中含义是：在这个流莺婉转的季节，感谢你珍重情谊，这般关照于我。我知道你怜爱花儿，但你也不要只顾得怜爱花儿才好，你自己也要多多珍重呀！这样，"花"便是一个双关的字眼，表面上是说春日将尽，你不要只顾惜花，实则以花儿暗喻自己，是说：感谢你这般关照于我，但你也不要把心思都用在我的身上，你自己也要多多保重才好呀！以珍重之语作结，也应了题目中的"谢饷樱桃"的意思——这首词是对老师送樱桃之举的答谢，答谢之词便沾了些书信之体。

这首《临江仙》用典精深、曲折巧妙，如果不深究原委，很容易就会把它当作一首男女之间的相思文字。

又　卢龙[①]大树

雨打风吹都似此，将军一去谁怜[②]。画图曾见绿阴圆。旧时遗镞地，今日种瓜田。　　系马南枝[③]犹在否，萧萧欲下长川。九秋[④]黄叶五更烟。只应摇落[⑤]尽，不必问当年。

【笺注】　①卢龙：清直隶有卢龙县，今为河北卢龙县，在山海关西南。但诗中之卢龙未必为实指，自唐代以来，卢龙多为诗歌套语，代指北部边塞。②暗用"大树将军"之典，据《后汉书·冯异传》，冯异将军为人谦退，每逢诸将并坐论功，自己总是独坐于大树之下，故而军中称之为大树将军。③南枝：《古诗十九首·行行重行行》有"胡马依北风，越鸟巢南枝。"南枝作为诗歌套语，有怀乡之意。如刘长卿《送从弟贬袁州》(一作皇甫冉诗，题作《送从弟豫贬远州》)："何事成迁客，思归不见乡。游吴经万里，吊屈向三湘。水与荆巫接，山通鄢郢长。名羞黄绶系，身是白眉郎。独结南枝恨，应思北雁行。忧来沽楚酒，老鬓莫凝霜。"④九秋：深秋。徐坚《初学记》引梁元帝《纂要》："秋曰白藏（气白而收藏万物），亦曰收成（万物成而收敛），亦曰三秋、九秋、素秋、素商、高商。谢灵运《善哉行》："三春懊敷，九秋萧索。"⑤摇落：凋残。《楚辞·九辩》："悲哉秋之为气也，萧瑟兮草木摇落而变衰。”朱彝尊《生查子》有“摇落正逢秋，又是伤离别”。

【赏析】 这是一首塞上怀古之作，从一棵古树生出许多对历史、人生的想象与追问。这是典型的“一花一世界，一叶一乾坤”式的诗词作品，今天的读者大多是从外国诗歌中了解这种写作方式的。典型者如普希金的名诗《一朵小花》，诗人偶然翻开一本书，看到书页里夹着一朵小花，于是展开了无穷的想象：“是哪一个春天，在哪一处/它盛开的？开了多长时间？/是谁摘下了它？是陌生人还是熟人？/为什么夹在这书页中间？是为了纪念温柔的约会？/还是留作永别的珍情？/或者只是由于孤独的散步/在田野的幽寂里，在林阴？/是他还是她？还在世吗？/哪一个角落是他们的家？/啊，也许他们早已枯萎，/一如这朵不知名的小花？”对比之下，我们会发现纳兰容若早已用过这个手法，他从那一棵卢龙大树上看到的是：多少年的雨打风吹造就了大树如今的模样，自从将军离去之后，还有谁怜惜它呢？曾在画图里见过它浓密的绿荫，当年的战场如今已变成瓜田。曾系过战马的树枝如今可还在吗？落叶已然飘坠，被秋风卷向长河。五更时分，烟霭里到处飘飞深秋的黄叶，这棵大树的叶子恐怕就要落尽，不必再问当年它是什么模样。

又　寒柳

飞絮飞花何处是，层冰积雪[1]摧残。疏疏一树五更寒。爱他明月好，憔悴也相关。　　最是繁丝摇落[2]后，转教人忆春山[3]。湔裙[4]梦断续应难。西风多少恨，吹不散眉弯。

【笺注】 ①层冰积雪：语出《楚辞·招魂》“层冰峨峨，积雪千里”。联系《招魂》的上下文：“魂兮归来，北方不可以止些。层冰峨峨，积雪千里些。归来归来，不可以久兮。魂兮归来，君无上天些”，可使人对柳絮飘离柳树产生对招魂意象的联想。②摇落：凋残。《楚辞·九辩》：“悲哉秋之为气也，萧瑟兮草木摇落而变衰。”朱彝尊《生查子》有“摇落正逢秋，又是伤离别”。③春山，作为诗词中一个常见的意象，既可以实指春色中的山峦，也可以比喻为女子的眉毛，也可以用作女子的代称。“最是繁丝摇落后，转教人忆春山”，是词人由柳叶的形态联想到蛾眉的妙曼，进而联想到心爱的女子和曾经的故事。④湔（jiān）裙，洗裙。据《北齐书·窦泰传》，窦泰的母亲怀窦泰的时候，到产期而不生产，大惧。有巫师讲："渡河湔裙，产子必易。"窦母依言而行，果然顺利地生下了窦泰。词用"渡河湔裙"的典故，当是指发妻卢氏的难产。卢氏因难产而亡故，这亦呼应了上阕的招魂意象。

【赏析】 这首词虽然题为《咏柳》，实际上却是一首以柳起兴的悼亡之作，清代词论名家陈廷焯将它推举为纳兰词中的压卷之作。词中"爱他明月好，憔悴也相关"，"西风多少恨，吹不散眉弯"，都是抒发性灵的名句，非挚情挚性之奇男子无以得之。尤其"爱他明月好，憔悴也相关"两句，似在说明月无私，不论柳树是繁茂还是萧疏，都一般照耀，一般关怀。貌似在写明月，实则是词人自况：柳树就算"疏疏"，就算"憔悴"，也减不了自己一分一毫的喜爱；伊人就算永诀，也淡不去自己一分一毫的思念。

又

夜来带得些儿雪，冻云[①]一树垂垂。东风回首不胜悲。叶干丝未尽，未死只颦眉[②]。　　可忆红泥亭子[③]外，纤腰舞困因谁。如今寂寞待人归。明年依旧绿，知否系斑骓[④]。

【笺注】 ①冻云：严冬的阴云。这里是说柳枝挂着些许前夜的落雪，看上去如同片片寒云冻合。②"叶干"二句，"丝未尽"谐音"思未尽"，柳叶"未死只颦眉"之状比拟词人悲伤而心死，终日颦眉不展。③红泥亭子：即红亭，驿站的亭子，古时旅人休憩或送别之所。后蜀何光远《鉴诫录》引翊圣太妃诗有"翠驿红亭近玉京，梦魂犹自在青城"。④斑骓：杂色马，为古人习用的诗歌套语，代指游荡在外的男子。

【赏析】 这首词与上一首《临江仙·寒柳》为同时同题之作，借咏柳而悼念亡妻卢氏。在中国传统语码里，柳谐音"留"，柳枝意味着惜别。纳兰容若与妻子卢氏生死悬隔，再没有团聚的可能，惜别的忧伤便没有半点希望来缓解，心只有愈坠愈沉。词中多次出现柳枝的意象，每一次都是从不同的角度发掘出不同的含义，而所有不同的含义里又凝聚着同样的忧伤。这样的写法，使人读来有一唱三叹的感觉。

又　寄严荪友①

别后闲情何所寄，初莺早雁②相思。如今憔悴异当时。飘零心事，残月落花知。　　生小不知江上路，分明却到梁溪③。匆匆刚欲话分携。香消梦冷④，窗白一声鸡。

【笺注】　①严荪友：严绳孙（1623–1702），字荪友，号藕荡渔人，江苏无锡人，工书善画，与朱彝尊、姜宸英并称“江南三布衣”，有《秋水词》。严绳孙于康熙十八年应试博学鸿词科，授翰林院检讨之职，累官至中允，康熙二十四年四月谢病归。严绳孙于填词颇工小令，厉鹗《论词绝句》专有一首论严绳孙：“闲情何碍写云蓝，淡处翻浓我未谙。独有藕渔工小令，不教贺老占江南。”②初莺早雁：形容春去秋来，岁月流转。语出《南史·萧子显传》，萧子显曾作《自序》，有“若乃登高目极，临水送归，风动春朝，月明秋夜，早雁初莺，开花落叶，有来斯应，每不能已也”。③“生小”二句：是说词人从不曾到过江南，却在梦中分明来到了忘年好友严绳孙的家乡。生小，自小。严绳孙《浣溪沙》有“生小晕眉临却月，近来书格爱簪花”。江上路，指江南路途。梁溪，是无锡以西的一道河水，原本河道狭窄，梁朝时得到疏浚，故称梁溪。梁溪既在无锡以西，有时也被用作无锡的代称。严绳孙是无锡人，常在家乡过着隐逸的生活。④香消梦冷：熏香烧尽，美梦醒转。

【赏析】　纳兰容若与严绳孙相识于康熙十二年（1673年），结为忘年之交，这首《临江仙》就是容若寄给严绳孙表达情谊的作品。严绳孙性格随和旷达，不愿做官，只爱自由自在的隐逸生活，与容若在精神与文学趣味上极为投契。在严绳孙的《秋水集》里，也收录着同样向容若表达情谊的作品。容若在词中讲到一件离奇的事情：自己从小生长在北京，尚未去过江南，却分明在梦中来到了严荪友的家乡。阔别的好友终于聚首，但话还没来得及说，窗外鸡声报晓，惊断了这多么美好的一梦。其实空穴来风，事出有因，严绳孙是书画名家，画过不少家乡风物，而那些画作都是容若再熟悉不过的。

又　永平[1]道中

独客单衾谁念我，晓来凉雨飕飕。椷[2]书欲寄又还休。个侬[3]憔悴，禁得更添愁。　　曾记年年三月病[4]，而今病向深秋。卢龙[5]风景白人头。药炉烟里，支枕[6]听河流。

【笺注】　①永平：清代直隶之永平府，在今天山海关一带。②椷（jiān）：同“缄”。③个侬：那人。④三月病：语出韩偓《春尽日》“把酒送春惆怅在，年年三月病恹恹”，指暮春之春愁。⑤卢龙：清永平府治所所在，在今山海关西南一带，滦河流经此地。卢龙亦为诗歌套语中对北方边塞的代称。⑥支枕：将枕头竖立着倚靠。

【赏析】　康熙二十一年（1682年），三藩之乱甫定，康熙帝东巡，祭告永陵、福陵、昭陵，祀长白山，纳兰容若时为一等侍卫，扈驾随行，经过山海关一带时写下了这首思家之作。容若在词中说自己写了信想要寄出，去迟疑了许久，只因为担心收信的人在读过自己的书信之后会更添憔悴。下阕说到自己正在病中，歇宿时总要烹煮草药，夜晚失眠，倾听帐幕之外河水流动的声音。一颗细腻的心在这首词里展露无遗，而结尾“药炉烟里，支枕听河流”一语很强烈的画面感暗示出五味杂陈的思绪。

又

点滴芭蕉心欲碎[1]，声声催忆当初。欲眠还展旧时书。鸳鸯小字，犹记手生疏[2]。　　倦眼乍低缃帙[3]乱，重看一半模糊。幽窗冷雨一灯孤。料应情尽，还道有情无？

【笺注】　①点滴芭蕉心欲碎：一语双关，“心”字面上是芭蕉的心，写芭蕉在雨丝无休无止的敲击中，“心”已经快被打得碎了；“心”也是听着雨打芭蕉的词人的心，在淅沥而忧伤的点滴声中心碎。②“鸳鸯”二句：化自王彦泓《湘灵》：“戏仿曹娥把笔初，描花手法未生疏。

沉吟欲作鸳鸯字，羞被郎窥不肯书。”王诗描写一位闺中女子，她想要写些情语，却怕被爱侣看见取笑，故而几多羞涩，欲书不书。容若“鸳鸯小字，犹记手生疏”系化用王彦泓的成句，而王彦泓的原句则化自欧阳修的《南歌子》：“凤髻金泥带，龙纹玉掌梳。走来窗下笑相扶。爱道画眉深浅、入时无。　弄笔偎人久，描花试手初。等闲妨了绣功夫。笑问双鸳鸯字、怎生书。”王诗直接取自欧词的下阕，欧词描绘的也是一番闺中之乐：女子依偎着情郎，把笔管摆弄了好久却也没有写下什么，最终只是持笔笑问情郎：“双鸳鸯字、怎生书”。③缃帙（zhì）：浅黄色的书套，代指书籍。

【赏析】　这首《临江仙》是纳兰容若悼念妻子卢氏之作。上阕由雨打芭蕉而追忆当初的闺房之乐，下阕以重笔渲染思念的刻骨与绝望。词句最强调的是今昔的对比：往昔的日子是“鸳鸯小字”，是“弄笔偎人”，是你侬我侬的情意缠绵；如今却只是“幽窗冷雨一灯孤”，窗是幽窗，雨是冷雨，灯是孤灯，这一些孤独的意象都只因为往昔的生活永远无法追回。“料应情尽，还道有情无”是一个重锤式的煞尾，我们仿佛听到词人心底的追问：这么多年过去了，情再深也应该淡了、尽了，但在这个雨打芭蕉的夜晚，为什么我还会想起你来，为什么我还会泪流满面？

鬓云松令

枕函香，花径漏[①]。依约相逢，絮语黄昏后。时节薄寒人病酒。刬地[②]东风，彻夜梨花瘦。　掩银屏，垂翠袖。何处吹箫，脉脉情微逗。肠断月明红豆蔻[③]。月似当初，人似当初否？

【笺注】　①“枕函”二句：古代陶瓷枕或木枕中空如函，可做成抽屉，存放贴身物件，是为枕函，可代指枕头。漏，泄露，这里指春光泄露，杜甫《腊日》有“侵脸雪色还萱草，漏泄春光有柳条”。②刬(chǎn)地：一味地，一概地。③红豆蔻：宋代范成大《桂海虞衡志》载，红豆蔻的花朵当中，每蕊心有两瓣相并，词人视之如比目鱼、连理枝，寄寓相思之情。屈大均《广东新语》载，高良姜其根为姜，其子为红豆蔻，根与子皆可食用。所谓“蔻”，扬雄《方言》载“凡物盛多谓之蔻。”高良姜的子外形如红豆而丛生，故名红豆蔻。其花亦名红豆蔻，开于春末，先抽一茎，有大箨包裹。箨解则花见，一穗能开数十蕊，淡红色，鲜艳如桃杏。花蕊若重，则下垂如葡萄。每个蕊心有两瓣相并，颜色为红白相间。予有诗云：“心如红豆蔻，两瓣苦相连。”又云：“与郎同一身，如彼豆蔻蕊。蕊心红复红，两瓣相依倚。”红豆蔻又名山姜花，刘禹锡有诗云：“故人博罗尉，遗我山姜花。堆盘多不识，绮席乃增华。”

【赏析】　这首《鬓云松令》描写一名女子在恋爱中的相思。上阕描写一对有情人在春光中的相逢，在开满鲜花的小径上如何度过了喁喁私语的时光。词人忽然笔锋一转，描写起一个似乎与主题无关的细节：刮起了东风，不知这一夜会吹落多少梨花？这既是写实，也是暗示了这段爱情的结局：下阕顺理成章地描写那名女子在与恋人分别之后的苦苦相思，结句“月似当初，人似当初否”是词中的名句，有双重含义：一是说时光荏苒，相思的人也许因为憔悴而容颜不复往日；二是说时光荏苒，心上人一直杳无音信，不知道他是否已经变心。亦真亦幻、顾此言彼的含蓄之美是这首词最显著的艺术特点。

又　咏浴

鬓云松[①]，红玉莹[②]。早月多情，送过梨花影。半晌斜钗慵未整。晕入轻潮，刚爱微风醒。　露华[③]清，人语静。怕被郎窥，移却青鸾镜[④]。罗袜凌波[⑤]波不定。小扇单衣，可耐星前冷。

【笺注】　①鬓云松：女子发髻松散，形容女子初醒之时的慵懒样子，是诗词习见意象，如秦观《河传》“鬓云松、罗袜刬”。鬓云，如云的鬓发。②红玉莹：形容女子肌肤如红玉一般晶莹。柳永《红窗听》有“如削肌肤红玉莹”，张先《归朝欢》有“粉落轻妆红玉莹”。③露华：形容清冷的月光。杜牧《寝夜》：“露华惊敝褐，灯影挂尘冠。”④青鸾镜：镜子。据《艺文类聚》卷九十引南朝梁范泰《鸾鸟诗序》，宾王于峻祁之山捕获了一只鸾鸟，大加珍爱，但一连三年，鸾鸟不发一声。夫人说道："听说鸟儿见到同类就会鸣叫，何不悬挂明镜使它看见自己的倒影呢？"宾王依言安排，鸾鸟看见镜子里的倒影，顿时发出悲鸣，声音响彻云霄，振翅而死，后来人们便以青鸾代指镜子。⑤语出曹植《洛神赋》："凌波微步，罗袜生尘。"此词吟咏女子沐浴的情景，以罗袜代指女子之足，以凌波形容女子踏入沐浴之水。

【赏析】 这首《鬓云松令》吟咏女子入浴与出浴的模样，写足了小夫妻之间的浪漫情趣。上阕描写女子发髻松散，肌肤莹润，一副慵懒模样，在月光下，在梨花的影子里，在微风的天气里，她的脸颊泛着红晕，满是娇羞。下阕加重笔墨写她的娇羞情态，尤其是她入浴怕被爱人窥见而特地移走镜子的细节。于是不待明讲，读者便已经能够体会到那名女子在恋爱中的喜悦与羞涩了。

于中好

独背斜阳上小楼，谁家玉笛韵偏幽。一行白雁[①]遥天暮，几点黄花满地秋。 惊节序，叹沉浮。秾华[②]如梦水东流。人间所事[③]堪惆怅，莫向横塘[④]问旧游。

【笺注】 ①白雁：比大雁体形略小，羽毛纯白。唐代李建勋《白雁》有"东溪一白雁，毛羽何皎洁"。沈括《梦溪笔谈》卷二十二载，北方有白雁，似雁而小，白色，秋深时便会飞来。因为白雁一到则霜降，所以河北人谓之"霜信"。②秾华：这里比喻过去的美丽时光。语出《诗经·召南·何彼秾矣》："何彼秾矣，唐棣之华。"③所事：此事，即指"惊节序，叹沉浮，秾华如梦水东流"所谓的时光荏苒、青春易去之事。④横塘，南京和苏州都有横塘，此处或泛指江南。

【赏析】 这首《于中好》是纳兰容若秋日登高怀念南方友人之作。词作脉络分明，一开始给我们展现出词人在夕阳下登楼远眺的画面，不知何处传来的笛声仿佛是给这幅画面配上的画外音。接下来描写登楼所见：一行白雁在高空飞翔，菊花盛开，遍地秋意温柔。有所见，便有所感，下阕开始生发感怀：季节变化的迅速令人惊叹，同样叫人惊叹的是无法逆料的人生沉浮。盛夏繁花如梦一般随水东流，繁华易散、好景无常，这最是让人烦忧。就不要向江南探问旧日好友的近况了吧，只怕那消息更让人忧愁。

又

雁帖寒云次第飞[1]。向南犹自怨归迟。谁能瘦马关山道，又到西风扑鬓时。　人杳杳，思依依，更无芳树有乌啼。凭将扫黛[2]窗前月，持向今宵照别离。

【笺注】　①帖：紧挨着。李钟《过梅里七首·家于无锡四十载，今敝庐数堵犹存，今列题于后·上家山》有“噪鸦啼树远，行雁帖云齐”，杜荀鹤《隽阳道中》有“四五朵山妆雨色，两三行雁帖云秋”。次第：依次。②扫黛：描眉，李商隐《相和歌辞·江南曲》有“扫黛开宫额，裁裙约楚腰”。元人陶宗仪《南村辍耕录》录邵清溪咏眉之词有“扫黛嫌浓，涂铅讶浅，能画张郎不自由”。“扫黛”亦可作女子之代称，如陆游《次李季章哭夫人韵》有“遥知最是伤心处，衫袂犹沾扫黛痕”，以“扫黛”代指妻子。

【赏析】　这是一篇相思之作，但格调上不是缠绵婉转的相思，而是萧瑟清冷的相思。词在一开始便点明离群与思家的含义，纳兰容若当时远行塞外，思家的心情越来越深沉。下阕转换到了被思念者的视角，继续堆积伤感的意象：人，不是亲近，而是杳杳；思，不是欢快，而是依依；景物，没有漂亮的树，只有难听的乌鸦声。下阕和上阕就这样构成了一个对应结构：上阕是征人，下阕是思妇；上阕是征人的归家路，下阕是思妇的遥相思。到了最后两句，容若以同一个月亮将征人和思妇从遥远的两地牵连起来：今宵这同一个月亮，照在思妇的窗前，也照在征人的路上。两处望月，一念相思。这首小词，手法向称巧妙，层层递进翻转，最后以月牵和，相思深处，婉转动人。

又

别绪如丝睡不成[①]。那堪孤枕梦边城[②]。因听紫塞[③]三更雨，却忆红楼半夜灯。　　书郑重，恨分明[④]。天将愁味酿多情。起来呵手封题[⑤]处，偏到鸳鸯两字冰。

【笺注】　①别绪如丝睡不成，化自梅尧臣《送仲连》“别绪如丝乱”。②梦边城：谓梦于边城，而非梦见边城。③紫塞：即边塞，语出鲍照《芜城赋》：“北走紫塞雁门。”紫塞原本应该实有其地，就在雁门关附近，但后来便被诗人们用来泛指边塞了。雁门关曾经是边塞之地，但在容若所处的时代，实际意义上的雁门、紫塞都已经算是内地了。崔豹《古今注》谓，边塞之所以成为紫塞，因为秦朝筑长城土色发紫，汉代关塞亦然。虞世南《琵琶赋》有“悲紫塞之昭君，泣乌孙之公主”。④书郑重，恨分明：化用李商隐《无题》“锦长书郑重，眉细恨分明”。恨，即爱，如李白《怨情》所谓“美人卷珠帘，深坐颦蛾眉。但见泪痕湿，不知心恨谁”。⑤封题，古代书札封口处的签押。

【赏析】　这首《于中好》是纳兰容若塞上思家之作。“因听紫塞三更雨，却忆红楼半夜灯”是极出色的对仗，上联雄浑，下联温柔，既是实景与想象的对仗，也让读者想到这是男人对女人的思念。结尾颇具匠心：“起来呵手封题处，偏到鸳鸯两字冰”，以一个小细节、小动作作为收尾，愈显巧妙。封题，是古代书札封口处的签押。词人辗转反侧，终于还是按捺不住思念，起来写信，写好后，因为天冷，所以呵着手给信笺签押，偏偏签押到鸳鸯两字的时候毛笔的笔尖被冻住了。无尽的暗示，无尽的想象。

又

谁道阴山[①]行路难。风毛雨血万人谨[②]。松梢露点霑鹰绁[③]，芦叶溪深没马鞍。　　依树歇，映林看。黄羊高宴簇金盘[④]。萧萧一夕霜风紧，却拥貂裘怨早寒。

【笺注】 ①阴山：《史记·秦始皇本纪》："自榆中并河以东，属之阴山。"汉代与匈奴对峙，阴山以南为汉之河套，阴山以北为匈奴纵横之大漠，故阴山可为边塞之代称，王昌龄《出塞》有"但使龙城飞将在，不教胡马度阴山。"另据郑侨生《遵化州志》卷二："景忠山，州东六十里，旧名阴山"，康熙帝于康熙十七年九月、十月巡行至遵化、景忠山一带，与此词情境相合。②"阴山"二句，化自李白《上皇西巡南京歌》十首之四"谁道君王行路难，六龙西幸万人讙"，谓君王巡行边塞荒蛮之地仍不觉行路之难，万众为之欢腾。风毛雨血，语出班固《两都赋》"风毛雨血，洒野蔽天"，描写打猎时毛羽杂下如雨的场面。讙（huān），喧哗。③绁（xiè）：绳索。鹰绁，牵鹰所用的绳索。④黄羊高宴簇金盘：黄羊，古时塞外常见之野羊，明人金幼孜《北征录》记载明成祖朱棣出塞北征蒙古，便有明成祖猎黄羊、赐食黄羊的记载。《北史》亦载"辽雅里一日射黄羊四十，狼二十一"。容若同时人王士祯《居易录》记载京城筵席推崇异味，王士祯于酒席中戏占绝句云："滦鲫黄羊满玉盘，莱鸡紫蟹等闲看。不如随分闲茶饭，春韭秋菘未是难。"可见黄羊对于京城人士来说属于异味，平日很难吃到。清人方式济《龙沙纪略》载北地贡物，谓以貂与珠为最贵，猎来的黄羊、野彘、雉鹿亦宜为贡物。金盘，北方民族之器皿，形状如盆，内中贮酒，众人围聚以荻管吸饮，称琐力麻酒。簇，谓围聚。

【赏析】 纳兰容若容若扈从康熙帝塞上行猎，以这首《于中好》描绘盛大的行猎场面。万众欢腾的气氛看来真的使略带忧郁气质的容若受到一些感染，使他以欢快的笔调描绘盛大的宴席上大家围着金盘欢饮的样子。结尾处忽然讲到一夜秋风带来萧萧寒意，熟悉纳兰词的读者会以为情绪到此会出现一个逆转，但容若这一次竟然把欢愉进行到底了。

又

小构园林①寂不哗。疏篱曲径仿山家②。昼长吟罢风流子③，

忽听楸枰响碧纱[4]。　　添竹石，伴烟霞。拟凭尊酒慰年华。休嗟髀里今生肉，努力春来自种花[5]。

【笺注】　①小构园林：指园林规格不大。②山家：山野人家。③风流子：词牌名。这里特定用《风流子》这个词牌，一是取其字面之义，显示“小构园林”生活的风流快乐，二是以词牌名代指诗词，指于此处和朋友们联诗填词的生活。④楸（qiū）枰：棋盘。古时候的棋盘多用楸木所制，所以称之为楸枰。碧纱：碧纱窗。楸枰与碧纱都是诗词当中常用的意象，这里是说：到了晚上，从外面可以听到碧纱窗里边棋子落于楸枰的响声。⑤“休嗟”二句：《三国志·蜀志·先主传》裴松之注引《九州春秋》载，刘备于荆州依附刘表的时候，一次如厕，见到髀肉复生，慨然流涕。回到座位之后，刘表怪而相询，刘备道：“我常常身不离鞍，所以髀肉尽消，如今很久没再骑马，髀肉便长了出来。由此想到岁月飞驰，老年将至，而功业尚未建立，故而悲从中来。”髀（bì），大腿。

【赏析】　纳兰容若曾于自家宅邸中构筑茅屋以待好友顾贞观归来，茅屋题名花间草堂，或简称草堂，名取义于两部传统词集《花间集》和《草堂诗余》。草堂落成于康熙十七年（1678年）之前，容若有《满江红·茅屋新成却赋》记载其事，而这首《于中好》也是为草堂而写的作品。词作描绘了词人理想中的隐逸生活：竹篱、小径、饮酒、下棋，最重要的是与知心好友一起吟诗作对。这首词虽然明快，读起来却有点令人伤心，我们会不由想到以纳兰容若所拥有的一切，要达成这样一点小小的梦想竟然也是艰难的。

又　十月初四夜风雨，其明日是亡妇生辰

尘满疏帘[1]素带飘。真成暗度可怜宵。几回偷拭青衫泪，忽傍犀奁见翠翘[2]。　　惟有恨，转无聊。五更依旧落花朝。衰杨叶尽丝难尽[3]，冷雨凄风打画桥。

【笺注】　①疏帘：编织稀疏的竹制的窗帘。②犀奁：以犀角制作饰物的妆奁。翠翘：古代女子之首饰，即翡翠翘头。③衰杨叶尽丝难尽：

杨，即杨柳。丝难尽：柳叶落尽之后柳丝仍在，谐音“思难尽”。

【赏析】　这首《于中好》是纳兰容若悼亡作品中的名篇。十月初五是容若妻子卢氏的生日，而写这首词的时间正是初四的晚上，词人的哀怨是：等到明天天亮，本该是个欢乐的庆典，这欢乐却已经永远地随妻子而去了。上阕描写睹物思人的凄楚，下阕描写夜不能寐，转眼已是五更天，马上就要天亮了。“落花朝”即落花时节的早晨。十月初五不是落花时节，五月才是。卢氏之死正在五月。容若由妻子的生辰想到忌日，“依旧”二字无限悲伤：说到底，妻子也不可能死而复生，失去的便永远也回不来了，以后的每一天都是一个落花朝呀。

又

冷露无声夜欲阑①。栖鸦不定朔风②寒。生憎画鼓楼头急③，不放征人梦里还。　秋澹澹，月弯弯。无人起向月中看④。明朝匹马相思处，如隔千山与万山⑤。

【笺注】　①冷露无声夜欲阑：语出王建《十五夜望月寄杜郎中》“中庭地白树栖鸦，冷露无声湿桂花”。阑，残，将尽。②朔风：北风。③生憎画鼓楼头急：生憎，最恨。画鼓，宋人吴自牧《梦粱录》记载南宋都城临安风貌，谓丽正门外设有警夜守鼓的卫士，名为武严兵士，有二百只画鼓、画角，其角皆束有彩帛，如同小旗一般。兵士皆戴小帽、黄绣抹额、黄绣宽衫、青窄衬衫，于申时及三更时吹角击鼓。每一次先吹角二声，然后有一名军校手执一根软藤条号令击鼓。这根藤条上上系着朱拂子，众鼓手看着拂子的指挥来击鼓，随其高低，以拂子应其鼓声高下。皇帝宿太庙、宿郊坛青城行宫，都以此来警夜戒严。容若身为侍卫，常常扈从在外，少不得诸般警场经历。“画鼓楼头急”的现实与“征人梦里还”的心曲正是这首词里最纠结痛楚的地方。④无人起向月中看：语出卢纶《裴给事宅白牡丹》（一作裴潾诗）“别有玉盘承露冷，无人起就月中看”。⑤如隔千山与万山：语出岑参《原头送范侍御（得山字）》“别君只有相思梦，遮莫千山与万山”，李嘉祐《夜宴南陵留别》“预愁明日相思处，匹马千山与万山”，高衢《和三乡诗》“南北千山与万山，轩车谁不思乡关”。

【赏析】　这首《于中好》是纳兰容若塞上思家之作。容若从小醉心于儒家文化，追求的是从进士到文官的仕途，但血统与身份注定他只能从侍卫入仕。侍卫生涯虽然受尽旁人艳羡，但对于一个有士大夫情怀的年轻人而言，琐碎到简直难以忍受，甚至还有一点屈辱感。所以每次扈从帝驾远行时，容若总会满腹牢骚，思家不已。这首《于中好》所散发的正是这样的牢骚气息，呈现给我们一个倦怠于公务却格外恋家的男人的惆怅样子。

又　送梁汾南还，为题小影[①]

握手[②]西风泪不干。年来多在别离间。遥知独听灯前雨，转忆同看雪后山[③]。　凭寄语，劝加餐[④]。桂花时节约重还。分明小像沉香缕[⑤]，一片伤心欲画难[⑥]。

【笺注】　①梁汾：顾贞观，字华峰（一作华封），号梁汾，无锡人，康熙五年举顺天乡试，擢内国史院典籍，康熙十年退归乡里，康熙十五年再度进京，结识容若，著有《积书岩集》及《弹指词》。小影，即容若画像。这幅小影后来被顾贞观收藏在了无锡惠山贯华阁，在道光年间毁于火灾。②握手：古时的握手并非社交礼节，而多是离别与重聚时的真情流露的动作。《资治通鉴》卷四十一载，马援与公孙述本是同乡，关系甚好，及至公孙述雄霸一方，马援前去拜访，以为见面之后“当握手欢如平生”。张说《南中别王陵成崇》有“握手与君别，歧路赠一言”，徐坚《送考功武员外学士使嵩山置舍利塔歌》有“共握手而相顾，各衔凄而黯然”。③“遥知”二句：前一句是虚拟未来，后一句是回忆过去——我在京城，遥想你独对孤灯，凄凉听雨，忽然回想起当初我们一同雪后看山的快乐日子。“独听灯前雨”，化自唐代司空曙《喜外弟卢纶见宿》当中的名句“雨中黄叶树，灯下白头人”。④凭寄语，劝加餐：化自王彦泓《满江红》“欲寄语，加餐饭。难嘱咐，鱼和雁”，源出《古诗十九首》“长跪读素书，其中意何如：上言加餐饭，下言长相忆”，“思君令人老，岁月忽已晚。弃捐勿复道，努力加餐饭。”⑤沉香缕：沉香（沉水香）的烟缕。明代杨慎《词品·心字香》转述南宋范成大《骖鸾录》：番禺人用半开的素馨茉莉装在洁净的容器里，以沉香木的薄片层层相间，然后密封起来，每天不等花蔫就用新鲜的茉莉花全部换过一遍，待花期过后，心香这才熏成。小像即小影，这里指容若赠与顾贞观的画像。沉香被用作画像之典源于一个误读：李贺《答赠》有“沉香熏小像，杨柳伴啼鸦”，这个“小像”本是“小象”（elephant），即象形薰炉，非指肖像。但讹误已久，也就约定俗成地成了典故。⑥一片伤心欲画难：化自唐代高蟾《金陵晚望》“一片伤心画不成”。何物可入画，何物无法入画，这是一个古老的诗歌主题。高蟾这首《金陵晚望》是夜晚眺望金陵这座六朝金粉地，兴起沧桑兴废之慨叹：“曾伴浮云归晚翠，犹陪落日泛秋声。世间无限丹青手，一片伤心画不成。”是说金陵之地，风景可以画得出，但历史的苍凉兴废任再好的丹青国手也是画不出的。饶有趣味的是，后来真有人画了一组金陵兴废图，偏偏画的就是高蟾所谓“一片伤心画不成”的“伤心”，于是韦庄为这组图题了一首诗，题为《金陵图》，直接反驳高蟾说：“谁谓伤心画不成，画人心逐世人情。君看六幅南朝事，老木寒云满故城。”唐彦谦《秋晚高楼》则同于高蟾的论调：“松拂疏窗竹映阑，素琴幽怨不成弹。清宵霁极云离岫，紫禁风高露满盘。晚蝶飘零惊宿雨，暮鸦凌乱报秋寒。高楼暝目归鸿远，始信嵇康欲画难。”

【赏析】 康熙十七年（1678年）正月十七日，顾贞观离京南还无锡，临行前纳兰容若以“小影”（即容若画像）相赠，这首《于中好》即为题画之作，并为顾贞观送行。纳兰容若曾镌有一方“自伤情多”的闲章，他的多情不仅对妻子，也对朋友，尤其是对顾贞观这样志同道合的知心朋友。所以在送别顾贞观的时候，容若劈头就说“握手西风泪不干”，我们非但不觉得这有任何小儿女临歧之态，反而会由衷动容。接下来的文字，有对聚少离多的遗憾，有对共同回忆的缅怀，有劝友人多加保重的叮咛，有对下一场会面的约定，仿佛有无穷无尽的内容被压缩在这短短的一首词里。这种感觉，正如词的结尾所说的“一片伤心欲画难”，无论画还是词，都无法说尽此刻的心情。

南乡子　捣衣[1]

鸳瓦[2]已新霜。欲寄寒衣转自伤。见说征夫容易瘦，端相[3]。梦里回时仔细量。　　支枕[4]怯空房。且拭清砧就月光[5]。已是深秋兼独夜，凄凉。月到西南更断肠[6]。

【笺注】　①捣衣：捣衣是古代诗歌的常见主题，秦汉以来，士兵的武器装备和粮食一般由政府统一供应，衣服则多属自备，所以每当秋风起时，家人就要准备好换季的衣服寄到前线，所以每年秋季都是女子捣衣的时间，这正是李白《子夜吴歌》之三所描写的："长安一片月，万户捣衣声。秋风吹不尽，总是玉关情。何日平胡虏，良人罢远征。"衣服之所以要"捣"，是与其质地有关。今人对"布"的概念主要是棉布，是从棉花纺织而成的，而追溯到古代，植棉业直到宋代才开始发展起来，棉布衣服的流行要到元代才有。在此之前，棉花罕见而珍贵，海南黎族甚至把棉布当做贡品献给汉武帝。在棉花大行其道之前，中国最主要的纺织原料是葛、麻和丝，那时候人们说的"布"主要就是指葛织品。葛是在山里野生的，此即《诗经·周南·葛覃》所谓"葛之覃兮，施于中谷，维叶莫莫"，要把它割下来用水煮才能织成布，此即《葛覃》之"是刈是濩，为絺为绤"。精加工的葛布为絺，粗加工的葛布为绤，因为吸汗透气，很适合夏天贴身来穿，类似于今天的纯棉内衣。孔子就是这么穿的——《论语·先进》有"当暑，袗絺绤，必表而出之"，这就是说孔子一到夏天就穿上絺和绤的衣服，但这是内衣，不能穿出去见人，所以外出时还得再罩一件单衣。《诗经·邶风·绿衣》还有"絺兮绤兮，凄其以风"，这是说絺和绤的衣服都很单薄，天冷之后就没法御寒了。葛布和麻布不如棉布柔软，也不平整，所以穿起来并不舒服，也不便裁剪，这才需要在穿之前用杵捣得柔软、平整。衣物平放在砧板上，用杵反复捣击，于是每逢入秋，凡有征人在外者，家家户户都开始捣衣，满城砧声一片。②鸳瓦：鸳鸯瓦，一种成双成对的瓦。白居易《长恨歌》有"鸳鸯瓦冷霜华重，翡翠衾寒谁与共"。顾贞观《青玉案》有"自古有情终不化。青娥冢上，东风野火，烧出鸳鸯瓦”。③端相（xiāng）：端详。④支枕：将枕头竖立着倚靠。⑤且拭清砧就月光：捣衣需用砧，以杵在砧上捣击。捣衣多在月夜，砧上洒满月光，故称清砧。⑥月到西南更断肠：捣衣古题，征人多指北方戍边的戍卒，这里所谓“西南”，当为“三藩之乱”而发。容若另有七言绝句《记征人语》十三首，可参看。

【赏析】　这首《于中好》描写征人思妇的诗歌古题，大约为三藩之乱而作。词的上阕描写妻子在家中留守，在天气转冷之前做好冬衣准备寄给远戍在外的丈夫。表现天气寒冷，容若特意用“鸳瓦已新霜”的说法，用“鸳瓦”暗示夫妻成双的意思，而鸳瓦上的新霜则暗示出命运的寒意压在这一对夫妻身上。传统的诗歌语言总是富于暗示色彩的，我们对每一个看似写实的意象都不能轻易放过。下阕强化妻子空房独守的寂寞，虽然月光如此美好，她却无法在这月光下与丈夫团聚，而只能趁着月光连夜捣衣。这不是具体的某一对小夫妻的伤别，而是自古以来所有平民夫妇的共有之痛。

又　为亡妇题照

泪咽却无声。只向从前悔薄情。凭仗丹青重省识[①]，盈盈。一片伤心画不成[②]。　别语忒[③]分明。午夜鹣鹣[④]梦早醒。卿自早醒侬自梦，更更[⑤]。泣尽风檐夜雨铃[⑥]。

【笺注】　①凭仗丹青重省识：凭仗，凭借。丹青，绘画，这里指亡妻卢氏的画像。省（xǐng）识，这里指看画，杜甫《咏怀古迹》有“画图省识春风面”。②一片伤心画不成：套用高蝉《金陵晚望》“世间无限丹青手，一片伤心画不成”。参见《于中好·送梁汾南还，为题小影》（握手西风泪不干）注⑥。③忒（tuī）：太，过于。④鹣鹣（jiān）：即比翼鸟。⑤更更：一更又一更，谓彻夜难眠。⑥泣尽风檐夜雨铃：化自李商隐《二月二日》“新滩莫悟游人意，更作风檐夜雨声”。

【赏析】　这首《南乡子》是纳兰容若悼念亡妻卢氏之作，题写于卢氏画像。面对画像，思念最是止不住的，妻子临终的话语清晰地复现在耳边。好容易睡了片刻，画中人成为梦中人，但梦过早地醒来，伤心的情绪在瞬间便压倒了一切。最深情的笔墨，是从“午夜鹣鹣梦早醒”转换到“卿自早醒侬自梦”，当梦中人随着梦醒而消失的时刻，词人的感触是：人生也是一场大梦啊，你已经醒了，我却仍然困在这大梦里。何者是梦，何者是醒，何者是生，何者是死，何者是困扰，何者是解脱，忽然间颠倒了过来。这样无理的说辞，是用情至深的人所特有的逻辑。

又

飞絮晚悠飏[①]。斜日波纹映画梁。刺绣女儿楼上立，柔肠。爱看晴丝[②]百尺长。　　风定却闻香。吹落残红在绣床。休堕玉钗惊比翼，双双。共唼[③]苹花绿满塘。

【笺注】　①飞絮晚悠飏：化自曾觌（dí）《诉衷情》“几番梦回枕上，飞絮恨悠扬”。②晴丝：柳丝，谐音“情思”。赵文《瑞鹤仙·刘氏园西湖柳》有“绿杨深似雨，西湖上、旧日晴丝恨缕，风流似张绪”。③唼（shà）：水鸟或鱼吃食。《楚辞·九辩》有“凫雁皆唼夫粱藻兮”。

【赏析】　这首《南乡子》描写闺怨，却不同于一般闺怨主题的诗词：它在表面上看不出半点凄风苦雨的气息，反而悠扬明快，只有在细细体会之下，才能读出词中所隐藏的思念与忧伤。词的关键就在最后三句：伫立楼头的女子啊，千万小心不要把你的玉钗掉进楼下的池塘里，因为鸳鸯正在那里成双成对地享受着恩爱，可不要惊动了它们啊！词写到这里戛然而止，而那名女子的孤单与幽怨也就在鸳鸯的反衬之下跃然纸上了。

又　柳沟[①]晓发

灯影伴鸣梭[②]。织女依然怨隔河。曙色远连山色起，青螺[③]。回首微茫忆翠蛾[④]。　　凄切客中过。料抵秋闺一半多[⑤]。一世疏狂应为着，横波[⑥]。作个鸳鸯消得么？

【笺注】　①柳沟：在今北京延庆八达岭北，清代为宣化府延庆州四座关口之一。②鸣梭：鸣响的梭子，代指织布。③青螺：喻山，语出刘禹锡《望洞庭》“遥望洞庭山水翠，白银盘里一青螺”，也是女子发型的一种，即青螺髻。④翠蛾：美丽的眉毛，代指美女。白居易《杂曲歌辞》有“正抽碧线绣红罗，忽听黄莺敛翠蛾”。词中是由横卧的远山联想到所思女子的蛾眉（女子眉样有所谓远山眉，专仿远山横卧之像）。⑤“凄切”二句：谓年来多在客旅之中度过，与闺中女子聚少离多。⑥横波：比喻女子眼波流转，代指美女。

【赏析】 这首《南乡子》描写夫妻之间的思念。妻子在家中挑灯织布，丈夫在远方的山路上晓行夜宿，两人像牛郎、织女一样彼此深深地思念着。处于深深思念中的人，无论看到什么都会联想到自己所思念的人，当丈夫看山色如青螺一般，一如女子乌黑的发髻，不由得勾起思绪万千。回首远望，在微茫曙色里思念家中的妻子。这是一个跨度太大的联想，只有在情深时才会显得合理，也正因为这个缘故，这样的联想才尤其见出了深情。

又

何处淬吴钩①？一片城荒枕碧流。曾是当年龙战②地，飕飕。塞草霜风满地秋。 霸业等闲休。跃马横戈总白头。莫把韶华轻换了，封侯。多少英雄只废丘③。

【笺注】 ①吴钩：古吴地以铸剑知名，后人以吴钩泛指精良的刀剑。②龙战：语出《周易·坤》上六爻辞“龙战于野，其血玄黄”，后以比喻群雄逐鹿。胡曾《题周瑜将军庙》有“共说生前国步难，山川龙战血漫漫”，《咏史诗·荥阳》有“当时天下方龙战，谁为将军作诔文”，徐仲雅《赠齐己》有“血泼乾坤龙战时”。③废丘：地名，周代名为犬丘，懿王建都于此，秦欲废之，故名废丘。秦楚之际，项羽封秦朝降将章邯为雍王，建都废丘，其后刘邦出汉中与项羽争天下，引水灌废丘，迫使章邯自杀，废丘随后被更名为槐里。胡曾《咏史诗·废丘山》有“此水虽非禹凿开，废丘山下重萦回。莫言只解东流去，曾使章邯自杀来”，《咏史诗·咸阳》有“一朝阎乐统群凶，二世朝廷扫地空。唯有渭川流不尽，至今犹绕望夷宫”，容若词中亦是以名将章邯的遭遇说明“莫把韶华轻换了，封侯”。

【赏析】 这首《南乡子》是塞上古战场怀古之作，表现了现实眼光与历史眼光的差别。人们在日常生活中总是使用现实眼光，所以会尤其在意那些和自己的切身利益息息相关的事情，然而，当我们换上历史的眼光，纵览千年岁月，就会发现就连那些被当事人不惜以性命相争的东西其实也是微不足道的，有多少英雄人物真的为自己博来了幸福呢？

又

烟暖雨初收。落尽繁花小院幽。摘得一双红豆子，低头。说着分携[1]泪暗流。 人去似春休。卮酒曾将酹石尤[2]。别自有人桃叶渡[3]，扁舟。一种烟波各自愁。

【笺注】 ①分携：分离。携，背离，离散，《左传·僖公七年》：“招携以礼，怀远以德。”②卮（zhī）：古代一种圆形盛酒器，容量大约四升。酹（lèi）：把酒倾倒在地，表示祭奠或立誓。石尤：石尤风，逆风。明代詹詹外史《情史》引《江湖纪闻》讲述石尤风的来历，说传闻有石氏女子嫁入尤家，夫妻感情甚好，丈夫不听石氏劝阻，执意远行经商，结果一去不归，石氏思念成疾，一病而亡，临死之前长叹道：“只恨当初没拦住他，以至于此。从此凡有商旅远行，我当兴起大风，为天下的女人拦阻她们的丈夫。”后来人们便把行船遇到的打头风称为石尤风。此女子以丈夫之姓为名，故称石尤。近来有人自称有奇术，说是只要有人给他一百钱，他就可以止住石尤风。有人当真给了他钱，风果然止住了。后来有人说，所谓奇术，不过是秘密写下“我为石娘唤尤郎归也，须放我舟行”十四个字，沉入水中。朱彝尊《酷相思·阻风湖口》有“向晚来、石尤君莫渡。大姑也、留人住。小姑也、留人住”。③桃叶渡：王献之曾在南京秦淮河渡口送别爱妾桃叶，以歌声相赠，后人便把这里称作桃叶渡。

【赏析】 这首《南乡子》描写情人分别的情态。上阕描写别离时的场面：烟霭暖融融，雨刚停歇，小院里繁花落尽，一片清幽。摘得一双象征相思的红豆，微微低头。说起分离时候的情景，止不住暗自泪流。下阕描写别离后的愁苦：恋人离去，那感受如同春天结束了。也曾对天祈祷恋人一路顺风，向地洒酒。看别的爱侣欢快地渡河相聚，而茫茫烟波却将我们悬隔两地，任我们各自感伤哀愁。整首词里，愁苦的气息不但贯穿始终，而且愈演愈烈。词的意象以烟霭开始，以烟霭结束，仿佛笼罩着永不消散的愁云惨雾。

鹊桥仙

月华如水，波纹似练，几簇淡烟衰柳。塞鸿一夜尽南飞，谁与问、倚楼人瘦。　　韵拈风絮[1]，录成金石[2]，不是舞裙歌袖。从前负尽扫眉才[3]，又担阁[4]、镜囊重绣[5]。

【笺注】　①韵拈风絮：《晋书·列女传》载，王凝之的妻子谢道韫聪慧有才辩，曾在一次阖家赏雪的时候，叔父谢安问说这雪与何物相似，谢安哥哥的儿子谢朗比之作向天撒盐，谢道韫答道：未若柳絮因风起。②录成金石：赵明诚、李清照夫妇各擅文采，爱好金石古玩，赵明诚撰有《金石录》，李清照为之作序，其《金石录后序》记有，自己长于记诵，夫妻二人每每饭后烹茶对坐，指着一室书卷，说某事在某书某卷、第几页、第几行，以此角逐胜负，确定饮茶次序。说中之后，每每举杯大笑，以至于茶水倾在怀里，反而不得先饮。③从前负尽扫眉才：唐代才女薛涛居于成都浣花溪，诗人王建为之赋诗有“万里桥边女校书，枇杷花里闭门居。扫眉才子知多少，管领春风总不如。”薛涛是歌伎身份，王建诗中的“女校书”、“扫眉才子”便被后人多用来指称风月场中的才女，如储福宗《百媚娘·梅仙校书将有所适，赋赠》“谁道此花轻嫁”云云，所谓“梅仙校书”即一位名叫梅仙的歌女。④担阁：耽搁。⑤镜囊重绣：王建《镜听词》记一女子以镜子占卜丈夫的归期，许愿说若丈夫能在三天之内归来，必定重磨镜面，重绣镜囊。镜囊，古时女子携带贴身梳妆镜的袋子。

【赏析】　这首《鹊桥仙》赞美并思念一名歌女，很有可能是纳兰容若为沈宛而作的。词的上阕渲染出略带忧伤色彩的风物，最后烘托出一名神情憔悴、倚楼远眺的女子。下阕称道她的才华与名声，解释了她的憔悴是因为对丈夫的思念所致。

踏莎行

春水鸭头[①]，春山鹦觜[②]。烟丝无力风斜倚。百花时节好逢迎[③]，可怜人掩屏山[④]睡。　　密语移灯，闲情枕臂。从教[⑤]酝酿孤眠味。春鸿不解讳相思，映窗书破人人字[⑥]。

【笺注】　①春水鸭头：诗词习见的比喻，形容春水碧绿，色如鸭头。刘禹锡《杂曲歌辞·浪淘沙》有“汴水东流虎眼文，清淮晓色鸭头春”，李白《杂歌谣辞·襄阳歌》有“遥看汉水鸭头绿，恰似葡萄初酦醅”，白居易《新春江次》有“鸭头新绿水，雁齿小红桥”。②春山鹦觜：春山花开，如鹦嘴的颜色。觜（zuǐ），鸟喙。③逢迎：交往。古语用“逢迎”多无贬义，如孟浩然《美人分香》“春风狭斜道，含笑待逢迎”，储光羲《田家杂兴》“孺人喜逢迎，稚子解趋走”。④屏山：一种屏风，放在枕头附近，睡觉的时候挡风用。⑤从教：任凭、听凭。⑥“春鸿”二句：谓女子正自相思难耐，大雁却不知避讳，偏偏从窗前飞过，排成人字之形，仿佛提醒着对远人的思念。人人，对亲昵之人的昵称，如柳永《女冠子》“想佳期、容易成辜负。共人人、同上画楼斟香醑（xǔ）”，无名氏《绿头鸭》“有个人人，玉肌偏似，移我常封金尊”。

【赏析】　这首《踏莎行》描写闺怨。闺怨主题往往是从春色写起的，春色撩人，撩动起无数的相思。这首词也不例外，将一个美丽的踏青时节展现出来，随即将视线投向了不和谐的一幕：那女子只是掩着屏风，迟迟不肯起床。她对踏青意兴寡淡，是因为不能像旁人一样成双成对，只有在孤枕上回味过去的柔情蜜意了。词的结尾用到闺怨主题惯有的反衬法：可恨大雁不知避忌，偏偏从窗前飞过，排成人字形，故意撩拨她那颗相思难捱的心。

又 寄见阳[①]

倚柳题笺，当花侧帽[②]。赏心应比驱驰好。错教双鬓受东风，看吹绿影[③]成丝早。　　金殿寒鸦，玉阶春草。就中冷暖和谁道？小楼明月镇长[④]闲，人生何事缁尘老[⑤]。

【笺注】　①见阳：张纯修，字子敏，号见阳，容若好友。②“倚柳”二句，写风流俊赏之态。侧帽，据《周书·独孤信传》，独孤信在秦州时，一次外出打猎，日暮时分方才驰马入城，不经意间帽子略略歪斜，至第二天，吏员凡戴帽之人皆因钦慕独孤信而把帽子微侧。容若甚爱此典，以独孤信自比，刊刻的第一部词集便题为《侧帽词》。③绿影：绿发，乌黑的头发。绿，乌黑色。杜牧《阿房宫赋》有“绿云扰扰”。④镇长，经常。⑤缁尘：黑色尘土，比喻世俗的污垢，语出谢朓《酬王晋安》有“谁能久京洛，缁尘染素衣”。

【赏析】　这首《鹊桥仙》是纳兰容若写来寄给好友张纯修的作品，内容是抱怨公职生活的烦闷无聊，向往着吟诗作赋、自由自在的日子。容若向往的是酒朋诗友、吟风弄月的生活，却不得不在侍卫职务中消磨岁月，烦闷的情绪一年胜过一年。如词中所谓，前者是“赏心”，后者是“驱驰”，孰优孰劣一望可知。而这受尽驱驰的日子，是“金殿寒鸦，玉阶春草。就中冷暖和谁道”，在金銮殿值夜，看皇宫的台阶上生出春草，这其中的辛酸甘苦又能向谁倾诉呢？在旁人看来只有光鲜，而在当事人的感受里，真是如鱼饮水，冷暖自知。

剪湘云　送友

险韵[①]慵拈，新声醉倚[②]。尽历遍情场，懊恼曾记。不道当时肠断事，还较而今得意。向西风、约略数年华，旧心情灰矣。

正是冷雨秋槐，鬓丝憔悴。又领略、愁中送客滋味。密约重逢知甚日，看取青衫和泪。梦天涯、绕遍尽由人，只尊前迢递[3]。

【笺注】 ①险韵：韵字生僻难押的诗韵。②新声醉倚：填词又称倚声，依词牌曲调而填词，所谓新声，是指新创制的词牌。此《翦湘云》即为顾贞观自创词牌。③迢递：遥远。

【赏析】 《翦湘云》是顾贞观自创的词牌。这首《翦湘云》题为“送友”，很有可能是纳兰容若特意选择这个词牌来送别顾贞观。词的开头谈到“险韵慵拈，新声醉倚”，慵懒地拣选韵字生僻难押的诗韵，醉中创制新的词牌，这很符合容若与顾贞观一同研讨填词的场面。“看取青衫和泪”一句也很切合顾贞观的身世：青衫是低级官员的专用服色，顾贞观仕途偃蹇，沉沦下僚，又有过遭谗被贬的经历。词句将惜别之情写得格外动人，结尾是警语：“梦天涯、绕遍尽由人，只尊前迢递”，大意是说：在梦中行遍天涯是如此容易，而在这持酒伤怀的别离时刻，我们面对面却已觉遥远。

鹊桥仙　七夕

乞巧楼[1]空，影娥池[2]冷，佳节只供愁叹。丁宁休曝旧罗衣[3]，忆素手、为予缝绽。　　莲粉飘红，菱丝翳碧，仰见明星空烂。亲持钿合[4]梦中来，信天上、人间非幻。

【笺注】 ①乞巧楼：孟元老《东京梦华录》载，每到七月初六、初七的晚上，豪贵之家多会在庭院中搭建彩楼，谓之乞巧楼。据《荆楚岁时记》，每逢七夕，妇女们结彩缕、穿七孔针，在庭院里陈列瓜果向织女乞巧。②影娥池：《三辅黄图·未央宫》载，汉武帝开凿影娥池以赏月。③丁宁休曝旧罗衣：《初学记》引崔寔《四民月令》载，七月七日曝晒经书和衣裳，使之免遭蠹虫的损坏。④钿合：钿盒，放置钗钿的盒子。陈鸿《长恨歌传》载，唐明皇在和杨玉环的定情之夜曾送她金钗钿合。及至马嵬坡事件之后，有一位来自蜀中的道士知道唐明皇思念杨贵妃，用方术寻访杨贵妃的魂魄。已在天界的杨贵妃取出当年定情的金钗钿合，分作两半，把其中一半委托道士交给唐明皇。

【赏析】 这首《鹊桥仙》是纳兰容若悼亡词中的名篇，作于康熙十七年（1678年）或十八年（1679年）七夕。七夕本是一个欢愉的日子，但对于永失所爱的词人，这个七夕却只有凄凉，处处泛着寒意。婢女遵照风俗，将词人的衣裳拿出来曝晒，词人却忽然睹物思人，想到妻子生前亲自为自己缝补过这件衣服，于是悲从中来，不可断绝。情绪很快从绝望转换到不切实际的希望：他望着璀璨的天河，那是今夕鹊桥将要架设的所在，仙境一定是真实存在的，自己和妻子也一定会有像牛郎、织女一样相会的时候。

御带花　重九①夜

晚秋却胜春天好，情在冷香②深处。朱楼六扇小屏山③，寂寞几分尘土。虬尾④烟销，人梦觉、碎虫零杵⑤。便强说欢娱，总是无憀⑥心绪。　　转忆当年，消受尽皓腕红萸，嫣然一顾⑦。如今何事，向禅榻茶烟⑧，怕歌愁舞。玉粟寒生⑨，且领略、月明清露。叹此际凄凉，何必更满城风雨⑩。

【笺注】　①重九：重阳节在九月九日，故称重九。②冷香：秋冬时节的花香，如菊香、梅香。③六扇小屏山：六折屏风。④虬尾：有虬尾造型的熏炉。虬（qiú），古代传说中的有角的龙。⑤碎虫零杵：稀疏的秋虫鸣声与捣衣的杵声。⑥无憀（liáo）：无聊。⑦“转忆”三句：回想当年重阳佳节有美丽的女子陪伴在身边。皓腕，洁白润滑的手腕，代指美女。红萸（yú），茱萸，民俗于重阳之日以茱萸插鬓。《敬业堂诗集·熊质均年伯五十寿》有“半百韶华九九辰（重阳前一日），红萸黄菊一番新”，《诚斋集》有“少阳拜赐太阳旁，黄菊红萸满寿觞”。⑧禅榻茶烟：语出杜牧《题禅院》“今日鬓丝禅榻畔，茶烟轻飏落花风”，李中《访龙光智谦上人》“竹影摇禅榻，茶烟上毳（cuì）袍”。⑨玉粟寒生：王夫之《捣练子·咏霜》有“忍得寒生玉粟肥”。玉粟：皮肤因受寒而泛起的粟米状颗粒，俗称鸡皮疙瘩。⑩满城风雨：潘大临诗《残句》“满城风雨近重阳”。

【赏析】　这首词貌似描写重阳节里的无聊情绪，实则是一首悼亡作品。上阕描写重阳佳节风光大好，秋光胜过春光，但词人偏偏最能注意到捣衣的杵声与稀疏的虫鸣——两者都是诗词语码里的经典意象，前者暗示了相思，后者暗示了愁绪。词人只是强作欢颜来应付这节日的喜庆气氛，但思绪早已转入了对妻子的深深回忆里。词的结尾，“叹此际凄凉，何必更满城风雨”，这是对唐人名句“满城风雨近重阳”的翻案：凄凉况味任是风和日丽的光景也消解不得，哪还需要风雨的催发呢？

疏影　芭蕉

湘帘[①]卷处。甚离披[②]翠影，绕檐遮住。小立吹裙[③]，曾伴春慵[④]，掩映绣床金缕。芳心一束浑难展，清泪裹、隔年愁聚[⑤]。更夜深、细听空阶雨滴，梦回无据。　正是秋来寂寞，偏声声点点，助人离绪[⑥]。缬被[⑦]初寒，宿酒[⑧]全醒，搅碎乱蛩双杵[⑨]。西风落尽庭梧叶，还剩得、绿阴如许。想玉人、和露折来，曾写断肠诗句[⑩]。

【笺注】　①湘帘：用湘妃竹（即斑竹）编织的帘子。②离披：轻轻摇荡的样子。③小立吹裙：站立片时，风吹起了裙带。语出李端《拜新月》：“开帘见新月，便即下阶拜。细语人不闻，北风吹裙带。”④春慵：春天的慵懒情绪。⑤“芳心”三句：写雨打芭蕉之态。芭蕉重重卷束，是谓“芳心一束浑难展”，在雨水点滴之下，仿佛包裹着太多的愁绪，是谓“清泪裹、隔年愁聚”。⑥“正是”三句：语出朱淑真《闷怀》：“芭蕉叶上梧桐雨，点点声声有断肠。”⑦缬（xié）被：染有花纹的丝被。⑧宿酒：隔夜仍使人醉而不醒的酒力。⑨乱蛩双杵：蛩鸣声和捣衣声。双杵：杨慎《丹铅录》载，古人捣衣，两名女子对立执杵，如同舂米，曾见六朝人所画的捣衣图，图上就是这个样子。严绳孙《南乡子·捣衣》有“条脱旋宽双杵重”。⑩曾写断肠诗句：古人有芭蕉叶上题诗之俗，如张仁宝《题芭蕉叶上》：“寒食家家尽禁烟，野棠风坠小花钿。如今空有孤魂梦，半在嘉陵半锦川。”司空图《狂题十八首》之十：“雨洗芭蕉叶上诗，独来凭槛晚晴时。故园虽恨风荷腻，新句闲题亦满池。”韦应物《闲居寄诸弟》：“秋草生庭白露时，故园诸弟益相思。尽日高斋无一事，芭蕉叶上独题诗。”

【赏析】　这首词步韵赓和朱彝尊《疏影·芭蕉》，是纳兰容若的早期作品，还有点亦步亦趋、为赋新词强说愁的稚嫩感。芭蕉作为一个经典的诗词语码，历来都有两个牢固的意象：一是“雨打芭蕉”，或是因为芭蕉宽大的叶子最容易凸显出雨水的声音，若是骤雨，那声音便急促而难捱，若是疏雨，那声音便淅沥而忧伤，所以有“疏雨听芭蕉，梦魂遥”，有“深院锁黄昏，阵阵芭蕉雨”，有“点点不离杨柳外，声声只在芭蕉里，也不管、滴破故乡心，愁人耳”；二是卷心芭蕉，芭蕉的叶子是聚拢在一起的，随着渐渐成熟而渐渐舒展开来，正像愁人心绪的舒与卷，所以有“芭蕉不展丁香结，同向春风各自愁”。所以诗词吟咏芭蕉，一般都会抓住这两点来做发挥。纳兰容若这首词也不例外，先将芭蕉比喻为亭亭玉立的少女，由芳心重重似束的少女联系到芭蕉叶重重卷束的样子；继而写雨打芭蕉，极力描绘寒冷与萧瑟的感觉。

添字采桑子

闲愁似与斜阳约，红点苍苔。蛱蝶[①]飞回。又是梧桐新绿影，上阶来。　天涯望处音尘断，花谢花开。懊恼离怀。空压钿筐金缕绣，合欢鞋[②]。

【笺注】　①蛱（jiá）蝶：蝴蝶的一种，翅膀呈赤黄色，有黑色纹饰，诗词中多用来泛指蝴蝶。②空压钿筐金缕绣，合欢鞋：倒装句，意为金缕所绣之合欢鞋空压钿筐。压：搁置，用法如积压之压。钿（diàn）筐：针线笸箩。合欢鞋：或指绣有合欢图案的鞋子，或指一种特殊工艺制成的鞋子——将两只鞋子的鞋帮对齐并贴紧，把贴紧的两个鞋帮当做一个鞋帮来绣图案，绣好之后，用刀子从两个鞋帮的间隙处裁断，两个鞋帮上就会呈现出相同的图案。顾贞观《临江仙·四月八日》有“碧霞幡底，添对合欢鞋”。

【赏析】　这首词属于闺怨主题，描写一名女子年复一年地思念着远方的情人，却始终等不到他的归来。词的上阕用各种意象渲染所谓闲愁，对这闲愁之所以产生的缘故却刻意避而不谈，仿佛闲愁真的仅仅是闲愁而已。下阕忽然道出“天涯望处音尘断”，揭示出她心痛的根由。结尾“空压钿筐金缕绣，合欢鞋”是闺怨诗词的经典手法，用成双成对的事物来反衬主人公的孤单。

望江南　宿双林禅院[①]有感

挑灯坐，坐久忆年时[②]。薄雾笼花娇欲泣，夜深微月下杨枝。催道太眠迟。　憔悴去，此恨有谁知。天上人间俱怅望，经声佛火两凄迷。未梦已先疑。

【笺注】　①康熙十六年（1677年）五月三十日，容若之妻卢氏去世，灵柩暂停于双林禅院。双林禅院位于北京阜成门外二里沟，今紫竹院公园一带，建于明万历四年，毁于清末。②年时：去年。

【赏析】　这首词是纳兰容若悼念亡妻卢氏之作。卢氏亡于康熙十六年（1677年）五月三十日，据叶舒崇《皇清纳腊室卢氏墓志铭》，卢氏下葬之期为康熙十七年（1678年）七月二十八日。这首词当作于卢氏去世至下葬之间，其时灵柩暂时被安置在双林禅院。纳兰容若常常在双林禅院陪伴着妻子的灵柩，迟迟不忍将灵柩入土。写这首词的时候正是初秋时分，容若在禅院中挑灯独坐，夜不能寐，向妻子的亡灵倾诉无尽的思念，并幻想妻子也正在天上深情地张望着自己。

木兰花慢　立秋夜雨，送梁汾南行

盼银河迢递[①]，惊入夜、转清商[②]。乍西园蝴蝶，轻翻麝粉，暗惹蜂黄[③]。炎凉。等闲瞥眼，甚丝丝、点点搅柔肠。应是登临[④]送客，别离滋味重尝。　疑将[⑤]。水墨画疏窗。孤影淡潇湘。倩[⑥]一叶高梧，半条残烛，做尽商量。荷裳[⑦]。被风暗翦，问今宵、谁与盖鸳鸯[8]。从此羁愁万叠，梦回分付啼螀[9]。

【笺注】 ①盼：看。迢递：高远。②清商：原指中国古典音乐之商调，古人以音调与季节相配，认为商调属秋，所以清商亦被作为秋风秋雨的声音，如刘禹锡《聚蚊谣》“清商一来秋日晓”。③“乍西园”三句：麝粉，即蝶粉，蝴蝶翅膀上的粉。蜂黄，蜜蜂身上的黄色。麝粉、蜂黄都可以指女子的梳妆，但这里用其本意。④登临：登山临水，语出《楚辞·九辩》“憭慄兮若在远行，登山临水兮送将归”。⑤疑将：“将”是语助词，用在动词后面，表示动作、行为的趋向或进行。如白居易《卖炭翁》“宫使驱将惜不得”。⑥倩：请，借助。⑦荷裳（cháng）：荷叶。⑧盖鸳鸯：为咏荷叶之典故，出自郑谷《莲叶》“多谢浣溪人不折，雨中留得盖鸳鸯”，又见史达祖《点绛唇·六月十四日夜，与社友泛湖过西陵桥，已子夜矣》“多少荷花，不盖鸳鸯冷”。⑨啼螀（jiāng）：寒蝉，是蝉的一种，体形较小，墨色，有黄绿色的斑点，秋天鸣叫。

【赏析】 纳兰容若曾应顾贞观之请托，营救因蒙冤流放于宁古塔的江南才子吴兆骞。时至康熙二十年（1681年），吴兆骞即将南归，年内将至北京（吴兆骞七月获赦，十月到京）。顾贞观本拟与吴兆骞在北京相会，却因母丧而南返无锡老家，容若作此词相送。写词的时候正值秋风秋雨，容若便从丝丝秋雨写出了丝丝愁绪，笔笔不离风雨，风物中的所有意象都染上了浓浓了离愁别绪。

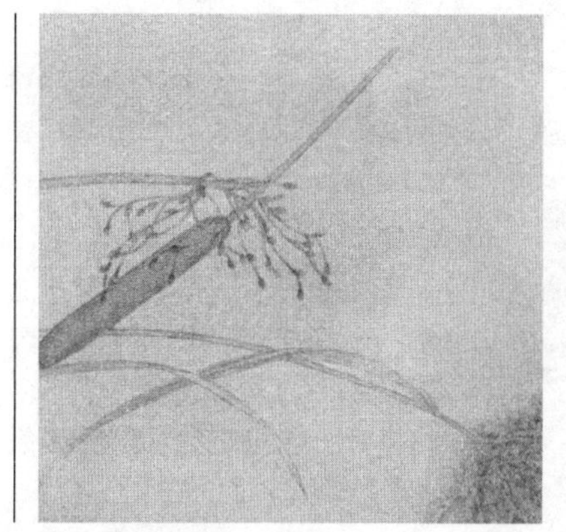

卷四

百字令 废园有感

片红飞减[①]，甚东风不语、只催漂泊。石上胭脂[②]花上露，谁与画眉商略[③]。碧甃瓶沉[④]，紫钱钗掩[⑤]，雀踏金铃索[⑥]。韶华如梦，为寻好梦担阁[⑦]。 又是金粉空梁，定巢燕子，一口香泥落[⑧]。欲写华笺凭寄与，多少心情难托。梅豆[⑨]圆时，柳棉飘处，失记当初约。斜阳冉冉，断魂分付残角。

【笺注】 ①片红飞减：语出杜甫《曲江》二首之一“一片花飞减却春，风飘万点正愁人”。②石上胭脂：比喻落花。③商略：商量。画眉：画眉鸟。④碧甃瓶沉：即瓶沉于碧甃。甃（zhòu）：井壁。瓶：富贵之家汲井所用的银瓶。王昌龄《行路难》有“双丝作绠系银瓶，百尺寒泉辘轳上。悬丝一绝不可望，似妾倾心在君掌”，刘复《夏日》有“银瓶绠转桐花井，沉水烟销金博山”，武元衡《行路难》有“君不见道傍废井傍开花，原是昔年骄贵家。几度美人来照影，濯纤笑引银瓶绠”，白居易《井底引银瓶》有“井底引银瓶，银瓶欲上丝绳绝”。⑤紫钱钗掩：倒装句，即紫钱掩钗。紫钱，即苔藓。李贺《过华清宫》有“云生朱络暗，石断紫钱斜”，曹棨《兰陵王·雨中登龟谿乾元寺阁赋》有“但蝶粉香渍，燕泥芹冷，紫钱芳晕翳宝瑟”。⑥金铃索：护花铃所系的绳索。《开元天宝遗事》载，唐代天宝年间，每到春天，宁王就派人在花园里系上红丝，密密地缀上铃铛，系在花梢上，以惊吓鸟雀。⑦担阁：耽搁。⑧“又是”三句：化用薛道衡《昔昔盐》“空梁落燕泥”。⑨梅豆：梅子。欧阳修《渔家傲》有“叶间梅子青如豆”。

【赏析】 纳兰容若经过一处废弃的园林，有所感而写下这首《百字令》，词中弥漫着因相思而生的愁绪。上阕着力描写园林中的荒芜景象，渐次经营出一种萧瑟的氛围。下阕由景入情，倾诉相思，使眼中景与景中人交叠在一起，景物染上了人的相思色彩，人仿佛与这座废园一样在荒芜中静静走向毁灭。整首词的气息，从浅浅的悲伤渐渐转为浓烈的悲痛。

又 宿汉儿村[①]

无情野火，趁西风烧遍、天涯芳草。榆塞[②]重来冰雪里，冷入鬓丝吹老。牧马长嘶，征笳乱动，并入愁怀抱[③]。定知今夕，庾郎瘦损多少[④]。 便是脑满肠肥，尚难消受，此荒烟落照。何况文园憔悴后，非复酒垆风调[⑤]。回乐峰寒，受降城远[⑥]，梦向家山绕。茫茫百感，凭高惟有清啸。

【笺注】 ①汉儿村：今河北省迁文县境内，又作汉儿庄、汉儿城，地近遵化孝陵（清顺治帝陵墓），容若扈从康熙帝多次经过此地。②榆塞：可实指山海关，亦可泛指边塞。山海关古名榆关，明代改称山海关。另据《汉书·韩安国传》，蒙恬攻打胡人，辟地数千里，以黄河为边界，累石为城，树榆为塞。后人因此以榆塞泛称边塞，如骆宾王《送郑少府入辽共赋侠客远从戎》有“边烽警榆塞，侠客度桑干”。另据杨宾《柳边纪略》载，古来边塞多种榆树，故称榆关，今（清代）辽东皆插柳为边，高者三四尺，低者一二尺，在外沿挖掘壕沟，称为柳条边，也叫条子边。③“牧马”三句：语出李陵《答苏武书》“胡笳互动，牧马悲鸣”。④庾郎：即南朝梁代的诗人庾信。庾信出使西魏，未及回国而梁为西魏所灭，于是留在西魏，后来又出仕北周，常常愁思故国，暮年时作《愁赋》《伤心赋》等以抒发愁怀。本句是诗人以庾信自比。⑤文园：司马相如曾任孝文园令，后人便以文园称之。“文园多病”、“文园独卧”这些意象便常被用来形容文士落魄、病里闲居。酒垆风调，指司马相如与卓文君当垆卖酒之事。⑥回乐峰，受降城：泛指边塞。回乐峰：原名回乐烽，唐代回乐县烽火台，在今宁夏灵武境内。受降城：唐代北御突厥的要塞，分为三段，在今内蒙古黄河沿岸。唐代李益《夜上受降城闻笛》：“回乐峰前沙似雪，受降城外月如霜。”

【赏析】 纳兰容若扈从康熙帝北行祭祖，途经汉儿村，写下这首《百字令》抒发旅途中的愁怀。在纳兰容若的感受里，家永远是温暖的，是无时无刻渴望回去的地方；江南是美丽的，是他所倾心的汉文化中心，是太多知交好友们生于斯、长于斯的所在；而北方塞上永远是荒凉难耐的，是若非侍卫职责的逼迫，他断然不愿意再踏上一次的地方。所以容若每到塞上，词作里总是充满思家的情绪。这首词虽然在读者看来写出了北国风光的雄浑之美，但是对于词人本人，这一切描写只是为了烘托“梦向家山绕”这一句词眼而已。

又

绿杨飞絮，叹沉沉院落，春归何许[①]。尽日缁尘吹绮陌[②]，迷却梦游归路。世事悠悠，生涯未是，醉眼斜阳暮。伤心怕问，断魂何处金鼓[③]。 夜来月色如银，和衣独拥，花影疏窗度。脉脉此情谁得识，又道故人别去。细数落花，更阑未睡[④]，别是闲情绪。闻余长叹，西廊惟有鹦鹉。

【笺注】 ①何许：何处。②缁尘：黑色尘土，比喻世俗的污垢，语出谢朓《酬王晋安》有“谁能久京洛，缁尘染素衣”。绮陌：绮丽的街道。③金鼓：原指四金六鼓，四金即錞、镯、铙、铎，六鼓即雷鼓、灵鼓、路鼓、鼖鼓、鼛鼓、晋鼓。后来金鼓泛指金属打击乐器和鼓，或用于军旅，或用于仪仗。金鼓亦是钲的别名。《汉书·司马相如传》有“摐（chuāng）金鼓，吹鸣籁”。颜师古注：“金鼓谓钲也。”王先谦《汉书补注》：“钲，铙也。其形似鼓，故名金鼓。”④细数落花，更阑未睡：语出王安石《北山》“细数落花因坐久”。更阑：更残，即更声将尽，天色渐明。

【赏析】 这首词描写伤春的情绪，表达出词人对侍卫生涯的厌倦以及友人离去之后的孤独。上阕从柳絮漫天飞舞写起，一来以茫茫的柳絮暗示出茫茫的愁绪，二来从柳絮飘飞追问春归何处，隐含的追问是：自己的人生应该向着哪个方向。迷茫的感觉就这样被烘托出来，于是直言“伤心怕问，断魂何处金鼓”，这是说自己最怕听到金鼓的声音，无法摆脱烦冗的扈从生涯，令人忧心与痛楚。下阕描写夜晚无眠，披衣而起，在月色中哀叹友人离去，没有知音可以听自己倾诉心曲，只有鹦鹉陪伴着自己。鹦鹉作为诗词语码，往往用来衬托寂寞。因为鹦鹉虽然会说人言，但并不能和人真正地沟通。

又

人生能几，总不如休惹、情条恨叶[①]。刚是尊前同一笑[②]，又到别离时节。灯灺挑残，炉烟爇尽[③]，无语空凝咽[④]。一天凉露，芳魂此夜偷接[⑤]。 怕见人去楼空，柳枝无恙，犹埽[⑥]窗间月。无分暗香深处住，悔把兰襟亲结[⑦]。尚暖檀痕[⑧]，犹寒翠影，触绪添悲切。愁多成病，此愁知向谁说。

【笺注】 ①情条恨叶：语出洪瑹《水龙吟·追和晁次膺》“念平生多少，情条恨叶，镇长使、芳心困”。“人生”三句，是说人生苦短，不如避开种种的感情纠葛。②刚是尊前同一笑：化自王彦泓《续游十二首》“又到尊前一笑同”。③灯灺挑残，炉烟爇尽：灺（xiè），未烧尽的蜡烛。爇（ruò），烧。容若《四时无题诗》有：“解尽馀酲（chéng）爇尽香，雨声虫语两凄凉。如何刚报新秋节，便觉清宵分外长。”④无语空凝咽：化自柳永《雨霖铃》“执手相看泪眼，竟无语凝噎”。⑤偷接：偷偷地会合。⑥埽（sào）：遮挡。⑦兰襟亲结：结兰襟比喻结为知己。兰襟，芬芳的衣襟。⑧檀痕：浅红色的痕迹，多指女子泪水浸着胭脂留在枕头上的痕迹。

【赏析】 这首《百字令》描写词人与红颜知己分别后的忧伤与无奈。

词作以一种貌似豁达的人生哲学起始：人生苦短，不如避开种种的感情纠葛，莫要徒添烦恼。而之所以会得出这样的人生哲学，是因为经常出现这样的事情：刚刚还一起饮酒，一起欢笑，转眼却又分别。但是，明明只有重情重义的人才会如此伤离伤别，而对于重情重义的人来说，这样的人生哲学只能嘴上说说而已，内心是无论如何也信守不来的。于是只有沉浸在伤感的情绪里，回忆种种过往，设想种种可能，想要忘却，却到处都能看到思念之人留下的痕迹。结尾处“愁多成病”这四个字，用在纳兰容若身上半点都不显得夸张。

沁园春　代悼亡[1]

梦冷蘅芜，却望姗姗，是耶非耶[2]。怅兰膏渍粉[3]，尚留犀合[4]；金泥蹙绣[5]，空掩蝉纱[6]。影弱难持，缘深暂隔[7]，只当离愁滞海涯。归来也，趁星前月底，魂在梨花。　　鸾胶纵续琵琶[8]。问可及、当年萼绿华[9]。但无端摧折，恶经风浪；不如零落，判[10]委尘沙。最忆相看，娇讹道字，手翦银灯自泼茶[11]。令已矣，便帐中重见，那似伊家[12]。

【笺注】　①代悼亡：是清代词坛的一种风气，代别人写悼亡诗，为别人家的丧事抒发哀痛之情。如此写法，自然很难情真意切，尤可笑者如陈维崧的一首《菩萨蛮》，词谓“悼亡才写菖蒲幅，定情又索销魂曲”，词前小序谓阎牛叟夫人已逝，刚为他作完悼亡词，便要写这首《菩萨蛮》来为他新纳的姬人催妆。容若之词素来情真意切，格调高标，纵在那个代人悼亡已成玩笑的时代亦终于不曾流俗。②梦冷蘅芜：王嘉《拾遗记》载，李夫人死后，汉武帝思念不已，一次梦到李夫人赠给自己蘅芜之香，惊醒之后，香气犹在衣枕之间，几个月过去也不见消散。蘅芜，本是香草的名字。却望姗姗，是耶非耶：《汉书·外戚传》载，方士少翁称自己能通鬼神，可以把李夫人的魂魄招来以慰汉武帝的相思。一天夜里，少翁布置好灯烛、帷帐、酒肉，请汉武帝坐在另一座帐子里，遥遥看着李夫人的身影翩然而来。汉武帝看得模糊，既不能接近，也不能搭话，越发相思悲苦，便作诗道："是耶非耶？立而望之，偏何姗姗其来迟！"③兰膏渍粉：兰膏，润发的头油。渍粉，残存的香粉。④犀合：犀牛角制成的化妆盒。⑤金泥：即金屑，代指这一类的化妆品。蹙(cù)绣：一种刺绣手法。⑥蝉纱：像蝉翼一样轻薄的纱。⑦影弱难持，缘深暂隔：仍用注②方士少翁为汉武帝招李夫人魂魄的故事，大意是说，方士所为终究是个幻影，不能触摸，只能隔着帷帐远远地看着，但离别也许只是暂时的，总有一天有情人又将团聚。⑧鸾胶纵续琵琶：《海内十洲记》载，凤麒洲仙人用凤凰的喙和麒麟的角熬煮成胶，可以黏合断掉的弓弦，名为鸾胶，也叫续弦胶。后来鸾胶被用作丧妻再娶之典。⑨萼绿华：仙女名，这里代指亡妻。据陶弘景《真诰·运象》及《太平广记》卷五十七，萼绿华曾在晋代夜访过修道的羊权。关于这次访问，有两种不同的说法，一说萼绿华为羊权讲授修仙之理，赠他仙家尸解之药，然后隐遁不见；一说萼绿华看上去二十岁上下，美艳绝伦，在升平三年十一月十日的夜里降于羊权的家里，从此常和羊权往来。她说自己本姓杨，赠给羊权一首诗，还有一条火浣布手巾和一枚金条脱（一种手镯）。萼绿华叮嘱羊权为两人相会之事保密，以免获罪。寻访这位萼绿华的底细，应该就是九嶷山中一位叫作罗郁的得道女子，因为杀了人，所以被贬到人间。李商隐在《中元作》诗中用过这个典故，说"羊权须得金条脱"。唐代尊道教为国教，民间也流传着很多神仙和仙女的故事。萼绿华的故事在唐代应该已经进入了民俗，曹真著名的游仙组诗里就有一首专写萼绿华的故事："九点秋烟黛色空，绿华归思颇无穷。每悲驭鹤身难任，长恨临霞语未终。河影暗吹云梦月，花声闲落洞庭风。蓝丝重勒金条脱，留与人间许侍中。"诗题叫作《萼绿华将归九疑留别许真人》，但并无多少修仙之超然，反而尽是小儿女缱绻留别的韵味，只是故事的男主角从羊权变成许真人了。李贺《答赠》有"本是张公子，曾名萼绿华"，以"萼绿华"代指一位心仪的女子，切其女冠身份。⑩判：拼着。⑪"最忆"三句：最是怀念妻子当年因为读错了字音而撒娇的样子。语出苏轼《浣溪沙》"道字娇讹苦未成，未应春阁梦多情"。⑫"令已矣"三句：仍用注②方士少翁为汉武帝招李夫人魂魄的故事，大意是说，纵然在帐幕之中看到招魂而来的亡妻的幻影，又哪似妻子本人呢。伊家，即伊人，那人，“家”是语助词，无实义。

【赏析】 这首《沁园春》题为“代悼亡”，缘于当时一种社会风气，代他人哀悼丧偶之痛。隔靴搔痒式的写法毕竟缺少真情实感，纯粹要以技巧取胜，纳兰容若虽然也没有这个古怪的“时代局限性”，但毕竟是一个天性多情的人，写出来自然不同凡俗。词中大量用典，这是取巧的手法，毕竟堆砌故实对于读书人而言总还是比伪装情绪容易一些。也正因为这个缘故，这首词虽然满是美丽的典故与美丽的意象，读起来到底不如纳兰容若为卢氏而写的悼亡之词感人肺腑。

又

试望阴山[1]，黯然销魂[2]，无言徘徊。见青峰几簇，去天才尺[3]；黄沙一片，匝地[4]无埃。碎叶城荒，拂云堆远[5]，雕[6]外寒烟惨不开。踟蹰久，忽冰崖转石，万壑惊雷[7]。

穷边自足秋怀[8]。又何必、平生多恨哉。只凄凉绝塞，蛾眉遗冢[9]；销沉腐草，骏骨空台[10]。北转河流，南横斗柄[11]，略点微霜鬓早衰。君不信，向西风回首，百事堪哀。

【笺注】 ①阴山：泛指塞外。《史记·秦始皇本纪》载：“自榆中并河以东，属之阴山。”汉代与匈奴对峙，阴山以南为汉之河套，阴山以北为匈奴纵横之大漠，故阴山可为边塞之代称，王昌龄《出塞》有“但使龙城飞将在，不教胡马度阴山”。②黯然销魂：语出江淹《别赋》“黯然销魂者，唯别而已矣”。③见青峰几簇，去天才尺：化自李白《蜀道难》“连峰去天不盈尺”。④匝（zā）地：遍地。⑤碎叶城，拂云堆：皆为唐代边塞地名，这里泛指边塞之地。⑥雕：同“碉”。《后汉书·南蛮西南夷列传》：“依山居止，累石为室，高者至十余丈，为邛笼”，李贤注：“今彼土夷人呼为‘雕’也。”⑦冰崖转石，万壑惊雷：化自李白《蜀道难》“砯崖转石万壑雷”。“冰崖”当是“砯崖”之误。砯(pīng)，水击岩石的声音。⑧秋怀：愁怀。⑨蛾眉遗冢：即青冢，王昭君的坟茔。⑩骏骨空台：即燕昭王所筑之黄金台。《战国策·燕策》载，燕昭王为了洗雪国耻，决意广求贤才，郭隗以寓言劝说燕昭王，说有人想得千里马，以五百金的高价购得一匹死掉的千里马的骨骼，一年之内便得到了三四千里马。燕昭王便以郭隗为师，并高筑楼台，置千金于其上，各国贤才云集而至。这座楼台被称为黄金台或燕台，遗址在今河北易县。陈子昂《蓟丘览古赠卢居士藏用七首·燕昭王》有“南登碣石坂，遥望黄金台。丘陵尽乔木，昭王安在哉。霸图怅已矣，驱马复归来”，《蓟丘览古赠卢居士藏用七首·郭隗》有“逢时独为贵，历代非无才。隗君亦何幸，遂起黄金台”。⑪斗柄：北斗七星之柄，即玉衡、开阳、瑶光三星。

【赏析】 康熙二十一年（1682年）八月，纳兰容若随副都统郎坦、公彭春等人“觇唆龙”，即侦察东北雅克萨一代罗刹势力的入侵情况，途中思家心切，写下这首《沁园春》。上阕描绘塞外风光惊心动魄的一面，足以与唐代最出色的边塞诗歌比肩；下阕抒发思家的情怀，修辞手法极见高妙，尤其写到河流转向北行，北斗七星的斗柄指向南方，这是自然界的实景，却恰恰暗合于词人当时的心境：旅途一路向北，心却指向南方的家。结尾处感叹人生就在这样乏味的公务生涯里虚度过去，不觉忧从中来，百感茫茫。

又

丁巳重阳前三日[①]，梦亡妇淡妆素服，执手哽咽。语多不能复记，但临别有云：“衔恨愿为天上月，年年犹得向郎圆。”妇素未工诗，不知何以得此也。觉后感赋。

瞬息浮生，薄命如斯，低徊怎忘。记绣榻闲时，并吹红雨[②]；雕阑曲处，同倚斜阳。梦好难留，诗残莫续，赢得更深哭一场。遗容在，只灵飙[③]一转，未许端详。 重寻碧落茫茫[④]。料短发、朝来定有霜。便人间天上、尘缘未断；春花秋叶，触绪还伤。欲结绸缪[⑤]，翻惊摇落[⑥]，减尽荀衣昨日香。真无奈，把声声檐雨，谱出回肠。

【笺注】 ①丁巳重阳前三日：即康熙十六年九月初六，在重阳节前三天。②并吹红雨：这里的“红雨”存在两种可能的解释，一是指落花如雨，二是特指桃花。沈义父《乐府指迷》归纳诗歌套语，说遣词造句须含蓄，要说“桃”不能直接说破，当用“红雨”、“刘郎”来代，说“柳”当用“章台”、“灞岸”来代，说“书”当用“银钩空满”，说“泪”当用“玉箸双垂”。重阳节也叫吹花节，源自杨万里《九月四日生辰》“重九吹花节，千龄梦日时”，杨诗的原意是“九月九日风吹菊花的时节”，后来演变为重阳之典。③灵飙（biāo）：清灵的风。韦应物《雨夜宿清都观》有“灵飙动阊阖，微雨洒瑶林”。④重寻碧落茫茫：语出白居易《长恨歌》“上穷碧落下黄泉，两处茫茫皆不见”，唐明皇委托方士上天入地寻找杨玉环的魂魄，结果天上人间茫茫不见。碧落：天。⑤绸缪（chóu móu）：原指紧密缠缚，《诗经·唐风·绸缪》有“绸缪束薪”，后引申为缠绵、殷切。⑥摇落：凋残。《楚辞·九辩》：“悲哉秋之为气也，萧瑟兮草木摇落而变衰。”朱彝尊《生查子》有“摇落正逢秋，又是伤离别”。

【赏析】 康熙十六年（1677年）五月三十日，卢氏辞世，纳兰容若悲痛欲绝。这首《沁园春》写于同年，是纳兰词中最著名的悼亡作品之一，记录了词人与妻子在梦中的相遇以及由此而生的无限哀愁。比之前文“代悼亡”的作品，这首词很少用到典故，尽是再自然不过的句子，浓浓深情却在字里行间一泻千里，读者几乎能读出惊涛裂岸的感觉。纳兰词的“真”之美，在这首词里最能够体现无遗。

东风齐着力

电急流光[①]，天生薄命，有泪如潮。勉为欢谑，到底总无聊。欲谱频年[②]离恨，言已尽、恨未曾消。凭谁把、一天愁绪，按出琼箫[③]。　　往事水迢迢。窗前月、几番空照魂销。旧欢新梦，雁齿小红桥[④]。最是烧灯[⑤]时候，宜春髻[⑥]、酒暖蒲萄[⑦]。凄凉煞、五枝青玉[⑧]，风雨飘飘。

【笺注】 ①电急流光：形容时光如电飞逝。②谱：制曲填词。频年：多年。③按：吹箫时手指按压箫孔，代指吹箫。琼箫：箫的美称。④雁齿：台阶。⑤烧灯：点灯。⑥宜春髻：女子春天的一种发式。唐宋风俗，每逢立春，剪彩纸或绸子，戴在头上或系在花下。《荆楚岁时记》载，立春之日，将彩纸剪成燕子的形状，戴在头上，贴有“宜春”二字。《牡丹亭·惊梦》有“你侧着宜春髻子恰凭阑”。⑦酒暖蒲萄：倒装句，即蒲萄酒暖。蒲萄，即葡萄。⑧五枝青玉：灯的一种。《西京杂记》载，汉高祖入咸阳，见到秦宫珍宝，其中最令人惊异的是一座青玉五枝灯，高七尺五寸，下部做成蟠螭（一种无角的龙）的样子，蟠螭口中衔灯，灯火点燃的时候，蟠螭鳞甲皆动，如同星光焕然。李颀《王母歌》有“为看青玉五枝灯，蟠螭吐火光欲绝”。

【赏析】这首《东风齐着力》是纳兰容若悼念亡妻卢氏之作，写于卢氏亡故的多年之后。都说时间是最好的疗伤药，但对于太浓的情、太深的伤，就连时间也显得乏力。填词以倾诉哀思，这也是一种疗伤的方法，而容若在词中分明说道：“欲谱频年离恨，言已尽、恨未曾消。”这是在说：想要在词中将这些年来对你的思念写尽，词写尽了，遗憾与惆怅却一点未少。所以容若永远都在睹物思人，永远都在某些特定的日期里想起当年同样的日期里发生过的爱情故事。

摸鱼儿　送座主德清蔡先生①

问人生、头白京国②，算来何事消得。不如罨画清溪③上，蓑笠扁舟一只。人不识。且笑煮、鲈鱼趁着莼丝碧④。无端酸鼻。向歧路消魂，征轮驿骑，断雁西风急。　英雄辈。事业东西南北。临风因甚成泣⑤。酬知有愿频挥手⑥，零雨凄其⑦此日。休太息⑧。须信道、诸公衮衮⑨皆虚掷。年来踪迹⑩。有多少雄心，几番恶梦，泪点霜华⑪织。

【笺注】①蔡先生：蔡启僔（zǔn），字石公，号崑旸，浙江德清人，康熙九年状元，康熙十一年与徐乾学主持顺天府乡试，因副榜不取汉军被劾，康熙十二年还乡。容若考中康熙十一年顺天府乡试举人，故称蔡启僔为座主。②京国：京城。③罨（yǎn）画清溪：罨画溪，位于蔡启僔的家乡德清以北，风景秀丽。“罨画”亦有色彩鲜明的绘画之意，罨画清溪即罨画一般的清溪，此解亦通。④且笑煮、鲈鱼趁着莼丝碧：《世说新语·识鉴》载，张季鹰在洛阳做官，秋风起时，思念家乡吴中莼菰、鲈鱼的美味，感慨人生贵在适意，何必奔波数千里外以求名位爵禄，于是辞官回乡而去。⑤临风因甚成泣：化自杜甫《与严二郎奉礼别》：“出涕同斜日，临风看去尘。”⑥酬知有愿频挥手：谓频频挥手以酬知己。⑦零雨凄其：语出《诗经·豳风·东山》“我徂东山，慆慆不归。我来自东，零雨其濛”，《诗经·邶风·绿衣》“絺兮绤兮，凄其以风。我思古人，实获我心”。零雨：细雨。凄其：凄凉。⑧太息：叹气。⑨诸公衮衮：即衮衮诸公，旧时称身居高位而无所作为的官僚。衮衮，本指大水奔流不绝、旋转翻滚的样子，同“滚滚”。⑩年来踪迹：柳永《八声甘州》“叹年来踪迹，何事苦淹留”。⑪霜华：即霜花，比喻白发。

【赏析】 康熙十一年（1672年），徐乾学、蔡启僔主持顺天府乡试，纳兰容若是此榜举人，所以称徐、蔡二人为座主。发榜不久之后，有人弹劾这次科举副榜不取汉军，致使徐乾学、蔡启僔于翌年降职还乡。容若为之不平，作《秋日送徐健庵座主归江南》组诗及《即日又赋》送徐乾学，作这首《摸鱼儿》送别蔡启僔。词意一则赞美隐逸生活之宜人，劝座主正好借此机会享受泛舟五湖的闲适；二则指出座主这次被贬并非真正犯有什么错误，只是才高受妒罢了；三则倾诉离愁别绪，将心意向座主剖白。

又　午日[①]雨眺

涨痕添、半篙柔绿，蒲梢荇叶无数[②]。空濛台榭烟丝暗，白鸟衔鱼欲舞。红桥路。正一派、画船箫鼓中流住。呕哑柔橹[③]。又早拂新荷，沿堤忽转，冲破翠钱雨[④]。　蒹葭渚[⑤]。不减潇湘深处。霏霏漠漠[⑥]如雾。滴成一片鲛人泪[⑦]，也似汨罗投赋[⑧]。愁难谱。只彩线、香菰[⑨]脉脉成千古。伤心莫语。记那日旗亭[⑩]，水嬉[⑪]散尽，中酒阻风[⑫]去。

【笺注】　①午日：五月初五端午节。②“涨痕”句：涨痕，涨水的痕迹。柔绿，嫩绿的水色。蒲，蒲柳。荇，荇菜，水滨植物。③呕哑柔橹：柔和的橹声。呕哑，形容橹声。④翠钱雨：打在新荷上的雨水。翠钱，新生的荷叶。南朝宋何尚之《华林清暑殿赋》有“逞緜亘之虹梁，列雕刻之华榱（cuī）。网户翠钱，青轩丹墀（chí）”。⑤蒹葭（jiān jiā）渚：芦苇生长的洲渚。⑥霏霏漠漠：杜荀鹤《春日山中对雪有作》有“竹树无声或有声，霏霏漠漠散还凝”，吴融《春雨》有“霏霏漠漠暗合香，幂翠凝红色更新”，王建《长安早春》有“霏霏漠漠绕皇州，销雪欺寒不自由”。⑦鲛人泪：比喻雨水。《搜神记》载，南海有鲛人，哭出来的眼泪会凝结成珍珠。成彦雄有《露》诗，用鲛人流泪成珠来形容荷叶上的露水：“疑是鲛人曾泣处，满池荷叶捧真珠”。⑧汨罗投赋：《汉书·贾谊传》载，贾谊被贬，意态阑珊，渡湘水时作赋吊唁屈原。投，投赠。⑨彩线、香菰：端午民俗，以彩线扎粽子以吊屈原。香菰，粽子，以菰叶包裹糯米。《古今事物考》引《续齐谐记》载，屈原五月初五投汨罗江而死，楚人哀怜他，每每以竹筒盛米，投进江中祭奠屈原。汉代建武年间，长沙欧迴见到一人自称三闾大夫，说祭品常被蛟龙所窃，希望人们能用楝叶塞住竹筒，再以五彩线绑缚，这就会令蛟龙忌惮。世间以菰叶包裹黏米，谓之角黍，即今时所谓的粽子。菰（gū），多年生草本植物，生在浅水里，嫩茎称“茭白”，果实称“菰米”、“雕胡米”，可食用。⑩旗亭：酒肆。酒肆大多悬挂旗子作为招牌，故而称为旗亭。⑪水嬉：水上的嬉戏，如龙舟竞渡之类。⑫中酒：醉酒。阻风：迎风。

【赏析】　这首词描绘了端午节的风景与民俗庆典场面。上阕着重刻画风景，人物与景物交织在一起，动态十足，尤其是写到轻轻有摇橹的声音近了，又忽然远去，原来是小舟荡开了新开的荷花，沿着堤岸转向，激得荷叶上的水珠如雨水般洒落。这一段从声音到画面写足了悠扬的韵律。下阕用到屈原与贾谊的典故，引申出千古伤心，继而由此想到曾经和友人共同度过的端午，给这首词以一个余音袅袅的收尾：伤心事不必再提，记不记得那天在酒楼里观赏龙舟竞渡，待龙舟散尽，我们也带着醉意，在扑面的风中踏上归途？

相见欢

微云一抹遥峰[1]，冷溶溶。恰与个人清晓，画眉同[2]。　　红蜡泪，青绫[3]被。水沉[4]浓。却向黄茅野店，听西风。

【笺注】　①微云一抹遥峰：语出秦观《满庭芳》“山抹微云，天连衰草”。②恰与个人清晓，画眉同：化自黄庭坚《纪梦》“窗中远山是眉黛”。个人：那人，多用于情侣间的称呼。陈亮《念奴娇·至金陵》有“因念旧日山城，个人如画，已做中州想”。③青绫：青色的丝织品。④水沉：即水沉香，又称沉水香，沉香。《本草纲目·木一》载，沉香木的心节置于水中便会沉底，所以叫做沉水，也叫水沉。《云仙杂记》载，沉水香可以用来染衣。

【赏析】　这首《相见欢》描写旅途思家的感受。上阕写途中远眺，看到清晨寒意里的远山，以及远山上笼罩着的淡淡白云，不由得想起妻子清晨画眉的样子。现代人读到这个联想会感到诧异，然而古代女子画眉，专有一种眉样叫做远山眉，真的是模仿远山微云的形态。下阕承接上阕的联想，怀念家中的温馨，最后抱怨自己为何离开如此温馨的家，在这偏僻的旅社里听窗外西风呼啸呢。旅途的辛苦与无聊每每使词人怀念家庭的温馨，这是纳兰词里非常常见的主题。

锦堂春　秋海棠

帘际一痕轻绿，墙阴几簇低花。夜来微雨西风软，无力任欹斜[1]。　　仿佛个人睡起，晕红不着铅华[2]。天寒翠袖[3]添凄楚，愁近欲栖鸦[4]。

【笺注】　①欹（qī）斜：歪斜。②仿佛个人睡起，晕红不着铅华：惠洪《冷斋夜话》载，苏轼《海棠》诗有“只恐夜深花睡去，更烧银烛照红妆”，其事见于《太真外传》：唐玄宗在沉香亭召见杨玉环，杨玉环酒醉未醒，玄宗便命高力士与侍女将她搀扶过来。杨玉环妆残鬓乱，一副醉态，不能完整地行礼。玄宗笑道：这不是妃子醉酒，而是海棠花没有睡足。个人：即那人，多用于情侣间的称呼。陈亮《念奴娇·至金陵》有"因念旧日山城，个人如画，已做中州想"。③天寒翠袖：语出杜甫《佳人》"天寒翠袖薄，日暮倚修竹"。④愁近欲栖鸦：即愁近黄昏。欲栖鸦，代指黄昏时刻（乌鸦欲栖之时正在黄昏）。《琅嬛记》载，曾经有一女子因为恋人的离去而伤悲，常在北墙之下哭泣，后来在泪水抛洒的地方生出了花儿，花色甚媚，犹如那女子娇艳的脸庞，叶子正面绿色，背面红色，秋天开花，名为断肠花，又名八月春，也就是今天所谓的秋海棠。赵吉士《寄园寄所寄》引程羽父《花小名》亦谓"秋海棠曰断肠花"。《冷庐杂识》录吴雪坡诗《秋海棠》有："谁弹粉泪染猩红，蟀蟋栏边见几丛。绝色从来多晚嫁，休将迟暮怨西风。"

【赏析】 纳兰容若曾向友人讨要过秋海棠的种子，在他给张纯修的一封信里这样写道："比日未奉教诲，何任思慕。前所云表贴张庆美，幸致其过荒斋。奚汇升亦遣其过我。秋色满阶，忽有迅雷，斯亦奇也，不知司天者亦有占验否？此上。不尽，不尽。九月十三日，成德顿首。《从友人乞秋葵种》一绝呈教：空庭脉脉夕阳斜，浊酒盈樽对晚鸦。添取一般秋意味，墙阴小种断肠花。"其中所谓秋葵、断肠花，皆指秋海棠。"墙阴小种断肠花"应当就是这首词里提到的"墙阴几簇低花"。秋海棠是一种富于悲剧色彩的植物，背后的爱情故事可想而知会令纳兰容若着迷。当他亲手种植的秋海棠终于开花的时候，他用这首词来记录这个弥足珍贵的时刻。词中将花枝无力歪斜的样子比喻为女子刚刚醒来的模样，但读者愈看便愈是分不清本体与喻体，仿佛词人不是在用女子的模样来比喻秋海棠的模样，而是在用秋海棠的模样比喻某个心爱女子的模样；不是暗示着秋海棠背后的爱情故事，而是暗示出自己心底对于一段爱情的怅惘。

忆秦娥　龙潭口①

山重叠。悬崖一线天疑裂。天疑裂。断碑题字，古苔横啮。

风声雷动鸣金铁。阴森潭底蛟龙窟[2]。蛟龙窟。兴亡满眼，旧时明月[3]。

【笺注】 ①龙潭口：在辽宁铁岭，明末为北部边防要冲。②阴森潭底蛟龙窟：龙潭口有潭名龙潭，传说潭底有蛟龙。③兴亡满眼，旧时明月：明月仍似旧时，人间已兴亡几度。

【赏析】 康熙二十一年（1682）春，康熙帝东巡大兀剌，纳兰容若以侍卫身份一路扈从，返程时经过龙潭口。容若曾祖金台什所统率的叶赫女真就生活在距此以北不足百里的地方，叶赫那拉氏与爱新觉罗氏的太多爱恨情仇都发生在这里。所以在容若眼里，龙潭口有着很特殊的意义。词的上阕描写当地一线天的景致以及古老的碑文，下阕从崖壁上雷鸣般的风声想到历史上的金戈铁马、兴亡成败。结论不言自明：一切兴亡成败都成过眼云烟。

又

春深浅，一痕摇漾青如翦。青如翦。鹭鸶立处，烟芜平远。

吹开吹谢东风倦。缃桃[1]自惜红颜变。红颜变。兔葵燕麦[2]，重来相见。

【笺注】 ①缃桃：即缃核桃，果实呈浅红色。②兔葵燕麦：语出刘禹锡《再游玄都观绝句引》："重游玄都，荡然无复一树。唯兔葵燕麦，动摇于春风耳。"兔葵，草名。洪迈《容斋三笔》卷三载，兔葵燕麦一语，自刘禹锡《再游玄都观》诗序写过"唯兔葵燕麦，动摇春风耳"之后，今人多引用之。我读《北史·邢邵传》，见邢邵的一份奏疏中写道："国子虽有学官之名，而无教授之实，何异兔丝燕麦，南箕北斗哉。"看来这句话由来已久了。

【赏析】 这首《忆秦娥》描写倦旅归来的心情。上阕全写春天的风光，仿佛是一幅风景小品，下阕方才引入人物与情绪：春风吹了花开，又吹了花谢，终于有些疲倦。缃核桃已是成熟的浅红色，仿佛人的容颜在年华流逝中终于改变。兔葵和燕麦又生长出来，还是从前的旧模样，而我，亦像当年的刘禹锡一样故地重回了。

减字木兰花

烛花摇影，冷透疏衾刚欲醒。待不思量。不许孤眠不断肠。

茫茫碧落。天上人间情一诺[①]。银汉[②]难通。稳耐[③]风波愿始从。

【笺注】 ①“茫茫”二句：化用白居易《长恨歌》“上穷碧落下黄泉，两处茫茫皆不见”。②银汉：银河。③稳耐：忍耐。稳，忍受。关汉卿《救风尘》有“我为甚不敢明闻，肋底下插柴自稳”。

【赏析】 这首《减字木兰花》是悼亡之作，写满了生离死别的哀伤与幽怨。丧妻之痛使纳兰容若每每失眠，而愈是失眠，愈是会想起从前的点点滴滴。这是不受理智控制的事情，正所谓“待不思量。不许孤眠不断肠”，哪怕再不愿意回首往事，但每一个独眠的夜晚词人都被往事击溃。于是只渴望天上人间的重逢，哪怕生死悬隔，哪怕银汉难通。从不可救药的伤心写到一往无前的爱，短小的篇幅里承载了太深厚的情感。

又

相逢不语。一朵芙蓉着秋雨。小晕红潮[①]。斜溜鬟心只凤翘[②]。 待将低唤。直为[③]凝情恐人见。欲诉幽怀。转过回阑[④]叩玉钗。

【笺注】 ①小晕红潮：脸上微泛红晕。②斜溜鬟心只凤翘：溜，滑。鬟心，发卷的当中。凤翘，一种凤形的首饰。③直为：只因。④回阑：即回栏，曲折的栏杆。

【赏析】 清代陈淏编有一部《精选国朝诗余》，其中收录有这首《减字木兰花》。从这个版本里我们知道，“转过回阑叩玉钗”一句原本是“选梦凭他到镜台”。一句之差，便足以使我们窥见这首词的背景：它是纳兰容若为沈宛而作的，因为“选梦”既是沈宛的号，也是沈宛词集的名字，“镜台”则是一个续娶的典故，完全切合了容若与沈宛的关系。

容若用“镜台”之典，正切康熙二十三（1684 年）、二十四年（1685 年）之际纳沈宛为外室之事。

又

从教铁石[①]，每见花开成惜惜[②]。泪点难消，滴损苍烟玉一条[③]。　　怜伊大冷。添个纸窗疏竹影。记取相思。环佩归来月上时[④]。

【笺注】　①从教铁石：从教，即纵教，纵使。铁石，即铁石心肠。唐人皮日休《桃花赋》载，我曾仰慕宋璟宰相坚贞刚毅的气质，疑惑他是铁肠石心，不解温柔，然而读了他的《梅花赋》，清丽美艳，有南朝徐铉、庾信的风格，很不像他平日的为人。张邦基《墨庄漫录》亦载，有人疑心宋璟是铁石心肠，待读过他的《梅花赋》，文风清艳，绝不像他的为人。②惜惜：怜惜。五代唐庄宗李存勖《歌头》有“惜惜此光阴，如流水”。③滴损苍烟玉一条：化自张谓《早梅》“一树寒梅白玉条”。④环佩归来月上时：杜甫《咏怀古迹》五首之三有“画图省识春风面，环佩空归夜月魂”，是过昭君村而吟咏昭君之作。姜夔在他的咏梅名作《疏影》里化用杜诗作“昭君不惯胡沙远，但暗忆江南江北。想佩环月夜归来，化作此花幽独”，从此“环月夜归来”便成为咏梅的典故。

【赏析】　这首《减字木兰花》是为一幅梅花图题写的。用文字来描绘一幅梅花图，一定要抓住两个要点：一是吟咏梅花本身的特质，二是写出绘画的特质，这两点缺一不可。这首词就做得很好，吟咏梅花时既有白描，又有用典，典故恰如其分；“怜伊大冷。添个纸窗疏竹影”两句写出了绘画的匠心之妙：画家心疼这一枝梅花在酷寒里开放，便在纸窗上画几行疏竹与它作伴。倘若换做庸手来写这个题材，只会写出梅枝与竹枝相伴，哪里会有纳兰容若这般细腻的心思呢？而这样的心思，完全是词人怜香惜玉的一贯本色，所以写将出来是那样的自然，毫无突兀的感觉。

又

断魂无据[1]。万水千山何处去？没个音书。尽日东风上绿除[2]。　　故园春好。寄语落花须自扫。莫更伤春。同是恹恹[3]多病人。

【笺注】　①无据：无所依凭。②绿除：生有绿草的台阶。除，台阶。③恹恹（yān）：倦怠的样子。

【赏析】　这首词描写伤春伤别的情绪，上阕与下阕构成了一组二重奏。上阕以妻子的视角来写，说丈夫独在异乡为异客，自己在家中苦苦守候，等不到书信，一任春风吹绿了台阶上的芳草。下阕以丈夫的视角，写他在异乡想象着故园春色，却无法赶回家去，只想劝慰妻子莫再伤心，因为自己也在同样的相思中伤着心呢。

又　新月

晚妆欲罢。更把纤眉临镜画[1]。准待分明。和雨和烟两不胜[2]。　　莫教星替。守取团圆终必遂[3]。此夜红楼。天上人间一样愁[4]。

【笺注】　①“晚妆”二句：以女子梳妆描眉比喻新月。②“准待”二句：写词人想等到雨散烟消，看到一弯清澈的新月，新月却在烟雨迷蒙之中一直看不分明。③“莫教”二句：表达词人念及亡妻，无心再娶的心理。星替：典出李商隐《杂歌谣辞·李夫人歌》：“一带不结心，两股方安髻。惭愧白茅人，月没教星替。”诗题之李夫人即汉武帝宠爱之李夫人，李夫人死后，武帝使方士李少翁为之招魂。白茅人，典出《史记·封禅书》，汉武帝使使者穿羽衣，夜间站在白茅之上，为方士栾大授印拜官，栾大也身穿羽衣，站在白茅之上受印，以示不臣。李商隐用白茅人之典，不指栾大，而是指同为方士并深受武帝信任的李少翁，以之比喻劝自己续弦的柳仲郢。其时李商隐的妻子王氏亡故，柳仲郢想把营伎张懿仙嫁给李商隐，李商隐作《李夫人歌》为拒，诗中“月没”比喻已亡之王氏，“星替”比喻欲嫁之张懿仙。“一带不结心，两股方安髻”，是说男女双方需要情投意合，自己与张懿仙却没有这样的感情。容若用“星替”之典，当是卢氏已故，有人以续弦相劝，但自己无意于此，相信“守取团圆终必遂”，相信与卢氏终有重逢的一天。此词以上阕咏新月带出下阕“月没教星替”之典，转折极巧妙自然。④天上人间一样愁：天上，喻亡妻卢氏。人间，喻己。

【赏析】 卢氏亡故以后，家人有提议要纳兰容若续弦，容若以这首《减字木兰花》作答。词题“新月”，表面上吟咏新月之美，实际是表明自己心念亡妻、不肯续弦的决意。词眼在“星替”之典，若读不出这个典故，便无法理解容若的真实用意。结尾“此夜红楼。天上人间一样愁”，是说自己与妻子如今虽然生死悬隔，却依然心心相印、矢志不渝。

海棠春

落红片片浑如雾，不教更觅桃源路①。香径晚风寒，月在花飞处。　　蔷薇影暗空凝伫。任碧飐②、轻衫萦住。惊起早栖鸦，飞过秋千去。

【笺注】 ①桃源路：桃源之典通常有二，诗家多混用之：一是陶渊明《桃花源记》之武陵的桃花源，主题是世外隐居；二是刘义庆《幽明录》之刘晨、阮肇桃源遇仙女的桃源，主题是凡人与仙女的恋爱。②碧飐：摇动的花枝。飐（zhǎn），因风吹而颤动。

【赏析】 这首《海棠春》描写月色里的花园，笔调亦真亦幻，满是朦胧之美。上阕写片片落花如雾气般迷蒙，遮断人们的目光，让人再也寻不到凡夫与仙子相恋的桃花源。晚风清寒，吹在开满鲜花的小径上。月光笼罩下，落英缤纷。下阕引入人物，写词人空自凝望那黯淡的蔷薇，任凭摇动的花枝挂住了衣衫，仿佛在将人挽留。早早栖息的乌鸦忽然飞起，掠过秋千，向远方而去。

少年游

算来好景只如斯，惟许有情知。寻常风月，等闲谈笑，称意即相宜。　　十年青鸟[1]音尘断，往事不胜思。一钩残照，半帘飞絮，总是恼人时。

【笺注】　①青鸟：代指书信。据《汉武故事》，青鸟是西王母的信使，诗人常在这个意象上使用青鸟一词。李璟《摊破浣溪沙》有“青鸟不传云外信，丁香空结雨中愁”。

【赏析】　这首《少年游》是为怀人而作，却在不经意间道出了文学与美学的真谛：所谓美景，其实也无非就是这般了。只有在多情人的眼里，风景才会格外美丽。哪怕仅是寻常风光、随意谈笑，只要称心，就感觉一切都很好。这使人想到欧阳修的名句“人生自是有情痴，此恨不关风与月”，而纳兰容若讲得更加深入与平实。

大酺　寄梁汾[1]

只一炉烟，一窗月，断送朱颜如许。韶光犹在眼，怪无端吹上，几分尘土。手撚残枝，沉吟往事，浑似前生无据[2]。鳞鸿[3]凭谁寄，想天涯只影，凄风苦雨。便砑损吴绫[4]，啼沾蜀纸[5]，有谁同赋。　　当时不是错，好花月、合受天公妒[6]。准拟倩[7]、春归燕子，说与从头，争教他、会人言语。万一离魂遇，偏梦被、冷香萦住。刚听得、城头鼓。相思何益，待把来生祝取。慧业[8]相同一处。

【笺注】　①梁汾：顾贞观，字华峰（一作华封），号梁汾，无锡人，康熙五年举顺天乡试，擢内国史院典籍，康熙十年退归乡里，康熙十五年再度进京，结识容若，著有《积书岩集》及《弹指词》。②“手捻”三句：化自白居易《临水坐》“手把杨枝临水坐，闲思往事似前身”，意谓与顾贞观似是前生早已结交。捻（niǎn），执，揉搓。③鳞鸿：即鱼雁，代指书信。④砑损吴绫：谓在吴绫上不断书写，以至于将吴绫磨损。砑（yà），用卵形或弧形的石块碾压或摩擦皮革、布帛等，使之密实而光亮。吴绫，吴地所产的上等绫罗。⑤啼沾蜀纸：谓泪痕沾湿了蜀笺。自唐代以来，蜀地所产之纸笺广受文人喜爱，极著名者如薛涛所制之八行红笺。⑥当时不是错，好花月、合受天公妒：应指顾贞观于康熙十年受人排挤而失官之事。容若谓顾贞观之失官并非因为自身有错，而是才高受妒罢了。⑦准拟：一定。倩：请。⑧慧业：佛教术语，指智慧的业缘。“待把来生祝取，慧业相同一处”，是祝愿来生能继续今生的友谊。

【赏析】　这首《大酺》是纳兰容若为送别好友顾贞观而作，既有依依惜别之情，又有志同道合之慨，还在慰藉着顾贞观因才高而受妒的不幸。在容若的所有好友中，顾贞观是最志同道合的一个。两人按照共同的文学趣味编选词集，各自为对方审校作品，而且两人齐名于当时的词坛，在惺惺相惜中有太多的共同语言。只要熟知两人的交谊，便不会觉得词中如“待把来生祝取。慧业相同一处”这样的句子有任何夸大。

满庭芳　题元人《芦洲聚雁图》[1]

似有猿啼，更无渔唱，依稀落尽丹枫。湿云影里，点点宿宾鸿[2]。占断沙洲寂寞[3]，寒潮上、一抹烟笼。全不似，半江瑟瑟，相映半江红[4]。　楚天秋欲尽，荻花吹处，竟日冥濛。近黄陵祠庙[5]，莫采芙蓉[6]。我欲行吟去也，应难问、骚客遗踪[7]。湘灵杳，一尊遥酹，还欲认青峰[8]。

【笺注】　①《芦洲聚雁图》：为元末明初朱芾所绘。朱芾，江苏华亭人，字孟辨，号沧洲生，明洪武初年为中书舍人，工书善画。朱芾于《芦洲聚雁图》上述其绘画经过：“夜窗剪烛听雨，偶阅叔升钱君所画古木寒鸦小景，不觉技痒，因写芦洲聚雁以配之。适友人黄德谦在座，曰此潇湘水云景也。昔年过二妃庙，今复观此图，恍若重游，但少苦竹翳深耳。予遂添丛篠于其间，殊有天趣，并赋诗一绝云：夜窗听雨话巴山，又入潇湘水竹间。湘满冥鸿谁得似，碧天飞去又飞还。甲寅春三月修禊日，朱孟辨在西掖记。”②宾鸿：鸿雁，语出《礼记·月令》“鸿雁来宾”。③占断沙洲寂寞：占断，占尽。沙洲寂寞，化自苏轼《卜算子》“拣尽寒枝不肯栖，寂寞沙洲冷”。④半江瑟瑟，相映半江红：语出白居易《暮江吟》：“一道残阳铺水中，半江瑟瑟半江红。”⑤黄陵祠庙：即黄陵庙，在今湖南，传说为舜之二妃娥皇、女英之庙，也称二妃庙。《水经注·湘水》：“湘水西流，经二妃庙南，世谓之黄陵庙。”⑥芙蓉：荷花。⑦“我欲”三句：语出《楚辞·渔父》：“屈原既放，游于江潭，行吟泽畔。”⑧“湘灵”三句：典出钱起《省试湘灵鼓瑟》：“流水传潇浦，悲风过洞庭。曲终人不见，江上数峰青”。传说舜帝南巡，死在苍梧之野，他的两个妃子娥皇和女英南下寻夫，在悲恸之下投湘水而死，化为湘水女神，是为湘灵。《楚辞·远游》有“使湘灵鼓瑟兮，令海若舞冯夷”。酹（lèi）：以酒浇地，是祭奠或立誓的一种仪式。

【赏析】　纳兰容若与严绳孙等好友一同欣赏《芦洲聚雁图》，各自填词题画，容若所作的就是这首《满庭芳》。《芦洲聚雁图》为元末明初画家朱芾所绘，为容若所深爱并收藏了下来，容若殁后，明珠将此图呈献大内，现藏台湾故宫博物院，画上钤有“容若鉴藏”，依稀令人想见容若与友人赏画填词时的盛况。词中描写画面上的风景：芦洲上不见人烟，似乎能听到猿啼，遍地枫叶殷红。云雾掩映里，能看到一点点栖宿的大雁，这景象让人无限寂寞。画中的风景带着诗意，于是前人的诗句成为画中的风景，画中的风景又成为词中的意象。

又

堠雪翻鸦，河冰跃马[①]，惊风吹度龙堆[②]。阴磷夜泣[③]，此景总堪悲。待向中宵起舞[④]，无人处、那有村鸡。只应是，金笳[⑤]暗拍，一样泪沾衣。　　须知今古事，棋枰胜负，翻覆如斯。叹纷纷蛮触[6]，回首成非。剩得几行青史，斜阳下、断碣残碑。年华共，混同江[7]水，流去几时回。

【笺注】 ①堠雪翻鸦，河冰跃马：化自曹溶《踏莎行》“堠雪翻鸦，城冰浴马”。堠（hòu），古代瞭望敌情的土堡，或记数里程的土堆。②龙堆：即白龙堆，亦称白龙堆沙。《汉书·地理志》载：“敦煌郡，武帝后元年分酒泉置。正西关外有白龙堆沙，有蒲昌海。”这里泛指边荒流沙之地。③阴磷夜泣：形容古战场的夜晚鬼火弥漫。阴磷，鬼火，磷火，战场死人众多，掩埋仓促，故而鬼火多见。④中宵起舞：用祖逖闻鸡起舞之典。《晋书·祖逖传》载，祖逖夜半听到荒鸡啼鸣，踢醒身边的刘琨道：“此非恶声也。”于是起身舞剑。⑤金笳：胡笳。李颀《塞下曲》有“金笳吹朔雪，铁马嘶云水”。⑥蛮触：典出《庄子·则阳》，蜗牛的两只角上分别有蛮氏之国和触氏之国，两国为了争夺地盘而打仗，烽火连绵，伏尸数万。⑦混同江：即松花江。吴兆骞《混同江》谓“混同江水长白来，千里奔流昼夜雷”。

【赏析】 这首《满庭芳》作于康熙二十一年（1683年）秋觇梭龙途中，抒发怀古幽思。上阕描写塞外风光，极尽渲染肃杀气象，下阕抒发感慨，有庄子齐物论的思想，认为古今兴亡成败只如棋枰相争而已，徒然耗费无数人的精神与性命，当时光流过，最后只变成史书上的几行文字和夕阳下残破石碑上的铭文罢了。战败者纵然败了，胜利者究竟又赢得了什么？

忆王孙

暗怜双缫郁金香[1]。欲梦天涯思转长。几夜东风昨夜霜。减容光。莫为繁花又断肠。

【笺注】 ①双缫郁金香：女子熏有郁金之香气的袜子。缫（xiè）：同“绁”。杨慎《丹铅录》：“缫，足衣也”，当指袜子。马缟《中华古今注》载，袜子是用绳带系在脚踝上，到了魏文帝吴妃的时候，才加以彩绣图案，直到如今。郁金香，即郁金的香气，非指郁金香花。

【赏析】 这首《忆王孙》抒发相思与伤春的情怀。开篇道出对一名美丽女子的暗恋，却无奈不能更进一步。于是寤寐求之，辗转反侧，待到寒霜天气，自己也似霜中的繁花一样形容憔悴了。词的结尾最有意味，是说自己既然已经为相思而憔悴，便再也禁受不起伤春的情绪了。

又

西风一夜翦[①]芭蕉，倦眼经秋耐寂寥？强把心情付浊醪[②]。读《离骚》。愁似湘江液潮。

【笺注】 ①翦（jiǎn）：割截，杀戮，这里是摧残、使凋败之意。②浊醪（láo）：浊酒。

【赏析】 这首《忆王孙》泛言愁闷难抒，只有“读《离骚》”才能勉强排解。仅存纳兰容若一简信札，不知写与何人，其中提到自己每天除了读《左传》《离骚》之外，便是焚香静坐，“排遣之法，推此为上”。这首词里，“强把心情付浊醪。读《离骚》”含有饮酒与读《离骚》二事，在中国传统语码里，此二事的结合有着特殊的含义，即《世说新语》所记载的“王孝伯言：‘名士不必须奇才，但使常得无事，痛饮酒，熟读《离骚》，便可称名士。’”

又

刺桐花底是儿家[①]。已拆秋千[②]未采茶。睡起重寻好梦赊[③]。忆交加。倚着闲窗数落花。

【笺注】 ①儿家：即我家，女子口语。②已拆秋千：清明传统有荡秋千的习俗，清明之后则把秋千拆掉。③赊：遥远。

【赏析】 这首《忆王孙》描写一名江南采茶少女小小的爱情心事，用口语化的民歌情调写出淡淡的甜蜜和浅浅的伤感。“已拆秋千未采茶”是很容易被忽视的一句，这其实暗示出清明已过，而清明正是踏青的狂欢节，少女“睡起重寻好梦赊”很可能正是因为在踏青的日子里爱上了什么人，好梦正是为他而发。

卜算子 塞梦

塞草晚才青，日落箫笳动。慽慽[①]凄凄入夜分，催度星前[②]梦。　　小语绿杨烟，怯踏银河冻。行尽关山到白狼[③]，相见惟珍重。

【笺注】 ①慽慽：悲伤。杜甫《严氏溪放歌行》有“况我飘蓬无定所，终日慽慽忍羁旅”。②星前：星前月下的省称，代指良宵。③白狼：白狼河，今辽宁省大凌河，此处泛指塞外。

【赏析】 这首《卜算子》是纳兰容若在塞外的旅途中抒发对爱人的思念而作。塞外的春天来得格外的晚，所以“塞草晚才青”，然而思念和回忆却来得格外的早，所以“慽慽凄凄入夜分，催度星前梦”。日有所思，夜有所梦，梦到“小语绿杨烟，怯踏银河冻”，总是两个人在一起缠绵缱绻的样子。词人毕竟还要再次踏上征途，于是只有在心中暗许“行尽关山到白狼，相见惟珍重”，待到重逢的时候，一定加倍珍惜团聚的时光。

又 五日[①]

村静午鸡啼[②]，绿暗新阴覆。一展轻帘[③]出画墙，道是端阳酒[④]。　　早晚夕阳蝉，又噪长堤柳。青鬓长青自古谁[⑤]，弹指黄花九[⑥]。

【笺注】 ①五日：即午日，五月初五端午节，又称端阳节。②午鸡啼：午时鸡鸣。③一展轻帘：这里指酒家的幌子。④端阳酒：民俗以端阳节饮酒辟邪，多用雄黄酒。⑤青鬓长青自古谁：化自韩琮《春愁》“金乌长飞玉兔走，青鬓长青古无有”。青，这里指黑色。⑥弹指黄花九：意谓弹指之间即到重阳。九月九日重阳节，菊花盛开，亦称黄花节。

【赏析】 这首《卜算子》吟咏某处农村过端午节的情景，很有民俗味道。上阕用白描手法，写端午节的正午一片宁静，全没有龙舟竞渡的喧嚣，只听到鸡鸣的声音；花木生出新叶，酒家的幌子上写着有节日专供的雄黄酒出售。下阕继续渲染这份静谧，写长堤垂柳笼罩在夕阳余晖里，只有蝉声聒噪。写到这里，词人忽然生发议论：现在是端午节，转眼又是重阳节了，时光过得如此之快，自古以来谁也不会留得住时光。于是，淡淡的忧伤就这样在淡淡的风物里被酝酿出来了。

又　咏柳

娇软不胜垂[①]，瘦怯那禁舞。多事年年二月风，翦出鹅黄缕[②]。　一种可怜生[③]，落日和烟雨。苏小门前长短条[④]，即渐迷行处。

【笺注】　①娇软不胜垂：套用隋炀帝《望江南》“堤上柳，娇软不胜垂”。②“多事”二句：化自贺知章《咏柳》“不知细叶谁裁出，二月春风似剪刀”，罗隐《送前南昌崔令替任映摄新城县》“二月春风何处好，亚夫营畔柳青青”。③可怜生：可怜。生，语助词，无实义。④苏小门前长短条：苏小，即苏小小，据《乐府广题》，苏小小大约是南齐时人，钱塘名伎，相传家门前有柳树成荫。白居易《杭州春望》有“涛声夜入伍员庙，柳色春藏苏小小”，杜牧《自宣城赴官上京》有“谢公城畔溪惊梦，苏小门前柳拂头”，温庭筠《杨柳枝》有“苏小门前柳万条，毵毵（sān）金线拂平桥”。

【赏析】　这首词题为“咏柳”，属于典型的咏物作品。咏柳的诗词历代不胜枚举，要想写出新意是相当不易的。这首词乍看上去并不出新出奇，但当读到下阕，读到词人的着眼点已不再是柳树，而是落日余晖里或迷蒙烟雨中的长长的柳堤，才会突然被那亦真亦幻的境界攫住，有许许多多的故事突然间浮上心头。

金人捧露盘　净业寺[1]观莲，有怀荪友[2]

藕风轻，莲露冷，断虹收。正红窗、初上帘钩。田田[3]翠盖，趁斜阳、鱼浪香浮[4]。此时画阁垂杨岸，睡起梳头。　旧游踪，招提[5]路，重到处，满离忧。想芙蓉湖上悠悠[6]。红衣[7]狼藉，卧看桃叶送兰舟[8]。午风吹断江南梦，梦里菱讴[9]。

【笺注】　①净业寺：在北京积水潭一带。朱国祚《宿净业寺》有"僧楼佛火漾空潭，李广桥低积水含"。其时积水潭多生莲花，亦称莲花池，又因毗邻净业寺，亦称净业湖。清人震钧《天咫偶闻》谓内城水景以净业湖最佳。净业寺紧邻明珠府邸，清初文人如朱彝尊、王士祯、严绳孙都曾在寺中寄寓。净业寺于明代便已是京城名胜，明代沈德符《万历野获编》载，京城名园虽好，水景却不多，只有城西北净业寺"有前后两湖，最宜开径"。②荪友：即严绳孙（1623－1702），字荪友，号藕荡渔人，江苏无锡人，工书善画，与朱彝尊、姜宸英并称"江南三布衣"，有《秋水词》。严绳孙于康熙十八年应试博学鸿词科，授翰林院检讨之职，累官至中允，康熙二十四年四月谢病归。严绳孙与容若相识于康熙十二年，结为忘年之交。康熙十四年，严绳孙客居容若家中，翌年初夏南归。③田田：形容荷叶相连的样子，古乐府《江南曲》有"何处可采莲，莲叶何田田"。④鱼浪香浮：语出周密《声声慢·柳花咏》"燕泥沾粉，鱼浪吹香，芳堤十里晴"，姜夔《惜红衣》"鱼浪吹香，红衣半狼藉"。⑤招提：寺院，这里确指净业寺。招提是梵文 Caturdisa 的音译之讹，完整的译名叫做"拓斗提舍"，简称"拓斗"，后来讹为"招提"，意译"四方"，是游化四方的意思，中国一般把招提作为寺院的别称。《大宋僧史略》载后魏太武帝始光元年（424年）创立伽蓝为招提之寺。⑥想芙蓉湖上悠悠：这句是遥想严绳孙在家乡寄情山水之间的悠闲样子。芙蓉湖：射贵湖，在严绳孙家乡无锡附近。芙蓉，荷花的别称。净业湖亦多荷花，由此而念彼。⑦红衣：荷花。⑧卧看桃叶送兰舟：倒装句，当为卧看兰舟送桃叶。王献之曾在南京秦淮河渡口送别爱妾桃叶，以歌声相赠，后人便把这里称作桃叶渡。兰舟，木兰舟的省称，船的美称。⑨菱讴：即菱歌，采菱人的歌声。

【赏析】 康熙十五年（1676年）盛夏，京城荷花盛开，纳兰容若在净业寺莲花池赏荷，怀念起刚刚从京城南归的严绳孙，于是写下了这首《金人捧露盘》。由荷花盛开想到严绳孙，是因为严绳孙的家乡也有一处开满荷花的湖面，这景象应该已多次出现在严绳孙的画里，给容若留下了太深的印象吧。这首词从京城的荷花联想到江南严绳孙家乡的荷花，从对眼前实景的描写转入对幻想中的江南荷塘的描写，两人之间的情谊就这样不待言而自明。

青玉案　人日①

东风七日蚕芽②软。青一缕、休教翦。梦隔湘烟征雁远。那堪又是，鬓丝吹绿，小胜宜春③颤。　绣屏浑不遮愁断。忽忽年华空冷暖。玉骨④几随花骨换。三春醉里，三秋别后，寂寞钗头燕⑤。

【笺注】 ①人日：《荆楚岁时纪》载，正月初七为人日，当天人们以其中菜做成羹汤，把彩纸或金箔裁成人形，贴在屏风上或戴在头上，又做一种花形首饰（即花胜或华胜）互相赠送，还要登高赋诗。董勋《问礼俗》谓："正月一日为鸡，二日为狗，三日为猪，四日为羊，五日为牛，六日为马，七日为人。（正旦）一日在门上画鸡，七日在帐子上贴人形。"所以一日不杀鸡，二日不杀狗，三日不杀猪，四日不杀羊，五日不杀牛，六日不杀马，七日不行刑，就是由于这个缘故。②蚕芽：桑叶的嫩芽。③小胜宜春：写有"宜春"字样的饰物。唐宋风俗，每逢立春，剪彩纸或绸子，戴在头上或系在花下。《荆楚岁时记》载，立春之日，将彩纸剪成燕子的形状，戴在头上，贴有"宜春"二字。小胜，即花胜或华胜，一种花形首饰。杜甫《人日》有"胜里金花巧耐寒"。④玉骨：形容美人的冰肌玉骨，孟昶《避暑摩诃池上作》有"冰肌玉骨清无汗"。⑤钗头燕：女子首饰有燕钗，钗头是燕子的形状，这里以钗头燕代指头戴燕钗的女子。据郭宪《洞冥记》，神女把玉钗赠给汉成帝，后来玉钗化为白燕飞去，宫人便仿照这种玉钗的样式制作发钗，称为玉燕钗。据《述异记》，汉武帝元鼎元年，修建招灵阁，有神女将一枚玉钗留赠武帝，武帝将之赐予赵婕妤。至汉昭帝元凤年间，宫人见此玉钗光莹有异，商量着要砸碎它。第二天去看钗匣，只见有白色的燕子升空而去。于是宫人制作玉钗，名为玉燕钗。

【赏析】 这首《青玉案》作于康熙二十年（1681年），描绘正月初七"人日"这个特殊的民俗节庆里相思的隐痛。越是在万众狂欢的场面里，词人与爱人两地悬隔的孤独与忧伤也就被衬托得越发鲜明。正是在这样强烈的违和感里，我们读着"玉骨几随花骨换"这样美丽的句子才会格外觉得悲伤。

又 宿乌龙江[1]

东风卷地飘榆荚。才过了、连天雪。料得香闺香正彻。那知此夜，乌龙江畔，独对初三月。多情不是偏多别。别离只为多情设。蝶梦百花花梦蝶。几时相见，西窗翦烛，细把而今说[2]。

【笺注】 ①乌龙江：今松花江。女真语称松花江为松阿拉或松兀喇，明清间称兀喇江。乌龙，即兀喇之异译。《清史稿》所称之乌龙江皆指福建乌龙江，为清军与郑成功军队交战之所。②"几时"三句：化自李商隐《夜雨寄北》"君问归期未有期，巴山夜雨涨秋池。何当共剪西窗烛，却话巴山夜雨时"。

【赏析】 康熙二十一年（1682年）春，纳兰容若扈驾东巡，途经松花江沿岸鸡林（吉林）至大兀喇间，写下这首《青玉案》抒发思家的情绪。词眼"多情不是偏多别，别离只为多情设"传为名句，因为它以诗意的语言道出了一个朴素的真理：并不是人越多情偏偏会遇到越多的伤心离别，而是离别只能对多情的人造成伤害。纳兰容若是个多情的人，这方面的感触比任何人都来得深刻。

月上海棠　中元①塞外

原头野火烧残碣②。叹英魂、才魄暗销歇③。终古江山，问东风、几番凉热。惊心事，又到中元时节。　凄凉况是愁中别。枉沉吟、千里共明月④。露冷鸳鸯，最难忘、满池荷叶。青鸾杳⑤，碧天云海音绝。

【笺注】　①中元：旧历七月十五中元节之夜，民俗有祭祀亲人亡灵的活动。原本是道教节日，后来中土佛教于是日举办盂兰盆会，故后来反而以佛教节日而知名。②原头野火烧残碣：化自刘克庄《长相思》“野火原头烧断碑，不知名姓谁”。残碣，即残碑，断碑。③叹英魂、才魄暗销歇：化自韩偓《金陵》：“自古风流皆暗销，才魂妖魂谁与招”。销歇，消失。④千里共明月：化自谢庄《月赋》“美人迈兮音尘绝，隔千里兮共明月”。⑤青鸾杳：比喻音书阻隔。青鸾，即青鸟，据《汉武故事》，青鸟是西王母的信使，诗人常在这个意象上使用青鸟一词。

【赏析】　康熙二十二年（1683 年）或二十三年（1684 年），纳兰容若扈从康熙帝往古北口外避暑，于七月十五中元节之夜写下这首《月上海棠》，抒发怀古与相思的情绪。上阕由中元节想到古今英灵，当凄凉的气氛造足之后，下阕转而描写自己羁旅的寂寞与思家的难耐。这是纳兰容若扈从生涯中千篇一律的情绪，可见他对自己的职务有多么厌倦，对家庭的温馨有多么留恋。

雨霖铃　种柳

横塘①如练。日迟②帘幕，烟丝斜卷。却从何处移得，章台③仿佛，乍舒娇眼。恰带一痕残照，锁黄昏庭院。断肠处、又惹相思④，碧雾蒙蒙度双燕。　回阑⑤恰就轻阴转。背风花、不解春深浅⑥。托根幸自天上⑦，曾试把、霓裳⑧舞遍。百尺垂垂，早是酒醒，莺语如翦。只休隔、梦里红楼，望个人儿见。

【笺注】 ①横塘：南京和苏州都有横塘，此处当指明珠府邸西花园一带的什刹海后海。②日迟：因百无聊赖而感觉白昼漫长。③章台：本是战国时秦国宫殿，以宫内有章台而得名，在今长安县故城西南。后人将章台街喻指娼家聚居之所。亦因韩翃与柳氏之《章台柳》，章台便也演变为咏柳之典。唐代许尧佐传奇小说《柳氏传》载，韩翃曾与柳氏在京城相恋，后来进士及第，回乡省亲，忽逢"安史之乱"爆发，京城陷落，一对有情人从此音书隔绝，相见无期。叛军攻入京城的时候，柳氏担心自己的美貌会招来祸端，便削发为尼，躲到了法灵寺里。终于等到"安史之乱"平定，韩翃作了淄清节度使侯希逸幕府中的书记，终于有机会请人前去寻访柳氏。使者不负所托，找到了柳氏，把韩翃的书信交给了她。韩翃的书信是一首小诗："章台柳，章台柳，颜色青青今在否。纵使长条似旧垂，也应攀折他人手。"柳氏读过，呜咽不止，也以一首词来作答，请使者带回给韩翃："杨柳枝，芳菲节，可恨年年赠离别。一叶随风忽报秋，纵使君来岂堪折。"随后，韩翃随着侯希逸入朝见驾，眼看着有情人历尽劫难而终成眷属。但是，作为平定"安史之乱"的外援功臣，藩将沙吒利就在这个时候抢走了法灵寺里的柳氏。韩翃忧愤交加，侯希逸部下的一名叫作许俊的将领任侠仗义，代韩翃出头，是从沙吒利的府邸里把柳氏抢了出来，举朝为之震动。幸而唐代宗既感叹韩翃与柳氏的这段多灾多难的乱世因缘，也赞赏许俊的侠义，最终判定给沙吒利以额外的赏赐，让柳氏复归韩翃。④断肠处、又惹相思：语出李商隐《柳》"动春何限叶，撼晓几多枝。解有相思否，应无不舞时"。⑤回阑：即回栏，曲折的栏杆。⑥背风花、不解春深浅：背风之花因为受不到春风的吹拂，故而不知道春天的变化。⑦托根幸自天上：二十八宿有柳宿，得名于柳姓氏族。柳、刘、六同音，均为鸟夷远祖皋陶的后裔。《史记·天官书》说"柳主草木"，这虽是望文生义地从柳为柳树这一义项上推演而来的，但后世诗人便由此而以柳宿为柳树之发源。⑧霓裳(cháng)：传说为神仙的衣裳，《楚辞·九歌·东君》有"青云衣兮白霓裳，举长矢兮射天狼"，唐代有霓裳羽衣舞，卢照邻《折杨柳》有"露叶疑啼脸，风花乱舞衣"。

【赏析】　这首《雨霖铃》作于康熙十五年（1676 年）以前，是纳兰容若的早期作品。词作从种柳生发出许多美丽的联想，从各种角度描写柳枝的娇柔妩媚，隐隐带着对爱情的憧憬。“回阑恰就轻阴转。背风花、不解春深浅”最有隽永的含义，字面上是说回廊转弯处恰好背阴，那里的花因为受不到暖风吹拂，故而不知道春天的变化，实际却蕴含着对人生的百感茫茫，给人以无尽的想象。

满江红　茅屋新成却赋[1]

问我何心，却构此、三楹茅屋。可学得、海鸥无事，闲飞闲宿[2]。百感都随流水去，一身还被浮名束。误东风、迟日[3]杏花天，红牙曲[4]。　尘土梦，蕉中鹿[5]。翻覆手，看棋局[6]。且耽闲殢酒[7]，消他薄福。雪后谁遮檐角翠，雨余好种墙阴绿。有些些[8]、欲说向寒宵，西窗烛。

【笺注】　①却：再，于是。②海鸥无事，闲飞闲宿：《列子·黄帝》载，海边有人喜爱海鸥，每天早晨都会来海边和海鸥一同游玩，他的父亲让他把海鸥抓来，第二天他再到海边，海鸥只在天上飞旋，不再飞落到他的身边了。容若暗用此典，描述海鸥一般的无心而遨游的生活。③迟日：春日。④红牙曲：叩着红牙板而歌唱。红牙，染成红色的象牙板，唱歌的时候可以叩击红牙来打拍子。⑤尘土梦，蕉中鹿：典出《列子·周穆王》，郑国有个人在山里砍柴，遇到一只受惊的鹿。他迎上去杀了这鹿，怕被别人看到，急急忙忙地把鹿藏到了一条土沟里面，还盖上了蕉叶。但没想到的是，很快他就忘记了藏鹿的地方，便以为这只是自己的一个梦，还边走边念叨着这个梦。有人听到了，就依着他讲的情况找到了藏鹿的所在，把鹿取走了。得了便宜之后，取鹿之人回家对妻子讲述了事情的原委，妻子却说：“你大概是梦见有这么一个砍柴的人打死了鹿吧？你现在真的拿回来一只鹿，是你的梦变成真的了吧？”那人答道：“反正鹿是真的，管他到底是谁在做梦呢！”那个砍柴人回到家里，心有不甘，于是日有所思，夜有所梦，当晚便梦到了那个藏鹿的地方，又梦到了取走鹿的那个人。一大早，他便循着梦境给出的线索找到了那人家里。鹿到底应该算谁的，这就争执不清了，官司便打到了士师那里。士师判决道："你当时真的打死了一头鹿，却糊里糊涂以为做梦；当晚做梦得到了鹿，却糊里糊涂以为是事实。他确实取走了你的鹿，你却同他争这头鹿，他妻子又说他是在梦里认出的人和鹿，这说明并没有谁真正得到了鹿。现在鹿就在眼前，你们就各取一半吧。"这件事很快便被郑国的国君知道了，国君说："嘻！士师不会又在梦里替别人分鹿吧？"于是去问国相。国相说："到底是做梦还是现实，这不是我能辨别清楚的。有这个辨别能力的人，天下只有黄帝和孔子两个。但这二人早已不在世上了，还有谁可以分辨得清呢？依我看来，姑且相信士师的裁决好了。"⑥翻覆手，看棋局：典出《三国志·王粲传》，王粲看别人下围棋，棋局被搅乱，王粲把棋子恢复成原样。下棋的人不相信王粲有这种记忆力，便用头巾盖住棋局，让他用另一副棋照样再摆一遍，王粲照做，两副棋局相较，没摆错一个棋子。此典引申后比喻世事无常，是非莫辨。⑦殢酒：沉溺于酒。殢（tì），沉溺。⑧些些：少量。

【赏析】 康熙十六年（1677年），顾贞观南归。翌年，容若在府邸内建一草堂，取名花间草堂，邀请顾贞观回京居住，在草堂方才建成的时候，赋此《满江红》以赠顾贞观。康熙十九年（1680年），顾贞观复至京城。容若致张纯修手札第一简末有顾贞观跋语："卿自见其朱门，贫道如游蓬户。容兄因仆作此语，构此见招。"

顾贞观结识容若之后，两人相交甚契，来往很是频繁，但因两人身世、门第之悬殊，时人对顾贞观颇有微词，顾贞观回之以"卿自见其朱门，贫道如游蓬户"。这句话出自《世说新语·言语》：竺法深做了简文帝的座上客，丹阳尹刘谈问他："你是一个和尚，为什么频繁出入高门大宅？"竺法深答道："贫道出入的地方，在您眼里是高门大宅，在我眼里只同平民百姓的蓬户一样。因为这句话，容若真的构筑茅屋以俟顾贞观的归来了。

这首词向顾贞观讲明自己构筑茅屋的用意，说这里就是自己与知音好友的世外桃源。任凭世事无常、翻云覆雨，只需在这里饮酒作歌，追求一点简单的快乐。"百感都随流水去，一身还被浮名束"，这是古今士人共同的悲伤，这座茅屋便是一处小小的疗伤港湾。

又

代北燕南[1]，应不隔、月明千里[2]。谁相念、胭脂山[3]下，悲哉秋气[4]。小立乍惊清露湿，孤眠最惜浓香腻。况夜乌、啼绝四更头，边声起[5]。　销不尽，悲歌意。匀不尽，相思泪。想故园今夜，玉阑谁倚。青海[6]不来如意梦，红笺[7]暂写违心字。道别来、浑是不关心，东堂桂[8]。

【笺注】　①代北燕南：指山西北部，京城以南。代，汉、晋时有代郡，唐代以后改称代州，今属山西。燕，燕京，或指燕地，今河北省北部。②应不隔、月明千里：化自谢庄《月赋》"美人迈兮音尘绝，隔千里兮共明月"。③胭脂山：即燕支山，焉支山，古匈奴境内名山，清初是厄鲁特蒙古游牧之地方。《史记正义》引《括地志》："焉支山一名删丹山，在甘州删丹县东南五十里"，又引《西河故事》："匈奴失祁连、焉支二山，乃歌曰：'亡我祁连山，使我六畜不蕃息；失我焉支山，使我妇女无颜色。'"④悲哉秋气：语出《楚辞·九辩》"悲哉秋之为气也"。⑤边声起：边声，指边境上羌管、胡笳等声音。范仲淹《渔家傲》有"四面边声连角起，千嶂里，长烟落日孤城闭"。⑥青海：青海湖，这里或为西行旅途中之实指，或泛指边远之地。⑦红笺：红色信纸，原指薛涛笺，为唐代才女薛涛所创。⑧东堂桂：典出《晋书·郤诜传》，郤诜(xì)升任雍州刺史，晋武帝在东堂聚会为他送行，问郤诜说："卿自以为如何？"郤诜答道："臣举贤良对策，为天下第一，犹桂林之一枝，昆山之片玉。"武帝发笑，侍中奏请罢免郤诜的官职，武帝道："我和他开玩笑罢了，不能怪他。"后人便以东堂桂、郤诜丹桂、郤桂或郤诜枝比喻科举及第。容若此词用"东堂桂"之典，或是指思家、思所爱之心切，对功名浑不挂心。

【赏析】　这首《满江红》是纳兰容若于塞上旅途中思家之作。整首词如同一封家书，是对爱人的私语。上阕是说：离开京城到北方边塞，眼见已走了将近千里。你可知道这胭脂山下，秋天的气息何等悲凉。小立片刻，忽然被冰凉的露水惊到，独眠时候最想念家里熏炉的浓郁香气。而今在四更天倾听乌鸦啼叫，混杂了各种边塞的声音，越发想家。下阕的情绪更进一层：无法消散的，是歌中的悲伤；不能流尽的，是相思的泪水。遥想故乡今夜，你是否也在倚着阑干思念我？我远在青海湖边，连好梦都做不来，给你的信里只能妄说自己一切都好。你可知这番远别之后，我越发眷恋你，功名利禄如今已经全不挂心了。

又

为问封姨[1]，何事却、排空卷地。又不是、江南春好，妒花天气。叶尽归鸦栖未得，带垂惊燕[2]飘还起。甚天公、不肯惜愁人，添憔悴。　　搅一霎，灯前睡。听半晌，心如醉。倩碧纱[3]遮断，画屏深翠。只影凄清残烛下，离魂缥缈秋空里。总随他、泊粉与飘香[4]，真无谓。

【笺注】　①封姨：风神。唐谷神子《博异志·崔玄微》载，唐代天宝年间，崔玄微在一个春天的月夜遇到美人绿衣杨氏、白衣李氏、绛衣陶氏、绯衣小女石醋醋和封家十八姨，与她们一同宴饮。席间封家十八姨翻酒弄脏了醋醋的衣裳，大家不欢而散。第二天晚上，众女子又来相聚，醋醋说女子们都住在苑中，很是苦于恶风的侵扰，请求崔玄微在每年元旦做朱幡立于苑东，女子们便可无恙。其时元旦已过，便请崔玄微于某日平旦立幡。崔玄微依言而行，当天只见东风狂吹，折树飞沙，而苑中的繁花却丝毫不为所动，崔玄微这才知道那些女子都是花精，封十八姨则是风神。②带垂惊燕：倒装句，即惊燕带垂。梁绍壬《两般秋雨斋随笔》载，凡画轴装裱完成之后，会附上两条纸带，好像垂下来的带子一般，风吹则飘舞，名为惊燕，为的是怕燕子飞来，燕泥点污画轴。③倩碧纱：倩，请，恳求。碧纱，碧纱窗。④泊粉与飘香：指被风吹起的花瓣与花香。泊，通“薄”。

【赏析】　这首《满江红》是纳兰容若在一个狂风大作的春夜里思念亡妻卢氏而作。上阕以抱怨的口吻，怨风神毫无来由得兴起狂风，分明是上天不怜悯忧伤的人，反而让这狂风催人憔悴。下阕写自己刚刚在灯前昏睡过去，忽然被风声惊醒，看着那即将熄灭的烛光，愈发觉得形单影只的凄凉，而妻子的魂魄也被这狂风吹得飘渺难寻，只漫无目的地随着被风卷起的花瓣与花香，不知将要飘向何方。词作紧紧抓住了狂风所带来的飘零感：花在风中飘零，叶在风中飘零，爱人的亡魂也在风中飘零。人在风中的渺小感，人在命运面前的渺小与无力之感，就这样被写出来了。

诉衷情

冷落绣衾谁与伴，倚香篝[1]。春睡起，斜日照梳头。欲写[2]两眉愁。休休[3]。远山残翠收。莫登楼。

【笺注】　①香篝：熏笼。②写：这里指描眉。③休休：不要，不可，罢了，算了。

【赏析】　这首《诉衷情》属于闺怨主题，描写一名女子从春睡中醒来后的慵懒。所谓“女为悦己者容”，在诗人的笔下，女人起床后若不认真梳妆打扮，反而是一副百无聊赖的样子，那往往意味着所爱之人不在身边。“远山残翠收”，远山上最后一分绿意已经消逝，这既是写实，也暗示着青春的老去。女子在最后叮嘱自己不要登楼远眺，表面意思是：既然“远山残翠收”，登楼也看不到什么好风景；隐含的意思是：不忍望向爱人的归路，怕又一次失望，又一次触绪伤怀。

水调歌头　题《西山秋爽图》[1]

空山梵呗[2]静，水月影俱沉。悠然一境人外[3]，都不许尘侵。岁晚忆曾游处，犹记半竿斜照，一抹界疏林。绝顶茅庵里，老衲正孤吟。　　云中锡[4]，溪头钓，涧边琴。此生着几两屐[5]，谁识卧游[6]心。准拟[7]乘风归去，错向槐安[8]回首，何日得投簪[9]。布袜青鞋[10]约，但向画图寻。

【笺注】 ①《西山秋爽图》：据高士奇《江村书画目》，高氏曾藏有元人盛子昭《西山秋爽图》，容若所题咏者或即此图。②梵呗：指僧人的唱经声。呗（bài），佛教经文中的赞偈，为梵语 pāthaka（呗匿）音译之略，在印度的本义是指以短偈形式唱宗教颂歌，后来泛指赞颂佛经或诵经声。③悠然一境人外：语出郑谷《赠富平李宰》“简肃诸曹事，安闲一境人”。④锡：锡杖之简称。锡杖，为梵文 Khakharaka 的意义，锡杖的顶部装有铁环，发出锡锡之声，故称锡杖，又称声杖、鸣杖。《锡杖经》载，佛陀叮嘱诸比丘应当受持锡杖，因为僧人外出乞食，既不能悄然进入人家，也不宜敲打门扇做声，而锡杖可以自然发出声音，使人听出有僧人近前乞食。锡杖还可用于警醒脚下的生物，使之免遭践踏。天竺锡杖，顶端有一铁圈，套着大环、小环可以碰撞发声，中间是木杆，大约高与肩齐，底部是二寸左右的铁锥。佛教传入中国之后，锡杖逐渐变作礼器，在重要仪式上使用。⑤此生着几两屐：典出《世说新语·雅量》。祖士少喜欢钱财，阮遥集喜欢木屐，两人对自己的嗜好都是亲自经营打理。同属为外物所累，不知道该如何评判两人的高下。有人到祖士少家，看见他正在查点财物，还剩两个小箱子没有弄完。祖士少便一边接待客人，一边把这两个小箱子挡在背后，一副心神不宁的样子。又有人到阮遥集家，见他正在给木屐打蜡，一边打蜡一边叹息说：“不知道人这一辈子能穿几双木屐呢！”（未知一生当着几量屐）言语间神色闲适畅然，于是人们才得以分出祖士少、阮遥集二人境界的高下。几两屐，即几量屐，几双木屐。两，古代计算鞋的单位，相当于“双”，戴叔伦《忆原上人》有“一两棕鞋八尺藤，广陵行遍又金陵”。量，同“緉”，亦指鞋之一“双”，《说文解字》：“緉，履两枚也。”段玉裁注：“《齐风》‘葛屦五两’，屦必双而后成其用也，是谓之緉。”⑥卧游：典出《南史·宗少文传》。宗少文性喜山水，爱好远游，后来因病回到江陵，叹息说：“我如今既老且病，天下名山恐怕无法尽数游历了，只好在家中澄净心胸，观赏游历的路途，躺在床上来作神游吧。”于是，宗少文把自己所游历过的地方都画成图画挂在屋里，说道：“我抚琴弹奏，要使群山都发出回声。”⑦准拟：希望，料想。⑧槐安：典出唐人李公佐《南柯太守传》，是说一个叫淳于棼的人醉卧古槐树下，梦中来到一地，见城楼上题为大槐安国。淳于棼被槐安国王招为驸马，任南柯太守三十年，享尽荣华富贵。忽而梦醒，只见槐下有一处大蚁穴，南枝又有一处小蚁穴，这便是梦中的槐安国与南柯郡。⑨投簪：古代士人以上者皆戴冠，冠要以发簪固定，投簪即去冠，意指去官，弃官。⑩布袜青鞋：语出杜甫《奉先刘少府新画山水障歌》："若耶溪，云门寺。吾独胡为在泥滓，青鞋布袜从此始。"布袜青鞋为平民百姓的装束。

【赏析】　这首《水调歌头》是纳兰容若在欣赏《西山秋爽图》时所作，先是写出画面的内容：僧人唱经声停，空山一片寂静，水光与月影亦模糊不清。继而词人由画面勾起回忆，想起自己曾经到过类似的地方，很迷恋那里的悠然气氛。下阕生发想象，想象在画中的场景里生活：或是持着锡杖走在云雾笼罩的山间，或是在溪水旁垂钓，或是在山涧边抚琴，这是何等的逍遥。继而抒发感慨：人一生才能穿得了几双木屐呢，有谁能理解南朝宗少文在山水画中卧游的雅趣呢？我希望自己可以乘风归去，过上画里的悠然生活。只可惜我已错踏入名利网中，不知何时才可辞官归隐。避世隐居的誓约，只有在这画图中寻找了。

又　题《岳阳楼图》[1]

落日与湖水，终古岳阳城。登临半是迁客[2]，历历数题名。欲问遗踪何处，但见微波木叶[3]，几簇打鱼罾[4]。多少别离恨，哀雁下前汀。　忽宜雨，旋宜月，更宜晴。人间无数金碧[5]，未许着空明。淡墨生绡谱就，待俏横拖一笔，带出九疑[6]青。仿佛潇湘夜，鼓瑟旧精灵[7]。

【笺注】　①《岳阳楼图》：据高士奇《江村书画目》，高氏曾藏有明人谢时臣《岳阳楼图》，容若所题咏者或即此图。岳阳楼，在今湖南省岳阳市，登楼可俯瞰洞庭湖。相传三国时吴国鲁肃在此建筑建阅兵台，唐开元四年，中书令张说谪守巴陵，于阅兵台基础上兴建岳阳楼。宋庆历五年，滕子京守巴陵郡时重修岳阳楼，范仲淹为之撰名文《岳阳楼记》。②登临半是迁客：唐宋时官员贬谪多往桂粤荒蛮之地，大多会途经岳阳。范仲淹《岳阳楼记》有“北通巫峡，南极潇湘，迁客骚人，多会于此”。迁客，被贬谪放逐的官员。③但见微波木叶：语出《楚辞·九歌·湘夫人》“袅袅兮秋风，洞庭波兮木叶下”，谢庄《月赋》“洞庭始波，木叶微脱”。④罾（zēng）：一种用木棍或竹竿做支架的渔网。⑤金碧：即金碧山水。唐代宗室李思训曾官左武卫大将军，称大李将军，绘画擅用青绿金碧重色，气象富丽，世称金碧山水；其子李昭道，称小李将军，也擅绘青绿山水。⑥九疑：即九疑山，亦称九嶷山，湖南名山。⑦仿佛潇湘夜，鼓瑟旧精灵：典出钱起《省试湘灵鼓瑟》：“流水传潇浦，悲风过洞庭。曲终人不见，江上数峰青。”传说舜帝南巡，死在苍梧之野，他的两个妃子娥皇和女英南下寻夫，在悲恸之下投湘水而死，化为湘水女神，是为湘灵。《楚辞·远游》有“使湘灵鼓瑟兮，令海若舞冯夷”。

【赏析】 这首《水调歌头》曾被纳兰容若亲手题写在一幅扇面上，词后署有：“题画，书为孟公道兄正，松花江渔成德。”这幅扇面至今犹存。词是为《岳阳楼图》而作，上阕以安然矗立的岳阳楼对比历代在这里登临题诗的无数迁客骚人，凸显出人生的渺小与短暂；下阕赞美岳阳楼的风景与《岳阳楼图》的绘画技法，以富丽堂皇的画风反衬这幅画的空明清雅的画风，凸显了一种隐逸的审美趣味。

天仙子　渌水亭[①]秋夜

水浴凉蟾[②]风入袂。鱼鳞蹙损金波碎。好天良夜酒盈尊，心自醉。愁难睡。西南月落城乌[③]起。

【笺注】 ①渌水亭：建在明珠府的西花园里，是容若与友人吟诗作赋的雅集之所，现在是宋庆龄纪念馆，紧邻后海。《南史·庾杲之传》载，庾杲（gǎo）之（字景行）是一位世家子弟，自幼就以孝行著称，作官之后一向以清贫自守，是所有江汉人士的期望，终于被王俭委以重任。安陆侯萧缅知道了消息，马上给王俭写了一封贺信，信里说：“盛府元僚，实难其选。庾景行泛渌水、依芙蓉，何其丽也。”当时的人们把王俭的幕府比作莲花池，所以萧缅才用“泛渌水、依芙蓉”来赞美庾景行。容若有《渌水亭》诗：“野色湖光两不分，碧云万顷变黄云。分明一幅江村画，着个闲亭挂夕曛。”②水浴凉蟾：水波荡漾着月影，化自周邦彦《过秦楼》“水浴清蟾，叶喧凉秋，巷陌马声初断”。蟾，传说月中有蟾蜍，这里以蟾代指月亮。③城乌：城楼上栖息的乌鸦。

【赏析】　这首《天仙子》描写词人在渌水亭良宵独酌时的悠然心态。渌水亭是纳兰容若与友人吟诗作赋的雅集之所，风景宜人，充满了诗情画意，而在月色之下，吹着微风，看着粼粼的波光，更使人心旷神怡。但是愁绪不由自主地涌了出来，搅得人无法入睡，于是举头望远，看月亮向西南方落下，城头上乌鸦飞起。词的结尾“西南月落城乌起”是以景结情的典范，既是对实景的描写，又暗示出词人当时的心绪正如月落之后的群鸦乱飞。

又

梦里蘼芜①青一翦。玉郎②经岁音书远。暗钟明月不归来，梁上燕。轻罗扇。好风又落桃花片。

【笺注】　①蘼芜：一种香草，诗人多用作思妇怀人之词，薛道衡《惜惜盐》有“垂柳覆金堤，蘼芜叶复齐”，《玉台新咏·古诗》有“上山采蘼芜，下山逢故夫”，谢朓《和王主簿季哲怨情诗》有“相逢咏蘼芜，辞宠悲团扇”。②玉郎：古代对男子的美称或昵称。

【赏析】　这首《天仙子》描写闺怨。首句“梦里蘼芜青一翦”是说梦见了青青的蘼芜香草，蘼芜是传统诗词里的一个语码，乐府诗有“上山采蘼芜，下山逢故夫”，所以这首词的下一句承接的是“玉郎经岁音书远”，梦醒后想到了丈夫久别不归。于是在低沉的钟声里，在黯淡的月色里，她只有在孤独与寂寞中看微风又一度吹落了桃花。

又

好在软绡红泪积[①]。漏痕斜罥菱丝碧。古钗封寄玉关秋[②]，天咫尺。人南北。不信鸳鸯头不白。

【笺注】 ①好在软绡红泪积：典出杨慎《丽情集》，灼灼为锦城官妓，能歌善舞，御史裴质很喜欢她，后来裴质被召还京城，灼灼寄给他一幅软绡，上面满是红泪的痕迹。红泪，典出王嘉《拾遗记》，魏文帝曹丕迎娶美女薛灵芸，薛灵芸不忍远离父母，伤心欲绝，等到登车启程以后，薛灵芸仍然止不住哭泣，眼泪流在玉唾壶里，待车队到了京城，壶中已经泪凝如血。好在，即依旧，常建《落第长安》有"家园好在尚留秦，耻作明时失路人"，陆游《湖上》有"犹怜不负湖山处，好在平生旧钓矶"。②"漏痕"二句：漏痕即屋漏痕，古钗即古钗脚，皆为草书运笔技法，代指草书。陆羽《僧怀素传》载，怀素向金吾兵曹钱塘邬彤学习草书，一年多以后辞别而去，临行之时，邬彤再向怀素叮嘱草书运笔要诀，说草书竖牵似古钗脚。后来怀素拜访颜真卿，颜真卿与他讨论书法说："草书在老师传授之外，必须自己有所心得才行，张旭当初看到孤蓬自振，惊沙坐飞，以及公孙大娘的剑器舞，这才对笔势的低昂回翔之状有了心得，不知道邬彤也有这样的心得吗？"怀素答道："似古钗脚，为草书竖牵的极致。"颜真卿徜徉而笑，一连几个月不再谈书法之事，待怀素辞别的时候，颜真卿忽然说道："古钗脚何如屋漏痕？"怀素闻言，抱住颜真卿，激动之情不能自已。古钗脚和屋漏痕究竟何意，历代书家见解不一。大致来说，古钗脚是形容笔势如同古钗被磨钝了的钗脚，屋漏痕是形容笔势犹如屋顶漏雨而在墙壁上留下的水痕。两者的高下之别更难定论，清人王澍《论书剩语》的意见可供参考："'古钗脚'不如'屋漏痕'，'屋漏痕'不如'万岁枯藤'，以其渐近自然也。"斜罥(juàn)：斜挂。菱丝碧：指作书的绢帛。玉关：玉门关，代指边关。

【赏析】 这首《天仙子》属于闺怨主题，描写一名女子正在给远方的爱人写信，天南地北的相思之痛使她憔悴不堪。"不信鸳鸯头不白"一句最有修辞的力量：鸳鸯天生白头，但词人这样说来，仿佛鸳鸯的白头是因为两地相思而愁白的。这是无理之理，是文学所特有的趣味。

浪淘沙

紫玉拨寒灰[①]。心字全非[②]。疏帘犹是隔年[③]垂。半卷夕阳红雨[④]入，燕子来时。　　回首碧云西。多少心期[⑤]。短长亭外短长堤[⑥]。百尺游丝[⑦]千里梦，无限凄迷。

【笺注】　①紫玉拨寒灰：紫玉，即紫玉钗。寒灰，心字香烧残之灰。安璿（xuán）《罗敷令》有“篝衣细拨沉香火”（安璿此词见于容若与顾贞观合编之《今词初集》）。②心字全非：指心字香烧残之后，香灰不复心形。③隔年：去年。④红雨：如雨的落花。⑤心期：心愿、心意。⑥短长亭外短长堤：化自谭宣子《江城子》“短长亭外短长桥”。短长亭，即短亭和长亭，此所谓亭，是古代郊野的地方给路人歇脚盖的亭子，也有的就是驿站，庾信《哀江南赋》有“十里五里，长亭短亭”，所以“亭”和“路”是联系在一起的，人们送别会在长亭，行路之人思乡也会眺望一路上的长亭短亭，所以短长亭就有了惜别和思乡这两个意象。⑦游丝：飘浮在空中的蛛丝。作为诗歌套语，游丝通常比喻心思，如李商隐《日日》有“几时心绪浑无事，得及游丝百尺长”，游丝长，即心绪无聊；游丝乱，即心绪乱。

【赏析】　这首《浪淘沙》属于闺怨主题，描写一名女子在思念中的伤感。词作从一个动作上的细节写起：女子用紫玉钗拨弄着心字香烧残之后落下的灰烬，那灰烬形成的心形已被彻底拨乱。这既是写实，也暗示出她的心已成灰，她的爱已迷茫。而接下来的意象，夕阳、落花、归燕，暗示出青春的老去与爱人的迟迟不归。词人在字里行间不断以意象暗示心绪，靠着意象的罗列营造出无限凄迷的氛围，而那女子的伤心就这样不言而喻了。

又

野宿近荒城。砧杵[①]无声。月低霜重莫闲行[②]。过尽征鸿书未寄，梦又难凭。　　身世等浮萍。病为愁成。寒宵一片枕前冰。料得绮窗[③]孤睡觉，一倍[④]关情。

【笺注】　①砧杵：捣衣的工具。捣衣是古代诗歌的常见主题，秦汉以来，士兵的武器装备和粮食一般由政府统一供应，衣服则多属自备，所以每当秋风起时，家人就要准备好换季的衣服寄到前线，所以每年秋季都是女子捣衣的时间，这正是李白《子夜吴歌》之三所描写的："长安一片月，万户捣衣声。秋风吹不尽，总是玉关情。何日平胡虏，良人罢远征。"②闲行：潜行，微行。③绮窗：彩色雕花之窗，代指闺人、思妇。④一倍：加倍。

【赏析】　这首《浪淘沙》描写倦旅思归的忧伤。上阕写词人自己在荒城近旁露宿，早已听不到女人捣衣的声音。这里暗示出时令：秋季是捣衣的季节，既然捣衣声已然无闻，那就意味着秋去冬来了。书信无法寄达，梦里也很难有团聚的时候，这怎不使远行的旅人生出伤感呢？下阕更加强渲染冬季旅途的难捱："寒宵一片枕前冰"，一觉醒来，发现枕头边上都结了冰，于是想起家中的妻子，想妻子此刻一定也正想念着自己，担忧着自己在酷寒中的境况吧。这首词中，对严寒的渲染使相思的那一点暖意显得格外突出，也格外令人觉得温暖。

又　望海

蜃阙[①]半模糊。踢浪惊呼。任将蠡测[②]笑江湖。沐日光华还浴月，我欲乘桴[③]。　　钓得六鳌无[④]。竿拂珊瑚[⑤]。桑田清浅问麻姑[⑥]。水气浮天天接水，那是蓬壶[⑦]？

【笺注】　①蜃阙：海市蜃楼，亦称蜃阁。②蠡测："以蠡测海"的省称，比喻见识短浅，典出《汉书·东方朔传》，东方朔答客难有“语曰‘以管窥天，以蠡测海，以莛撞钟’，岂能通其条贯，考其文理，发其音声哉”。蠡（lí），瓠（hù）瓢，用葫芦做的瓢。③我欲乘桴：语出《论语·公冶长》“子曰：‘道不行，乘桴浮于海。从我者其由与？’”桴（fú），小筏子。④钓得六鳌无：典出《列子·汤问》，夏革对商汤说，渤海之东不知几亿万里的地方有岱舆、员峤、方壶、瀛洲、蓬莱五座大山，山与山之间相距七万里，山上所住之人都是仙圣之种。五座大山并没有根，常常随着潮水上下往还。天帝恐怕大山漂到西极，使仙圣们失去了居所，便命令禺强使十五只巨鳌仰首顶住五山。而龙伯之国有巨人，不消几步路就走到五山之所在，一下就钓走六只巨鳌，一并背回了龙伯之国，致使两座大山漂流到了北极，沉没海底。⑤竿拂珊瑚：典出杜甫《送孔巢父谢病归游江东，兼呈李白》“巢父掉头不肯住，东将入海随烟雾。诗卷长留天地间，钓竿欲拂珊瑚树”。⑥桑田清浅问麻姑：典出葛洪《神仙传》，麻姑自言曾见东海三为桑田。麻姑，女仙之名。⑦蓬壶：方壶山与蓬莱山，见注④。另据王嘉《拾遗记》，海中有三山，称为三壶，一为方壶，即方丈山；二为蓬壶，即蓬莱山；三为瀛壶，即瀛洲山。

【赏析】　康熙二十一年（1682年），纳兰容若扈驾东行，二月出山海关，望海有感，写下这首《浪淘沙》。纳兰容若凡是北行途中的作品，几乎都带着浓重的伤感情绪，但这首词是个例外，看来大海的波澜壮阔使他暂时忘记了旅途的劳顿、侍卫生涯的无聊以及对家的思念。词中用到一连串和大海有关的典故，在天与海的广阔中感受人生的渺小。

又

夜雨做成秋。恰上心头[①]。教他珍重护风流。端的[②]为谁添病也，更为谁羞。　密意未曾休。密愿难酬。珠帘四卷[③]月当楼。暗忆欢期真似梦，梦也须留。

【笺注】　①“夜雨”二句：“秋”上“心”头为“愁”。②端的：究竟，到底。③珠帘四卷：楼阁四面的珠帘皆被卷起。

【赏析】 这首词属于闺怨主题，描写一名女子回忆一段甜蜜与羞涩的爱情，并在相思中憔悴下来。“夜雨做成秋。恰上心头”两句用到汉字特有的一种修辞：上“秋”下“心”，恰恰组合成一个“愁”字，而“愁”恰恰也可以被解释为“心头的秋意”。在词中加入这样的“文字游戏”，更添了一层风情。

又

红影①湿幽窗。瘦尽春光。雨余花外却斜阳②。谁见薄衫低鬌子③，抱膝思量。 莫道不凄凉。早近持觞④。暗思何事断人肠。曾是向他春梦里，瞥遇回廊⑤。

【笺注】 ①红影：落花的影子。吴融《叶落》有“红影飘来翠影微，一辞林表不知归”。②雨余花外却斜阳：化自温庭筠《菩萨蛮》“雨后却斜阳，杏花零落香”。雨余，雨后。却，恰恰。③低鬌子：低垂的发髻，代指女子低垂着头。④早近持觞：谓近来借酒浇愁。觞（shāng），古代盛酒器。⑤瞥遇回廊：化自王彦泓《瞥见》“别来清减转多姿，花影长廊瞥见时”。

【赏析】 这首《浪淘沙》是纳兰容若悼念亡妻卢氏的作品。当初为了迎娶卢氏，容若特意修建了一处鸳鸯社，有曲径回廊环绕，最适合情侣一起携手漫步。无奈幸福太短促，鸳鸯社的曲径回廊便一再成为容若睹物思人的地方，成为纳兰词里最经常出现的坐标。“曾是向他春梦里，瞥遇回廊”，如今的回廊，唯余词人孤独地踱步，时而看到妻子的幻影。但那幻影无法安慰词人的心伤，反而愈发叫人断肠。

又

眉谱待全删①。别画秋山②。朝云渐入有无间③。莫笑生涯浑似梦，好梦原难④。 红咮⑤啄花残。独自凭阑。月斜风起袷衣[⑥]单。消受春风都一例[⑦]，若个[⑧]偏寒？

【笺注】 ①眉谱待全删：眉谱，是古代女子描眉的图样。唐明皇曾令画工画过所谓“十眉图”，描眉有十种式样。全删，全部不用。②别画秋山：谓以眉谱之外的新花样画眉。秋山，比喻女子的眉毛，胡铨《玉楼春·赠李都监侍儿，是夕歌六么》有“髻鬟春雾翠微重，眉黛秋山烟雨抹”。③朝云渐入有无间：形容新画之眉色如朝云渐入，若有若无。④莫笑生涯浑似梦，好梦原难：语出李商隐《无题》“神女生涯原是梦，小姑居处本无郎”。这一句与上句“朝云渐入有无间”暗用巫山神女之典，即宋玉《高唐赋》序言（一说这是汉代赋家的伪托之作）所载故事。⑤红咮：红色的鸟嘴。咮（zhòu），鸟嘴。⑥袷（jiá）衣：即夹衣，双层的（有里有面）的衣服。⑦一例：一律，同样。⑧若个：哪个。

【赏析】 这首《浪淘沙》属于闺怨主题，很写出了一些新意。词在一开始描绘一名女子梳妆打扮，试着别出心裁，画一种新的眉样。这眉样画得很美，如朝云渐入，若有若无。写到这里，由“朝云”联想到巫山神女的典故，于是那女子心中油然生起了一些幽怨。下阕着力写她的孤独，读者这才知道她之前的梳妆打扮只是故作坚强罢了。结尾“消受春风都一例，若个偏寒”是文学语言所特有的无理之理：明明是同样的春风吹拂在所有人的身上，为什么偏偏只有她觉得这风中带着寒意呢？其实，风一样的暖，是孤单的人心寒。

又

闷自剔残灯[①]。暗雨空庭。潇潇已是不堪听。那更西风偏着意[②]，做尽秋声。 城柝[③]已三更。欲睡还醒。薄寒中夜掩银屏[④]。曾染戒香[⑤]消俗念，莫又多情。

【笺注】 ①剔残灯：即从燃烧将尽的灯上拨起灯芯，使灯芯再烧片刻。剔，挑，拨。张祜《赠内人》有“斜拔玉钗灯影畔，剔开红焰救飞蛾。”②着意：用心。③城柝：城垣上传来的打更的梆子声。柝

(tuò)，巡夜打更用的梆子。④银屏：银饰的屏风。⑤曾染戒香：身上曾经沾染过戒香的香气，代指曾经礼佛。戒香，佛教仪式所用之香。

【赏析】　纳兰容若丧偶之后，多年间都陷入愁闷的情绪里不能自拔，常常失眠，也越来越归向佛教，以求慰藉。这首《浪淘沙》描写的就是如此一个因愁闷而失眠的夜晚。失眠的时候，听觉格外敏感，任何一点声音都会扰得心绪不安。词中写到各种声音：夜雨声、秋风声、梆子声……让人无法摆脱，一如那无法摆脱的思念与哀愁。

又

双燕又飞还。好景阑珊[1]。东风那惜小眉弯。芳草绿波吹不尽，只隔遥山。　　花雨忆前番。粉泪偷弹。倚楼谁与话春闲。数到今朝三月二[2]，梦见犹难。

【笺注】　①阑珊：残，将尽。②三月二：为三月三日上巳节之前的一天。三月三日上巳节，习俗中女人们会相约一同到水边洗衣，以为这样可以除掉晦气。上巳节和清明节隔得不远，所以穆修有诗说"改火清明度，湔衫上巳连"。杜甫《丽人行》有"三月三日天气新，长安水边多丽人"，其时可以踏青、游春、饮酒、欢会，这种户外聚众的日子往往提供给了男男女女们以堂而皇之地偷偷约会的机会。

【赏析】　这首词属于闺怨主题，但与一般描写征人思妇的诗词不同的是，它有一个很特殊的情节：词中描写的这名女子曾在往年的上巳踏青时节遇到了一个一见倾心的男子，但匆匆一会，又匆匆分别，叫人不能不遗憾。而此时，已是新一年的三月二日，明天就是上巳了，她期待着与他重逢，却也知道重逢的机会太过渺茫，所以黯然神伤。真正折磨人的，不是彻底的绝望，而是绝望中一缕渺茫的希望。那一缕希望，让人无法彻底断了念想，无法从思念中解脱。

又

清镜上朝云[1]。宿篆犹熏[2]。一春双袂[3]尽啼痕。那更夜来山枕[4]侧，又梦归人。　　花底病中身。懒约湔裙[5]。待寻闲事度佳辰。绣榻重开添几线，旧谱[6]翻新。

【笺注】　①清镜上朝云：谓天刚破晓。②宿篆犹熏：谓夜间燃烧的熏香的气味仍未散尽。篆，指篆香，弯曲盘绕的香，或成篆字形状。③袂（mèi）：衣袖。④山枕：古代枕头多是木头或陶瓷制成，中间凹陷，两端凸出，像是山的样子，故称山枕。⑤湔（jiān）裙：洗裙。旧日风俗，三月三日上巳节，女人们相约一同到水边洗衣，以为这样可以除掉晦气。⑥谱：刺绣图样。

【赏析】　这首词属于闺怨主题，描写一名女子伤春伤别、百无聊赖的情绪。词从破晓写起，以未散尽的熏香的香气来营造出氤氲迷蒙的氛围，下阕着力写她的慵懒：她病怏怏立在花前，连上巳节女伴们的约会都懒得定下，只是在家里缝补绣榻来消磨这良辰美景。结尾"旧谱翻新"最是传神，因为爱人不归，她无心做任何事情，而尝试一种新的刺绣图样已经是她全部生命力的体现了。

南楼令

金液镇心惊[1]。烟丝似不胜[2]。沁鲛绡、湘竹无声[3]。不为香桃怜瘦骨[4]，怕容易、减红情[5]。　　将息报飞琼[6]。蛮笺署小名[7]。鉴凄凉、片月三星[8]。待寄芙蓉心上露[9]，且道是、解朝酲[10]。

【笺注】　①金液镇心惊：化自王彦泓《述妇病怀》"难凭银叶镇心惊，侍女床前不敢行"。金液，道家修仙的药物。②烟丝似不胜：比喻病体如风中柳丝孱弱难支。烟丝，即柳丝。③沁鲛绡、湘竹无声：形容病中女子默无声息地擦拭泪水。鲛绡，薄纱，指女子的衣襟或手帕。据任昉《述异记》载，南海出产鲛绡纱，也叫龙纱，价值百余金，做成衣服可以入水不湿。湘竹，即斑竹，这里指竹帘或竹席。张华《博物志》载，舜帝南巡，死在苍梧之野，他的两个妃子娥皇和女英南下寻夫，望湘水而悲哭，泪水滴在竹子上，当地的竹子从此便有泪斑。④不为香桃怜瘦骨：谓一切方药都不吝寻觅。化自李商隐《海上谣》“海底觅仙人，香桃如瘦骨”。典出张华《博物志·史补》，王母乘坐紫云车拜访汉武帝，拿出七枚桃子，自己吃了两枚，给了汉武帝两枚。汉武帝觉得仙桃味道甘美，便起了种桃之念，王母笑道：“这桃树三千年才结一次果子。”其时东方朔在窗边偷窥王母，王母对汉武帝说：“在一旁偷看的这个小儿曾经三次来偷我这桃子。”汉武帝很是奇怪，世人便从此称东方朔为神仙。瘦骨，谓仙桃之枝干已经无桃可摘。⑤红情：原喻梅花，这里指女子的红颜。⑥将息报飞琼：将息，调养病体。飞琼，女仙之名，《汉武帝内传》载，飞琼是一位名叫许飞琼的仙女，住在瑶台，做西王母的侍女。据说瑶台住着仙女三百多人，许飞琼只是其中之一，她在某个人神相通的梦境中不小心向凡间泄露了自己的名字，为此而懊恼不已——按照古代的传统，女孩家的名字是绝对不可以轻易示人的。据《太平广记·女仙》，进士许瀍（chán）忽然生了大病，不省人事，亲友们环坐身旁却无计可施。到了第三天，许瀍突然醒转，当即起身在墙壁上题诗一首：“晓入瑶台露气清，座中唯有许飞琼。尘心未尽俗缘在，十里下山空月明。”良久之后，许瀍这才说道：“昨夜梦中到了瑶台，见有仙女三百多人，其中有一人自称许飞琼，说‘您不能再往前走了，请回去吧’。于是，就好像有人引路一般，我就回来了。”（按，《全唐诗》亦载此诗，题为《记梦》，作者为许浑。）⑦蛮笺署小名：蛮笺，蜀地所产的彩色笺纸，这里代指信笺。小名，女子之名，这里指妻子卢氏之名。“将息”二句是说将病人调养身体的情况写信告诉许飞琼，请她像拦住许瀍那样拦住病人升天的魂魄，使之回返人间。⑧片月三星：“片月”比喻“心”字的卧钩，“三星”比喻“心”字的三点，合起来是一个“心”字。语出秦观《南歌子》：“天外一钩残月、带三星。”⑨芙蓉心上露：比喻灵丹妙药，典出王仁裕《开元天宝遗事》：杨贵妃每次宿酒初消，多会苦于肺热，曾于凌晨独游后苑，攀着花树的枝条，饮花上的露水以润肺。⑩朝醒：醒，当作“酲”（chéng），酒初醒后神志尚不清醒的样子，这里形容病人昏睡不起。

【赏析】 康熙十六年（1677年）春，卢氏产后发病，药石不治，纳兰容若为妻子求医求仙，用尽了一切办法。这首词所记录的，就是容若求医求仙的诚挚以及忐忑焦灼的心情。整首词读下来，一个在失魂落魄中病急乱投医的丈夫的形象生动地出现在我们眼前，他那患得患失的焦虑口吻尤其催人泪下。

又 塞外重九[①]

古木向人秋。惊蓬掠鬓稠。是重阳、何处堪愁。记得当年惆怅事，正风雨、下南楼。　　断梦几能留。香魂一哭休[②]。怪凉蟾[③]、空满衾裯[④]。霜落乌啼浑不睡，偏想出、旧风流。

【笺注】 ①重九：重阳节在九月九日，故称重九。②香魂一哭休：套用温庭筠《过华清宫二十二韵》“艳笑双飞断，香魂一哭休”。③凉蟾：清冷的月光。蟾，代指月亮。《淮南子·精神》：“月中有蟾蜍。”④衾（qīn）裯（chóu）：被子与床帐。

【赏析】 这首词是纳兰容若在塞外旅途中怀念亡妻而作。时值重阳，秋意正浓，古树与飘蓬给天地间平添几分萧瑟，词人不禁悲从中来，往事一幕幕，催人心伤。愁人的眼里总是看到各种触绪伤怀的意象，天地间的秋意加深了词人的悲伤，而反过来，词人的悲伤又使天地间的秋意更浓。

生查子

短焰剔残花[①]，夜久边声[②]寂。倦舞却闻鸡[③]，暗觉青绫[④]湿。
天水接冥濛[⑤]，一角西南白。欲渡浣花溪[⑥]，远梦[⑦]轻无力。

【笺注】 ①残花：灯花。古时的蜡烛一般是用羊油做成，烛芯烧着烧着有时就会小小地爆裂一下，是为灯花。②边声：指边境上羌管、胡笳等声音。范仲淹《渔家傲》有“四面边声连角起，千嶂里，长烟落日孤城闭”。③倦舞却闻鸡：反用祖逖闻鸡起舞之典。《晋书·祖逖传》载，祖逖夜半听到荒鸡啼鸣，踢醒身边的刘琨道：“此非恶声也。”于是起身舞剑。容若这里所谓倦于起舞却听到鸡鸣，或是指自己已经消磨了建功立业的理想，听到鸡鸣不免怅然。④青绫：青色的丝织品。⑤冥濛：幽暗不清的样子。⑥浣花溪：在四川省成都市西郊，为锦江支流，杜甫、薛涛都曾在溪边居住。⑦远梦：思念远方人的梦。李白《忆襄阳旧游》有“归心结远梦，落日悬春愁”。

【赏析】　这首词描写词人在塞外宿营时深深的惆怅。纳兰容若是天生的词人，满腹文采，一心想做文官，却因为家庭出身而不得不做了侍卫。无论侍卫这个工作多么羡煞旁人，但别人眼里的“金汤匙”于容若而言却只是枷锁与诅咒，所以，容若每到出塞执行侍卫任务之时，情绪总是格外低落，对家庭的牵挂与思念也更加深沉。

又

惆怅彩云飞，碧落[①]知何许。不见合欢花，空倚相思树[②]。

总是别时情，那待分明语。判得[③]最长宵，数尽厌厌雨[④]。

【笺注】　①碧落：天空。白居易《长恨歌》“上穷碧落下黄泉，两处茫茫皆不见”。②不见合欢花，空倚相思树：合欢花，相思树均为双关，暗示着爱人已逝只剩下无尽的相思。③判得：拼得，甘愿。④厌厌雨：连绵无尽的雨。

【赏析】　这首《生查子》是悼亡之作。上阕全用意象与象征的手法：惆怅地望着彩云远飞，却不知道它会飞向哪里；看不见合欢花，只得徒然倚靠在相思树上。彩云远飞暗示着妻子的魂魄飞向天外，再难寻觅；合欢花与相思树既是实景，更暗示了无法“合欢”而徒剩“相思”的痛苦。下阕直接倾诉愁怀，倾诉自己在雨声中彻夜难眠的凄苦。

又

东风不解愁，偷展湘裙衩。独夜背纱笼，影着纤腰画。
爇尽水沉烟[1]，露滴鸳鸯瓦[2]。花骨[3]冷宜香，小立樱桃下。

【笺注】　①爇尽水沉烟：爇（ruò），烧。水沉烟，水沉香燃烧的烟。②鸳鸯瓦：成双成对的瓦。顾贞观《青玉案》有“自古有情终不化。青娥冢上，东风野火，烧出鸳鸯瓦”。③花骨：花骨朵。

【赏析】　这首词以淡淡的口吻描绘一名女子的愁态。词写得格外含蓄，只说她愁，却不说明她因何而愁；只写她背对纱灯，写灯光投下她纤弱的身影，让读者在寂寥的画面里去感受她的情绪。“独夜”暗示她的孤独，“鸳鸯瓦”反衬她的境况，但她究竟是只渴望爱情却未遇到意中人呢，抑或有了意中人却未通消息呢，或者一度聚首却被迫分离？她的愁绪有各种可能性，但词人特地按下不表，留给读者猜详；而悬念使这首词更耐人寻味，词虽短，意却长。

又

鞭影落春隄[1]，绿锦鄣泥[2]卷。脉脉逗菱丝，嫩水吴姬眼[3]。
啮膝[4]带香归，谁整樱桃宴[5]。蜡泪恼[6]东风，旧垒眠新燕。

【笺注】　①隄：同“堤”。②鄣泥：即障泥，马鞯，垫在马鞍之下，垂在马背两侧，以遮挡泥土。③嫩水吴姬眼：形容春水如同吴地美女的眼波。嫩水：春水。吴姬：吴地美女。④啮膝：良马名。杜甫《清明》有“渡头翠柳艳明眉，争道朱蹄骄啮膝”。⑤樱桃宴：从唐朝起，科举发榜的时候也正是樱桃成熟的季节，新科进士们便形成了一种以樱桃宴客的风俗，是为樱桃宴。直到明清，风俗犹存。⑥恼：惹，撩拨。李白《赠段七娘》有“千杯绿酒何辞醉，一面红妆恼杀人”。

【赏析】　康熙十五年（1676年）三月，纳兰容若应试科举，考中二甲第七名进士，心情大好，游春时写下这首《生查子》，成为纳兰词里少有的亮色。词作写了从早到晚的一整天：早晨骑马游春，看一切都是美的；下午回家，准备参加新科进士的樱桃宴；宴会很晚才结束，蜡烛快要烧尽了，燕子安然入睡了，狂喜的心情这才稍稍平复了。词人未写一个“喜”或“乐”字，但通篇生机盎然、五彩斑斓的意象，已将他的喜悦暴露无遗。

又

散帙坐凝尘①，吹气幽兰并②。茶名龙凤团③，香字鸳鸯饼④。

玉局类弹棋⑤，颠倒双栖影⑥。花月不曾闲，莫放相思醒。

【笺注】 ①散帙坐凝尘：打开书卷，这里指读书。帙（zhì），书卷。凝尘，尘土积聚，典出《晋书·简文帝纪》，简文帝年少时即风度甚佳，专心读书，不在意居室的条件，一任凝尘满席。②吹气幽兰并：这里指读书时有吹气如兰之女子和自己并肩而坐。《洞冥记》载，丽娟十四岁，玉肤柔软，吹气胜兰。③茶名龙凤团：即龙凤团茶，宋时贡茶。王辟（pì）之《渑（miǎn）水燕谈录》载，建茶盛于江南，近年制作尤其精良，龙凤团茶是其中最好的品种。郊礼致斋之夕，宫人把金箔剪成龙凤花的图案贴于其上。容若《渌水亭杂识》卷三载，宋代的团茶，研成粉末而加入香药，失去了茶的本来味道，极为可笑。④香字鸳鸯饼：熏香常制成饼状，称为香饼，鸳鸯饼当为香饼之一种。⑤玉局类弹棋：弹棋，李贤注《后汉书·梁冀传》引《艺经》载，弹棋是一种两人对局的棋类游戏，黑白棋子各六枚，在石头棋盘上列阵对垒。杜甫《存殁口号》二首之一有“席谦不见近弹棋，毕曜仍传旧小诗。玉局他年无限笑，白杨今日几人悲”，李商隐《灯》有“锦囊名画掩，玉局败棋收”。《弹棋经后序》载，建安时期曹操执政，宫禁严格，博弈的玩物不能妄自设置，宫女们便以金钗玉梳为棋子，以首饰盒为棋盘，模仿弹棋的规则来玩。陆游《老学庵笔记》载，大明黄龙寺佛殿有魏宫玉石弹棋局，上面有黄初年间的刻字。⑥颠倒双栖影：这里指玉石棋盘上倒影着双栖鸟儿的影子。

【赏析】 这首词描写相思的怅惘。词人一直在叙述一种红袖添香的生活：他读着书，她来并肩坐着，送来精致的茶点，旁边的玉石棋盘上倒影出双栖鸟的影子，也倒影出他们两人的身影。词的最后两句突然逆转："花月不曾闲，莫放相思醒"，却原来之前的描述都是他在相思中的回忆，回忆太过美好，让人不肯走回现实。

忆桃源慢

斜倚熏笼[①]，隔帘寒彻，彻夜寒于水。离魂何处，一片月明千里。两地凄凉多少恨，分付药炉烟细。近来情绪，非关病酒[②]，如何拥鼻[③]长如醉。转寻思、不如睡也，看道夜深怎睡。 几年消息浮沉，把朱颜、顿成憔悴。纸窗风裂，寒到个人衾被。篆字香消灯灺冷[④]，不算凄凉滋味。加餐千万[⑤]，寄声珍重，而今始会当时意。早催人、一更更漏，残雪月华满地。

【笺注】 ①斜倚熏笼：语出白居易《后宫词》"红颜未老恩先断，斜倚熏笼坐到明"。②非关病酒：语出李清照《凤凰台上忆吹箫》"新来瘦，非干病酒，不是悲秋"。③拥鼻：典出《晋书·谢安传》，谢安能作洛下书生咏，因为鼻子有病，故而语音浑浊。当时的名流们喜爱谢安的咏读风格，但很难学得像他，有人便用手掩住鼻子来作吟咏。杜牧《折菊》有"篱东菊径深，折得自孤吟。雨中衣半湿，拥鼻自知心"，唐彦谦《春阴》有"天涯已有销魂别，楼上宁无拥鼻吟"。④篆字香消灯灺冷：篆字香，即篆香，弯曲盘绕的香，或呈篆字形状。灯灺（xiè）：灯烛的余烬。⑤加餐千万：语出《古诗十九首》"长跪读素书，其中意何如：上言加餐饭，下言长相忆"，"思君令人老，岁月忽已晚。弃捐勿复道，努力加餐饭。"

【赏析】 这首《忆桃源慢》描写词人对远方好友的思念与牵挂。这位好友究竟是谁，如今已不可考。词作从一个失眠的夜晚写起，词人因为失眠，仰望明月，于是想到友人此刻不知身在何方，或许此刻也和自己一样仰望着这同一轮明月。词人说自己近来一直情绪不佳，多愁多病，更因为听到友人宦海沉浮的消息，在牵挂中更见憔悴。纳兰词胜在“真情”，纳兰容若对妻子真情，对友人也一样的真情，正是这些真情不断摧残着他的身体，却也成就了他的词艺。

青衫湿遍　悼亡[1]

青衫湿遍，凭伊慰我，忍便相忘。半月前头扶病[2]，剪刀声、犹在银釭[3]。忆生来、小胆怯空房[4]。到而今、独伴梨花影，冷冥冥、尽意凄凉。愿指魂兮识路，教寻梦也回廊。　　咫尺玉钩斜路[5]，一般消受，蔓草残阳。判[6]把长眠滴醒，和清泪、搅入椒浆[7]。怕幽泉、还为我神伤。道书生、薄命宜将息[8]，再休耽、怨粉愁香。料得重圆密誓[9]，难禁寸裂柔肠。

【笺注】　①悼亡：《草堂嗣响》此词并无词题，考之词意，或非为悼亡卢氏而作。②扶病：带着病而勉强行动做事。③剪刀声、犹在银釭：灯芯烧完的部分常要以剪刀剪断，如李商隐《夜雨寄北》“何当共剪西窗烛”所谓。银釭，银质灯台。釭（gāng），油灯。④忆生来、小胆怯空房：化自常理《古离别》“小胆空房怯，长眉满镜愁”。顾贞观《菩萨蛮》有“小胆不成欢，麝衾空昼寒”。⑤咫尺玉钩斜路：玉钩斜，地名，在今扬州蜀冈西峰。隋炀帝下扬州时，强征吴越的民间少女在运河两岸为龙舟拉纤，死者枕藉，在船队到了扬州之后，少女们的尸体被葬在了附近的一处坡地上。因为这里是一处斜坡，从此便被称为“宫人斜”。入唐之后，李夷简镇守扬州，在这里观赏如钩新月，便修了一座玉钩亭，皇甫湜为之作《玉钩亭记》，此后宫人斜便改称玉钩斜。容若《浣溪沙·红桥怀古，和王阮亭韵》有“玉钩斜路近迷楼”。容若《渌水亭杂识》卷二载，古时埋葬宫女的地方叫做宫人斜，京城阜成门外五里左右有静乐堂，宫人病逝便送到这里，火葬于墙井之中。嘉靖末年，有贵嫔买下了几亩民田，从此若有宫人不愿让自己火葬后的骨灰留在墙井里的，便可以把骨灰入土安葬。（按，据王国维《蒙古札记》和陈垣《汤若望与木陈忞》的考证，满洲在入关之初还保留着火葬习俗。）玉钩斜既在扬州，于容若何谈“咫尺”，静乐堂却当真是“咫尺玉钩斜路”。⑥判：拼，甘愿。⑦椒浆：即椒酒，祭奠所用之酒。《楚辞·东皇太一》有“奠桂酒兮椒浆”。⑧将息：调养身体，保重身体。⑨重圆密誓：用“破镜重圆”之典。陈国末代皇帝陈叔宝的妹妹乐昌公主嫁给了徐德言，两人非常恩爱。当时天下动荡，徐德言预料到过不了多久就会有国破家亡的大祸发生，那时候难免夫妻被拆散。于是他取来一面圆形的铜镜，一破为二，和妻子分别保管，并约定说：“如果夫妻被迫分离，你就在每年正月十五那天托人将这半面镜子拿到市场去卖。只要我还活着，就一定会去探听消息，以我的半面镜子为凭，与你团聚。”后来，隋朝灭亡了陈国，徐德言逃亡，乐昌公主则被赏赐给功臣杨素为妾。徐德言打探到了消息，便赶到了隋都长安，打探妻子的下落，终于在正月十五那天在市场上看到一个老人高价出售半面铜镜，细看之下，果然就是妻子的那块。徐德言于是写了一首诗，托那位卖镜子的老人带回去。杨素得知此事后大受感动，把乐昌公主还给了徐德言，让他们夫妻重聚。

【赏析】　这首《青衫湿遍》虽然题为“悼亡”，却未必是为怀念亡妻卢氏而作。《草堂嗣响》版本并无词题，或许这才是这首词的原貌。词中的女主角，很有可能是传说中的“宫中表妹”，亦即纳兰容若朦胧初恋的对象。词中满是哀悼与痛惜之情，悲剧色彩极重。语言不事雕琢，甚至用到古文笔法，如“愿指魂兮识路，教寻梦也回廊”，但读起来沉郁顿挫，毫无违和之感，显示了词人已臻“随心所欲而不逾矩”的境界。

酒泉子

谢却荼蘼[①]。一片月明如水。篆香[②]消，犹未睡。早鸦啼。

嫩寒[③]无赖罗衣薄。休傍阑干角。最愁人，灯欲落。雁还飞。

【笺注】　①荼蘼（tú mí）：落叶小灌木，夏季开白花。所谓“开到荼蘼花事了”，是说花儿依次开放，等到荼蘼花开的时候，已至春暮，百花都已经开过了，所以荼蘼为春暮之意象。②篆香：弯曲盘绕的香，或呈篆字形状。③嫩寒：轻寒。

【赏析】　这首《酒泉子》抒发伤春的情绪。首句“谢却荼蘼”点明这是百花谢尽的时候，“篆香消”点明已近清晨。词人彻夜未眠，忽然听到早鸦的啼声。“休傍阑干角”点明愁绪已经到达心理承受力的临界点了，一旦凭栏眺望，伤心就会一发不可收拾。究竟因何而愁，这个最重要的意思却被省略掉了，只是说灯花欲落，大雁正飞，其中的含义交给读者想象。

凤凰台上忆吹箫　守岁[①]

锦瑟何年[②]，香屏此夕，东风吹送相思。记巡檐笑罢，共撚梅枝[③]。还向烛花影里，催教看、燕蜡鸡丝[④]。如今但、一编消夜[⑤]，冷暖谁知。　　当时。欢娱见惯，道岁岁琼筵，玉漏[⑥]如斯。怅难寻旧约，枉费新词。次第朱幡剪彩[⑦]，冠儿侧、斗转蛾儿[⑧]。重验取、卢郎青鬓[⑨]，未觉春迟。

【笺注】　①守岁：民俗，一家人在除夕围炉而坐，通宵不睡，直到第二天新年。唐太宗《守岁》有“暮景斜芳殿，年华丽绮宫。寒辞去冬雪，暖带入春风。阶馥舒梅素，盘花卷烛红。共欢新故岁，迎送一宵中”。②锦瑟何年：李商隐《锦瑟》有“锦瑟无端五十弦，一弦一柱思华年”，锦瑟由此成为伤逝年华的意象。③记巡檐笑罢，共撚梅枝：化自杜甫《舍弟观赴蓝田取妻子到江陵，喜寄》三首之三“巡檐索共梅花笑，冷蕊疏枝半不禁”。巡檐，来往于屋檐之下。撚（niǎn），执，持。④燕蜡鸡丝：当为蜡燕、丝鸡，旧俗于新年所制的食品，此处为合乎音律改称燕蜡鸡丝。唐人冯贽《云仙杂记·洛阳岁节》载，洛阳人家于元月初一做丝鸡、葛燕、粉荔枝。明人瞿佑《四时宜忌·正月事宜》载，洛阳人家元月初一做丝鸡、蜡燕、粉荔枝。明人杨慎《艺林伐山》载，《玉烛宝典》称洛阳人家元月初一做丝鸡、蜡燕、粉荔枝，所以宋人贺正启有“瑞英饯腊，粉荔迎年”之句。⑤一编消夜：化自王彦泓《灯夕悼感》“一编枯坐到三更”。一编，书之一卷。⑥玉漏：古代计时用的漏壶。漏壶罕有玉制，所谓玉漏，不过如金井、铁笛之类的词汇一般，是一种气质上的形容罢了。所以在诗歌语言中，同一种漏壶，可以叫做玉漏、银漏、更漏、铜漏、春漏、寒漏，就像同一种笛子可以根据不同的需要写作玉笛、铁笛、竹笛。在诗歌套语里，更漏一般都带有长夜漫漫、斯人寂寥的意象。⑦朱幡剪彩：旧俗在立春之日，女子把缯绢剪成小幡，或簪在家人的头上，或缀在树上，称为春幡，以示迎春之意。朱幡，即春幡。⑧冠儿侧、斗转蛾儿：蛾儿，即闹蛾儿，一种女子的头饰，形如飞蛾，不断旋转颤动，多在年节游玩时戴在头上。康与之《瑞鹤仙·上元应制》有“风柔夜暖，花影乱笑声喧。闹蛾儿、满路成团打块，簇着冠儿斗转”。斗转，旋转。《水浒传》第六十五回“时迁火烧翠云楼，吴用智取大名府”，在元宵节上，“却说时迁挟着一个篮儿，里面都是硫磺，焰硝，篮儿上插朵闹蛾儿走入翠云楼后，走上楼去，只见阁子内，吹笙萧，动鼓板，掀云闹社，子弟们闹闹嚷嚷，都在楼上打哄赏灯。时迁上到楼上，只做卖闹蛾儿的……”⑨卢郎青鬓：宋人钱易《南部新书》载，卢家有一子弟，年纪已老仍做校书郎的小官，后来娶了崔氏女子。崔氏很有文采，结婚之后情绪一直不好，卢郎便请妻子以诗抒怀作为玩笑，崔氏当即成诗一首：“不怨卢郎年纪大，不怨卢郎官职卑。自恨妾身生较晚，不见卢郎年少时。”青鬓之“青”，这里指黑色，如青衣人，是指身穿黑衣的差役；老子骑青牛出函谷关，所骑之牛即黑牛；青眼有加，青眼即指黑眼珠。

【赏析】　这首《凤凰台上忆吹箫》题为“守岁”，写的是在守岁时候抚今追昔的伤感，有悼亡的含义。词中追忆往年的守岁前后是何等的喜庆、热闹，一对相依相爱的小夫妻如何在屋檐下执着梅枝跑来跑去，参加各种新年里独有的节目。但自从妻子去世，一切都变了。下阕写到：当年我们见惯了欢娱，总以为年年都会有这样的欢声笑语。但是我们的旧约已经难寻，你再也读不到我填写的新词了。所有人都在张罗迎春的事物，或在树上扎春幡，或在头上戴闹蛾儿头饰，只有我对一切都提不起兴致，在伤心憔悴里度过了春天。整首词在这样的抚今追昔之下，浓浓的忧伤溢于言表。词人将新年的节目写得越热闹，自己的寂寞感也就被反衬得越强烈。

又　除夕得梁汾闽中信，因赋[①]

荔粉[②]初装，桃符[③]欲换，怀人拟赋然脂[④]。喜螺江双鲤[⑤]，忽展新词。稠叠频年离恨[⑥]，匆匆里、一纸难题。分明见、临缄重发，欲寄迟迟[⑦]。　心知。梅花佳句，待粉郎香令，再结相思[⑧]。记画屏今夕，曾共题诗。独客料应无睡，慈恩梦、那值微之[⑨]。重来日、梧桐夜雨，却话秋池[⑩]。

【笺注】　①除夕得梁汾闽中信，因赋：除夕，为康熙十七或十八年除夕。梁汾，顾贞观，字华峰（一作华封），号梁汾，无锡人，康熙五年举顺天乡试，擢内国史院典籍，康熙十年退归乡里，康熙十五年再度进京，结识容若，著有《积书岩集》及《弹指词》。②荔粉：即粉荔枝，旧俗于新年所制的食品。唐人冯贽《云仙杂记·洛阳岁节》载，洛阳人家于元月初一做丝鸡、葛燕、粉荔枝。明人瞿佑《四时宜忌·正月事宜》载，洛阳人家元月初一做丝鸡、蜡燕、粉荔枝。明人杨慎《艺林伐山》载，《玉烛宝典》称洛阳人家元月初一做丝鸡、蜡燕、粉荔枝，所以宋人贺正启有"瑞英饯腊，粉荔迎年"之句。③桃符：古代挂在大门上的两块桃木板，上面画有神荼、郁垒二神以辟邪。及至五代，人们开始在桃木板上书写对联，是为春联。桃木辟邪的传统来源甚古，《左传·昭公四年》记载申丰答季武子藏冰之法，说取冰的时候要用桃木弓和荆棘箭来袚除不祥。《本草集解》载李时珍语，《风俗通》记载东海度朔山有一株大桃树，蟠曲千里，它的北面就是鬼门，由神荼、郁垒二神驻守，统领众鬼。黄帝于是在门上立桃板，画着神荼、郁垒二神口衔卤鬼。《典术》记载，桃木是东方之木，五木之精，属于仙木，味道辛辣，所以能够压伏邪气，制服百鬼。今天的人们在门上用桃符辟邪，就是因为这个缘故。④然脂：点燃灯烛。徐陵《玉台新咏序》有"于是然脂暝写，弄笔晨书"。⑤螺江双鲤：指顾贞观从福建寄来的信。螺江，又称螺女江，在福建福州西北。双鲤，书信，典出古乐府诗"尺素如残雪，结成双鲤鱼。要知心中事，看取腹中书"。容若《效江醴陵杂拟古体诗》二十首之《曹子建七哀》有“幸有双鲤鱼，拟为君寄辞。终日不成章，含泪自封题。君若得鲤鱼，剖鱼开素书。但看书中字，一一与泪俱”。⑥稠叠频年离恨：谓积聚多年的离愁别绪。稠叠，稠密层叠。频年，连年，多年。⑦临缄重发，欲寄迟迟：典出张籍《秋思》：“洛阳城里见秋风，欲作归书意万重。忽恐匆匆说不尽，行人临发又开封。”⑧梅花佳句，待粉郎香令，再结相思：容若于本句之下自注：“辛稼轩客三山有‘梅花相思’之句。”当指辛弃疾《定风波·三山送卢国华，约上元重来》：“少日犹堪话别离。老来怕作送行诗。极目南云无过雁。君看。梅花也解寄相思。”梅花佳句，指顾贞观《浣溪沙·梅》词：“一片冷香惟有梦，十分清瘦更无诗，待他移影说相思”，因与辛弃疾《定风波》同为咏梅之词，且同作相思之语，故称“再结相思”。粉郎香令，代指顾贞观。粉郎，《语林》载何晏面白如傅粉，人称粉郎。香令，习凿齿《襄阳记》载，荀彧性喜香，常将衣服熏香，每到人家作客，所坐之处接连几天香气不绝。后来人们便以“荀衣”、“荀香”或“荀令衣香”来比喻人的风流倜傥或花的异香扑鼻。⑨慈恩梦、那值微之：孟棨《本事诗》载，唐元和四年，元稹奉使去东川，白居易正在长安与和李杓直（李十一）及弟弟白行简同游慈恩寺，随后到李杓直家饮宴。白居易在酒席宴上思念元稹，即席写下《同李十一醉忆元九》：“花时同醉破春愁，醉折花枝作酒筹。忽忆故人天际去，计程今日到梁州。”梁州是褒城故称，巧合的是，就在同一时间，元稹真的到了褒城，并且梦见与白居易同游慈恩寺，醒来后写下《梦游》（又名《使东川·梁州梦》）一诗，寄与白居易：“梦君同绕曲江头，也向慈恩院院游。亭吏呼人排去马，忽惊身在古梁州。”元稹自注：“是夜宿汉川驿，梦与杓直、乐天同游曲江，兼入慈恩寺诸院，倏然而寤，则递乘及阶，邮吏已传呼报晓矣。”白居易诗中的真实情况竟与元稹的梦境完全吻合。⑩重来日、梧桐夜雨，却话秋池：化自李商隐《夜雨寄北》：“君问归期未有期，巴山夜雨涨秋池。何当共剪西窗烛，却话巴山夜雨时”。

【赏析】　这首词大约作于康熙十七年（1678年）或十八年（1679年）除夕，当时纳兰容若收到好友顾贞观从闽中（福建）寄来的书信，有感而作。所以这首词可以看作一封词体的回信，信中娓娓诉说自己如何思念好友，如何怀着惊喜的心情阅读好友寄来的新词，如何总有话说不尽的感觉，以至于信才封好又拆开，补充内容，如此反复多次才终于寄出。情真意切，令人动容。

翦梧桐　自度曲①

新睡觉，正漏尽②、乌啼欲晓。任百种思量，都来拥枕，薄衾颠倒③。土木形骸④，分甘⑤抛掷，只平白、占伊怀抱。听萧萧、一翦梧桐，此日秋声重到。　若不是、忧能伤人⑥，怎青镜、朱颜易老。忆少日清狂，花间马上，软风斜照。端的⑦而今，误因疏起⑧，却懊恼、殢⑨人年少。料应他、此际闲眠，一样积愁难扫。

【笺注】　①自度曲：自己编制的词牌。填词一般都是依照固有的词牌依声填字，以供歌唱，有音乐才能的词作者有时会自制词牌，相当于自己作曲，自己填词，比如姜夔和周邦彦都是此中高手。时至清代，词谱的唱法已经失传，词已经从歌女口中转移到了文人的正式笔墨。与容若同时代的文坛巨擘王士祯在《花草蒙拾》里论及“今人不能创调”，谓唐代无词，所歌皆诗；宋代无曲，所歌皆词。宋代填词名家尽数通晓音乐，所以填词之时才能意在笔先，使字句自然合乎音调。今人不解音律，不要说不能创制新的词牌曲调，就算是按词谱填词，也做不到心手无碍。欲与古人在毫厘之间较量工拙，实在很困难呀。容若对音乐确有研究，《渌水亭杂识》时有笔记，只不知能否比肩姜夔、周邦彦诸公，其自制之《翦梧桐》词牌，亦不知是否入乐。另一方面，清代词人亦有旗帜鲜明反对自度曲者，顾彩便以自度曲为“自我作古”，他编的《草堂嗣响》特意不收此类词作。②漏尽：计时的漏壶已经把水滴尽，指夜晚已尽，天已破晓。③薄衾颠倒：谓辗转难眠。④土木形骸：形容人顺任自然，不假修饰。典出《晋书·嵇康传》，嵇康有奇才，卓尔不群，身高七尺八寸，风姿气度极佳，而土木形骸，不假修饰，人们认为他是龙凤之姿，天质自然。⑤分甘：甘愿。分（fèn），甘愿，满意。⑥忧能伤人：语出孔融《论盛孝章书》“若使忧能伤人，此子不得永年矣”。⑦端的：真的、确实。⑧误因疏起：化自蒋捷《满江红》“万误曾因疏处起，一闲且向贫中觅”。疏，疏懒。⑨殢（tì）：滞留。罗隐《西京崇德里居》有“进乏梯媒退又难，强随豪贵殢长安”。

【赏析】　这首《鶗梧桐》是纳兰容若自己创制的词牌，故名“自度曲”，感叹青春易去，事功未立，只在红颜陪伴里枉自消磨。词作从破晓醒来时写起，写那时忽然间有茫茫百感涌上心头，思量自己的一生，只觉得无限蹉跎，由此想起某位和自己有相似境况的友人。纳兰容若渴望以科举入文职，却受身份所累而做了侍卫。这在旁人看来只有艳羡，容若自己却冷暖自知。他虽然小心翼翼、尽职尽责，心里却有太多的牢骚，这已经屡屡见之于词了。这首词虽然说自己而今才晓得人生皆因疏懒而耽搁，青春毕竟无法挽留，仿佛将罪过推给自己的疏懒，其实这只是反语罢了，容若一生无论在任何事情上都不曾辜负一个“勤”字。

卷五

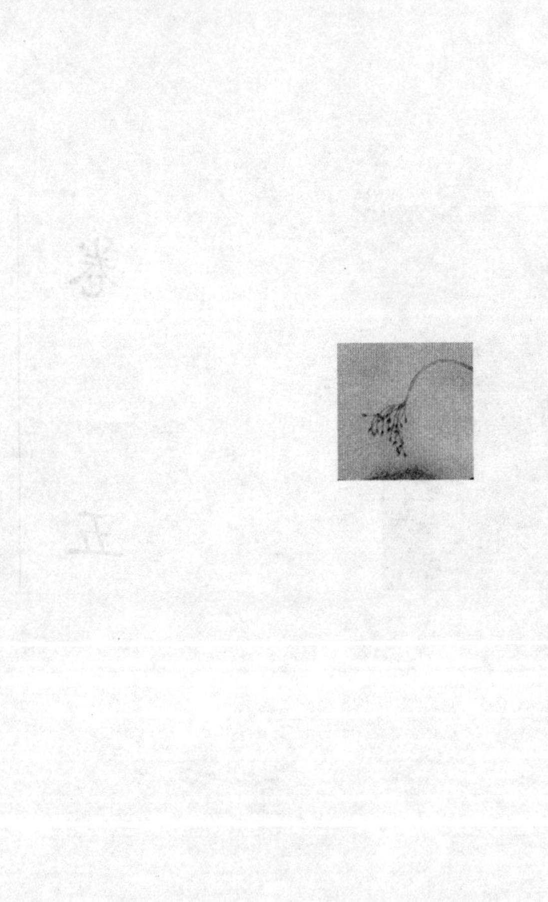

浣溪沙　寄严荪友[1]

藕荡桥边理钓筩[2]。苎萝西去五湖东[3]。笔床茶灶太从容[4]。

况有短墙银杏雨，更兼高阁玉兰风[5]。画眉闲了画芙蓉[6]。

【笺注】　①严荪友：严绳孙（1623-1702），字荪友，号藕荡渔人，江苏无锡人，工书善画，与朱彝尊、姜宸英并称“江南三布衣”，有《秋水词》。严绳孙于康熙十八年应试博学鸿词科，授翰林院检讨之职，累官至中允，康熙二十四年四月谢病归。②藕荡桥边理钓筩：藕荡桥，据顾贞观《离亭燕·藕荡莲》自注，藕荡桥在无锡杨湖附近，夏季满是花香，旁边是扫荡营，大概是元明之际水战的战场。严绳孙往来于湖上，于是自号藕荡渔人。据朱彝尊《严绳孙墓志铭》，严绳孙入仕之前很喜欢县城西边洋溪的丘壑竹林之美，很想在那里终老。洋溪有桥，叫做藕荡桥，严绳孙便自号藕荡渔人。钓筩，插在水里捕鱼的竹篓。筩，同“筒”，属《平水韵》上平“一东”部，这里当读 tōng。③苎萝西去五湖东：苎萝，苎萝山，在浙江诸暨，传说西施就住在这座山下。容若《拟古》四十首之三十三有“与君昔相逢，乃在苎萝村”。五湖，指太湖一带的水面，传说范蠡辅佐越王勾践灭吴之后，携西施泛舟五湖，悄然而去。诗词意象，苎萝指向西施，五湖指向范蠡，携美归隐的意思就这样表达出来了。“五湖”作为诗歌套语，多有归隐不仕的意思。严绳孙《自题小画》有：“占得红泉与绿芜，不将名字挂通都。君看沧海横流日，几个轻舟在五湖。”④笔床茶灶太从容：典出《新唐书·陆龟蒙传》，陆龟蒙不喜欢与世俗之流交往，即便人家登门造访他也不肯相见。他不乘马，只在船上设置篷席，随行总会带着书籍、茶灶、笔床、钓具。当时的人们称他为江湖散人，或号天随子、甫里先生，自比涪翁、渔父、江上丈人。后来朝廷因为知道他是高士而征召他入朝，他没有去。笔床，即笔架。床指架子，中国人本来不睡床，床在古代有两个主要意思：一是坐卧之具，如皇帝所谓坐龙床；二是架子，笔架就叫笔床，李商隐《富平少侯》“却惜银床在井头”，银床之所以出现在井头，因为这里所谓之床是指井架。茶灶，烹茶的小炉灶，郊游的时候可以随身带着。⑤“况有”二句：化用严绳孙《望江南》：“暗绿扑帘银杏雨，昏黄扶袖玉兰东”。⑥画眉闲了画芙蓉：画眉，《汉书·张敞传》载，张敞为人缺乏威仪，任京兆尹时为妻子画眉，京城传说张敞画出来的眉毛非常妩媚，有司以此弹劾张敞。皇帝问及，张敞答道：“臣听说闺房之内、夫妇的私情，还有超过画眉的。”严绳孙有一首《浣溪沙》写到画眉之事，柔情蜜意，写得很有情趣，确实像个“画眉闲了画芙蓉”的人物：“尽日风吹到大罗。金堂消息见横波。暖云香雾奈伊何。犹是不曾轻一笑，问谁堪与画双蛾。一般愁绪在心窝。”芙蓉，荷花的别称。藕荡桥边多荷花，故有此说。

【赏析】 这首词描绘了容若的挚友严绳孙在无锡藕荡桥畔的惬意生活。全词最美的一句是“画眉闲了画芙蓉”，一语多关，意味深长。画眉指的是男子帮自己的妻子描画眉毛，这是夫妻间恩爱的标志；而画芙蓉既可指严绳孙为妻子画像，也可指严绳孙描绘藕荡桥的夏日里无边无尽、清香袭人的荷花。画眉与画芙蓉不仅展现了严绳孙夫妇间融洽温暖的感情，还展现了严绳孙有花有鸟有绘画创作的安逸生活。我们不必细究“画芙蓉”中的芙蓉指的是严妻的面容还是真正的荷花，诗词本就允许多重解读，只要这七个字让我们联想到一种和乐闲适的生活，词人就成功了。

渔父

收却纶[①]竿落照红。秋风宁为翦芙蓉[②]。人澹澹，水濛濛。吹入芦花短笛中。

【笺注】　①纶：钓鱼竿上的丝线。②芙蓉：荷花。

【赏析】　此词为徐釚的《枫江渔父图》而作，题于画上，填补画面留白。《枫江渔父图》咫尺千里、烟波浩渺，画中人孤舟垂钓，在浩荡天地间唯有一瓮酒、几卷书作陪——这是中国水墨山水最典型的况味，幽静高远，卓尔不群，美则美矣，奈何太冷清。而容若高明之处就在于，画已冷清，词需要和煦，才能中和画面的孤寂，所以容若在题画词中特地安排了落照、芙蓉、芦花，让寂寞千年的水墨山水，第一次有了暖意。毋宁说，这是容若独有的温柔。

明月棹孤舟　海淀[①]

一片亭亭[②]空凝伫。趁西风、霓裳遍舞[③]。白鸟惊飞，菰蒲叶乱，断续浣纱人语。　丹碧驳残秋夜雨。风吹去、采菱越女。辘轳声断，昏鸦欲起，多少博山情绪[④]。

【笺注】　①海淀：在北京西北郊，今北京海淀区。海淀一地原属北京郊区，风景秀丽，多水泽，故称“淀”。容若在海淀桑榆墅（今双榆树）有别墅，庶妻颜氏就住在那里。别墅中有一座三层小楼，容若也常在这里会友谈心，如《桑榆墅同梁汾夜望》所载：“朝市竞初日，幽栖闲夕阳。登楼一纵目，远近清茫茫。众鸟归已尽，烟中下牛羊。不知何年寺，钟梵相低昂。无月见村火，有时闻天香。一花露中坠，始觉单衣裳。置酒当前檐，酒若清露凉。百忧兹暂豁，与子各尽觞。丝竹在东山，怀哉讵能忘。”顾贞观《大江东去》（倚楼清啸）末句有“等闲孤负，第三层上风月”，其下有小注：“呜呼！容若已矣，余何忍复拈长短句乎？是日狂醉，忆桑榆墅有三层小楼，容若与余昔年乘月去梯，中夜对谈处也。因寓此调，落句及之。”②亭亭：谓荷花。周敦颐《爱莲说》谓荷花“亭亭净植”。③趁西风、霓裳遍舞：化自卢炳《满江红》咏荷花之句“依翠盖、临风一曲，霓裳舞遍”。④博山情绪：谓博山炉泛起袅袅轻烟而撩拨起的愁绪。博山炉：高档香炉的代称。《西京杂记》载，长安曾有一位名叫丁缓的巧匠能制作九层博山香炉，炉子上雕刻有千奇百怪的鸟兽，极尽精妙之能事。

【赏析】 此词没有什么情节，甚至没有什么情绪，词人只是从亭亭玉立的荷花，写到西风吹过时荷叶如舞蹈般摇曳不停；从白鸟菰蒲，写到花叶丛中浣纱人断断续续的私语；从因夜雨而凋残的池中花草，写到风中的采菱女；从乌鸦归巢，写到博山炉的轻烟袅袅……然而这些事物凑在一起，却产生了难以名状的美感。谁说每首词都得有高尚而深沉的意义？有些词就是仅仅为了美而存在。你读它的时候感觉无限美好，这首词便实现了它的价值。

东风第一枝　桃花

薄劣[①]东风，凄其[②]夜雨，晓来依旧庭院。多情前度崔郎，应叹去年人面[③]。湘帘[④]乍卷，早迷了、画梁栖燕。最娇人、清晓莺啼，飞去一枝犹颤。　背山郭、黄昏开遍。想孤影、夕阳一片。是谁移向亭皋[⑤]，伴取晕眉青眼[⑥]。五更风雨，莫减却、春光一线[⑦]。傍荔墙[⑧]、牵惹游丝，昨夜绛楼难辨。

【笺注】 ①薄劣：薄情。②凄其：寒冷的样子，语出《诗经·邶风·绿衣》“絺兮绤兮，凄其以风”。③“多情”二句：孟棨《本事诗·情感》载，崔护清明郊游，到一村居求饮，见一女子持水而至，含情倚桃伫立。第二年清明，崔护再去故地游访，见门庭如故，而人去室空，于是在门上题诗云：“去年今日此门中，人面桃花相映红。人面不知何处去，桃花依旧笑春风。”④湘帘：用湘妃竹制成的帘子。⑤亭皋：水边高地。⑥晕眉青眼：比喻柳叶。⑦莫减却、春光一线：语出杜甫《曲江》“一片飞花减却春”。⑧荔墙：薜荔攀缘的墙壁。荔，薜荔，藤蔓植物，常攀缘墙壁而生。

【赏析】 这首词吟咏了桃花在各种情境中的模样，经历了一夜风雨的桃花，“晓来依旧庭院”；承载黄莺歌唱的桃花，“飞去一枝犹颤”；移栽之后的桃花，“伴取晕眉青眼”，与翠柳相偎相伴；夜晚的桃花，“昨夜绛楼难辨”，一树红晕让人迷惘，到底哪是红楼哪是桃树？而无论哪一种情境，都让人感到一种恍惚的温柔。词人显然对描写桃花的外观毫无兴趣，他着力捕捉的是桃花的精神气质。

望海潮　宝珠洞①

汉陵风雨，寒烟衰草，江山满目兴亡。白日空山，夜深清呗②，算来别是凄凉。往事最堪伤。想铜驼巷陌③，金谷④风光。几处离宫，至今童子牧牛羊。　荒沙一片茫茫。有桑干一线⑤，雪冷雕翔。一道炊烟，三分梦雨⑥，忍看林表斜阳。归雁两三行。见乱云低水，铁骑荒冈。僧饭黄昏，松门⑦凉月拂衣裳。

【笺注】 ①宝珠洞：为北京西山名胜八大处之一景，本为海岫和尚的修行洞，供奉着海岫和尚的塑像（一说是海岫和尚坐化的肉身），俗称鬼王菩萨。②清呗：即梵呗，僧人的唱经声。呗（bài），佛教经文中的赞偈，为梵语 pāthaka（呗匿）音译之略，在印度的本义是指以短偈形式唱宗教颂歌，后来泛指赞颂佛经或诵经声。③铜驼巷陌：晋代文学家陆机在《洛阳记》里记述洛阳有一条铜驼街，在街上宫门以西的地方有汉代铸造的三座铜驼。当时有俗语说“金马门外集众贤，铜驼陌上集少年”，可见这里是一处繁华热闹的所在。又，《晋书·索靖传》记载，索靖预见到天下将乱，指着洛阳宫门口的铜驼叹息说：将来要在荆棘丛中见到你了。④金谷：即金谷园，晋代首富石崇在洛阳附近的金谷涧所建的别墅，热闹与奢华盛极一时。陈维崧《夏初临·本意，癸丑三月十九日，用明杨孟载韵》有“蓦然却想，三十年前，铜驼积恨，金谷人稀”。“金谷”作为诗词套语，主要有三种用法，一是如感伤兴废，如此词之用法；二是表示饯别，因为石崇曾在金谷涧别墅里汇集当世名流送别王诩，后来江淹在他的名文《别赋》里写过“送客金谷”云云，以后诗人们说到金谷的时候，往往就有饯别的含义在；三是绿珠的故事，绿珠是一位梁姓美女，在西晋太康年间，石崇任交趾采访使，途经博白，以十斛珍珠买绿珠为妾，当时传为奇谈。石崇回到洛阳之后，修建金谷园，于园中作诗以歌咏明妃，绿珠为之配舞，更传为一时佳话。石崇每有贵客，必以绿珠侑酒，绿珠之美便转眼间名闻皇都。但政治总是波诡云谲，“八王之乱”期间，赵王司马伦专权，石崇因之失势。依附于司马伦的孙秀一直暗慕绿珠，趁此良机便派人向石崇索要绿珠。石崇把全家歌伎数十人一并唤出，任凭使者挑选，却独独不让绿珠。孙秀大怒，劝说司马伦诛杀石崇。当司马伦的士兵出现在金谷园门口的时候，石崇对绿珠叹道：“我这是因你获罪。”绿珠流泪道：“愿效死于君前”，随即坠楼自尽。容若有《鱼子兰》诗：“石家金谷里，三斛买名姬。绿比琅玕嫩，圆应木难移。若兰芳竟体，当暑粟生肌。身向楼前堕，遗香泪满枝。”⑤桑干一线：朱彝尊《最高楼》有“望不尽，军都山一面；流不尽，桑干河一线”。桑干河，源出山西，流至北京西部时转折向南，改称永定河，相传每年桑葚熟时河水干涸，故名桑干河。⑥梦雨：多指春雨，春雨淅淅沥沥，绵长不绝，如梦似幻，如李商隐《重过圣女祠》“一春梦雨常飘瓦，尽日灵风不满旗”。王若虚《滹南诗话》载，大约最细的、若有若无的雨称为梦雨，贺铸有“风头梦雨吹成雪”之句，又云“长廊碧瓦，梦雨时飘洒”。⑦松门：寺院大门。寺门多植松树，故称松门。

【赏析】 这首词乍一看很有水平，用典丰富，措辞端丽，但仔细琢磨就会发现，“汉陵风雨”、“铜驼巷陌”等皆是诗词中常见的套话，词中并未倾注太多情感。约定俗成的套话并无不好，它们往往代表了比字面上复杂得多的意义，用在诗词里很是经济实惠。然而一首词若无诚挚的情感，只拿套话来做堆砌，再华丽也没有牵动人心的力量。所以有人推测此词为容若早期的习作，是颇有道理的。人终需经历一些事情，逐步成长，才能明白好文章全靠真心做基础，辞藻反倒排在第二位。

瑞鹤仙　丙辰生日自寿，起用《弹指词》句，并呈见阳[①]

马齿加长矣[②]。枉碌碌乾坤，问汝何事。浮名总如水。拼尊前杯酒，一生长醉。残阳影里，问归鸿、归来也未。且随缘，去住[③]无心，冷眼华亭鹤唳[④]。　　无寐。宿酲[⑤]犹在，小玉[⑥]来言，日高花睡。明月阑干，曾说与，应须记。是蛾眉便自、供人嫉妒[⑦]，风雨飘残花蕊。叹光阴、老我无能，长歌而已。

【笺注】　①丙辰生日自寿，起用《弹指词》句，并呈见阳：丙辰，康熙十五年（1676年），是年三月容若考中二甲第七名进士，但终此全年未获委任，直到康熙十七年春，容若始任三等侍卫。生日，容若生于顺治十一年（甲午）十二月十二日（1655年1月19日），康熙十五年容若二十二岁。《弹指词》，顾贞观词集名。顾贞观有《金缕曲·丙午生日自寿》："马齿加长矣。向天公、投笺试问，生余何意。不信懒残分芋后，富贵如斯而已。惶愧杀、男儿堕地。三十成名身已老，况悠悠、此日还如寄。惊伏枥，壮心起。直须姑妄言之耳。会遭逢、致君事了，拂衣归里。手散黄金歌舞就，购尽异书名士。累公等、他年谥议。班范文章虞褚笔，为微臣、奉敕书碑记。槐影落，酒醒未。"丙午为康熙五年，顾贞观时年三十岁，考中顺天乡试第二名，被委任为内国史院典籍。顾词首句即"马齿加长矣"，容若与顾贞观的初识就是在这康熙十五年。见阳，张纯修，字子敏，号见阳，容若好友。成书于乾隆九年的《八旗满洲氏族通谱》卷七十四载："张滋德：正白旗包衣管领下人，世居辽阳地方，来归年分无考，原任山西巡抚。其子张纯修原任知府，张纯儒原任知县，张纯申原任知州。孙赫色现任护军校，张书现系生员，张杰现任笔帖式。"可见张纯修为正白旗包衣人，但据毛际可《张中丞自德传》（张自德即张滋德，"滋"为"自"的音讹），张家并非"世居辽阳"，籍贯当在顺天丰润。张纯修与容若结识之后，甚为投契。张纯修在扬州刊刻《饮水诗词集》，序言中称："容若与余为异姓昆弟。"张纯修工于书画，曹寅《墨兰歌》序称“见阳每画兰，必书容若词”。②马齿加长矣：马齿愈长则马龄愈高，马齿加长比喻年纪增长。典出《穀梁传·僖公二年》，晋国以宝玉、宝马贿赂虞国国君，借道攻打虢国，在灭虢之后，回程时又灭掉了虞国。灭掉虞国之后，当初拟定这项策略的荀息拿回了当初贿赂虞君的宝玉和宝马，说“璧则犹是也，而马齿加长矣”。③去住：去留。④华亭鹤唳：典出《世说新语·尤悔》，陆机在河桥兵败之后，遭到卢志的谗言陷害，被处以死刑，临刑时叹息道：“欲闻华亭鹤唳，可复得乎！'”按，华亭在今上海松江，为陆机故居，其地多鹤。⑤宿醒(chéng)：宿醉。⑥小玉：原为神话中仙家的侍女，白居易《长恨歌》有“转教小玉报双成”，后被用来泛指侍女。⑦是蛾眉便自、供人嫉妒：语出屈原《离骚》“众女嫉余之蛾眉兮，谣诼谓余以善淫”，以女子的貌美受妒，比喻男子的才高受妒。

【赏析】 康熙十五年三月，容若进士及第，但及第之后久久得不到委任，施展才华的雄心就这样被逐日消磨，一腔抱负无处施展。而就在同年十月，朝廷下诏，禁止八旗子弟考试生员、举人、进士。接连遭遇挫折的容若索性拒掉一切人际交往，闭门不出，缩在几千卷书筑成的小世界里低吟悄唱、拆字猜枚，看似逍遥，却也满心凄然，这阙词就写于如此心境中。“生不逢时，怀才不遇”大概是古来今往文人们最老掉牙的感叹，就算交与才高八斗的容若来写，也无甚新意。但写这种主题的词，本就只为发泄情绪，自己痛快便好，读者有无快感词人并不关心。

菩萨蛮　过张见阳山居[1]，赋赠

车尘马迹纷如织。羡君筑处真幽僻。柿叶一林红。萧萧四面风。　　功名应看镜[2]。明月秋河[3]影。安得此山间。与君高卧闲[4]。

【笺注】 ①过张见阳山居：张见阳，即张纯修，字子敏，号见阳，容若好友。张纯修在北京西山有别墅见阳山庄，当在潭柘寺附近。施闰章《学余堂诗集》有《同毛会候、曹宾及、梅耦长宿张见阳西山别业》：

"马首看山日向西，蓝田庄好一招携。萝阴别馆绿溪静，竹外繁花拂槛低。雨过林深云不散，残春谷暖鸟初啼。千峰四面青如许，醉逐东风信杖藜。"②功名应看镜：看镜中容颜渐老，感叹功名无成。语出杜甫《江上》"勋业频看镜，行藏独倚楼"。③秋河：银河。④与君高卧闲：《楚辞·九辩》有"尧舜皆有所举任兮，故高枕而自适"，是成语"高枕无忧"的出处，《世说新语·排调》载高灵与谢安语，谓谢安"屡违朝旨，高卧东山"，后人遂以"东山高卧"比喻悠闲隐居、不问世事。

【赏析】 在词的上阕，容若对张见阳的别墅毫无掩饰地赞美：到处都是车马如龙，真羡慕你偏能寻到一个如此清幽的住处啊，在这里，眼见的是满山柿叶殷红，听闻的是四面萧萧清风，多么美丽。但是，容若出身钟鸣鼎食之家，享尽荣华，什么优美的住所他未曾见过？何需对张见阳的别墅艳羡不已？我们再来读一读词的下阕：看镜中自己的容颜渐老，越发感慨功业无成，真想同你一道隐居在此，让明月和银河与我们做伴，何等逍遥自在。至此，终于明白容若的真意，对见阳山庄的向往是假，对官场斗争、人海沉浮的厌倦才是真。容若真正想对张见阳说的，乃是"我们从红尘喧嚣中逃走吧，躲开这肮脏的一切"。

于中好　咏史

马上吟成鸭绿江[①]。天将间气付闺房[②]。生憎久闭金铺暗[③]，花笑三韩玉一床[④]。　添哽咽，足凄凉。谁教生得满身香[⑤]。至今青海[⑥]年年月，犹为萧家照断肠。

【笺注】 ①马上吟成鸭绿江：顾贞观《台城路·梳妆台怀古》有"马上吟成，帐中弦歇"。据王鼎《焚椒录》，周春《辽诗话》，辽清宁元年，辽道宗耶律洪基册封萧观音为皇后，翌年，辽道宗出猎伏虎林，让萧皇后赋诗助兴。萧观音即席赋了一首七绝："威风万里压南邦，东去能翻鸭绿江。灵怪大千俱破胆，那教猛虎不投降。"耶律洪基得诗大喜，向群臣盛赞皇后为女中才子。②天将间气付闺房：谓上天把特殊才华付给女子。间气，汉代纬书《春秋演孔图》有"正气为帝，间气为臣"，"正气”是说人得五行中某一行之气，“间气”是说人得某一星宿之精。唐代高仲武选评所谓中兴时期的唐人诗歌，题为《中兴间气集》。张端义《贵耳集》称赞李清照的词，说女人能有这种文笔，应该是间气所致。王彦泓有诗“间气不钟男子去，才情偏与内家专”。③生憎久闭金铺暗：语出萧观音《回心词》：“扫深殿，闲久铜铺暗。游丝络网尘作堆，积岁青苔厚阶面。扫深殿，待君宴。”生憎，最恨。金铺，古代大门上铜制的猛兽之头，兽嘴衔着门环，称为铺首，因是铜制，故美称为金铺，代指门。所谓“生憎久闭金铺暗”，是说辽道宗很久都没来萧皇后这里了。事情的起因是辽道宗沉迷于游猎，萧观音写过一篇小文来作规劝，引起了道宗的不快，夫妻感情从此便有了隔阂。④花笑三韩玉一床：语出萧观音《回心词》“展瑶席，花笑三韩碧。笑妾新铺玉一床，从来妇欢不终夕。展瑶席，待君息”。萧观音明明自苦，却说花儿笑话自己，笑自己虽然把朝鲜美玉装饰的高级床铺准备得好好的，皇帝却很少光顾。“三韩”，古代朝鲜境内有三国，合称三韩，辽圣宗打过朝鲜，把朝鲜人迁到辽国，专门设了三韩县，在今天的内蒙古赤峰市东。⑤谁教生得满身香：权臣耶律乙辛陷害萧观音及太子，安排人写出一组淫靡的《十香词》，谎称为萧观音所作，其中有“咳唾千花酿，肌肤百和装。无非噉沉水，生得满身香”。萧观音被诬与乐师赵惟一私通，申辩无门，被赐自尽，时年三十六岁。⑥青海：西北有青海，这里泛指西北边地。

【赏析】 容若用五十五个字，就写出了辽懿德皇后萧观音一生的悲剧：遥想萧观音即席赋诗，吟出“东去能翻鸭绿江”这等佳句，原来上天也会把特殊的才华赐给女流之辈。但有盖世才华又如何？萧观音最后依然逃不开被辽道宗冷落的结局，任凭她咬紧牙关等待了又等待，他却再也不来。而萧观音人生的最终章，是被奸人陷害，背上写淫词艳曲和与乐师通奸的罪名，屈辱自尽。容若为萧观音哀叹不已，其实我想，萧观音死的时候是松了一口气吧？被自己爱的人冷落厌弃，想来她也受够了这样的命运，最后被她爱的人亲手赐死，虽有说不尽的委屈，但也是唯一的解脱之径。

满江红　为曹子清题其先人所构楝亭，亭在金陵署中[①]

籍甚平阳[②]，羡奕叶[③]、流传芳誉。君不见、山龙补衮[④]，昔时兰署[⑤]。饮罢石头城下水[⑥]，移来燕子矶[⑦]边树。倩一茎、黄楝[⑧]作三槐[⑨]，趋庭[⑩]处。　延夕月，承晨露。看手泽[⑪]，深余慕。更凤毛[⑫]才思，登高能赋[⑬]。入梦凭将图绘写，留题合遣纱笼护[⑭]。正绿阴、青子[⑮]盼乌衣[⑯]，来非暮[⑰]。

【笺注】　①为曹子清题其先人所构楝亭，亭在金陵署中：曹子清，曹寅，字子清，号楝（liàn）亭，正白旗包衣人，容若好友，曾任通政使、江宁织造等，著有《楝亭集》。其先人，谓曹寅之父曹玺，曹玺于康熙元年任江宁织造，卒于康熙二十三年。楝亭，曹玺在江宁任上时曾于衙署亲手种植了一株楝树，又在楝树旁边修了一座亭子。曹玺去世之后，曹寅重修了这座亭子，名之为楝亭，请人绘图以作纪念。《楝亭图卷》至今尚存，共四卷，计图十幅。禹之鼎、戴本孝、严绳孙、程义等人绘图，容若、唐孙华、姜宸英、徐乾学、王士祯等四十五位名家陆续应曹寅之邀为之题咏。容若此词即为题咏《楝亭图》之作，列于诸家题咏之先。金陵，今南京市。署，指江宁织造府衙署。按，此词用典甚多，词中典故多宜与词序（参看《曹司空手植楝树记》）。②籍甚平阳：籍甚，盛大，昭著。《史记·郦生陆贾列传》有“陆生以此游汉廷公卿间，名声藉甚”，《集解》引《汉书音义》：“言狼籍甚盛。”皇甫冉《送荣别驾赴华州》有“还将海沂咏，籍甚汉公卿”，韦应物《送陆侍御还越》有“英声颇籍甚，交辟乃时珍”。平阳，汉初功臣曹参封平阳侯，世袭，这里以曹参之家比喻曹寅之家，切曹姓。③奕（yì）叶：累世，代代。唐《郊庙歌辞·梁太庙乐舞辞·象功舞》有“雄名不朽，奕叶而光”。④山龙补衮：山龙，山与龙分别为高级官员的礼服图案，至于具体细节如何，自古便多有分歧。其源出自《尚书·益稷》：“予欲观古人之象，日、月、星辰、山、龙、华虫……，作服，汝明。”经学家对此解释不一，以郑玄的解释较为主流，是以为山、龙图案为公爵的礼服标准。王建《杂歌谣辞·鸡鸣曲》有“百官待漏双阙前，圣人亦挂山龙服”补衮，补救帝王的失误，典出《诗经·大雅·烝民》“衮职有阙，维仲山甫补之”。衮，本义是画龙于衣，亦指古代帝王或三公所穿的礼服。⑤兰署：即兰台，汉代宫中收藏典籍之处，后来也指御史台，唐代秘书省亦称兰署，这里用以尊崇曹氏的门第。⑥饮罢石头城下水：尉迟偓《中朝故事》载，李德裕在朝为官的时候，有人出使京口（今镇江），李德裕托付他说：“等你回来的时候，把金山下扬子江中泠水取一壶来。”此人回程的时候，喝醉了酒，忘记了这件事情，等船到了石头城下方才想了起来，便即从江中汲了一壶水，回来之后献给李德裕。李德裕喝过之后，非常惊讶，说水的味道与当年不同，像是建业石头城下的江水。取水之人这才交代了事情的原委，向李德裕道歉。石头城：故址在今江苏南京市清凉山，为三国时孙权所建，后来石头城亦为南京的代称。⑦燕子矶：是南京城外的一处名胜，状如飞燕，俯临长江。⑧黄楝（liàn）：俗名苦楝子，是一种速生的小乔木，三四月间开花，花呈红紫色，果实如小铃，成熟之后变成黄色。⑨三槐：比喻位至三公。《周礼·秋官·朝士》载，面向三槐为三公之位。《邵氏闻见录》载王祐曾经在庭院里种了三株槐树，认为自己的子孙一定会有人官至三公，后来他的儿子王旦果然做了宰相，人们便称王家为三槐王氏。⑩趋庭：比喻子承父教，典出《论语·季氏》，陈亢问孔子的儿子伯鱼（孔鲤）：“你在你父亲那里听到过什么特别的教诲吗?”伯鱼答道：“并没有。有一次，我父亲独自站在堂上，我快步走过中庭（趋而过庭），我父亲说：‘你学《诗》了没有?’我答道：‘还没有。’父亲说：‘不学《诗》，无以言。’我退下来之后便开始学《诗》。又有一次，我父亲又独自站在堂上，我又快步走过中庭，父亲问：‘你学礼了吗?’我答道：‘还没有。’父亲说：‘不学礼，无以立。’我退下来之后便开始学礼。私下里我只听到过这两次教诲。”陈亢大喜，说：“我问一件事，听得了三件事，一是该学《诗》，二是该学礼，三是君子不偏心自己的儿子。”⑪手泽：本指手汗，引申为先人的遗物、遗墨。⑫凤毛：凤凰的羽毛，多用以赞美人的文采俊秀，有先人遗风。典出《世说新语·容止》，王劭（字敬伦）的仪表风姿很像他的父亲王导，他任侍中的时候，桓温看着他身穿朝服走进官署，感叹说："他的确有他父亲的风采。（大奴固自有凤毛。）"⑬登高能赋：《汉书·艺文志》载，古书上说，"不歌而诵谓之赋，登高能赋可以为大夫"，是说这样的人能够触景生情发为文辞，才智出众可以谋划大事，所以可以列为大夫。《毛诗正义》释《诗经·鄘风·定之方中》，列君子有九种才能者可以为大夫，"升高能赋"为其一。⑭留题合遣纱笼护：王定保《唐摭（zhí）言》卷七载，王播年少的时候孤贫无依，曾经寄宿在扬州惠昭寺木兰院，跟在僧人后面一起吃饭。僧人们很讨厌他，便提前开饭，等王播再来的时候饭已经没了。二十年后，王播身居要职，出镇扬州，于是去了惠昭寺木兰院访旧，只见自己当初题在墙上的诗句都已经被僧人们用碧纱小心地保护了起来。王播感而作诗："……上堂已了各西东，惭愧阇黎（shé lí）饭后钟。二十年来尘扑面，如今始得碧纱笼。"⑮绿阴青子：本指春暮夏初，繁华已落，果实初结，陈人杰《沁园春》有"乌影舒炎，黄埃涨暑，又过绿阴青子时"。容若这里用"绿阴青子"一语双关，既点明《楝亭图》所绘之节令，也比喻南京百姓。"绿阴青子盼乌衣"是比喻南京百姓对曹寅的期盼。⑯乌衣：用"乌衣诸郎"之典。周应合《景定建康志》载，乌衣巷在秦淮河南岸，衣冠南渡之时，王、谢等名门大族居住于此，时人称其子弟为乌衣诸郎。容若这里以乌衣喻曹寅。⑰来非暮：据《后汉书·廉范传》，廉范，字叔度，调任蜀郡太守，廉范发现，蜀郡以前为了防止火灾，禁止百姓在夜间点灯做工，但禁令没人遵守，百姓还是偷着点火做工，由此引发的火灾依然不断。廉范便撤消了以前的禁令，允许百姓在夜间点火做工，只是严令大家储水以防火灾。百姓深受其惠，作歌来称颂他说："廉叔度，来何暮，不禁火，民安作，平生无襦今五裤。"容若反用其意，说"来非暮"，意思是蜀郡百姓只遗憾廉范来得太晚，而曹氏一家来南京并不算晚，南京百姓将受惠更多。

【赏析】 康熙二十四年，曹寅携《楝亭图》前往北京，请容若及顾贞观等文学名士为之题咏，是为《楝亭图卷》，至今犹存，此词便是容若的题画之作，此后不及一个月，容若便染病而亡。一言以蔽之，这首词就是夸奖曹寅及曹寅全家，用典丰富，但也没能脱离奉承话的一贯俗套，无甚新意。

有才如纳兰容若，也在奉承这件事上犯难，如何把奉承话说得新颖又漂亮，这是个挑战。

南乡子　秋莫①村居

红叶满寒溪。一路空山万木齐。试上小楼极目望，高低。一片烟笼十里陂。　吠犬杂鸣鸡。灯火荧荧归路迷。乍逐横山时近远，东西。家在寒林独掩扉。

【笺注】　②秋莫：即秋暮。②陂（bēi）：池塘湖泊。

【赏析】　这首词是一幅秋暮村居图。写景最易流于平淡，为了避免平淡，词人精心布置了几组对比来丰富画面，比如寒溪就由红叶来增添暖意，小楼就配上可以极目眺望的辽远风景，轻烟缭绕的寂静山坡有鸡鸣犬吠与灯火荧荧……而无论外面有怎样美丽的风景，最终一切都归于山林深处那个小小的家，宁静又温馨。

雨中花　纪梦

楼上疏烟楼下路。正招余、绿杨深处。奈卷地西风，惊回残梦，几点打窗雨。　夜深雁掠东檐去。赤憎①是、断魂砧杵②。算酉酒忘忧，梦阑③酒醒，愁思知何许④。

【笺注】　①赤憎：可恨。杜甫《风雨看舟前落花，戏为新句》有“赤憎轻薄遮入怀，珍重分明不来接”。②断魂砧杵：砧杵：捣衣的工具。捣衣是古代诗歌的常见主题，秦汉以来，士兵的武器装备和粮食一般由政府统一供应，衣服则多属自备，所以每当秋风起时，家人就要准备好换季的衣服寄到前线，所以每年秋季都是女子捣衣的时间，这正是李白《子夜吴歌》之三所描写的：“长安一片月，万户捣衣声。秋风吹不尽，总是玉关情。何日平胡虏，良人罢远征。”因为捣衣之时也正是思念远人之时，故称“断魂”。③阑：残，将尽。④何许：什么，哪里。

《后汉书·陈留老父传》有"陈留老父者，不知何许人也"。

【赏析】　这首小词记叙了词人从梦中惊醒的情境：梦里面，楼上有轻盈迷蒙的烟霭，楼下有绿杨成荫的道路，仿佛在召唤我出行。怎奈西风乍起，将我从梦中惊醒，看窗外正有雨点飘坠。夜已沉，大雁掠过屋檐，捣衣声催人肠断。纵然借酒可以浇愁，到了梦残酒醒时分，愁绪却依旧。其实词人的梦算不得很美，不过就是有小楼、绿杨、轻烟而已，但对比现实，梦里的世界可算是幸福的世外桃源。词人对这样的梦越是眷恋，越说明现实的残酷与危险。现实到底是怎样的呢？词人没有写，他只写了几点雨、几只雁、几声砧杵，他企图用这些黯淡悲伤的意象，暗示出现实的凄惶。

浣溪沙

一半残阳下小楼。朱帘斜控软金钩[①]。倚阑无绪不能愁。

有个盈盈[②]骑马过，薄妆浅黛亦风流。见人羞涩却回头。

【笺注】　①朱帘斜控软金钩：严绳孙《山花子》有"犯寒帘控小金钩"。控：悬挂。②盈盈：原指仪态美好，这里代指美女。严绳孙《虞美人》有"有个盈盈相并说游人"。

【赏析】　夕阳西下，独自凭栏，词人看见的景色与此刻的心情一样萧索。不过令人惊喜的是，突然有人打破了这片萧索，一位姿态盈盈的佳人骑马从楼下经过，她娇憨可爱的神态就像黑夜中的烛火，猛地照亮了词人灰暗的心境。上阕中惨淡的风景也好，惨淡的心情亦罢，都是为了衬托下阕佳人出场时的惊艳。

菩萨蛮

梦回酒醒三通鼓[①]。断肠啼鴂[②]花飞处。新恨隔红窗。罗衫泪几行。　　相思何处说。空对当时月。月也异当时。团圞照鬓丝[③]。

【笺注】 ①三通鼓：谓三更的更鼓。②啼鴂：即鶗鴂（tí jué），杜鹃鸟，传说古蜀国灭亡之后，国王杜宇死而化为杜鹃鸟，声声啼血。张先《千秋岁》有“数声鶗鴂，又报芳菲歇”。③“相思”四句：容若另有《菩萨蛮》（催花未歇花奴鼓），下阕为“粉香看又别。空剩当时月。月也异当时。凄清照鬓丝。”团圞（luán），团聚。

【赏析】 上阕描述伤感的情状，下阕道明伤感的原因。让我在夜半时分“罗衫泪几行”的原因，是你，相思无处可说，陪伴我的唯有当初你我共赏的月亮。但真正令人伤感的是，“月也异当时”，连月亮都不再是当时的月亮，现在的月更圆更亮，所以它能够清楚照见我逐渐花白的鬓角，照见我深埋心底的落寞。睹物思人，总还有旧物可作慰藉，但是，当物都不似旧时，又该如何释怀？

摊破浣溪沙

一霎灯前醉不醒。恨如春梦畏分明[①]。淡月淡云窗外雨，一声声。 人道情多情转薄，而今真个不多情[②]。又听鹧鸪啼遍了，短长亭[③]。

【笺注】 ①恨如春梦畏分明：语出张泌《寄人》“一场春梦不分明”。②“人道”二句：容若同调词（风絮飘残已化萍）有“人到情多情转薄，而今真个悔多情”。容若有闲章，镌“自伤情多”四字。③又听鹧鸪啼遍了，短长亭：鹧鸪与短长亭都是习见的诗歌套语。鹧鸪的叫声，古人觉得听起来像是“行不得也哥哥”。辛弃疾《菩萨蛮·书江西造口壁》有“江晚正愁予，山深闻鹧鸪”，凡是诗词中出现鹧鸪啼鸣，固定含义就是走投无路、一片茫然。短长亭，是古代郊野的地方给路人歇脚盖的亭子，也有的就是驿站，庾信《哀江南赋》有“十里五里，长亭短亭”，所以“亭”和“路”是联系在一起的，所谓“长亭外，古道边，芳草碧连天”。人们送别会在长亭，行路之人思乡也会望望一路上的长亭短亭，如李白《菩萨蛮》“何处是归程，长亭更短亭”。所以短长亭就有了惜别和思乡这两个意象。容若这里是把“鹧鸪啼”和“短长亭”

两个意象交织在了一起，更加凸显了一种无可奈何的凄凉之感。

【赏析】 “人道情多情转薄，而今真个不多情”是这首词最出彩的一句，意为人们都说情到浓时就会转淡，词人如今真的已不再多情。仔细琢磨这句词，为什么情到浓时会转淡呢？其实不是因为喜新厌旧，而是因为用情太深之后心理就变得脆弱，承受不了对方任何消极反馈，为寻求自我保护，会强迫自己将感情转淡。要知道，用情者一触即溃，唯有薄情者所向无敌。只有真正深情的人，才会有“人道情多情转薄，而今真个不多情”的感叹。

水龙吟　再送荪友南还[①]

人生南北真如梦[②]，但卧金山高处[③]。白波东逝，鸟啼花落，任他日暮。别酒盈觞，一声将息[④]，送君归去。便烟波万顷，半帆残月，几回首，相思否。　可忆柴门深闭。玉绳[⑤]低、翦灯夜语[⑥]。浮生如此，别多会少，不如莫遇[⑦]。愁对西轩，荔墙[⑧]叶暗，黄昏风雨。更那堪几处，金戈铁马[⑨]，把凄凉助。

【笺注】 ①再送荪友南还：荪友，严绳孙（1623－1702年），字荪友，号藕荡渔人。所谓“再送”，严绳孙南归时，容若先作《送荪友》诗相送：“人生何如不相识，君老江南我燕北。何如相逢不相合，更无别恨横胸臆。留君不住我心苦，横门骊歌泪如雨。君行四月草萋萋，柳花桃花半委泥。江流浩淼江月堕，此时君亦应思我。我今落拓何所止，一事无成已如此。平生纵有英雄血，无由一溅荆江水。荆江日落阵云低，横戈跃马今何时。忽忆去年风雨夜，与君展卷论王霸。君今偃仰九龙间，吾欲从兹事耕稼。芙蓉湖上芙蓉花，秋风未落如朝霞。君如载酒须尽醉，醉来不复思天涯。”容若以《送荪友》相送之后再作此词，是为“再送”。②人生南北真如梦：化自吴潜《青玉案·和刘长翁右司韵》“人生南北如歧路，惆怅方回断肠句”。③但卧金山高处：卧，“高卧”之意，形容悠然归隐的生活。《楚辞·九辩》有“尧舜皆有所举任兮，故高枕而自适”，是成语“高枕无忧”的出处，《世说新语·排调》载高灵与谢安语，谓谢安“屡违朝旨，高卧东山”，后人遂以“东山高卧”比喻悠

纳兰词

闲隐居、不问世事。金山，位于镇江西北，这里代指严绳孙的家乡。④将息：珍重、保重。⑤玉绳：原指北斗第五星之北玉衡之北的天乙、太乙二星，代指北斗星。苏轼《洞仙歌》有“试问夜如何，夜已三更，金波淡，玉绳低转”。⑥翦灯夜语：语出史达祖《绮罗香·咏春雨》“记当日、门掩梨花，翦灯深夜语”。⑦“浮生”二句：容若《送荪友》有“人生何如不相识，君老江南我燕北。何如相逢不相合，更无别恨横胸臆”。⑧荔墙：薜荔攀缘的墙壁。荔，薜荔，藤蔓植物，常攀缘墙壁而生。⑨更那堪几处，金戈铁马：其时正值“三藩之乱”，严绳孙南还，距离战区愈近。

【赏析】 康熙十五年，严绳孙自京城南还故乡无锡，容若以《送荪友》诗及此词相送。在没有电话电报，没有QQ微信，也没有火车飞机的岁月里，送别亲朋是一件非常揪心的事，因为接下来取得联系已属不易，再见一面更是难上加难，很可能一别就是一生。但揪心有揪心的好处，历代送别诗词的好评率都较高，就是因为伤心往往能催生更好的艺术表现。此词也是一首上佳的送别词，从送别写起，继而想象分别后朋友悠然自得的隐居生活——“白波东逝，鸟啼花落，任他日暮”，既替朋友高兴，又害怕朋友忘记了自己——“几回首，相思否”。下阕是离别之后回忆与友人之间的前尘旧事，诉说此刻的自己多么孤独，同时又替朋友暗自担心，为什么担心呢？因有西南战事的消息传来，战区离朋友的家乡不远，怕战火影响朋友的生活。上下阕感情层层转折，层层递进，非常细腻。

相见欢

落花如梦凄迷[①]。麝烟[②]微。又是夕阳潜下小楼西。　　愁无限。消瘦尽。有谁知。闲教玉笼鹦鹉念郎诗[③]。

【笺注】 ①落花如梦凄迷：化自秦观《浣溪沙》“自在飞花轻似梦，无边丝雨细如愁”。②麝烟：在熏炉里点燃麝香所散发的香烟。鱼玄机《和人》有“宝匣镜昏蝉鬓乱，博山炉暖麝烟微”。③闲教玉笼鹦鹉念郎诗：化自柳永《甘草子》“池上凭阑愁无侣。奈此个、单栖情绪。

却傍金笼共鹦鹉。念粉郎言语”。顾贞观《南乡子》有“自把毛诗教小凤，关关，鹦鹉偷传唤阿蛮”。

【赏析】 这首词写一位独居小楼的女子，在相思的愁苦中日渐消瘦，她只能将情郎的诗句教给玉笼里的鹦鹉，以此来排遣烦闷与寂寥。很多人一读到这种类型的词作，总想根据蛛丝马迹推理出词人所写的女子究竟是谁，和词人是何关系，他们之间又有怎样的故事……考据派的认真值得尊重，只是有时越想挖出真相，越是失却了词作的真意。词作中的人与事很多都是虚构，词人只是创造出一个最适合的情景，用于表达某种想说又无法说或是说不清的情绪。描摹那种幽微深沉的情感，才是词作的目的。

昭君怨

暮雨丝丝吹湿。倦柳愁荷①风急。瘦骨不禁秋②。总成愁。

别有心情怎说。未是诉愁时节。谯鼓③已三更。梦须成。

【笺注】 ①倦柳愁荷：语出史达祖《秋霁》“江水苍苍，望倦柳愁荷，共感秋色”。②瘦骨不禁秋：化自向滈《虞美人·临安客店》“不道沈腰潘鬓、不禁秋”。③谯鼓：谯楼更鼓。谯（qiáo），谯楼，城门上的望楼。

【赏析】 这首小词描写了作者的惆怅。写愁的诗词很多，然而它们大都有着相似的模样，多是写写风景，风景中穿插两句心理描写，然后用凄凉的风景暗示同样凄凉的心境。容若这首词走的也是这个路线，但“瘦骨不禁秋”这句形容太妙，让整首词都脱离了俗套。

霜天晓角

重来对酒。折尽风前柳。若问看花情绪，似当日、怎能彀①。

休为西风瘦②。痛饮频搔首。自古青蝇白璧③，天已早、安排就。

【笺注】 ①彀：同“够”。②休为西风瘦：化自李清照《醉花荫》“莫道不消魂，帘卷西风，人比黄花瘦”。③青蝇白璧：比喻小人诽谤君子。语出刘向《九叹·怨思》：“若青蝇之伪质兮，晋骊姬之反情。”王逸注：“青蝇变白使黑，变白使黑，以喻谗佞。”青蝇，苍蝇。白璧，白玉。陈子昂《宴胡楚真禁所》有“青蝇一相点，白璧遂成冤”，李白《鞠歌行》有“楚国青蝇何太多，连城白璧遭谗毁”，《书情题蔡舍人雄》有“白璧竟何辜，青蝇遂成冤”。

【赏析】 这首词反复劝人饮酒，上阕开篇就说“重来对酒”，意为再饮一杯酒吧；下阕也说“休为西风瘦。痛饮频搔首”，意为莫要因为秋风而憔悴，只管尽情饮酒，频频搔首。但上下阕劝人饮酒的理由不同，上阕劝饮是因为“若问看花情绪，似当日、怎能彀”，此刻赏花，心情也再不似从前，劝饮是为了消磨百无聊赖的情绪；下阕劝饮是因为“自古青蝇白璧，天已早、安排就”，自古以来君子总是遭小人诽谤，上天就是安排了这样的规则——世道不公，多么痛切与无奈，不饮酒，何以解忧？下阕的理由显然比上阕的理由深刻许多，而这也是作者真正想表达的。

减字木兰花

花丛冷眼。自惜寻春来较晚[①]。知道今生。知道今生那见卿。

天然绝代。不信相思浑不解。若解相思。定与韩凭共一枝[②]。

【笺注】 ①自惜寻春来较晚：典出杜牧《叹花》诗：“自恨寻芳到已迟，往年曾见未开时。如今风摆花狼藉，绿叶成阴子满枝。”②定与韩凭共一枝：李冗《独异志》载，宋康王夺走了韩凭（又作韩朋）的妻子，派韩凭修筑青陵台，然后杀死了他。韩凭的妻子请求临丧，跳下青陵台自尽身亡。《太平寰宇记》对此事也有记载，说韩凭的妻子事先把衣服作了腐化处理，在青陵台上突然投身下跳，左右的人急忙拉住她的衣角，谁知衣服触手即碎，化作片片蝴蝶。宋康王愤恨不已，把韩凭夫妻分别埋葬，结果两座坟墓上分别生出了两棵大树，枝条互相接近，终于缠绕在一起，是为连理枝。容若有《有感》诗：“帐中人去影澄澄，重对年时芳苡灯。惆怅月斜香骑散，人间何处觅韩凭。”

【赏析】 这首小词的主题总结起来就是“错过”，错过了花期，错过了春色，错过了心爱的你；花期和春色还能再来，唯有你，一生都已失之交臂。所以词人遗憾不已，在词的下阕再三假设：若你懂得我的心，一定甘愿与我结成连理，就像传说中的韩凭夫妇那样，刻骨铭心地相爱。但人生没有假设，爱情不能重来，命运也只有在文学作品里能改写。遗憾的事，终究只能遗憾了。

忆秦娥

长飘泊。多愁多病心情恶。心情恶。模糊一片，强分哀乐[①]。

拟将欢笑排离索[②]。镜中无奈颜非昨。颜非昨。才华尚浅，因何福薄[③]。

【笺注】 ①模糊一片，强分哀乐：谓心绪复杂，哀乐混杂难辨。②离索：离群索居。③才华尚浅，因何福薄：李商隐《有感》有“中路因循我所长，古来才命两相妨”，容若自谦才华尚浅，不解为何命里“长飘泊”。

【赏析】 这首词未涉及任何具体的事情或物件，就是词人心绪的流淌：我长久漂泊不定，所以多愁多病，情绪不佳。心中百味杂陈，哀乐交错难辨。想要强作欢颜来排解寂寞，怎奈看到镜中容颜渐老，愈发伤感。人们都说才高则福薄，而我才华尚浅，为何却同样福薄呢？——词的最末一句体现了中国式的谦逊，一个人才情再高绝，也要把“德薄才疏，承蒙谬赞”之类的客套话挂在嘴边，好像承认自己能力强就是大逆不道。赞美的话要由别人来说，这是中国人从古奉行至今的生活哲学。

青衫湿 悼亡

近来无限伤心事，谁与话长更。从教分付[①]，绿窗红泪[②]，早雁初莺[3]。　当时领略，而今断送，总负多情。忽疑君到，漆灯风飐[4]，痴数春星。

【笺注】　①从教分付：一概听任。②绿窗红泪：语出李郢《为妻作生日寄意》“应恨客程归未得，绿窗红泪冷涓涓”。红泪，形容女子的眼泪。王嘉《拾遗记》载，魏文帝曹丕迎娶美女薛灵芸，薛灵芸不忍远离父母，伤心欲绝，等到登车启程以后，薛灵芸仍然止不住哭泣，眼泪流在玉唾壶里，待车队到了京城，壶中已经泪凝如血。③早雁初莺：形容春去秋来，岁月流转。语出《南史·萧子显传》，萧子显曾作《自序》，有“若乃登高目极，临水送归，风动春朝，月明秋夜，早雁初莺，开花落叶，有来斯应，每不能已也”。④漆灯风飐：漆灯，《述异记》载，阖闾夫人的坟墓方圆八里，漆灯照耀如同日月。李商隐《十字水期韦潘侍御同年不至，时韦寓居水次故郭汾宁宅》有“漆灯夜照真无数，蜡炬晨炊竟未休”，李贺《南山田中行》有“石脉水流泉滴沙，鬼灯如漆点松花”。《宋会要辑稿》载太常礼院与司天监所定的山陵制度，提到有“漆灯盆一座，盆高四尺五寸，径三尺，座方二尺五寸，厚一尺”。飐(zhǎn)，风吹，颤动。

【赏析】　此词的中心思想，一言以蔽之就是“当初我不懂珍惜，直到失去你才后悔”，这个话题被无数人说了无数遍，但听容若用他的方式娓娓道来，伤心更深一重。词最后结束在“忽疑君到，漆灯风飐，痴数春星”，说忽然间一阵风吹动漆灯的灯焰，仿佛是你的魂灵归来，然而终归只是风呵，我唯一能做的，就是痴痴数着满天星星。你在的时候，我不曾珍惜；你走之后，连一阵风我都幻想是你，只是一伸手，揽住的只有空气和我自己。

忆江南　宿双林禅院[1]有感

心灰尽，有发未全僧[2]。风雨消磨生死别，似曾相识只孤檠[3]。情在不能醒。　摇落[4]后，清吹[5]那堪听。淅沥暗飘金井[6]叶，乍闻风定又钟声。薄福荐倾城[7]。

【笺注】　①双林禅院：康熙十六年（1677 年）五月三十日，容若之妻卢氏去世，灵柩暂停于双林禅院。双林禅院位于北京阜成门外二里沟，今紫竹院公园一带，建于明万历四年，毁于清末。②有发未全僧：化自陆游《衰病有感》“在家元是客，有发亦如僧”。③孤檠：孤灯。檠(qíng)，灯台，代指灯。④摇落：凋残。《楚辞·九辩》：“悲哉秋之为气也，萧瑟兮草木摇落而变衰。”⑤清吹：清风。与上一句意思贯连，并且承接后文“淅沥暗飘金井叶，乍闻风定又钟声”，意谓草木凋残之后，风声已不堪听。⑥金井：一说是井栏有雕饰的井，一说即普通石井，“金”不过形容其坚固。辘轳金井是一种已定型的诗歌意象，如李煜《采桑子》“辘轳金井梧桐晚，几树惊秋”，晁冲之《如梦令》“墙外辘轳金井。惊梦瞢腾初省”。⑦薄福荐倾城：薄福，福分浅，这里是容若自称为福薄之人。荐，指请和尚、道士念经拜忏以超度亡灵。倾城，指卢氏。

【赏析】 这是一首悼亡词。妻子的离世让容若彻底心灰意冷，所以他才哀伤地称自己为“有发未全僧”，说自己与僧人的差别只是头发尚在罢了。“风雨消磨生死别，似曾相识只孤檠”这两句，即使放在古往今来所有的悼亡词里也毫不逊色，深情可匹唐代元稹的悼亡词“惟将终夜长开眼，报答平生未展眉”。这两句词说，我们共同经历了人生的风风雨雨，如今却生死悬隔，而我身边竟然连几样可缅怀你的景物都找不到，唯有一盏似曾相似的孤灯，还能让我联想到你的温存。物是人非已让人痛彻心扉，更痛的是连物都不再是，缅怀都没有起点。

鹊桥仙

倦收缃帙①，悄垂罗幕，盼煞一灯红小。便容生受博山香②，销折得、狂名多少。　是伊缘薄，是侬情浅，难道多磨③更好。不成④寒漏也相催，索性尽、荒鸡⑤唱了。

【笺注】 ①缃帙：浅黄色的书套，代指书籍。②便容生受博山香：“博山香”这个典故被容若多次用在自己的诗词里，譬如“断带依然留乞句，班骓一系无寻处”，当是缅怀一段未果的初恋。③多磨：好事多磨之意。④不成：难道。⑤荒鸡：在三更以前就开始啼鸣的鸡被称为荒鸡，古人认为荒鸡啼鸣是战乱或不祥的预兆。温庭筠《马嵬佛寺》有"荒鸡夜唱战尘深，五鼓雕舆过上林"。

【赏析】 这又是一段不能如愿的爱情，不过就词所写的内容来分析，造成爱情不幸的或许不是命运，而是词人自身。"便容生受博山香，销折得、狂名多少"，词人说，纵使我承受得起你的爱意，我那疏狂的名声又怎会因此而减少？词人作这样的假设，明显已对这段情产生了退缩之意。接着词人又抛出一连串问题，"是伊缘薄，是侬情浅，难道多磨更好"，难道是你缘分太薄，难道是我情分太浅，难道好事定要多磨？我总觉得，即使是为了更漂亮的修辞，真正坚定的人不会四处追问到底是什么造成了感情的障碍，他们会看着自己心爱的人，闯过命运的荆棘，笔直地走过去。

又

梦来双倚，醒时独拥，窗外一眉新月。寻思常自悔分明，无奈却、照人清切[①]。 一宵灯下，连朝镜里，瘦尽十年花骨[②]。前期总约上元时[③]，怕难认、飘零人物[④]。

【笺注】 ①照人清切：严绳孙《念奴娇》有"姮娥知否，照人如此清切"。②瘦尽十年花骨：化自史达祖《鹧鸪天》"十年花骨东风泪，几点螺香素壁尘"。花骨，这里为词人自喻。顾贞观《百字令》有"倦游垂老，为东风瘦尽、十年花骨"。③前期总约上元时：化自欧阳修（一说朱淑真）《生查子》"去年元夜时，花市灯如昼。月上柳梢头，人约黄昏后"。前期，以前的相约。孙光宪《定风波》有"年来年去负前期，应是秦云兼楚雨"。上元，正月十五。④飘零人物：词人自指。

【赏析】 这首词表达了失去一个人之后的寂寥与遗憾，写得极美。上阕描写此刻自己孤身一人的情景，"梦来双倚，醒时独拥"八字简简单单，却揭示出刻骨的寂寞，而且就连天上月亦不懂安慰人心，"无奈却、照人清切"，将词人的孤寂照得清清楚楚。下阕更进一步，说自己被这孤寂折磨得形销骨立，"瘦尽十年花骨"之凄切几乎可与"人与黄花瘦"相比。继而，词人回忆起了往事，"前期总约上元时"，那是多年前曾与你约定在元宵之夜相会。但最遗憾的便是“怕难认、飘零人物”，即使当年的约定还在，但恐怕你也无法认出因孤单而消瘦的我了吧？遗憾是件坏事，它让人钻心蚀骨的痛；不过遗憾也是个好东西，它帮词人挖掘出心底最美的辞章，于是我们才有了这样一首好词可读。

临江仙　孤雁

霜冷离鸿[①]惊失伴，有人同病相怜。拟凭尺素寄愁边[②]。愁多书屡易[③]，双泪落灯前。　莫对月明思往事，也知消减年年[④]。无端嘹唳[⑤]一声传。西风吹只影，刚是早秋天。

【笺注】　①离鸿：失群孤雁。②拟凭尺素寄愁边：尺素，代指书信。在纸张流行之前，古人用木板或帛做成大约一尺见方的版面来写字。用木板的叫做尺牍，用帛的叫做尺素。愁边，诗人用“愁边”一词通常有两种含义，一是指“愁的旁边”，把“愁”具象化、拟人化，如陈与义《道中寒食》之二“客里逢归雁，愁边有乱莺”，杜俨《客中作》有“容颜岁岁愁边改，乡国时时梦里还”；二是指“令人生愁的边疆地带”，如李白《学古思边》有“苍茫愁边色，惆怅落日曛”。此词之“愁边”当为第二义。③屡易：屡屡修改。④消减年年：谓日渐消瘦。陆游《月照梨花·闺思》有“胸酥臂玉消减，拟觅双鱼，倩传书”，方千里《霜叶飞》有“问丽质，从憔悴，消减腰围，似郎多少”。⑤嘹唳：梅尧臣《范饶州夫人挽词》之一有“江边有孤鹤，嘹唳独伤神”。

【赏析】　这首词既写孤雁，也写跟孤雁相似的人，这是一种惯常的表现手法，以物喻人。最末一句“西风吹只影，刚是早秋天”，说这才刚到早秋时节，天气已一天冷似一天，不知大雁要怎样捱过这孤寂。其实春去秋来，一年又一年，大雁早已适应这样的天气，这样的孤寂；真正寂寞难耐、无法承受悲秋的，只有心肠柔软的人类。

水龙吟　题文姬图①

须知名士倾城②，一般易到伤心处。柯亭响绝③，四弦才断④，恶风吹去⑤。万里他乡，非生非死，此身良苦⑥。对黄沙白草，呜呜卷叶⑦，平生恨、从头谱。　应是瑶台伴侣。只多了、毡裘夫妇⑧。严寒觱篥⑨，几行乡泪，应声如雨。尺幅重披⑩，玉颜千载，依然无主⑪。怪人间厚福，天公尽付，痴儿騃女⑫。

【笺注】　①文姬图：当为正月十五的花灯图案，据《后汉书·列女传》，蔡文姬是陈留董祀的妻子，同郡蔡邕的女儿，名琰，字文姬，博学有才辩，精通音律。兴平年间，天下动荡，文姬被胡人掳去，嫁给南匈奴左贤王，在匈奴生活了十二年，为左贤王生了两个儿子。曹操素来与蔡邕交好，痛惜他没有后嗣，便派出使者以金璧赎回了蔡文姬，把她重新嫁给董祀。②名士倾城：名士与美女，这里既是泛指，也具体指当今的吴兆骞与古代的蔡文姬。毕大生《忆帝京》有“何处问、美人名士”。顾贞观《梅影》有“须信倾城名士，相逢自古相怜”。③柯亭响绝：柯亭，伏滔《长笛赋》载，蔡邕避难江南，宿在柯亭，柯亭的建筑结构和北方不同，不是用木头作椽子，而是用竹子。蔡邕仰头观看，赞叹道：“好竹子”，便把椽子拆下来做成笛子。笛声奇绝，不是平常笛子可比。响绝，是说蔡邕已死，人间再也听不到那奇绝的笛声了。④四弦才断：《后汉书·列女传》李贤注引刘昭《幼童传》载，蔡邕有一次夜间鼓琴，琴弦突然断了一根，蔡文姬听在耳中，对父亲说：“断的是第二弦。”蔡邕不以为然道：“碰巧被你说对了。”过不多时，蔡邕故意弹断了一根琴弦，考较女儿。女儿说：“断的是第四弦。”果然无误。蔡文姬因为这件事而被誉为“四弦才”，容若词中“四弦才断”与上句“柯亭响绝”构成对偶关系，所以“才”在这里并不是用作副词、表示“方才”，而是“人才”之“才”，“柯亭响绝，四弦才断”也就是“柯亭之响已绝，四弦之才已断”。⑤恶风吹去：方干《废宅》有“应是曾经恶风雨，修桐半折损琴材”。⑥“万里”三句：顺治十六年秋，吴兆骞被流放宁古塔，吴兆骞被流放东北，吴伟业为他写了一首《悲歌赠吴季子》。这首诗悲痛沉郁，一气呵成，大有《离骚》之悲，在当时流传极广，影响很大："人生千里与万里，黯然销魂别而已。君独何为至于此，山非山兮水非水。生非生兮死非死。十三学经并学史，生在江南长纨绮，词赋翩翩众莫比，白璧青蝇见排诋。一朝束缚去，上书难自理。绝塞千里断行李，送吏泪不止，流人复何倚。彼尚愁不归，我行定已矣。八月龙沙雪花起，橐（tuó）驼垂腰马没耳，白骨皑皑经战垒，黑河无船渡者几，前忧猛虎后苍兕，土穴偷生若蝼蚁，大鱼如山不见尾，张鬐（qí）为风沫为雨，日月倒行入海底，白昼相逢半人鬼。噫嘻乎悲哉！生男聪明慎莫喜。仓颉夜哭良有以。受患只从读书始。君不见，吴季子。"吴伟业诗中所谓"山非山兮水非水，生非生兮死非死"，这正是对吴兆骞北行前途的写照，是说吴兆骞此去的东北流放之地如同人间地狱，那里虽然也有山有水，但那是穷山恶水，不比吴兆骞江南家乡的好山好水；吴兆骞此去服刑，虽然还是个活人，但在那种地方生活实在是生不如死。容若在此把吴伟业的成句化用过来，又从现实的吴兆骞双关到了古代的蔡文姬。⑦卷叶：指东北的寒风吹卷树叶。⑧毡裘夫妇：毡裘，指北方游牧民族的服装。毡裘夫妇，明里是说蔡文姬嫁给了匈奴左贤王，暗里是说吴兆骞夫妻一起在东北过着流放生活，多年过去，穿衣打扮已经是关外人的模样了。蔡文姬《胡笳十八拍》有"毡裘为裳兮骨肉震惊"。⑨觱篥（bì lì）：北方游牧民族所吹奏的一种管乐器，形似喇叭，声音悲凄。⑩尺幅重披：尺幅，小幅面的画，这里指《文姬图》。重披，重看。披，披览。⑪依然无主：语出蔡文姬《胡笳十八拍》"天灾国乱兮人无主，唯我薄命兮没胡虏"。⑫怪人间厚福，天公尽付，痴儿騃女：吴伟业《悲歌赠吴季子》有"生男聪明慎莫喜。仓颉夜哭良有以。受患只从读书始。君不见，吴季子。"騃（ái），愚笨无知。

【赏析】 顺治十五年（1658年），著名江南士子吴兆骞因"丁酉科场案"下刑部狱，被判流放东北宁古塔，好友顾贞观始终为之奔走，终于在十八年后得到容若的帮助。康熙二十年（1681年）七月，吴兆骞得到了赦书，于九月南还，十月抵达京城，举家暂住在容若座师徐乾学馆中。翌年，上元之夜，容若邀请吴兆骞、顾贞观、曹寅等众友人会集于花间草堂，饮宴赋诗。其时正是赏灯时节，各人指纱灯上所绘故事各自题咏，容若题咏的是文姬图，吴兆骞题咏的是柳毅传书图。容若这首词，表面吟咏文姬归汉的故事，暗里句句扣合吴兆骞，古典和今典交织并用，疑真疑幻，难辨古今：以蔡文姬的古典比拟吴兆骞，以吴兆骞的今典比拟蔡文姬，一切若合符节，词艺已臻化境。

金缕曲

未得长无谓[①]。竟须将、银河亲挽，普天一洗[②]。麟阁才教留粉本[③]，大笑拂衣归矣[④]。如斯者、古今能几。有限好春无限恨，没来由、短尽英雄气。暂觅个，柔乡避[⑤]。　东君[⑥]轻薄知何意。尽年年、愁红惨绿，添人憔悴。两鬓飘萧容易白，错把韶华虚费。便决计、疏狂休悔。但有玉人常照眼[⑦]，向名花、美酒拼沉醉。天下事，公等在。

【笺注】　①未得长无谓：语出李商隐《无题》“人生岂得长无谓，怀故思乡共白头”。②竟须将、银河亲挽，普天一洗：杜甫《洗兵马》有“安得壮士挽天河，净洗甲兵长不用”，张元干《石州慢·己酉秋吴兴舟中作》有“欲挽天河，一洗中原膏血”，辛弃疾《蓦山溪》有“两手挽天河，要一洗、蛮烟瘴雨”。③麟阁才教留粉本：麟阁，即麒麟阁，在汉未央宫中，汉宣帝曾把霍光等十一位功臣的画像藏于阁上，用以表彰功绩。容若《效江醴陵杂拟古体诗》二十首之二《王仲宣从军》有“功名垂钟鼎，丹青图麒麟”。粉本，绘画的底稿，这里代指图画。④大笑拂衣归矣：李白《侠客行》有“事了拂衣去，深藏身与名”。⑤“没来由”四句：容若致顾贞观书有：“从前壮志，都已隳尽。昔人言，身后名不如生前一杯酒，此言大是。弟是以甚慕魏公子之饮醇酒、近妇人也。沦落之余，方欲葬身柔乡，不知得如鄙人之愿否耳。”按，书信中所谓魏公子是指战国“四公子”之中的信陵君魏无忌，信陵君窃符救赵之后，名高遭忌，为求自保，不得不在醇酒美妇之中度过余生。容若《拟古》四十首之三十四咏信陵君事：“信陵敬爱客，举世称其贤。执辔过市中，为寿监门前。邯郸解围日，箘（lán）矢引道边。救赵适自危，故国从弃捐。功成失去就，始觉心茫然。再胜却秦军，遭谗竟谁怜。趣归不善后，作计非万全。博徒卖浆者，名字亦不传。惜哉所从游，中讵无神仙。饮酒虽达生，辟谷乃长年。”⑥东君：司掌春天的神仙。⑦但有玉人常照眼：套用王彦泓《梦游》“但有玉人常照眼，更无尘务暂经心”。玉人，这里指美女。

【赏析】 这首词的主题其实就是隐退，说我也曾想建立功业，但青春有限，英雄志向无端消磨，终于想开，不如暂且寻个温柔乡，在名花美酒中沉醉，世事就交给你们来操心好了。整首词表达直白，措辞爽利，颇有元曲的风采。词追求的就是一种若即若离的美感，即使写豪放词，也得稍稍有一点子矜持，像“没来由、短尽英雄气”、“暂觅个，柔乡避”、“但有玉人常照眼，向名花、美酒拼沉醉”这般干脆的句子，多出现在曲中，而非词里。容若如斯写，创造出了词作中少有的痛快淋漓。

望江南 咏弦月

初八月[1]，半镜上青霄。斜倚画阑娇不语，暗移梅影过红桥[2]。裙带北风飘[3]。

【笺注】 ①初八月：农历初八的月亮，为上弦月，即词题所谓“弦月”。②红桥：当指有雕饰的桥，或仅仅是对桥的雅称，如姜夔《侧犯·咏芍药》有“恨春易去。甚春却向扬州住。微雨。正茧栗梢头弄诗句。红桥二十四，总是行云处”。扬州二十四桥在这里被称为“红桥二十四”。③裙带北风飘：语出李端《拜新月》“细语人不闻，北风吹裙带”。

【赏析】 这首小词的意思极为简单：初八的月亮仿佛半面圆镜挂在天空，月下伊人倚靠栏杆，娇羞不语，月亮西沉，不经意间月光已将梅花的影子送过了红桥去。而词的最后一个镜头，就定格在伊人依旧立在原地，任北风将裙带吹起。词人并未交代伊人月下独立的前因后果，之前的事与之后的事皆未知，而词人描述那意味深长的一瞬间，却能让读者自动联想到无数的故事。写一瞬间，却像是写了永恒，这便是诗词创作的至境。

鹧鸪天　离恨

背立盈盈故作羞[①]。手挼[②]梅蕊打肩头。欲将离恨寻郎说，待得郎来恨却休。　云澹澹[③]，水悠悠。一声横笛锁空楼。何时共泛春溪月，断岸垂杨一叶舟。

【笺注】　①故作羞：故意做出娇羞之态。②挼（ruó）：揉搓。③澹澹：同“淡淡”。

【赏析】　这首词虽是代女子写离愁别恨，却没有哭哭啼啼悲悲戚戚之态，反而有种俏皮。“欲将离恨寻郎说，待得郎来恨却休”一句尤为传神，写尽一个女人在爱情里最可爱的一面：未见情郎的时候，想着见面时要狠狠抱怨情郎；及至见到情郎，什么怒气都烟消云散，一句抱怨也说不出了。整首词没有一丝怨念，词末还用这个女子浪漫的幻想来收尾，“何时共泛春溪月，断岸垂杨一叶舟”，她期待着能与他一起在垂杨影里泛舟春水、共赏明月。这首词让人感觉，思念也可以与痛苦绝缘，思念也可以很美好。

临江仙　无题

昨夜个人曾有约，严城玉漏三更[①]。一钩新月几疏星。夜阑犹未寝，人静鼠窥灯。　原是瞿塘风间阻[②]，错教人恨无情。小阑干外寂无声。几回肠断处，风动护花铃[③]。

【笺注】　①严城玉漏三更：严城，戒备森严的城池。玉漏，古代计时用的漏壶。漏壶罕有玉制，所谓玉漏，不过如金井、铁笛之类的词汇一般，是一种气质上的形容罢了。所以在诗歌语言中，同一种漏壶，可以叫做玉漏、银漏、更漏、铜漏、春漏、寒漏，就像同一种笛子可以根据不同的需要写作玉笛、铁笛、竹笛。在诗歌套语里，更漏一般都带有长夜漫漫、斯人寂寥的意象。②原是瞿塘风间阻：瞿塘，即瞿塘峡，长江三峡之一，以山势险峻、水流湍急著称。李白《荆州歌》有“白帝城边足风波，瞿塘五月谁敢过”。间阻，阻隔。③护花铃：典出《开元天宝遗事》。

【赏析】　这首词写女子与情郎约定三更时分夜会的情形，情郎迟迟不来，独留女子一人苦等。词主要写了女子等待时所处的环境，只有一句直言情绪，就是“原是瞿塘风间阻，错教人恨无情”，意思是“他定是被什么事情耽搁了吧，刚才真不该暗恨他无情爽约”。这句话看似平常，琢磨起来甚觉可怜：她并不知道他为何爽约，是已变心还是压根儿没上心，但她宁愿相信，他只是被事耽搁。恋爱中人最大的本事，便是自欺欺人。

忆江南

江南忆，鸾辂[①]此经过。一掬胭脂沉碧甃[②]，四围亭壁幛红罗[③]。消息[④]暑风多。

【笺注】　①鸾辂（lù）：天子所乘之车。②一掬胭脂沉碧甃：胭脂，即南朝陈景阳宫之景阳井，俗称胭脂井，故址在今南京市。隋兵南下灭陈，陈后主与张丽华、孔贵妃一同藏进此井避难，后被隋兵牵出，故而此井又名辱井。周必大《二老堂杂志》载，辱井是陈后主与张丽华、孔贵妃一同避难之井，在鸡鸣寺之南，井很小，仅可汲水，或许陈后主等人避难之地的确就在这里，但避难之井并非此井。人们传说两位贵妃入井避难之前眼泪滴在井栏，所以井栏的石脉好像胭脂一般，俗称胭脂井。”甃（zhòu），井壁，借指井。③四围亭壁幛红罗：据蒋一夔《尧山堂外纪》卷四，南唐后主李煜在宫中修建红罗亭，四面种植梅花，作艳曲歌之。张侃《感皇恩》有“旧说江南，红罗亭下，未必春光便如许”。④消息：消除。

【赏析】　这是一首咏史词：回忆江南旧事，帝王的仪仗前不久刚刚经过那里，过往多么令人唏嘘，遥想隋灭南陈时，张丽华、孔贵妃这两名绝色美人随陈后主一同藏进景阳宫井避难，又想起南唐后主李煜在宫中修建红罗亭，四面种植梅花，作艳曲歌咏，在暑热中也觉清凉。全词无一字涉及褒贬，词人像上了年岁的长者回忆前尘旧事，讲一会子，停上一停，断断续续，忆起来的也不过是胭脂、梅花、暑风之类的无关紧要的细节。但词人愈是轻描淡写，读词的人愈觉惆怅，因为谁都明白，往事太沉太痛，词人才只敢回忆无关紧要的细节，而那些最伤的部分，就让它们随风。

又

春去也，人在画楼东。芳草绿黏天一角①，落花红沁水三弓②。好景共谁同。

【笺注】 ①芳草绿黏天一角：化自秦观《满庭芳》“天黏衰草”。②弓：土地丈量单位，一弓为五尺，三百六十弓为一里。陆龟蒙《送小鸡山樵人序》有“自冢至麓，凡二百弓”，《仪礼·乡射礼记》有“侯道五十弓”。原指丈量土地的器具，木质，弓形，两端距离五尺，也叫步弓。

【赏析】 这首词记叙的是词人在暮春时节抓紧时间欣赏最后一缕春光。那是怎样的春光呢？芳草连天，天空一角似也染上了芳草的青翠；落花铺水，大片水面也成了艳丽的胭脂色。“芳草绿黏天一角，落花红沁水三弓”两句一出，几乎所有人都以为这首词要欢快到底了。然而就在最欢快的时候，词人却让它黯然收梢——风光再好又如何？没人陪我一同欣赏。风光越好，遗憾越深。

赤枣子

风淅淅，雨纤纤。难怪春愁细细添。记不分明疑是梦，梦来还隔一重帘。

【赏析】 这首小词没有生僻字，没有古怪的句子，词意也颇简单：风中雨淅淅沥沥，每一丝雨都将心底的春愁加剧，往事在脑海里渐渐模糊，那些经历究竟是真是梦，我疑惑不已。但这首再简单不过的小词，却在末句道出了最深的伤心：纵然在梦里你来到我身边，也始终隔着一重帘幕，让我无法接近。即使在梦中，即使是妄想，拥抱你也是奢侈。

玉连环影

才睡。愁压衾花[①]碎。细数更筹[②]，眼看银虫[③]坠。梦难凭。讯难真。只是赚伊终日两眉颦[④]。

【笺注】 ①衾花：被子上的花样图案。衾（qīn），被子。②更筹：夜间报更计时用的竹签。③银虫：灯花。④颦（pín）：皱眉。

【赏析】 这首词描述了一个女子因思念情人而辗转无眠的情景。其中，“梦难凭。讯难真”两句最是传神：关于他的各种消息，实在无从分辨真伪，旁人传递的音信不可信，就连我做的关于他的梦，也无法作为凭据。寥寥六字，便将女子想尽一切办法搜寻情人音信的情态表现得淋漓尽致，若换作现代文，要铺陈出一车话去。填词，格式与字数均有严格限制，必须让每个字都充分发挥作用，才能在小小的篇幅内道明曲折的情节、深邃的思绪，所以古代词人都是文学界的好会计，深谙文字的经济学，懂得用最少的字写出最阔达的境界。

如梦令

万帐穹庐[①]人醉。星影摇摇欲坠。归梦隔狼河[②]，又被河声搅碎。还睡。还睡。解道醒来无味。

【笺注】 ①穹庐：此谓军帐。西清《黑龙江外纪》载，呼伦贝尔、布特哈逐水草而居，不时迁徙，故而以穹庐为室。穹庐，汉文称蒙古博，俗读“博”为“包”，冬天用兽皮，夏天用桦树皮和苇子。②狼河：白狼河，今辽宁大凌河。据高士奇《东巡日录》，康熙二十一年二月二十七日，康熙帝一行暮渡大凌河，驻跸东岸，四月二十五日驻跸大凌河西。

【赏析】 康熙二十一年春，容若扈驾东巡，此词就作于东巡途中。词人将途中所见所闻所感都写了下来：千万座行军毡帐里，众人皆醉，满天星斗摇摇欲坠；归家的路被白狼河水阻隔，河水流淌之声又将我的归梦搅碎，索性睡吧，醒来实在百无聊赖，不是滋味。这首词向我们证明，不是所有的乡愁都是病歪歪惨兮兮的，它也可以壮阔、辽远又宏伟。

天仙子

月落城乌[①]啼未了。起来翻[②]为无眠早。薄霜庭院怯生衣[③]，心悄悄[④]。红阑绕。此情待共谁人晓。

【笺注】 ①城乌：城楼上栖息的乌鸦。②翻：表示转折，相当于"反而"、"却"。③生衣：夏衣。王建《秋日后》有"立秋日后无多愁，渐觉生衣不着身"。④悄悄：忧愁的样子。

【赏析】 这首词记叙了词人夏夜无眠，在庭院中惆怅徘徊的情景。在夏季，入夜之后仍有暑气，夜间温度不会太低，词人却说"薄霜庭院怯生衣"，感觉寒意渗入夏衣。直待最后一句"此情待共谁人晓"，词人感喟自己忧愁的心绪能告诉谁人知道，读者才明白，让词人感觉寒冷的不是夏夜，而是寂寞的心情。

浣溪沙

锦样年华水样流。鲛珠[①]迸落更难收。病余常是怯梳头[②]。

一径绿云修竹怨，半窗红日落花愁。愔愔[③]只是下帘钩。

【笺注】 ①鲛珠：比喻眼泪。《搜神记》载，南海一带有鲛人，像鱼一样住在水里，像常人一样能会纺线织布。他们一哭起来，眼泪就会结成珠子。成彦雄有《露》诗，用鲛人流泪成珠来形容荷叶上的露水："疑是鲛人曾泣处，满池荷叶捧真珠"。②病余常是怯梳头：谓病后体弱，怕梳头时看到头发掉落。③愔愔（yīn）：柔弱、忧郁的样子。

【赏析】 此词通篇皆是愁语：年华匆匆流逝，一旦开始落泪，心情便再也无从收拾，病后更觉虚弱，最怕梳头时看到头发掉落；小径、竹林、夕阳、落花，般般风景都只是平添烦愁而已，于是放下帘栊，将一切风景隔绝于窗外。这首词可能是词人诉说自己的忧伤，也可能是词人替人哀叹，忧愁的主角是谁并不重要，重要的是对似水年华的感怀、对老之将至的恐惧是人所共有的，任何人都能在这首小词中找到对生命的共鸣。

又

肯把离情容易看。要从容易见艰难。难抛往事一般般[①]。

今夜灯前形共影[②]，枕函[③]虚置翠衾[④]单。更无人与共春寒。

【笺注】 ①一般般：一件件、一样样。②形共影：形影相吊，比喻孤单。③枕函：代指枕头。古时的枕头有木质、瓷质的，中空可以装物，是为枕函。④衾（qīn）：被子。

【赏析】 词开头便说，离愁别绪是最难释怀的。为何难以释怀呢？那是因为“难抛往事一般般”，不是我不想释怀，实在是每一件往事都缠着我不肯离去。而寂寥的感觉终于在“更无人与共春寒”这里抵达顶点：离愁难消，往事纠缠，就连此时此刻这份难耐的春寒，都无人与我分担。

又

已惯天涯莫浪愁[①]。寒云衰草渐成秋。漫[②]因睡起又登楼。

伴我萧萧惟代马[③]，笑人寂寂有牵牛[④]。劳人[⑤]只合一生休。

【笺注】 ①莫浪愁：不要白白发愁。王九思《傍妆台》有“拼沉醉，莫浪愁，人间亦自有丹丘”，杨万里《无题》有“渠侬狡狯何须教，说与旁人莫浪愁”。②漫：随便地，散漫地。③代马：原指代郡（山西）所产之良马，亦可泛指北方之马。④笑人寂寂有牵牛：谓牵牛星（牛郎）七夕此时与织女星相会，享受团圆，却笑词人牧马在外，不能与妻子团圆。⑤劳人：忧伤之人，这里为词人自指。语出《诗经·小雅·巷伯》："骄人好好，劳人草草。苍天苍天，视彼骄人，矜此劳人。"马瑞辰《通释》引高诱《淮南子》注："'劳，忧也。''劳人'即忧人也。"

【赏析】 此词当作于七夕，其时容若负责马政。容若《西苑杂咏》自叙"马曹今日承恩数，也逐清班许钓鱼"，姜宸英在《纳腊君墓表》中记载容若工作相当敬业，不避劳苦，曾经负责马政，马匹成长极好。一般来说富于浪漫气质的诗人都不擅长做实事，比如李白，李白能写出最了不起的诗，却毫无政治才华，所以其实李白并无资格抱怨怀才不遇，他的能力在于宏达绮丽的想象而非处理一桩难缠的民事纠纷。但容若是个例外，他能尽心尽力将马政做好，又有无穷的诗意来创作好词章。开头一句最不俗，"已惯天涯莫浪愁"是对自己的劝说，意为自己久已习惯了浪迹天涯，何必再为远行而无谓生愁呢？已惯天涯，有豪迈，有勇敢，也有无奈。

采桑子 居庸关[①]

巂周[②]声里严关峙，匹马登登[③]。乱踏黄尘。听报邮签[④]第几程。 行人莫话前朝事，风雨诸陵[⑤]。寂寞鱼灯[⑥]。天寿山[⑦]头冷月横。

【笺注】 ①居庸关：长城古关口，在今北京昌平西北，始建于明洪武元年，是北京西北的重要门户，旧称军都关、蓟门关。《淮南子·地形》谓"天地之间，九州八极。土有九山，山有九塞……"，九塞为"太汾、渑厄、荆阮、方城、殽阪、井陉、令疵、句注、居庸"，居庸关由此而得名。②巂（guī）周：即杜鹃鸟，子规鸟。传说古蜀国灭亡之后，国王杜宇死而化为杜鹃鸟，声声啼血。③登登：象声词，马蹄声。朱彝尊《百字令·度居庸关》有"瘦马登登愁径滑"。④邮签：驿站、驿船等夜间报时的更筹。杜甫《宿青草湖》有"宿桨依农事，邮签报水程"。⑤行人莫话前朝事，风雨诸陵：诸陵，谓明十三陵。十三陵在北京昌平天寿山一带，地近居庸关。朱彝尊《百字令·度居庸关》有"十二园陵风雨暗"。龚自珍《说天寿山》载，天寿山之名为明成祖朱棣所赐，自永乐至天启，共有十二位帝王葬在这里，故称十二陵，唯独没有景泰帝的陵墓。崇祯十五年，田妃去世，葬于天寿山西麓，崇祯十七年，崇祯帝及周后为社稷而死，昌平民人打开田妃之墓安葬崇祯帝与周后，此地便称十三陵。所谓“行人莫话前朝事”，虽是咏史诗词的老生常谈，在容若其时却有不一样的分量。明亡毕竟未久，“十三陵”仍是颇涉敏感的字眼。譬如容若填词推崇云间派领袖陈子龙，而陈子龙本是抗清烈士。陈子龙有门人蒋平阶，曾从陈子龙一起聚众起义，事败逃亡，康熙初年仍在文坛活动，他有一首《虞美人》亦咏到十三陵，恰是“话前朝事”的佳作：“白榆关外吹芦叶。千里长安月。新妆马上内家人。犹抱胡琴学唱汉宫春。飞花又逐江南路。日晚桑乾渡。天津河水接天流。回首十三陵上暮云愁。”陈子龙的另一位门人，“西泠十子”之一的张丹(原名张纲孙)，钱塘人，入清之后北上京城，在西山山野间穿行，“先朝十二陵，一一伏谒”，著文而返，立誓余生再也不渡黄河。张丹此行当中，一首《贺新郎·过天寿山》亦咏十三陵，毫不掩饰地哭出遗民情怀：“白满天山路。试冲寒、马蹄朝发，冰花飞舞。望里千峰多似簇，一带红墙深护。多应是、一掊陵土。古殿虚无人不到，有苔痕、绣满椒香柱。荆棘里，断碑仆。当时守卫多军伍。到今来、悲风辇道，寒烟凄楚。只恐夜台无晓日，烧尽漆灯仍暮。又谁把、玉鱼偷取。石兽如云成对立，看般般、牙爪犹威武。荒坎内，野狐语。”至于容若，一介新朝新贵，一方面追慕云间派的填词手笔，一方面又有自己的天然立场，纠葛总归难免。⑥鱼灯：也作鱼烛，《史记·秦始皇本纪》载，秦始皇陵中以人鱼膏做成蜡烛，经久不灭。曹邺《始皇陵下作》有“千金买鱼灯，泉下照狐兔”。⑦天寿山：位于北京昌平，为明十三陵之所在。

【赏析】 容若擅长描写细腻的情感，创作的词多属于婉约派，但令人嫉妒的是他写及豪放题材也丝毫不逊色，这首词就是明证。上阕描写一路的旅程，雄关巍峨，伴着杜鹃声我匹马独行，一路踏起黄尘，细听驿站夜间报时的更筹来计算行程。按照一贯的套路，下阕应当对居庸关的史事发一通感叹，但容若特特反其道行之，劈头就讲“行人莫话前朝事”，为什么不提前朝事呢？因为朝代更替、历史兴亡总是如此，总有那么多伤怀事，多说亦无益。斗胆做一次过度诠释，容若或许还有另一层意思：回首往事，总结历史上的经验教训又有何用呢？世事还是那么无常，对这点，谁都无能无力。

清平乐　发汉儿村[1]题壁

参横月落[2]。客绪从谁托。望里家山[3]云漠漠。似有红楼一角。　不如意事年年。消磨绝塞风烟。输与五陵公子[4]，此时梦绕花前。

【笺注】　①汉儿村：今河北省迁文县境内，又作汉儿庄、汉儿城，地近遵化孝陵（清顺治帝陵墓），容若扈从康熙帝多次经过此地。容若另有《百字令·宿汉儿村》（无情野火）。②参横月落：谓夜色将尽。语出秦观《和黄法曹忆建溪梅花旁》“月没参横画角哀”。参（shēn），古代星名，二十八宿之一，其标志性的特征是三颗星横向排列，参宿亦得名于此（“参”即“三”）。《史记·天官书》载：“参为白虎，三星直者是为衡石”，在今南阳市白滩汉墓出土的画像石上，刻有一组老虎的形象，虎背上有一组横向三星，被直线相连，便是参宿三星。③家山：家乡。④五陵公子：谓京城里的豪贵子弟。五陵，汉、唐都曾在首都附近安置帝王陵墓，汉五陵为高祖陵、惠帝陵、景帝陵、武帝陵、昭帝陵，唐五陵为高祖陵、太宗陵、高宗陵、中宗陵、睿宗陵。五陵周边尽是豪贵之家，五陵公子便成为豪贵子弟的代称。

【赏析】　这首词写于容若远行在外时。词人时而写眼前所见，“参横月落”、“望里家山云漠漠。似有红楼一角”；时而写心中所念，“客绪从谁托”；时而回想往昔，“不如意事年年”；时而概叹时事，“输与五陵公子，此时梦绕花前”。很难总结这首词的主题是什么，但一个人的情感和思绪本就是时时刻刻都有着细腻的变化，这首词的写法反而更贴近一个人真实的情绪波动。所以，即使词人在任何一种情绪上都没有过多着力，但读来却有种自然的感动。

又

角声哀咽。襆被[①]驮残月。过去华年如电掣。禁得[②]番番离别。　一鞭冲破黄埃。乱山影里徘徊。蓦忆去年今日，十三陵[③]下归来。

【笺注】　①襆（fú）被：用包袱捆上衣被，即收拾行装。②禁得：即怎禁得。③十三陵：在北京昌平天寿山一带，为明代皇陵。

【赏析】　因诗词字数少，每一个字都要安排得极精练才能表达丰富的意思，所以研究诗词的用字，最能看出国人在操控语言方面的巨大智慧。以这首词为例，如“襆被驮残月”，词人不写“伴残月”，却说“驮残月”，给人十足的画面感：马驮起词人与行李，还驮起一弯残月，月亮岂是马背可以驮起？但一个驮字，瞬间让人感到这次远行一定是向着壮阔之境。再比如“一鞭冲破黄埃”，如果词人说“一马冲破黄埃”，意思也是一样的，但为什么在这里“鞭”比“马”更好呢？因为马有很大的体积，鞭子却很小。漫漫沙尘，被一小小的鞭子破开，更有犀利感，读来更觉有力。

又

画屏无睡。雨点惊风碎。贪话零星兰焰坠。闲了半床红被[①]。　生来柳絮飘零。便教呪[②]也无灵。待问归期还未，已看双睫盈盈[③]。

【笺注】　①“贪话”二句：谓秉烛夜语，迟迟不愿入睡。兰焰：灯花。②呪（zhòu）：同“咒”，祝告。③双睫盈盈：两眼含泪的样子。盈盈，即盈盈粉泪。张先《临江仙》有“况与佳人分凤侣，盈盈粉泪难收”，欧阳修《踏莎行》有“寸寸柔肠，盈盈粉泪”。

【赏析】　仅看上阕，只道词人写的是两人迟迟不睡、秉烛夜话。直至看到下阕的“待问归期还未”，才明白上阕写的不是普通的夜话，而是两人离别前最后的聊天，回头再看“贪话零星兰焰坠。闲了半床红被”，更觉感动加倍。古代交通、通讯极其不便，两人一旦分离，很难再取得联系，相见亦是遥遥无期。所以在古代，面对离别和离别后未知的命运，每个人都有满满的恐惧。而如何诗意地描述这种恐惧，对文人墨客是个重大考验，容若的答卷无疑是一流的，“生来柳絮飘零。便教呪也无灵”，他说，人生如柳絮般不能自主，任凭如何祝告神灵，也免不了命运无情的摆布。

秋千索

锦帏初卷蝉云①绕。却待要、起来还早。不成薄睡②倚香篝③，一缕缕、残烟袅。　　绿阴满地红阑悄。更添与、催归啼鸟。可怜春去又经时④，只莫被、人知了。

【笺注】　①蝉云：即鬓云，指女子发髻松散，形容女子初醒之时的慵懒样子。②薄睡：浅睡。③香篝：熏笼。④经时：许久。

【赏析】　这是一篇闺怨词。讲述女子刚从梦中苏醒，发髻松散，姿态慵懒，想要起床，天色却还太早；然而也无法再次入眠，只好倚着熏笼胡乱想些心事。到底是怎样的心事？词人只字未提，词人写熏笼的残烟，写催归的啼鸟，写满地的绿荫，写无人的红阑，就是不写心事，心事留待读者自行发挥。这首词，其实由词人与读者共同完成，一部分是词人写的红阑绿阴，另一部分是读者幻想出来的形形色色的悲剧与爱情。

浪淘沙　秋思

霜讯下银塘①。并作新凉。奈他青女忒轻狂②。端正一枝荷叶盖，护了鸳鸯。　　燕子要还乡。惜别雕梁。更无人处倚斜阳。还是薄情还是恨，仔细思量。

【笺注】　①霜讯下银塘：霜讯，霜期到来的征兆。银塘，清澈的池塘。②奈他青女忒轻狂：奈，怎奈，无奈。青女，据《淮南子·天文》

高诱注，青女即青霄玉女，主管霜雪之神。李商隐《十一月中旬至扶风界见梅花》有“素娥惟与月，青女不饶霜”。忒（tuī），过于。

【赏析】 此词的上阕颇有情致：霜期将至，池塘里生出了凉意，而那掌管霜雪的仙女竟一点端庄也无，特意安排一枝荷叶护住了栖宿的鸳鸯。在多情的容若的笔下，就连孤高的青女亦懂得呵护情侣。如果说上阕温暖而甜蜜，转入下阕，便转入了心酸与彷徨：燕子就要飞回南方，与雕梁上的旧垒依依惜别，夕阳里，我在无人之处独倚栏杆，仔细思量你对我的冷淡究竟是缘于薄情还是缘于恼恨？词写到这里戛然而止，我们却能读出那未出口的悲伤：青女尚有深情，为何人却常常薄幸？

虞美人 秋夕信步

愁痕满地无人省。露湿琅玕①影。闲阶②小立倍荒凉。还剩旧时月色在潇湘③。 薄情转是多情累。曲曲柔肠碎。红笺④向壁⑤字模糊。忆共灯前呵手为伊书⑥。

【笺注】 ①琅玕（láng gān）：原指似玉的美石，代指翠绿如玉的竹子。②闲阶：空荡荡的台阶。③还剩旧时月色在潇湘：旧时月色，语出姜夔《暗香》“旧时月色，算几番照我，梅边吹笛”。潇湘，用刘禹锡《潇湘神》词意“斑竹枝，斑竹枝，泪痕点点寄相思。楚客欲听瑶瑟怨，潇湘深夜月明时”。张华《博物志》载，舜帝南巡，死在苍梧之野，他的两个妃子娥皇和女英南下寻夫，望湘水而悲哭，泪水滴在竹子上，当地的竹子从此便有泪斑，称为斑竹或湘妃竹。潇湘因此成为咏竹之典，这里用以呼应上文之“琅玕”。④红笺：红色信纸，原指薛涛笺，为唐代才女薛涛所创。⑤向壁：面向墙壁，形容心情抑郁，不欲与人交谈。《世说新语·品藻》载，东亭侯王珣病重，临终之时问武冈侯王谧说：“世人的议论中，将我的父亲和谁相提并论呢？”王谧答道：“世人将他和北中郎将王坦之并称。”王珣翻身面向墙壁（转卧向壁），叹息道：“人的确不可以短寿呀！”按，王珣的父亲王洽三十六岁便已身故，王珣认为他父亲的声誉应该德超过王坦之，只可惜死得太早，所以才德不播，世人才将他和王坦之相提并论。⑥忆共灯前呵手为伊书：容若《于中好》（别绪如丝睡不成）有“起来呵手封题处，偏到鸳鸯两字冰”。

【赏析】 容若常常作“多情不如无情，相遇不如不遇”的感叹，比如“人道情多情转薄，而今真个不多情”，比如“浮生如此，别多会少，不如莫遇”，再比如这首词里的“薄情转是多情累”，说自己“太过多情，人终于疲倦不堪，我宁愿自己薄情寡义”。多情如容若，哪怕小小的人世波澜都会对他造成强烈冲击，他“脆弱”得不能看见一点分离、一点遗憾、一点背信弃义。所以说，一个人情感太丰富，注定会成为弱者。

浣溪沙 郊游联句

出郭寻春春已阑[①]（陈维崧[②]）。东风吹面不成寒[③]（秦松龄[④]）。青村几曲到西山（严绳孙[⑤]）。 并马未须愁路远（姜宸英[⑥]），看花且莫放杯闲（朱彝尊[⑦]）。人生别易会常难[⑧]（纳兰成德）。

【笺注】 ①出郭寻春春已阑：郭，外城。内城为城，外城为郭。阑，凋残，将尽。②陈维崧：字其年，号迦陵，宜兴人，江南名士，词坛阳羡派宗主，明末“四公子”之一陈贞慧之子，康熙十七年入京，结识容若。容若题咏广东著名诗僧大汕所绘之《迦陵填词图》，即《菩萨蛮·为陈其年题照》（乌丝曲倩红儿谱）。③东风吹面不成寒：化自僧志南《绝句》“吹面不寒杨柳风”。④秦松龄：字汉石，号留仙，又号对岩，无锡人，顺治十二年进士，康熙十八年举博学宏词科，有《苍岘山人集》六卷，词集《微云词》一卷。秦松龄尤长《诗》学，有《毛诗日笺》六卷。⑤严绳孙：字荪友，号藕荡渔人，江苏无锡人，工书善画，与朱彝尊、姜宸英并称“江南三布衣”，有《秋水词》。严绳孙于康熙十八年应试博学鸿词科，授翰林院检讨之职，累官至中允，康熙二十四年四月谢病归。严绳孙与容若相识于康熙十二年，结为忘年之交。⑥姜宸英：字西溟，浙江慈溪人，明末清初的书法家、史学家。姜宸英多年逗留京城以寻取功名，郁郁不得志，到七十岁时（即康熙三十六年）才考中进士，翌年充任顺天乡试副主考官，舆情论其不公，被劾下狱，待平反时已在狱中自尽。姜宸英与容若结识于康熙十二年，不久便南归，康熙十七年再度来京，容若把他安置在千佛寺居住，并帮他安排生计。⑦朱彝尊：字锡鬯（chàng），号竹垞（chá），浙江秀水（嘉兴）人，康熙十八年举博学宏词科，授翰林院检讨之职，入值南书房，为浙西词派巨擘，亦是清代前期的儒学宗师，有《曝书亭集》。词集五种，合称《曝书亭词》。⑧人生别易会常难：化自魏文帝《燕歌行》“别日何易会日难”。

【赏析】 此词作于康熙十八年春，今存朱彝尊手迹。联句是古人作诗词的一种方式，是指两人或多人共同参与，每人创作一句或数句，最终联成一篇完整的诗词。这样一首词里，有你的心事，也有我的情绪；有你偏爱的表达，也有我压轴的好戏，每个人轮番上阵，编织出别样的精彩。如此创作，对文人们来说也是一种愉快而温暖的游戏，三五友人聚在一起，共同书写心曲。能用联句的方式写出一首好词，则是友情的最佳证明，友人间惺惺相惜又颇有默契，才能写出天衣无缝的词。而这首词，就是一首前后衔接紧密的好词。

罗敷媚　赠蒋京少[1]

如君清庙明堂器[2]，何事偏痴。却爱新词[3]。不向朱门和宋诗[4]。　嗜痂[5]莫道无知己，红泪[6]偷垂。努力前期[7]。我自逢人说项斯[8]。

【笺注】 ①蒋京少：蒋景祁，字京少，一作荆少，宜兴人，一生仕途偃蹇，游食四方。蒋景祁与阳羡派词坛宗主陈维崧同乡，彼此常有唱和，酷爱填词，词风追步陈维崧，有《梧月亭词》，与容若结交于康熙十五年之后。蒋景祁搜罗清初顺治、康熙年间的词作精华，辑成《瑶华集》行世，为清初当代词选之巨制。当时词坛以阳羡派最盛，《瑶华集》与《今词选》《荆溪词初集》并为阳羡三大词选。②如君清庙明堂器：赞誉蒋景祁才堪大任。清庙，即太庙，帝王的宗庙。《诗经·周颂·清庙》有“于穆清庙，肃雍显相”。明堂，古代帝王宣布政教、举行大典的场所,《孟子·梁惠王下》有“夫明堂者，王者之堂也”。③新词：指清初词人之词，即容若与蒋景祁的当代之词。容若与蒋景祁都编选有新词词集，容若所编为《今词初集》，蒋景祁所编选为《瑶华集》。④不向朱门和宋诗：容若颇不喜宋诗，他在《渌水亭杂识》里议论说，自从五代乱世之后，中原文化便凋落了，诗歌之道失传了，人们热衷于填词。宋人专心于填词，所以成就极高，他们对于作诗并不认真，故而诗歌的水平远远不及唐人。人总是喜新厌旧的，如今忽然流行起了宋诗。为科举而读书不得不随着别人定下的规矩走，但诗是写给自己的，何必也要随人俯仰呢？其时文坛宗主王士祯倡导宋诗，鄙薄填词。《四库全书总目提要》称，清代开国之初，世人皆厌烦明代王世贞、李攀龙的空泛以及钟惺、谭元春的纤巧，于是谈诗者竞相推崇宋元之作。宋诗质直，效仿者便流于有韵的语录；元诗俗艳，效仿者便流于对仗的小词。于是王士祯等清新俊逸之才提出新的文学口号，倡导宋人严羽的“不着一字，尽得风流”之说，天下翕然响应。尤其在得到康熙帝的赞许之后，王士祯所倡的宋诗风格成为当时的一代风气，文人求仕进者大多轻看填词。容若与蒋景祁俱独立于社会主流之外，难免生出惺惺相惜之情。容若《原诗》一文谓“十年前之诗人，皆唐之诗人也，必嗤点夫宋。近年来之诗人，皆宋之诗人也，必嗤点夫唐。万户同声，千车一辙”。⑤嗜痂：典出《南史·刘穆之传》，南康郡公刘邕生性爱吃疮痂，认为疮痂的味道很像鳆鱼。又一次刘邕去拜访孟灵休，孟灵休才患过灸疮，伤口的结痂落在床上，刘邕便取来吃了。孟灵休大惊，把身上还没有掉落的疮痂都剥下来给刘邕吃了。刘邕走后，孟灵休写信给何勖叙及此事，说自己被刘邕吃得浑身是血。南康国时有官吏二百多人，无论有罪无罪，都要被轮流鞭打，以便常常有疮痂给刘邕来吃。⑥红泪：王嘉《拾遗记》载，魏文帝曹丕迎娶美女薛灵芸，薛灵芸不忍远离父母，伤心欲绝，等到登车启程以后，薛灵芸仍然止不住哭泣，眼泪流在玉唾壶里，待车队到了京城，壶中已经泪凝如血。⑦努力前期：即努力向前。前期，即前途、前景，对将来的期待。⑧我自逢人说项斯：化自杨敬之《赠项斯》：“几度见诗诗总好，及观标格过于诗。平生不解藏人善，到处逢人说项斯。”项斯，字子迁，唐代中晚期诗人，长期不得志，于会昌三年带着自己的诗作拜谒国子监祭酒杨敬之，杨敬之非常赏识，为之作《赠项斯》，四处推荐，项斯由此而名声大噪，并于翌年登进士第，授润州丹徒尉。

【赏析】 这首词是容若对蒋京少诚挚的鼓励："像你这般栋梁之才，为何偏偏痴迷于填词小道呢？你只顾填词，不追随达官显贵们模仿宋诗的流行风气。但你的嗜好虽然独特而冷门，却不必担忧世上无知己，不必因寂寞而暗自伤悲。请努力向前吧，我会像杨敬之为项斯扬名那般传扬你的词名。"词一开始说"如君清庙明堂器，何事偏痴"，显然是反话，容若一生心力倾注于填词上，怎会视填词为小道？但故意说这样的反话，更说明了词这种艺术形式在彼时日渐式微，悲凉油然而生。